반야

6

반야

제2부 | 조선의 별들

송은일 대하소설

문이당

차례

시험 삼아

이 몸이 생겨나기 전에

어떤 모습이었을까를 생각해 보고

또 죽은 후에

무슨 꽃이 될 것인지를 생각한다면

곧 일만 가지 생각이 다 사라져서

식은 재와 같아지고

본성만이 적연히 남아

스스로 만물 밖에 초월하여

상선象先에서 높게 될 것이다

—『채근담菜根譚』

그냥과 당연 사이

　요즘 약방거리는 추계 약령시로 정신없었다. 매년 구시월 두 달간은 쉬는 날도 없었다. 박하 휘하의 무극과 즈믄 휘하의 비휴 전원이 약방 일꾼으로 일했다. 보름날인 오늘도 종일 일하고 해 질 녘에 돌아왔다. 함께 저녁을 먹은 후 밤 수련을 하고 있는데 이온이 보현정사로 들어왔다. 수행도 없이 홀로 밤길을 걸어온 모양인 이온이 무극과 비휴들에게 하던 일 하라는 말을 남기고 법당으로 들어가 앉았다. 한 시진도 넘게 꼼짝을 않더니 마침내 나왔다. 자신의 처소인 인송정으로 들어가며 입을 연다.

　"박하와 마타리, 들어와."

　박하는 여덟 살 때 불영사에서 이온을 처음 만났다. 이온은 그때 열한 살이었다. 그즈음 아가씨는 삼 년째 일 년의 절반을 불영사에서 수련하던 차였다. 당시 불영사에는 열댓 명 정도의 계집아이들이 있었다. 기근과 홍수와 돌림병이 돌 때마다 절에 그냥 맡겨지거나 팔리거나 떠돌거나 버려져 불영사로 들어온 아이들이었다. 그들은 그 안에서 같이 먹고 같이 자고 같은 수련을 했다. 밖으로 나갈 수 없다는 규칙이 몹시 엄했다. 이온은 원할 때 나갔다가 원할 때 들어왔다. 불영사에서의 이온은 계집아이들과 같은 방에서 지내고 더불어 수련했다. 같이 지낸다고 도반은 아니었다. 이온은 계집아이들의 주인이었던 것이다. 살아 있는 것, 먹고 자는 것, 수련하는 것. 그리하여 무극이 되는 것. 그 모든 것이 이온 덕이고 이온을 위한 과정이었다. 모든 것이 그냥 당연히, 그렇게 되어 있었다. 박하와 마타리가 주인아씨 곁으로 와서 살게 된 지 삼 년째였다.

"박하, 마타리!"

"예, 아씨."

"삼내미 혜정원 뒤쪽에 세자익위사 좌부솔 김강하의 집이 있는 걸 알지?"

지난 이월, 양연대장이 허원정 큰사랑 마당에서 석고대죄를 드리고 있을 때 아씨가 김강하에 대해 샅샅이 살피라 했다. 여러 날에 걸쳐 살핀 그는 별로 살필 게 없을 만치 일상이 단조로웠다. 퇴청하면 곧장 집에 들어가고 이튿날 등청하기 위해서 나왔다. 그때 알게 된 건 그의 얼굴과 벼슬과 집뿐이었다

"예, 아씨."

대답을 하면서도 박하의 속이 떨린다. 이번 명은 심양에 가서 향료 제조법을 배우라는 것과는 다를 것 같아서다. 가끔 불안하기는 했다. 십 년 넘게 혹독하게 수련하고 보현정사에 올 때 이처럼 편하게 지내게 될 줄 몰랐으며, 심양까지 다녀오는 호사를 누리게 될 줄도 몰랐다.

"그의 처는 장통방 은교리 집의 딸 재신이고, 열아홉 살이야."

"예, 아씨."

"은재신을 잡아와. 다른 사람들은 물론 그 식구들 눈에도 띄지 않게 조용히, 귀신도 모르게! 죽이라는 게 아니라 산 채로 잡아 오라는 거야. 오늘부터 쳐서 엿새 뒤, 이십일일 해 질 녘까지 은재신을 데려다 칠미원 큰방에 고이 모셔 둬. 말미를 여러 날 주는 건 조용히 처리하라는 뜻임을 명심해야 할 거야."

"예, 아씨."

"내일부터 그 일을 마칠 때까지 그대들은 약방에 나오지 않아도 돼. 잡아다 놓기까지 경과보고를 하지 않아도 되고. 나는 그날 해 질 녘에 이곳에 올 것이야."

"예, 아씨."

무극들은 은재신의 생김새도 모른다. 그이를 어찌 데려오라는 것인지 가늠하기 어려운데 명을 내린 아씨는 무극들이 의당 알아 하리라 여기는지 태극헌 비휴들을 다 데리고 보현정사를 나간다. 대문 앞에서 아씨를 배웅하고 항성재 마루로 돌아와 걸터앉는 박하의 마음이 몹시 무겁고 어둡다. 다른 사람들도 박하처럼 마루 끝에 줄줄이 걸터앉는다. 막내 앵미가 맨 나중에 앉으며 중얼거린다.

"달빛은 참 밝네."

구월 보름달이 정말 밝다. 건너편 일성헌의 지붕이 검은 게 아니라 푸르게 보일 정도다. 마음은 오금이 저리는 것처럼 좁아든다. 은재신을 데려오라는 건 곧 납치하라는 의미 아닌가. 온이 명할 때 박하는 말하고 싶었다.

'은재신을 만나셔야겠다면 납치하는 것 말고 다른 방법을 찾아보심이 어떻겠습니까? 굳이 납치까지 할 필요가 있겠나이까? 더구나

식구들도 모르게 그를 잡는 게 어찌 가능하겠습니까. 부디 다시 생각해 주소서.'

박하는 속에 고인 말을 한 마디도 내뱉지 못했다. 이온의 명령에 토를 단다는 건 상상도 해본 적이 없기 때문이다. 지금까지 이온의 말에 토달 일이 없었다. 그이는 그른 말을 한 적이 없고 부당하거나 어려운 일을 시킨 적도 없지 않은가. 오늘 밤의 명령도 그르거나 부당한 게 아닐 것이라 믿고 싶은데 그리 믿기에는 사안이 너무 크다.

"대장, 계획을 세워 봐야지!"

마타리의 말에 박하는 소스라쳐 일어선다. 돌아서더니 줄줄이 앉은 무극들을 향해 입을 연다.

"지금 둘씩 짝지어서 김강하의 집으로 가 보자. 그냥 밤나들이 하는 셈치고 사전 탐찰을 해보자는 거야. 돌아와서 계획을 세우자고. 나는 앵미하고 한 조가 될게. 마타리는 선령비, 양지는 얼레지, 영아자는 회향, 꽃마리는 선초하고 조를 이루도록 해. 지금 출발한다."

대장은 막내하고, 둘째는 아홉째와 셋째는 여덟째 등으로 조가 짜였다. 짝을 지운 건 어떻든 마타리는 다 같이 움직이자는 박하 말에 찬성하기 어렵다. 아우들 앞에서 대장 말을 따지고 드는 게 조심스럽지만 마타리는 말해야겠다고 생각한다. 아씨 앞에서도 한 마디를 못했지 않은가. 대장이 아씨께 한 마디만 꺼내면 마타리도 보태어 말하고 싶었다. 정말 그리해도 되는 거냐고, 아니해야 할 일 같으니 다시 생각해 달라고.

"대장, 내가 선령비와 다녀올게. 사전 탐찰인데 다 같이 움직이는 건 수선스럽잖아!"

"아니, 시작부터 다 같이 하기로 해. 가 봐서 가능하겠다 싶으면 오늘 밤에라도 행할 수도 있으니까. 지금 움직여."

마타리는 이럴 일은 아니지 않냐고 아씨한테 여쭸어야 하는 거라
는 생각이 계속 난다. 이 일이 만단사와 아씨를 위해 할 만한 일인지
생각하시라. 그랬어야 했던 건데 못했다. 해야 할 말을 못한 탓인가.
맘이 몹시 무겁다. 거리는 적막해도 달빛이 밝아 그늘을 찾기는 오
히려 쉽다. 둘씩 짝지어 이십여 보씩의 간격으로 가끔 지나가는 순
라군을 피해 삼내미까지 번히 열린 길을 걷는다. 혜정교 건너 혜정
원 대문이 나오기 전, 천변에 면한 골목으로 스며든다.

김강하의 집은 동남방향이 혜정원과 담을 맞대고 있고, 서북방향
은 다른 집들과 맞닿아 있으므로 다른 집들을 건너지 않으려면 삼내
미 서쪽 동령동 개천 길에서 시작되는 골목 입구로 들어서야 했다.
양쪽에 세 집씩을 달고 있는 골목의 막다른 집이 김강하의 집이다.
김강하의 집 대문은 당연히 안에서 잠겨 있다. 대문지붕이 자그맣고
그 아래 선 두 짝의 판문도 그리 튼튼해 보이지 않는다. 몇이서 동시
에 달려들면 깨고도 남을 것 같다.

그리 왁살스럽게 할 수 없으므로 주변을 둘러보던 박하가 무극들
에게 대문 앞 왼쪽 집의 사립 안을 가리킨다. 그쪽 담을 넘자고 신호
하고는 먼저 훌쩍 넘어간다. 두 번째로 앵미가 들어가고 세 번째로
마타리가 담을 넘는다. 가로로 긴 집이다. 불이 꺼진 사랑채 마당 동
편으로 내담이 있고 중문이 달려 있는데 열린 채다. 담장 그늘에 기
대고 있자니 오조인 꽃마리와 선초까지 다 넘어온다.

마타리는 다시 한 번, 두 사람만 넘어와 봤어도 됐을 텐데 싶다.
이 밤에 당장 김강하의 처를 잡아갈 게 아니라면 다 같이 움직이는
수선을 피울 필요는 없지 않은가. 사창紗窓으로 환한 빛을 비추고 있

는 내원의 안방에서는 남녀의 책 읽는 소리가 번갈아 난다. 여인의 목소리가 들린다.

"공자께서 말씀하셨다. 사람들은 다, 나는 지혜롭다고 말하나 몰아다가 그물이나 덫이나 함정 속에 넣어져도 이를 피할 줄 모른다. 사람들은 다, 나는 지혜롭다고 말하나 중용을 택하여 능히 한 달을 지키지 못하느니라."

이어 남정 목소리가 난다.

"공자께서 말씀하셨다. 안회의 사람됨은 중용을 택하여 한 가지 선을 얻으면 받들어 이를 가슴 속에 지니어 잃지 않았느니라."

글자를 모르는 무극들은 책을 읽어 본 적이 없다. 마타리도 마찬가지라 귀에 들리는 공자니 지혜니 중용이니 하는 내용을 알아들을 수 없다. 그저 뭔가를 조심하고 경계해야 한다는 뜻을 약간 감지할 뿐이다. 안채의 내외는 더불어 책을 읽고 내원의 옆채에서는 여러 사람 소리가 난다. 나이든 여인들의 목소리다. 인경이 가까운데 온 식구가 깨어 있는 것이다. 지금으로선 김강하의 처를 귀신도 모르게 데려가기는 글렀다. 모두가 잠든 새벽녘이라면 모를까. 마타리가 적당한 때를 가늠해 보는데 달빛 비치는 마당을 한참 보고 있던 박하가 들어온 순서대로 나가라 신호한다.

이튿날 아침. 관헌들의 등청 시각이 되기 전에 박하와 앵미가 비연재 골목 건너편 개천의 나무 그늘에서 김강하가 집을 나서는지 살폈다. 날이 채 밝기 전에 할아범이 제법 긴 골목을 쓸고 나와 개천에 면한 길가의 낙엽들까지 쓸어 담아 들어갔다. 곧이어 김강하가 시자

없이 나와 동궐 쪽으로 가더니 세자궁의 선인문으로 들어갔다. 낮에 마타리와 선령비가 살피는 사이에 비연재에서 가마가 나왔다. 가마는 서학교西學橋를 건너고 서학 담장을 지나고 야트막한 서학고개를 넘었다. 장통방에 이른 가마는 대문 앞에 시내를 둔 은교리 댁으로 들어갔다. 양지와 얼레지가 살핀 해 질 녘에 가마가 왔던 길을 통해 비연재로 돌아갔고, 김강하가 퇴청하여 집으로 들어갔다. 그가 밤에 다시 집을 나와 장통방의 처가로 갔다. 보아하니 그의 처가에 환자가 있는 것 같고 그 환자는 장모인 성싶었다. 밤에 그의 처가에 의원 행색이 들어갔다가 나왔다. 처가에서 시간을 보낸 김강하는 이경 즈음에 집으로 돌아갔다.

셋째 날 아침엔 가마가 김강하와 함께 나왔다. 김강하는 가마를 호위하여 처가에 데려다놓고 좀 늦다 싶은 등청 길에 올랐다. 가마는 낮에 집으로 돌아갔고, 여러 여인들이 비연재를 들락거렸다. 해 질 녘에 김강하가 퇴청하여 집으로 들어가더니 다시 나와 처가로 갔다.

넷째 날도 아침 풍경은 비슷했다. 김강하가 등청하고 가마가 장통방으로 갔다. 해 질 녘에 가마는 돌아오고, 김강하는 밤에 문병을 갔다. 밤늦어 김강하가 처가에서 나왔고 그의 처남인 성싶은 사내가 나와 배웅했다. 그들의 인사 속에서 김강하가 내일 밤 번이 들어 문병오지 못한다는 사실을 알게 되었다.

밤늦게 항성재에 모인 무극들은 김강하가 밤 번 서느라 집을 비운 내일 밤에 비연재로 들어가 김강하의 처를 데려오기로 결정했다. 박하가 정리한다.

"내일 인경이 치기 전에 보현정사로 들어와야 하므로 우리는 해 질 녘에 비연재 앞에 닿기로 해."

다섯째 날이 됐다. 내일이 아씨가 지정한 마지막 날이므로 오늘은 일을 마쳐야 했다. 오늘 새벽 조는 선초와 꽃마리였다. 새벽부터 나가 망을 보고 있던 선초가 교대 시간이 되지 않았는데 보현정사로 급히 돌아왔다.

"비연재에 무사 복색의 남정들이 들어갔어요. 계획이 달라져야 할 것 같아서 꽃마리만 남겨 놓고 급히 왔네요."

박하가 무극들에게 급히 행장을 꾸리라 지시하고 선초에게 말했다.

"넌 여기 남아서 우리가 데려올 사람 묵힐 방을 점검하고 있도록 해."

선초가 어쩌려는 거냐고 묻자 박하가 대꾸했다.

"오늘은 어쨌든 실행해야 하니까, 뒤를 따르다가 한적하다 싶은 곳에서 수행이며 가마꾼들을 제압하여 가마를 탈취한 뒤 은재신을 기절시켜 부축하거나 업고 와야지."

선초를 항성재에 남겨 놓은 무극들이 평상복 차림새로 비연재 골목 건너편 시냇가에 닿았다. 꽃마리가 빨래하다 노는 아낙 시늉을 하고 있었다. 비연재가 막다른 골목 안에 있는 건 이번 임무로써는 다행이었다. 외길이라 드나드는 사람을 살피기 편했다.

무사 넷이 들어갔다는 비연재 골목은 몇 시간이나 잠잠했다. 신시 중경이 돼서 가마가 나왔다. 그런데 가마가 여느 때와 사뭇 다르다. 가마꾼 넷에 전후 수행이 붙은 건 비슷한데, 다른 날과 달리 전후좌우에 칼 찬 남정 무사 넷이 호위하고, 비연재 할아범이 나들이 복색으로 행렬을 선도하고 있지 않은가. 더구나 가마는 장통방이 아니라 창의문 쪽으로 향하더니 창의문을 나가 도성을 등진다.

가마는 혜음령에 다다라 역관으로 들어가더니 멈춘다. 잠시 쉬려는 것이면 역관으로 들어갈 턱이 없으므로 오늘 여기서 묵는다는 뜻이다. 겨우 이만큼 움직이고 유숙하다니! 아직 해도 지지 않았는데, 임진나루까지는 갈 만하지 않은가? 마타리가 이상히 여기는데 박하가 말했다.

"여기까지 왔으니 은재신이 잠든 뒤에, 잠든 채로 데리고 나오는 게 가장 조용한 방법 같아. 그러려면 우리가 오늘 밤 안으로 돌아가지 못할 수도 있고, 그리되면 내일 중으로 돌아가기 어려울지도 몰라. 그러니까 꽃마리, 너는 먼저 보현정사로 돌아가. 우리가 밤에 일을 행해 돌아가던가, 혹여 그렇지 못하면 가마의 향방을 확인하고 난 뒤 앵미를 보내 기별할게. 그러니까 네가 앞서가서 이 상황을 아씨께 잘 말씀드리란 말이야. 하루쯤 늦을 수도 있으리라고. 그렇더라도 더는 늦지 않을 테니 부디 혜량하시라고. 알았어?"

"그러면 말씀드려 놓고 다시 올게요."

"오늘 밤 안에 일을 끝낼 거니까 일단 내일 아침까지는 기다리고 있어."

"알았어요."

꽃마리가 동료들한테 밤에 보자는 시늉을 하고는 잽싸게 왔던 길을 내달려간다. 박하가 무극들에게 역관 건너에 있는 주막을 가리키며 걸음을 옮긴다. 마타리가 박하를 붙들고 속삭인다.

"여긴 아무래도 눈에 띌 텐데 우리는 조금 더 가서 적치 객점에 드는 게 어때? 거기 판순 일성이 있잖아. 아무래도 임의롭지 않겠어? 번갈아 와서 망보면 되고."

박하가 반박했다.

"아씨는 우리한테 이 일을 명하셨잖아? 적치 객점으로 가면 이번 일을 판순 일성도 알게 될 텐데, 아씨는 남들은 물론 식구들도 모르게 하라 하셨잖아. 또 표적을 여기 두고 멀리 가는 건 현명치 못해."

틀린 말은 아니다. 틀렸더라도 대장의 말이므로 따라야 할 것이다. 그렇지만 마타리는 아무래도 꺼림칙하다.

박하와 마타리는 두 해 전 심양 땅에 다녀왔다. 그곳에 있는 운진 약방의 소개로 심양 옆 원당에서 향료생산법을 배워 와 보원약방 향료실에서 일했다. 둘은 심양을 다녀와 중등 일꾼으로 승격한지라 단순 일꾼인 다른 무극들과 달리 매달 한 냥 반씩의 품삯을 받았다. 둘은 나이가 같으나 박하가 마타리보다 무극으로서의 수련이 반년 앞섰다. 그래서 무극 대장이 된 박하는 성정이 좀 물렀다. 부드럽다고 해야 할지. 과단성이 모자라고, 자질구레한 일에 얽매였다. 이번 일만 해도 그랬다. 여러 날 지켜보기만 할 게 아니라 명을 받은 그 밤이나 이튿날 실행했더라면 가능했을지도 몰랐다. 가마를 쫓아 도성을 나오는 일은 발생하지 않았을지도.

막내 앵미를 역관 앞에 세워 놓고 들어선 주막에는 중늙은 주모와 어린 중노미가 있다. 역관 앞 담장 그늘에 서 있는 앵미가 건너다보이는 주막이다. 주모가 떼로 들어선 손님들을 반긴다.

"고운 처자들이 어떻게 이렇게 한꺼번에 듭셨대? 어디 갔다들 오실까, 어디 가시는 길일까?"

얼레지가 앞서 대꾸한다.

"우린 도성 가는 길이에요, 아주머니. 여기서 자고 낼 새벽에 도성으로 들어갈 거니까 우선 얼른 밥 좀 주세요. 여덟 사람 분으로요."

"그럽지요. 너른 방으로들 들어가세요. 마침 저녁밥 솥에 뜸을 들이기 시작한 참이라 금세 돼요."

너른 방이라 해도 일곱이 들어서니 꽉 찬다. 그래도 역관의 정문이 잘 보이는 방이라 상황을 살피기에는 맞춤하다. 무극들에게 가까이 모이라 손짓한 박하가 낮은 소리로 말한다.

"여기서 번갈아 쉬면서 밤이 깊기를 기다리기로 해. 역관이 나라에서 운영하는 것이라 해도 나라가 잠자러 들른 손님들까지 지켜 주는 건 아니잖아? 파루 뒤에 도성으로 들어갈 수 있게 새벽에 일을 치자고."

역관 사람들이든 은재신의 호위들이든 새벽이면 방비가 느슨해질 것이다. 느슨해지지 않아도 가마를 호위하는 호위무사 넷 정도는 충분히 제압할 수 있다. 새벽 성문에서는 검문이 없으니 어렵잖게 들어갈 수 있을 것이다. 어쨌든 내일 날이 밝을 무렵에는 보현정사로 가 있게 될 것 같다. 며칠이 참 길고 고단했다. 아침을 먹고 난 이후 내도록 굶은 셈이라 몹시 시장하다.

두레상 두 개가 들어온다. 각 상에 콩나물과 선지가 듬뿍 든 국밥 네 그릇씩과 나박김치와 새우젓과 무장아찌가 올랐다. 박하가 선령비한테 얼른 먹고 나가 앵미와 교대하라 지시한다. 평소 뜨거운 것을 잘 먹는 선령비가 고개를 끄덕이곤 서둘러 수저를 놀린다. 다른 사람이 반도 못 먹었을 때 선령비가 그릇을 비우곤 일어서 나간다. 곧이어 앵미가 들어와 적당히 식은 제 국밥을 허겁지겁 먹는다.

밥을 다 먹을 무렵 여덟째 얼레지가, 아아, 고단해, 하며 하품을 하더니 밥상 앞에 앉은 채 고개를 푹 숙인다. 그 곁에 있던 일곱째 회향이, 이상하네, 잠깐만 누울까 봐, 하더니 모로 누웠다. 넷째 영아자, 셋째 양지가 말도 없이 누워 버린다.

박하가 소리쳤다.

"다들 일어나지 못해?"

소리친 박하가 얼굴을 일그러뜨리더니 모로 넘어진다. 마타리도 정신이 아득해지는 걸 느낀다. 순간 마타리는 기를 쓰며 호롱불을 향해 달려드는 불나방들을 떠올린다. 닷새 동안 난리를 피우며 달려든 곳이 은재신이라는 함정이었던 것이다.

풍림화산음뢰風林火山陰雷

함월당이 말한, 이번 무과시를 대비한 윤홍집의 벼락치기 공부 선생이 김강하였다. 온이 무극들에게 김강하의 내당을 납치하라는 명을 내려놓은 상황이었고 혜정원 사람들이 대비하고 있을 때였다. 홍집을 제외한 양연무 비휴들도 수유를 내어 합세했다. 무극들을 죽이지 않고 살리기 위해 일이 복잡하고 사람이 많이 필요하다 하므로 비휴들은 기꺼운 마음으로 나섰다.

김강하는 며칠 수유를 냈다는 말로 인사를 대신했다. 홍집의 방에서 두레상을 놓고 마주앉았다. 책상 가운데에는 김강하가 들고 온 『징비록懲毖錄』이 놓여 있었다. 홍집이 처음 보는 책이었다. 공부를 시작하기 전에 김강하가 말하였다.

"제 내자는 저와 같은 왼손잡이입니다. 저는 제 내자를 사랑합니다."

그 뜬금없는 말 속에 담긴 수십, 수백 가지 말들은 홍집이 알아들었다. 수십 가지건 수백 가지건 김강하가 하려는 말은 이온으로 하여금 수앙을 건드리지 않게 해달라는 당부였다. 홍집은 전날 함월당 앞에서 누군지 모르는 여러 사람들을 향해 사죄했듯 김강하에게도 앉은절로 사죄했다. 그가 마주 절하는 것으로 한 여인을 가운데 둔 사나이들 간에 맺혔던 게 해제되었다.

선생으로서의 김강하는 소전의 관심사와 소망에 대해 말하는 것으로 강학을 시작했다.

소전은 국력을 신장시키고 군력을 증강코자 한다. 그 일환으로 소전은 작년부터 조선의 무예를 총람할 수 있는 서책을 만들고 있다. 서책의 제명은『무예신보武藝新譜』인데『무예신보』에 대한 소전의 애정이 사뭇 깊다. 임진란 당시 병사들을 조련하기 위하여 훈련도감의 정랑 한교韓嶠가 편찬한『무예제보』는 명나라 무사인 척계광의『기효신서紀效新書』를 바탕으로 하였다. 한교의『무예제보』는『기효신서』가운데 살수보殺手譜를 중심으로 꾸려졌다.『무예제보』가 조선 무예가 재정립되는 한 계기가 된 책이기는 하나 내용이 고르지 않거니와 튼실하다 하기 어렵다. 소전의 명을 받은 익위사에서는 저자 불명으로 떠도는『이십사반무예』나『조선 이십팔기』나『조선 무예통서』같은 조선의 무예책자들을 참고하여『무예신보』를 편찬하고 있는데 소전은『무예신보』에 그려지는 무술 동작들을 몸소 펼쳐볼 정도로 공을 들인다.

소전은 조선의 미래를 위해 문반 무반이 고루 등용되어야 하고, 노소론이 고루 어우러져 정사를 논해야 한다는 뜻을 가졌다. 임진란, 정묘란 같은 대 전란을 겪었으면서도 여전히 군대와 무반을 하시하는 작금 조정을 불안하게 여긴다. 조선의 미래에 대한 염려가 깊고 조선을 강한 나라로 만들겠다는 꿈이 그만치 크다. 그 꿈을 실현키 위해 현재 할 수 있는 일을 하는 것이 병사들의 무술을 향상시킬 수 있는 책자 만들기이다.

열다섯 살 때부터 부왕을 대리하여 정무를 봐 온 소전은 그 즈음부터 무과 문장시험의 시제를 몸소 출제해 왔다. 이번 시험의 시제도 소전이 출제하는데, 문장시험이 치러지는 날 아침에야 시제를 내놓을 것이다. 현재는 소전 스스로도 어떤 시제를 낼 것인지 결정치 못했다. 그러므로 윤홍집이 사흘 동안 벼락치기로 시험 대비를 하기 위해서는 소전의 의중을 어림하고 가늠해야 한다. 그렇게 설명한 김강하는 책상 위에 놓인 책을 가리키며 자신이 가늠한 소전의 의중을 내놓았다.

　　"소전께옵선 조선이 치른 전쟁 기록들을 꼼꼼히 찾아 읽어오셨습니다. 근래에는 『징비록』을 다시 읽고 계시지요. 『징비록』 곁에는 늘 『손자병법』이 놓여 있고요. 소전께서는 평소 『손자병법』을 가까이 하시는데, 그 책에서 가장 좋아하시는 문구는 '풍림화산음뢰風林火山陰雷'입니다. 그래서 하는 말입니다. 풍림화산음뢰에 대해 양연께서 아시는 대로 설명해 보십시오."

　　홍집이 대답했다.

　　"풍림화산음뢰는 『손자병법』의 「군쟁軍爭」 편에 나오는 군사 운용 방법으로서, 군사를 움직일 때는 바람처럼 빠르게 하고, 나아가지 않을 때는 숲처럼 고요하게 있고, 적을 공격할 때는 불이 번지듯 맹렬하게 하고, 적의 공격을 받을 때는 태산처럼 묵직하게 버티어야 하고, 아군이 숨을 때는 검은 구름에 가려진 그림자인 듯 드러나지 않아야 하고, 아군을 움직일 때는 뇌성벽력이 몰아치듯이 신속하게 하라, 는 뜻입니다."

　　김강하가 씩 웃고는 말했다.

　　"제 짐작일 뿐입니다만, 이번에 소전께서 내실 시제에는 『징비록』

이 다룬 임진왜란과 『손자병법』의 「군쟁」 편이 결합되어 나올 가능성
이 높습니다."

"소전께서, 선생님이 짐작하신 대로 출제하신다고 가정할 때 중점
은 어느 쪽에 있을까요? 임진왜란과 「군쟁」 중에요."

"제 생각에는 양쪽이 비등할 듯 싶습니다. 소전께서는 『징비록』을
보시면서 임란 당시 군사를 효과적으로 움직이기만 했어도 그와 같
은 전란을 오래도록 겪지 않아도 됐을 것이라 여기십니다. 전란에
대한 온갖 조짐이 있었음에도 조정에서 그걸 무시하는 바람에 큰일
을 겪은 것이지만, 전란이 시작됐을 때 군사를 잘만 움직였어도 오
래 끌지 않고 끝냈을 것이라 여기시고요. 양연께서는 오늘 안에 이
『징비록』을 다 읽으셔야 합니다."

그렇게 사흘을 보내고 훈련원 마당의 과장에 앉은 홍집은 시제를
마주하고는 실소한다.

設想與無名 外敵五萬對敵 以風林火山陰雷爲基 陳述其應付方法
'이름할 수 없는 외적 오만과 대적함을 가상하여 풍림화산음뢰風林火
　山陰雷를 기반으로 대응 방법을 기술하라.'

바로 어제 석양녘, 김강하가 홍집에게 문장을 작성해 보라며 제시
했던 문제와 흡사하지 않은가. 간밤에 김강하가 제시한 문제는 '그대
가 임란 초기 왜적 오만五萬과 맞닥뜨린 부산 첨사였다면 어찌 대응
했을 것인지, 풍림화산음뢰를 운용하여 기술하라在壬亂初期 若汝爲釜
山僉使與倭敵五萬對敵 如何應付 用以風林火山陰雷陳述其詳'.' 였다. 시제를
낸 김강하는 시험 시간을 시험장에서와 같은 한 시진으로 제한하며

문장을 작성하라 했다.

"시작해 보세요."

휴대용 앙부일귀를 꺼내 툇마루에 놓은 김강하가 신호했다. 홍집은 『징비록』에 의거하여 임진란 초기 왜군에게 함락된 부산진 동래성 전투를 재구再構했다. 홍집 자신이 부산 첨사로 있었던 것으로 가정하며 시작했다. 실제 임진란 발발 당시 부산 첨사 정발은 왜적의 침입을 전혀 예상치 못해 사냥을 나가 놀고 있었다. 반면에 가상 첨사로서의 홍집은 왜적의 침입을 열흘 전쯤에 예상하고 대비했다. 조정으로 파발을 띄웠고, 경상좌도 수군절도사 박홍과 경상좌도 병마절도사 이각을 미리 불러 작전을 논의했다. 작전을 세운 뒤 우리 군사들을 숲처럼 가만히 엎드려 있게 하였고 왜적 선단이 부산포 앞에 나타났을 때 숨겨 두었던 일천 기의 대포로 적의 선단을 흐트러뜨렸다. 그래도 포구로 상륙하려는 왜선들을 숨겨 두었던 우리 수군 선단으로 하여금 맞이해 무너뜨렸고 와중에 상륙한 왜병들을 우리 육군이 궤멸시켰다. 『징비록』을 읽으면서 내가 부산 첨사였다면 이렇게 했을 것이라 생각했던 내용을 쓰는 것이었으므로 간밤의 홍집은 맘대로, 신나서 썼다.

홍집이 쓴 글을 읽은 김강하가 우하하, 웃음을 터트렸다. 홍집은 쑥스러워 마주 웃으며 온이 왜 김강하를 놓지 못하고 헤매는지 느꼈다. 자신이 여인이라면 그를 사랑할 것 같았던 것이다. 여인이 아니라 남정이므로 그와 벗이 되고 싶었다. 김강하가 웃음을 추스린 뒤에 말했다.

"부디 우리가 예상한 시제가 출제되어 이와 같은 글을 쓸 수 있기 바랍니다. 우리가 예상하지 못한 문제가 나오더라도 잘 대처하시길 바라고요. 잘 하실 수 있을 것 같습니다. 행운을 빕니다."

사흘 벼락치기 공부의 대미가 그러했다. 어제 김강하가 낸 문제와 오늘 소전의 시제가 다른 점이라곤 외적外敵과 왜적倭敵 뿐이다. 그 차이는 아마도 왜국과의 외교문제를 고려한 것일 테다.

김강하가 예상한 게 맞아떨어진 것이든, 김강하가 소전이 출제할 문제를 미리 안 것이든, 현재 홍집의 눈앞에는 지난 사흘간 공부했던 시험 문제가 나타나 있다. 훈련원 마당에 돗자리 한 장씩 깔고 앉은 칠백여 명의 사나이들에게 관인 찍힌 종이들이 나눠진다. 종이를 받아 펼친 홍집은 갈아온 먹물을 벼루에 부어 먹으로 저어 놓은 뒤 붓을 들고 눈을 감는다.

윤홍집 이전, 선일에 앞선 개똥이의 최초 기억은 울음이다. 어미 몸에서 나온 직후의 울음이 아니라 네댓 살쯤의 어느 아침이었다. 배가 고팠던 것 같았다. 늘 먹던 아침밥을 그때 먹지 못했던 까닭은 아마도 어미가 죽은 직후였기 때문일 것이다. 전날 거적에 둘둘 말려 수레에 실려 나가던 누군가가 있었다. 그게 어머니의 주검이었을지도 모르는데 어미는 생각나지 않고 오직 배가 고파 울었던 기억만 가을 아침볕처럼 선명했다. 이즈음이었던 것이다.

그로부터 이십여 년이 지나 지금 훈련원 마당에 윤홍집이라는 이름으로 앉아 있다. 윤홍집이 무엇이 될지, 될 수 있을지는 아무도 모른다. 물론 스스로도 모른다. 현재 윤홍집이 아는 분명한 한 가지는 자신이 점아 미연제의 아비라는 사실뿐이다. 언젠가 그 아이 앞에서 아비로서 서야 하므로 어떤 모습의 아비로 설 것인지 기로에 맞닥뜨려 있는 것이다.

적을 모르고 나를 모른다

이온한테는 사내가 둘 있다. 첫정이며 첫 사내였던 사내. 다정인지 아닌지 모른 채 뒤엉켜 아이까지 낳은 사내. 두 사람을 다 어찌지 못하고 마음에 품고 사는데 작금의 저들은 이온을 본 척도 하지 않는다. 누구도 이온의 명을 거스르지 않건만 그 둘은 이온의 맘을 밀쳐 낼 뿐만 아니라 명을 무시하고, 간청도 무시했다.

윤홍집은 지난 칠석 즈음에 황환의 며느리 봉선당을 제하라는 이온의 명령을 강 건너에서 짖는 개 소리쯤으로 취급했다. 불러 야단쳤더니 도리어 따지고 들었다.

"그 사람들, 우리 세상의 아씨 사람들 아닙니까? 큰자리를 운영하는 사람들에게는 도리, 정도라는 게 있는 겁니다. 자신의 사람들에게 그리 행사하는 건 큰자리의 도리가 아니지요. 아씨를 배신하거나, 항명하고 불복한 것도 아닌데, 자신의 사람을 치는 웃전을 어찌 마음으로 따릅니까. 아씨께서도 그걸 아십니다. 아씨 보위들에게도 보이지 않아야 할 처사임을 아시어 제게 명하신 게지요? 허나 저한테도 그런 명은 내리지 마십시오. 납득할 수 없는 명은 따를 수 없습니다. 이후로도 그런 명은 따르지 않을 겁니다.”

김강하는 보현정사로 와 달라는 간청을 거듭하여 무시했다. 작년 섣달, 아직 남아 있던 보현정사의 요사에서 김강하를 기다리며 홀로 밤을 샜다. 아홉 달여가 지난 구월 보름밤에는 법당에 홀로 앉아『옥추보경』을 읽었다. 긴한 말이 있다고 했음에도, 그 말이 저를 위한 것이라 분명히 말했음에도 김강하는 오지 않았다. 오지 않는 그를 기다리며, 또 기다리지 않으며, 법당에 그냥 앉아서 온갖 생각을 했다.

미연제를 찾기 위해 쌍리 일성한테 의녀 백화를 잡게 했다. 온은 잡혀 있는 백화를 두 번 만났다. 백화의 대답은 여일했다. 몇 년 전에 동활인서에서 예넘네를 만난 이후 이따금 대가의 마님들이며 아가씨들의 병과 출산을 돌봤고, 그로 인해 애오개의 그 집에 가서 아씨를 살폈노라. 청계변 모동의 유모집으로 가게 된 건 온양댁의 주선이었을 뿐 그이를 잘 알지도 못하는데 나한테 어찌 이리하시느냐. 죽을 목숨 살려 놨더니 이리 대접하시느냐. 활인서가 관서인바 소속 의녀의 실종에 의문을 품고 찾을 것이니 아씨한테 의혹이 닿기 전에 나를 내다 놓으시라.

백화의 말인즉 구구절절 옳았으나 그를 납치해 놓고 데려오라 했던 그의 지아비와 여섯 살 난 딸과 시모가 황화방 집에서 사라졌다. 식구를 볼모로 잡고 백화의 입을 열게 하렸더니 그 식구가 없어진 것이었다. 그 사흘 후에 백화가 자진했다. 백화는 혀를 깨물거나 목을 맨 게 아니라 자신의 몸 어딘가에 지니고 있던 독약을 먹은 것 같았다. 일성 쌍리가 몹시도 황송해했다.

백화의 시신을 암장했다는 보고를 받은 뒤부터 온은 몹시 울적했다. 대체 왜 자진을 한단 말인가. 어떻게! 물론 살려 내보내기는 어려웠을 터이나, 살리거나 죽이는 건 이쪽 맘이지 제 스스로 죽음을 택하는 건 말이 안됐다. 스스로 죽을 생각을 하는 자들의 심간에는 무엇이 자리잡고 있단 말인가. 아무리 생각해도 백화를 이해하기 어려웠다. 그래서 백화가 보통 의녀가 아닌 그 무엇일 수 있으리라는 생각이 들었다. 의혹을 가질 수밖에 없는 자진이 또 있었다. 화완의 수발 상궁 윤씨가 원동궁에서 목을 맸다. 그러니까 화완이 보현정사에 다녀간 중양절 다음 날 그의 수발 상궁이 상전 집에서 목을 맨 것인데 그 일을 어떻게 이해해야 할지 몰랐다. 평생 궁에서 살아온 중늙은이가 새삼스레 목을 맸다? 왜? 윤상궁이 사신계였어? 제가 사신계라 한들 느닷없이 왜 죽지? 하필이면 이 즈음에?

결국 또 사신계였다. 상궁 윤씨는 나중 문제로 치더라도 백화는 제가 고신을 견디지 못하여 사신계에 대해 토설하게 될 것이 두려워 자진한 것으로 봐야 했다. 그리 여기고 나니 더 복잡했다. 백화를 사신계라고 치면 그 식구들은 물론이고, 예넘네와 온양댁, 유모네 식구들이 모조리 사신계라고 봐야 하지 않은가. 사신계가 이온의 은밀한 출산을 도왔다? 무엇 때문에?

모든 일들이 사신계와 연결되는 것 같건만 그들의 꼬리조차 잡지 못했다. 분명히 있는데 어디 있는지 알 수 없었다. 그들을 찾기 위해 흔훤사의 무녀를 셋이나 죽였다. 의녀 백화도 죽였다. 사비 일성이 온양댁을 찾아 데려와도 같은 일이 일어날 것 같았다. 잡은 꼬리가, 단서가 되는 게 아니라 아무짝에도 쓸모없는 것이 되어 버리는 사태. 의문투성이였다. 기어이 풀어야 할 의문이었다. 그전에 당면한 일부터 해결하는 게 맞았다. 이처럼 무시를 당하는 데 사신계는 찾아 무얼하며 만단사는 키워 뭘 한단 말인가. 무극들에게 은재신의 처를 잡아다 놓으라고 명했다. 엿새 전이었다.

누군가를 죽이는 것보다 곱게 데려 오는 게 훨씬 어렵다는 걸 온도 모르지는 않았다. 무극들이 실패할 수 있으리라는 가정도 했다. 무극들이 명을 수행치 못한 채 떨고 있으면 화를 내는 대신 어째서 실패했는지 찬찬히 들어 보리라고 지레 마음을 다잡고 왔다. 그런데 보이는 무극이 열 명이 아니라 꽃마리와 선초, 둘뿐이다. 온갖 상상을 하면서 왔지만 이 상황은 상상 밖이라 온은 속이 떨린다.

주인이 올 줄 알아 밝혀 놓은 등불로 인송정 처소가 환하다. 꽃마리와 선초가 문 밖 마루에 꿇어앉는다. 그 아래 기단에 즈믄이 섰고 그 아래 마당에 둘째 갈지개와 셋째 보라매 등의 비휴들이 등을 보이고 섰다.

"즈믄, 허원정으로 사람을 보내라. 양연이 계시거든 내가 예서 뵙자 하더라고 전해. 당장 오시란다고. 혹시 없으면 양연무에 가서 찾아보고. 꽃마리, 선초는 들어와 앉거라."

즈믄이 읍하고, 꽃마리와 선초가 들어와 문을 닫고 다시 꿇어앉는다. 열 명이 있어야 하는데 둘만 있다. 여덟 명이 나타나지 않는 내막을 듣기 두려워 온은 서안 위에 펼쳐진 『옥추보경』에 눈길을 준다. 「개경현온주開經玄蘊呪」, 천황신주天皇神呪다. 지금 읽기에 마땅한 글귀는 아니지만 숨을 고르기 위해 읽는다.

'천황께서 널리 화현化現하시나니 기도하지 않으면 응감하지 않고, 구하지 않으면 재앙을 물리지 못하느니라. 음양을 지어내시니 만고에 빛을 드리우시고, 순응하는 자는 형통하지만 거역하는 자는 망하느니라. 보배로운 글을 읽으면 길이 창성할 것이며 사명신司命

神이 수호하기를 주저하지 않느니라. 만신들은 구천보화옥청진왕의 율령을 속히 이행하라.'

온은 책을 덮고 나서 입을 뗀다.

"꽃마리, 너희 도반들은 어찌 아니 보이니?"

"그, 그들이 어제 낮에 비연재의 가마를 따라 창의문을 나갔사온데, 아직 아니 돌아왔나이다."

"차근차근 말하라."

꽃마리가 지난 엿새간 무극들이 어찌 움직였는지에 대해 말했다. 혜음령 역관에서 꽃마리가 먼저 돌아왔다는 말까지 하고 나자 선초가 뒷얘기를 잇는다.

"꽃마리가 돌아왔삽고, 박하 일행은 지난 새벽이 되어도 돌아오지 않았습니다. 소인들은 눈 빠지게 기다리다 아침에 그들을 찾아 길을 나섰습니다. 날이 밝을 무렵 혜음령의 역관 앞에 다다랐고요. 가마는 벌써 출발했는지 흔적이 없었고, 박하 일행도 없었습니다. 역관 일꾼한테 가마에 대해 물었더니 서너 식경 전에 길을 나서더라, 하더이다. 어디로 가는 행렬 같더냐 물으니 평양 쪽인 성싶더라, 역관 일꾼이 대답했고요. 소인과 꽃마리는 가마가 지나갔는지를 확인하기 위해 파주까지 달려갔나이다. 그리고 파주 역참에서 쉬고 있는 그 행렬을 보았나이다. 박하 일행은 없었고요. 가마를 발견키는 했으나 저희 둘의 힘으로는 어찌할 수 없사와, 기별을 기다리기로 하고 돌아온 참이옵니다."

다 듣고 난 온이 둘을 향해 물었다.

"은재신의 얼굴을 본 적이 있어?"

"얼핏얼핏 몇 차례 보았습니다."

"어찌 생겼더냐."

"영민해 보였습니다."

"허약해 보이지 않고?"

"야윈 듯은 해도 허약해 보이지는 않았습니다."

"박하를 비롯하여 너희 모두가 그 인물이 은재신이라고 확신했어?"

"예."

"어떻게?"

"며칠 지켜보면서 저절로 그리 되었습니다."

눈썰미 좋은 사람들이 그리 보았다면 맞을 수도 있을 것이다. 무극들에게는 글자 대신 그림을 가르쳤다. 단순해야 할 아이들에게 식자가 들면 복잡해질 수 있기에 무극들은 글자 대신 사물과 사람을 흡사히 그리는 기술을 익히게 했다. 박하와 마타리가 심양에서 그려온 향료 만드는 과정은 그래서 눈으로 직접 본 듯 선연했다. 온이 아는 한 통천이나 곡산에서 자라고 있는 비휴들도 글자를 몰랐다. 그게 당연했다. 화도사에서 자라나온 양연무 비휴들한테는 먹물이 너무 많이 들어갔다. 처음 그들을 맡은 표회스님이 아이들을 잘 키워달라는 사령의 말을 곡해하여 무술과 병행하여 글을 가르친 것이었다.

글은 곧 눈이고 생각이다. 그래서 글을 알아야 식견이 있다 한다. 주제넘게 큰자리를 운영하는 사람의 정도를 운운하던 윤홍집이 무과를 치른 것이나, 그 휘하들이 여러 관청의 군졸 노릇을 하고 의원 노릇을 할 꿈으로 공부하는 것도 식자가 든 때문이다. 사령만 쳐다보며 살아야 할 자들에게 세상 볼 눈이 너무 많이 생긴 탓에 생각도 복잡해지고 예상치 못할 상황도 벌어지는 것이다.

"너희 방으로 돌아가 은재신의 얼굴을 각자 그려라. 의논치 말고 각기 기억하는 은재신의 얼굴을 잽싸게 그리라는 것이다. 멋 부릴 것 없으니, 속발이 움직여라. 일각 안에."

꽃마리와 선초가 사색이 되어 방에서 나간다. 두 사람이 나간 문으로 비휴들이 보인다. 그들에게 당장 비연재로 쳐들어가 모조리 죽이라 하고 싶은 걸 가까스로 참는데 문이 닫힌다. 지금까지 해온 무수한 일들에 실수와 실책이 없지 않았다. 일일이 꼽을 수도 없을 만큼 많지만 뭔가 이상하다. 따로따로 했던 실수들이 전부 하나의 실책 같다. 만파식령을 찾아 칠성부령이 되고자 했던 때부터 그것 없이 칠성부령으로 살게 된 지금까지. 그 세월을 아우르는, 혹은 관통하는 결정적인 실책이 있는 것 같지 않은가.

결국 사신계다! 사신계가 실존함을 확신하지 않은 게 실책이었다. 그들은 실존하고 있을 뿐만 아니라 만단사에 대해 알고 있다. 만단사령인 이록과 이온 부녀가 만파식령을 찾고자 하면서 그들의 눈에 띄었고 일거수일투족을 주목받았다. 그리하여 그들은 이록과 이온으로부터 저들의 사람들을 지키기 위해 움직여 왔을 뿐만 아니라 이록과 이온을 막기 위해 움직이고 있다. 그렇게 가정하고 나면 많은 의문들이 해소된다. 윤상궁의 자결과 백화의 자진과 무극들의 불귀까지.

"선초와 꽃마리를 건너오라 하라."

"예, 아씨."

사신계가 실존하고 그들이 제 세상 사람인 김강하를 지키기 위해 나섰다 하더라도 이온이 저지른 실수는 사라지지 않는다. 그들의 실존을 인정하고 스스로의 실수도 인정해야만 한다. 실수를 인정하지 않고 사신계에 덮어씌우고 나면 할 수 있는 일이 전혀 없어진다. 거느리고 사는 무수한 자들 중 누굴 믿을 수 있단 말인가. 온양댁은 제 고향으로 간 것이고 예님네는 어딘가에 살고 있을 뿐이다. 미연제의 유모식구도 마찬가지. 그들이 미연제를 데리고 사라질 까닭이 없다. 미연제가 뭐기에 사신계가 데려간단 말인가. 이미 짐작했듯 미연제는 죽은 것이다.

꽃마리와 선초가 들어와 은재신의 화상畫像을 내놓고 엎드린다. 둘이 각기 그린 은재신 얼굴은 모사한 듯 비슷하되 열아홉 살답게 젊고 곱다. 도드라질 정도는 아니다. 어딘가에서 흔히 봄직하여 아무 데서나 찾을 수 있는, 그러나 돌아서면 금세 잊을 얼굴이다.

"그대들이 그린 이 얼굴이 은재신인 게 틀림없어?"

"가마에 타거나 내리는 걸 여러 차례 지켜보았습니다. 비연재에서 가마를 탈 여인이 그이 말고 또 있겠나이까."

김강하가 제 처남에게 밤번이 들어 장모 병문안을 오지 못한다고 말할 때 그는 며칠째 자신을 지켜보며 따라다니는 그림자들을 눈치 챘다고 가정해야 한다. 그는 제 밤번 날에 맞춰 무극들을 유인했다. 가마가 움직이는 미끼이자 덫이었던 것이다.

"간밤에 돌아오지 않은 그대들의 도반들이 오늘 중으로 돌아오리라 봐?"

선초가 대답했다.

"잘, 모르겠나이다."

"꽃마리는 어찌 생각해?"

"소인도 잘 모르겠사옵니다."

"허면 기다려 보기로 하자. 내가 기다릴 것이니 그대들은 당장 행장을 꾸려 불영사로 가도록 해. 처인스님께 현재의 상황을 아뢰고, 그대들 아래 아이들 열 명을 내어 달라 해."

"소인들을 용서하시옵니까?"

온은 자신의 잘못을 수하들에게 전가할 뜻이 없는데도 그리 생각하고 있다. 그 또한 상전으로서의 자릿값을 못한 것이라 볼 수 있다. 여하튼 사령께서 이 사태를 알아채시기 전에 흠을 메워야 한다. 김강하의 처를 납치하려다 무극들을 잃었노라 아뢸 수는 없다.

"내가 무리한 일을 시켰으므로 내 잘못이 커. 그대들만의 잘못이 아닌바 용서하고 말 것도 없어. 지금 도성을 나가 주막에서 자면, 내일 중으로 불영사에 들어가겠지? 아이들을 데리고 돌아오기까지, 닷새 말미를 줄게. 이십오일 이 시각까지 무슨 일이 있어도 아이들을 데리고 이곳으로 돌아와. 이건, 가고오는 길의 노자로 쓰고."

온은 은전 닷 냥 어치의 엽전이 든 주머니를 두 사람 앞으로 밀어 보낸다.

"명 받들겠나이다."

돈주머니를 들고 읍한 두 사람이 방을 나갔다. 그들이 나간 자리에 남은 은재신의 얼굴을 다시 들여다본다. 꽃마리와 선초가 그린 이 얼굴이 진정으로 은재신이라면 김강하는 이번 일과 무관하다. 온의 간청을 무시하면서 그 어떤 조짐을 느낀 그는 내자를 제 본가로 보냈을 뿐 사신계가 아니다. 이 얼굴이 은재신이 아니라면 김강하는 사신계며 그 주변이 온통 사신계다.

"즈믄, 허원정에 간 사람은 아직 아니 왔느냐?"

"예, 아씨."

"누굴 보냈는데?"

"날찌니를 보냈습니다."

홍집은 오늘 훈련원에서 무과 실기를 치렀다. 소전이 원손을 대동하여 무과 시험장에 거둥하였다는 사실은 온 도성 사람이 다 알고 있다. 홍집이 어느 정도의 점수를 받았는지는 온이 아직 모른다. 그가 오지 않으면 더 큰 사고를 치고 말 듯하여, 보고 싶지 않음에도 그를 데려오라 했다. 지금 온은 자신을 말려 줄 사람이 필요했다. 말려 줄 사람이 윤홍집 뿐이었다.

"어멈한테 술 좀 달라 하라."

"예, 아씨."

오늘 밤까지, 아니 내일까지는 박하와 마타리 등을 기다려 볼 일이다. 그들이 어젯밤을 벽제에서 묵었다면, 이미 임진나루를 넘어가 장단쯤에서 머물 터. 오늘 밤 일을 쳐 놓고 나서 기별하기로 작정했다면 모레까지는 기다려 줘야 한다. 하지만 올 것 같지 않다. 갔으면 와야 하는데 오지 않았다. 그들이 스스로 사라질 이유가 없으므로 그 어떤 세력이 작용한 건데 그 세력이 누구이랴.

"아씨, 삼딸입니다. 술상을 봐 왔습니다."

"게 놓고 물러가게. 자네는 이쪽에 신경쓸 것 없느니. 나를 대리하여 이곳을 운영하는 사람임을 잊지 말고."

"예, 아씨."

지난 칠석 이후, 기껏 두 달쯤이 지났을 뿐이지만 무녀 삼딸을 찾아 보현정사에 드는 여인들이 드물지 않았다. 태반이 반족가문 여인들이고 종친붙이도 더러 있었다. 온은 삼딸에게 복채에 관한 사항만 당부했다.

"여기는 도성이야. 자네가 예전에 받던 소소한 복채는 깨끗이 잊게. 아무에게도 무례하게 비치면 아니되지만, 자신만만하게 도도히 처신하게. 복채가 높을수록 손님이 많이 들 것이야.”

복채가 높아도 수시로 찾아들 여인 중 한 명이 보연당이다. 보연당의 조모가 공주였고, 친정아버지는 좌의정을 지냈고, 시부는 어영대장을 지냈다. 지아비는 현재 세자시강원의 필선이다. 난 자리, 든 자리가 그리 높아도 보연당은 사는 재미가 없었다. 딸과 아들이 있으나 자식들은 일 년의 태반을 시댁의 향리로 내려가 산다 하였다. 보연당 스스로는 아이를 더 낳고 싶은데 지아비가 퇴청하여 오면 내당은 나 몰라라 하며 책만 파는 듯했다. 눈치봐야 할 시부모가 멀리 계시고, 자식들도 거기 가 있으매 보연당은 삶이 무료하여 미칠 지경인 성싶었다. 보현정사 나들이가 꽤 잦았다. 아직 확인해 보지는 않았으나 보연당은 사통하는 자가 있는 것 같았다. 보현정사 나들이를 구실로 사통의 시간을 벌고 있는 게 아닌가 싶은 것이다.

그런 보연당이 칠미원에서 가장 자주 만나는 여인이 영고당이다. 배불뚝이가 된 영고당도 보연당처럼 할 일이 없었다. 두 여인은 성정이 비슷한지 죽이 잘 맞았다. 며칠에 한 번씩 칠미원을 차지하고 앉아 주인이나 되는 양 삼딸에게 점사 보러 온 반족 여인들과 앉아 수다를 떨었다.

“아씨, 주안상 들이겠습니다.”

삼딸 대신 즈믄이 술병 올라 있는 소반을 들고 와 앞에 놓고는 뒷걸음으로 물러난다. 온은 즈믄을 내보내고 홀로 잔을 채워 단숨에 들이킨다. 꽉 막혔던 숨통이 트이는 것 같다. 한 잔을 더 마신다. 일이 이렇게 커질 줄 몰랐다. 아니, 그런 건 생각지 않았다. 김강하로 하여금 무릎 꿇게 할 생각만 했다. 제 처를 지키지 못하는 사내는 돌아볼 것 없는 위인일 것이라고, 제 처를 찾기 위해 무릎 꿇지 않는다면 그 또한 지지리 못난 사내이므로 내칠 수 있을 것이란 생각만 했다. 어쨌든 사내한테 힘을 과시하려 했으므로 유치했다.

원인이 어디에 있든지 터질 일은 터졌다. 박하가 제 휘하들을 데리고 달아났을 리 없지만, 만약 그렇다면 이온의 생애 자체가 근본적으로 잘못되었다는 뜻이다. 근본적으로 잘못된 삶은 어디서부터 고친단 말인가. 더 기가 막힌 건 김강하가 사신계원일 경우다. 그가 사신계라면 사신계와 싸워야 하고, 김강하가 홀로 한 것이라면 그와 싸워야 한다. 그를 죽여야 한다. 사신계와는 온이 홀로 맞설 수 없다. 사령께 오늘 이 사태를 말씀드려야 한다.

사신계와의 대결보다 앞서 사령으로부터 무극을 잃은 사태에 대한 징치를 당할 수도 있다. 영고당! 수태한 지 팔삭이 가까워 한껏 배를 내밀고 다니는 영고당은 기껏해야 서른일곱 살이다. 부친으로서도 영고당이 딸을 낳든 아들을 낳든 칠성부령 노릇을 시킬 수는 없을 테지만, 모를 일이다. 어이없는 실책이 불러올 결과는 장담할 수 없다. 몇 해 전 정효맹은 어린 비휴 둘을 잃고 제가 키운 비휴들을 홍집에게 넘겨줬지 않은가. 어떤 경우라 해도 말이 안 되기 때문에 생각이 돌고 돈다. 술로 해결될 사안이 아니므로 온은 술잔을 내던진다. 술잔은 깨지지 않고 방바닥에서 맴을 돈다.

어젯밤 양연무 비휴들과 혜정원 무절들이 혜음령 주막에서 잠든 무극들을 안가로 옮겼다. 그때 홍집은 허원정 큰사랑의 이록 앞에서 문장시험에 무엇을 어떻게 썼는지 아뢰고 있었다. 오늘 초저녁 꽃마리와 선초가 보현정사를 떠날 즈음에는 허원정 작은사랑 마당에서 곤과 늠이한테 검술을 가르쳤다. 내일 저녁쯤 꽃마리와 선초가 이미 사신계에 점령된 불영사에 닿아 제압될 때도 홍집은 허원정이나 양연무에 있을 터이다. 함월당은 홍집에게 여느 때와 같이 여상하게 지내다 할 일이 생기면 그때 상황에 맞춰 움직여달라고 했다. 그 상황이 뭘까 했더니 보현정사에서 날찌니가 데리러 왔다.

"찾으셨습니까, 아씨."

독이 오를수록 차분해지는 온의 눈이 방바닥에 펼쳐진 그림 속 젊은 얼굴을 향해 있다. 술 몇 잔 마신 것 같은데 티가 나지 않는다. 엎어진 술잔을 보니 술을 그만 마시겠다고 작정할 만큼 독이 올랐다.

"누굽니까, 이 처자는?"

"혹시 아는 얼굴이에요?"

요즘 드물게 마주칠 때 온은 뜬금없이 존대를 했다. 시작은 존대일지라도 몇 마디 오가면 금세 원래 어투로 돌아오기 마련이지만 시작할 때는 나름대로 홍집의 체면을 생각하는 것 같았다.

"누군데요?"

"낯익은 얼굴인지 묻잖아요?"

수앙이라고 그린 성싶은데 딴 얼굴이다. 예쁘긴 해도 평범하거니와 스물은 넘었을 것처럼 보인다. 수앙은 이제 열대여섯 살이나 됐을 것이고, 아침의 첫 햇살처럼 밝고 여우비처럼 영롱한 인상이다. 온은 김강하의 내당에 대해 잘못 알고 있거나 전혀 모르고 있다.

"곱기는 합니다만, 저는 모르는 얼굴이군요. 천지간에 제가 아는 여인이라곤 단 한 사람, 지금 제 앞에 계신 분뿐입니다. 그 외 다른 여인들은 그저 사람일 뿐이지요."

낯간지러운 소리에 온이 실소한다. 그래도 단 한 여인이 저라는 게 싫지는 않은지 얼굴이 부드러워졌다.

"이 여인을 데려오라고 보위들에게 명했는데 데리러 간 보위들이 사라졌어요."

"이 여인이 누군데요. 그리고 보위들이 어떻게 사라집니까?"

"그걸 몰라서, 그 얘기를 하고 싶어 그대를 청했어요. 아버님께 이 사태를 어찌 말씀드려야 할지, 말씀드리기는 해야 하는 건지 몰라서. 이나마 속내 얘길 할 사람이 그대밖에 없어서."

벌이는 짓이 몹시 밉기는 할지라도 속내 털어놓을 사람이 없다는 말이 진정인 줄 알기에 안쓰럽다. 만단사 칠성부령 노릇 평생 하며 살 수 있을 터이지만 사람 죽이지 않는, 사람을 보살피는 부령으로 살면 되지 않는가. 원래의 만단사가 지향하던 방향으로 돌아가면 되는 것이다. 함월당을 통해 알게 되었다. 미연제가 태어날 수 있었던 이유는 제 어미인 온으로 하여금 원래의 만단사로 돌아가게 하고 아비인 홍집으로 하여금 그 일을 도우라는 뜻이었다. 그 일이 사람 죽여 가며 할 일이 아니므로 미연제가 태어나 살게 되었고 벌써 죽었을 그 부모가 아직 살아 있었다. 아이가 부모를 살렸다. 홍집이 만단사에 남은 채 사신계에 든 까닭이었다. 아이는 사신계에서 태어나 사신계에서 자라고 있었다. 만단사도 그와 같은 세상으로 만들어야 아이가 고이 살아갈 수 있을 터였다.

"하시고 싶은 말씀 다 하세요."

홍집은 소반 위에 엎드려 있는 술잔을 앉히고 술을 따른다. 온은 필요한 말만 할지라도 내놓기로 작정한 말은 솔직히 한다. 저를 세상 유일의 여인으로 알고 있노라 말하는 사내 앞에서 다른 사내를 연모하다 무참히 거절당했노라, 뻔뻔하게 털어놓는다. 그 분을 이기지 못하여 무극들에게 시킨 일이 틀어져, 어찌할 줄 몰라서, 다시 일을 그르치지 않도록 말려 달라고 불렀다는 말까지 한다.

"그러셨군요."

온은 사뭇 배포가 크거니와 너그럽기도 하다. 아랫것들의 불복이나 항명은 참지 못한다. 이번에 일을 친 까닭도 그 탓이다. 김강하가 제게 복종하지 않아 자존을 훼손당했다고 여겼다. 김강하가 제 아랫사람도 아니건만 상명하복의 논리를 제 상사지정에다 뒤섞어 혼돈에 빠져 허우적거린다. 그걸 지적하고 나서는 순간 즉각 터질 것이라 홍집은 간간히 고개만 끄덕이며 술을 따르고 마신다. 온이 전말을 이야기하는 동안 술 한 병이 빈다. 술병이 빈 것을 본 온이 소리쳤다.

"즈믄, 여기 술 좀 더 내오라 하라."

홍집은 말리지 않는다. 취하여 잠들 수 있다면 좋은 일이다. 최소한 오늘 밤이라도 어처구니없는 짓으로 스스로를 상하게 하지 않을 게 아닌가. 방안에서의 대화를 다 듣고 있을 즈믄이 기척하더니 술병 두 개를 들고 들어와 놓고 나가려 했다.

"게 좀 앉게."

홍집의 말에 즈믄이 온을 쳐다본다. 앉으라는 말이 홍집에게서 나왔는데 따라야 하는지를 묻는 것이다. 즈믄에게 홍집은 이곤 도령의 스승임은 확실하되 나머지 모든 건 불확실하다. 사령 이록도, 부사령이며 칠성부령인 이온도 홍집과 즈믄에게 위아래를 정해 주지 않았다. 그럼에도 홍집이 온에게 불려와 주정을 받고 있으므로 즈믄을 비롯한 태극헌 청년들에게 홍집의 존재는 애매할 것이었다.

취한 온이 흐흥 웃으며 고개를 끄덕인다. 즈믄이 문 앞에 앉았다. 홍집은 즈믄에게 가까이 다가오라 하고 술잔에 술을 그득히 따라 건넨다. 다가온 즈믄이 술잔을 받쳐 들고 말했다.

"아직 술을 제대로 배우지 못했습니다."

즈믄의 눈매는 날카롭지만 눈빛은, 어리숭하게 굴러다니는 목석 같다. 즈믄에게서는 스물두 살 젊은이다운 패기나 객기, 숫기 등이 느껴지지 않는다. 아무것도 드러내지 않으려 갈무리조차 하지 않는, 그렇게 생겨먹은 놈이다.

"오늘을 시작으로 치면 되겠군. 아씨와 내가 하는 얘기들을 다 들었겠지? 아씨께서 나를 불러 이런 말씀을 하시는 까닭은, 자네들 아다시피 내가 자네들에 앞서 아씨를 모셨기 때문이네. 지금 나는 어른의 명을 따로 받으며 살고 있으나 내가 선참인 걸 자네들도 알 거야. 이렇게 안면을 텄으니 앞으로는 인사나마 하고 지내자고. 마시게. 그리고 자네 아우들도 들어와 한잔씩 나누자 하게."

즈믄은 또 온을 쳐다본다. 지금 홍집의 말을 따름은 새로운 상하 위계가 형성되는 것이므로 즈믄이 결정할 사항이 아닌 까닭이다. 즈믄의 망설임을 불식시키듯 온이 고개를 끄덕이곤 대꾸한다.

"내가 오늘 밤 무슨 일을 더 하려 함은 곧 더 큰 실책으로 연결될 수가 있겠기에, 그걸 말려 달라고 서방님을 오시게 했어. 내가 거듭하여 실수하면 아니 되므로 서방님은 나한테 술을 마구 마시게 하고 있지. 나로 하여금 오늘 밤 아무 짓도 하지 말고 잠이나 자라고. 나도 그럴 셈이야. 즈믄 그대도, 마셔. 그대 아우들을 들어오라 해서 선진으로서의 양연께 인사를 시켜. 어차피 함께 가야 할 사람들이니, 오늘 밤으로 길을 트는 것도 좋겠지. 이제부터 양연을 선진으로 받들도록 해."

신뢰하므로, 자신이 저지를 수도 있을 짓을 말려 달라고 불러들일 수 있을 터이다. 윤홍집은 아씨 호위로서의 신분을 넘어선 사람인 것이다. 즈믄은 비가 철철 내리던 지난 칠월 엿새 밤, 충분히 확인했다.

"명 받들겠습니다."

술을 비운 즈믄은 뒷걸음으로 물러나 아우들을 방으로 불러들인다. 장정 여섯이 더 들어서니 방이 꽉 찬다. 즈믄은 스물두 살이고, 둘째 갈지개와 셋째 보라매가 스물한 살, 넷째 궐매와 다섯째 구지매가 스무 살, 여섯째 산지니와 일곱째 날찌니가 열아홉 살이다. 모두 이미 한둘씩의 살인을 치렀지만 윤홍집의 노회함에 비할 바가 아니다. 숙맥들처럼 보인다. 그런 아우들에게 윤홍집이 술병을 들고 다니며 고루 한잔씩을 마시게 한다.

비휴들이 석 잔씩의 술을 받아 마시고 물러나 각자 수직 위치에 선다. 인송정 방안에서의 담소는 계속 이어진다. 전작이 있는 아씨는 사뭇 취했고 그보다 더 많이 마신 윤홍집은 말짱하다. 즈믄보다 겨우 몇 살 위고 아씨보다 한 살 더 많을 뿐인데 십여 년은 더 먹은 듯 윤홍집은 침착하다. 방 안에서 흘러나오는 그의 목소리는 반듯하고, 낮은 듯 힘이 있다.

"지피지기면 백전불태百戰不殆라 했습니다. 적을 알고 나를 알면 백번을 싸워도 위태롭지 않다는 손공의 말씀이지요."

아씨가 소리친다.

"만 사람이 다 아는 말을 가지고 병법서 읽었다, 티내는 것이야? 이제 무관벼슬 할 거라고, 위세해?"

"제가 무관이 될지는 알 수 없으나, 손공의 병법서만 읽은 건 아닙니다. 『육도』와 『오자병법』, 『삼략』, 『한비자』, 『춘추좌전』, 삼봉의 『진법』, 제갈량의 『장원』, 이정의 『이위공문대』 등등, 제 눈에 띄는 병법서는 다 읽었습니다. 그 모든 병법서의 기본원칙이 지피지기면 백전불태라는 것이었습니다. 적을 알고 나를 알면 백 번을 싸워도 위태롭지 않다는 말은 곧, 내가 싸울 상대에 대해 모르거나, 나 자신을 잘 모른다면 아예 싸울 생각을 하지 않아야 한다는 것이지요. 백 번 싸워도 백 번 다 질 수 있기 때문입니다. 헌데 아씨는 적을 전혀 모르고, 적이 적인지 아닌지도 모르고 나섰습니다. 그건 스스로를 모르는 것과 다름없지요."

윤홍집의 거침없는 말들은 그가 읽은 책들에서 나오는 모양이다. 통천 국사암의 정건스님이나 어수산성지기인 장채 스승께서는 분명 문자를 아셨을 텐데도 비휴들에게 글자를 익히라 하지 않았다. 한양으로 와서야 즈믄은 글자 모르는 사람을 까막눈이라 부르는 까닭을 여실히 느꼈다. 도둑처럼 글자를 익히기 시작한 것도 그 때문이다. 정음을 깨친 뒤 책방에서 한글로 훈을 달아 놓은 『천자문』을 사다 글자를 익히는 즈음이다. 이제 오백 자 가까이 익혔다.

즈믄이 어제 익힌 글자가 이미 기旣, 모을 집集, 무덤 분墳, 법 전典이다. 낱글자를 읽을 수 있게 돼도 기집분전旣集墳典이라고 모아 읽으면 뜻을 알기 어려웠다. '이미 모은 무덤과 책'이라거나 '이미 무덤과 책을 모았다'거나. 어떻게 해석해도 무슨 뜻인지 알 수 없었다. 매번 그런 식이라 책방 주인에게 몇 번 묻고 이곤 도령의 글 선생인 유 생원한테도 몇 번 물었다. 책방 주인이나 유 생원이 설명하는 것을 듣자면 천자문은 여덟 글자가 한 구절의 시가 되는 듯했다. 여덟 글자를 한꺼번에 읽어야만 내용이 생기는 것이었다. 그런데 그 내용이라는 게 여덟 글자만 읽어서 알아지는 게 아니었다. 사전지식이 있어야만 여덟 글자로 이루어진 시의 뜻을 읽을 수 있었다. 설명이라도 들어야 하는 것이다. 책방 주인이나 유 생원은 즈믄이 묻는 대로 설명해 주지만 묻는 자체가 일이었다. 가르쳐주는 사람한테는 더 큰 일인지라 때때로 묻기 미안했다. 글 선생을 괜히 모시는 게 아니었던 것이다. 즈믄은 그저 낱자를 생짜로 익히는 수밖에 없었다.

그렇게 즈믄은 겨우 스승의 필요성을 느끼는 즈음인데 방안의 윤홍집은 아씨 앞에 온갖 병법서를 들이대고 있다. 병법서를 그리 읽을 수 있으므로 그는 무과도 치렀다. 엿새 후에 방이 붙는다고 했다.

"그래서 반성하고 있잖아!"

"잘 아시면서도 수하들에게 그런 명을 내리시고, 말려 달라고 저를 부르셨기에, 드리는 말씀입니다. 무엇보다 한때 마음에 들이셨던 사람을 향해서 그리하시면 아니 되는 거 아닙니까. 지나간 사람은 지나가게 두어야지요."

"사신계에 대해 알아보려고 그랬어. 흔훤사에서의 일이나 그대가 저 아랫녘에 가서 벌인 일이나 다 그렇잖아. 황화방의 일도 그래. 어째서 아무도 반응이 없는 거야? 쥐 죽은 듯이 고요하기만 하지. 내가, 우리가 가소롭다는 것 같잖아!"

"황화방의 일은 뭡니까?"

"알면서 뭘 물어? 내가 백화를 잡았어."

"백화라면 우리를 도왔던 그이를 말씀하시는 겁니까? 그이를 어찌하셨는데요?"

"잡아다 놨더니 자진했어. 결국 내가 죽인 셈이지."

"그이를 죽였다고 하신 겁니까, 지금?"

"그래, 내가 죽였어. 어쩔 테야?"

"정말, 정녕 그리하신 겁니까?"

"그리했다고 하잖아!"

"그이는 아씨를 살린 사람입니다. 어찌 자꾸 이러시는 겁니까. 정말 막 가자는 거예요?"

"할 일 다 하고 다니면서, 새삼 왜 이래?"

"제가 태감의 명으로 무슨 일을 하고 다니건, 전후좌우상하를 다 따져 확정된 뒤의 일입니다. 아씨처럼 뭔가를 알아보려고 그와 같은 일을 벌이면 안 되지요. 이렇게까지 할 필요가 있느냐는 것입니다. 더구나 아씨의 사감을 풀기 위해 사신계니 뭐니 하시는 건 명분이 없습니다."

"명분 좋아하시네. 그 사람을 다시는 돌아보지 않으려고 그랬어. 대체 웬 잔소리가 그리 많아? 그럴 거면 당장 가 버려."

"아씨께서 하지 않아야 할 일을 하셨다는 걸 스스로 인정하셔야 작금의 사태를 어찌할지에 대한 방법도 생기겠기에 드리는 말씀입니다. 태감께 이 일을 어찌 아뢰실 겁니까?"

"난 못해. 아니 할 거야. 아무 일도 없었던 것처럼 시치미 뚝 떼고 말 테야."

"태감께서는 실책에 대해서는 용서하시어도 당신을 속이는 것에 대해서는 가차없으십니다. 따님이시라고 그냥 지나가시지 않을 거고요."

"허니 어쩌라는 거야? 사실대로 다 말씀드리란 말이야?"

"사실대로 말씀은 드려야 할 것이되, 어떤 식으로 말씀드릴지는 궁리해야지요."

"어떻게? 어떤 식으로?"

"오늘 밤은 이미 늦었으니, 일단 주무시고 내일 맑은 정신으로 다시 논의하는 걸로 하지요. 내일 아침에 제가 다시 오겠습니다."

"간다고? 이대로?"

"아니 가면요? 밤새 제 잔소리나 들으시렵니까? 밝은 날에는 기억도 못하실 테면서요?"

"더는 아무 소리도 듣기 싫어. 그렇지만 가지도 마."

"허면 저는 옆방에 있겠습니다. 어멈 불러 자리 봐 드릴 테니 우선 주무십시오."

몇 마디의 취기어린 말이 더 오간 뒤 윤홍집이 자리를 펴 주고 아씨를 눕히는 기색이다. 아씨가 그에게 어리광을 부리는 것 같다. 안아 달라고, 재워 달라고 보채는 것 같다. 방안의 사람들은 사통하는 남녀가 아니라 다정한 정인들이다. 자리의 높낮이가 달라 은밀한 정을 나누었던 것뿐이다. 즈믄은 마루에서 물러나 기단을 내려선다.

지난 칠석날 이후 즈믄은 아씨가 처소로 들고 나면 허원정을 나서서 태극헌으로 왔다. 영고당과 더 이상 얽히기 싫어서다. 수태한 지 여덟 달이 넘은 영고당의 배가 봉산만 하여졌다. 사통의 흔적, 부끄러움이 그 뱃속에서 자라면서 즈믄의 부끄러움도 자랐다. 난 모르는 일이라고, 그 아이는 내 씨가 아니라 태감의 자식이라고 한사코 도리질하고 도망쳐 다녀도 그 뱃속의 것은 저 홀로 크고 있었다. 아무 생각 없이, 될 대로 되어라 하고 저지른 일의 결과였다.

아씨와 함께 자려니 했던 윤홍집이 방에서 나와 즈믄에게 묻는다.

"보통 밤번을 어찌 서나?"

"아씨께서 허원정에 계실 때는 주로 제가 수직하고, 예서 주무실 때는 두 사람씩 번갈아 수직하고 있습니다. 항성재 사람들도 그리했고요."

"허면 오늘 밤도 평시대로 수직하도록 하게. 어멈을 불러서 다시 자리를 살펴 드리라 하고."

"양연께서는요?"

"인경이 지났으니 나도 예서 자고 가야겠네. 불 땐 방이 어딘가?"

즈믄이 항성재의 선초 방을 가리켜 보이자 마당을 건너 그 안으로 쑥 들어간다. 어둠 속에서 제 일조로 수직을 서고 있던 갈지개와 날찌니가 다가왔다. 즈믄은 날찌니한테 가연당에 가서 어멈에게 아씨 잠자리 봐 드리러 오라는 말을 하라고 명한다. 날찌니가 가연당 쪽으로 냅다 뛰었다. 갈지개가 속삭여 묻는다.

"대체 무슨 일이 벌어지고 있는 거요?"

"글쎄."

여인으로서는 조선 제일의 막강한 힘을 가졌을지도 모를 이온에게 연모하던 사내가 따로 있었다. 김강하. 내자를 생각하는 맘이 깊은지, 벼슬아치로서의 체면 때문인지 김강하는 이온의 만나자는 청을 감히, 무시했다. 이온은 분노했고 그 분풀이로 김강하의 내자를 붙잡아 오라 무극들에게 명했다. 그리 어려울 것 같지 않은 그 명을 무극들은 수행하지 못했다. 아주 실패한 것인지는 내일까지 기다려 봐야 알 성싶은데, 이온과 윤홍집은 무극들이 이미 실패한 것으로 간주하고 있다.

"나는 한 바퀴 돌아보고 올 테니, 예서 수직해."

"내가 돌아보고 올 테니 형이 예 있구려. 난 가만 서 있으려면 좀이 쑤셔서."

중얼거린 갈지개가 냉큼 달아난다. 어멈과 날찌니가 왔다. 어멈 손에는 요강이 들렸고 날찌니한테는 세숫대야가 들렸다. 어멈이 아씨 처소로 들어가고 날찌니는 대야를 안에 들여 주고 문을 닫는다.

　즈믄은 인송정을 등에 지고 선 채 밤하늘을 올려다보며 백작약을 생각한다. 즈믄 홀로 백작약이라 이름하고 약방거리에 나갈 때마다 찾아보고 장동 계곡 돌다리, 이교 옆 큰 나무 근방을 둘러보게 하는 처자. 그를 찾을 때 여인 복색은 쳐다보지 않는다. 자그만 사내아이와 함께 있을 소년 복색을 찾아 두리번거릴 뿐이다. 처자가 보제원 거리에 꽤 익숙한 성싶었고, 장동 숲이나 이교에도 자주 나타날 거라 여겼다. 어쩌다 먼빛으로라도 보게 될 것이라고 기대했다. 하지만 이교 이야기판 이후로는 그를 보지 못했다. 보이지 않으니 가만히 잊히면 좋으련만 그리되지도 않는다. 잊기 싫은지도 몰랐다. 어둠 속의 한 점 불빛처럼, 밤하늘에 떠오른 별처럼 쳐다보면 보이는 곳에 그를 두고 싶은지도. 그를 볼 수 있어 별은 늘 총총했다. 손을 뻗으면 닿을 수 있을 듯이 언제나 별이 가까웠다. 가깝지만 만질 수는 없다는 걸 알기에 못 만지는 게 서운치 않았다. 애써 그리 생각하는 것이다.

무극無極, 생살에 새겨진 이름

불영사로 오르는 숲길에는 달도 별도 시원치 않지만 선초와 꽃마리가 자란 숲이라 익숙하다. 십여 년 동안 골짜기와 등성이를 꿰뚫으며 몸을 키웠다. 걸음은 편한 대신 마음은 불편하기 한량없다. 대체 다들 어떻게 됐기에 돌아오지 않아 이 사달을 낸단 말인가. 달아났을 리는 없었다. 달아날 까닭이 없지 않은가.

벽암산 불영사에 비하면 삼청골의 보현정사는 궁궐이나 다름없었다. 난생 처음 제각기 쓸 수 있는 방이 생겼고 그 방 안에는 나 홀로 쓸 수 있는 물건을 둘 수 있었다. 끼니때면 밥 먹으러 오라 말해주는 다감한 어멈과 할멈이 있고 새벽이면 무녀 삼딸이 함께 예불하자고 깨워 주었다. 아침마다 단장하고 약방거리로 향할 때면 즐거웠다. 약방 안 곳곳으로 흩어져 일을 할 때는 뿌듯했다. 매달 이백오십 전씩의 일삯을 받노라면 행복했다. 어스레 저녁이면 항성재로 돌아와 수련하면서도 자유로웠다. 영아자와 얼레지와 앵미는 태극헌의 궐매, 구지매, 갈지개와 눈 맞추고 틈틈이 배도 맞췄다. 그들이 죽지 않았다면 돌아오지 않을 까닭이 없었다.

애초에 누가 죽거나 누굴 죽이지 않아도 되는 아씨의 명은 그리 어려운 게 아니었다. 가마가 느닷없이 도성을 나가는 바람에 계획이 틀어졌다. 그렇더라도 혜음령에서 충분히 가능하지 않았을까. 은재신을 빼내기 위해 얼마나 많은 준비를 했는지. 헌데 여덟이나 되는 무극들이 아무 짓도 하지 못하고 기별조차 해오지 않는단 말인가.

"대체 어찌된 일일까?"

꽃마리의 혼잣말이다. 선초도 그젯밤부터 불영사가 가까워진 이 시각까지 같은 질문을 수백 번 해도 답이 나오지 않는 의문이다.

"글쎄."

선초도 혼잣말처럼 답하곤 걸음을 재촉한다. 불영사 아이들이 좋아하며 펄쩍펄쩍 뛰어오고, 도성은 어떻더냐며 정신없이 물어댈 것이다. 무극들의 이름은 모두 꽃 이름으로 되었다. 열두 살인 막내가 구슬봉이다. 구슬봉이는 제 여덟 살 때 탁발 나갔던 적영스님을 따라 들어왔다. 걸립패의 아이였는데, 탁발 다니는 적영스님을 졸졸 따라다니더라고 했다. 적영스님은 아이한테 함께 가겠느냐 물었고 아이는 스님을 따라와 구슬봉이가 되었다. 구슬봉이는 선초를 특히 따랐다. 어서 불영사에 도착하고 싶다. 도성에서 겨우 몇 달 지냈을 뿐인데 불빛 없는 숲이 점직하게만 느껴졌다. 꽃마리가 또 묻는다.

"김강하라는 사람을 어찌 봐?"

"어찌 보다니? 뭘?"

"이 모든 일이 그 사람에 의해 일어난 것일까?"

"그 사람 홀로? 그럴 수는 없지 않겠어?"

"허면?"

"그건 나도 모르지만 그 뒤에 뭔가가 있는 거 아닐까? 우리가 모르는, 아씨께서도 모르시는 그 어떤 것 말야."

"그 뒤에 뭐가 있는지, 그이, 참 잘나게 생겼지 않아? 그렇게 젊은데 벼슬은 그리 높고, 점잖고."

꽃마리는 항성재의 무극 열 명 중 제일 예쁘다. 단장하는 시간도 그만큼 길다. 김강하를 살피고 다닌 지난 며칠 동안 꽃마리는 먼빛으로 본 그의 용모며 행동거지에 대해 속삭이곤 했다. 그때마다 꼭 연모하는 것처럼 몽롱한 눈빛이 되었다.

선초는 태극헌의 즈믄을 바라보는 자신의 마음이 그렇다는 것을 안다. 즈믄은 김강하처럼 아름다이 생기지 않았고, 벼슬은커녕 성씨도 없는 천민이지만 눈빛이 깊다. 그 깊은 눈빛으로 그는 언감생심 아씨만 보는 것 같았다. 아씨가 보현정사에 묵을 때 인송정 마당에서 함께 수직을 서노라면 그의 시선은 늘 밤하늘에 닿아 있었다. 그 하늘에 뜬 별이 누구이랴. 그와 눈길 마주치지 못해도 그 마음을 알 듯해 선초는 자신의 마음을 아무한테도 말하지 못했다. 말하지 못하는 마음이 서러웠다. 즈믄이 아씨를 바라보며 그리 서러울지도 모른다고 생각하면 더 서러워지곤 했다.

"잘나거나 벼슬이 높거나 간에, 그 사람은 우리가 데려오려다 실패한 여인의 지아비야. 우리는 그의 내당을 죽이려 했다고."

"죽이려던 건 아니었잖아!"

"납치가 살인을 전제하고 있다는 것 정도는 우리도 알잖아?"

"선초 너는 뭐든 그리 심각하게 말하는 버릇이 있어. 우리끼리인데 좀 가벼이 말할 수도 있는 거 아냐?"

"그럴 수도 있지만, 잠깐! 무슨 소리 들리지 않았어?"

한 모퉁이만 돌면 불영사의 불빛이 나타날 지점이다. 가만 귀를 기울여 보던 꽃마리가 속삭인다.

"바람에 나뭇가지 떨어진 소리겠지. 낙엽이 눈처럼 내리는 계절이잖아."

속삭이던 꽃마리가 휘릭 돌아서며 등에 지고 있던 검을 뺀다. 선초도 검을 빼어 들고 꽃마리와 등을 대고 선다. 앞뒤에서 검은 형체들이 나타났다. 넷이고, 남정들이다. 어두운데도 복면을 하고 있다. 그중 한 사람이 말한다.

"선초, 꽃마리. 검을 내려라."

선초는 눈앞이 캄캄해 눈을 부릅뜬다. 누구인지, 왜 무극들을 막고 나섰는지는 몰라도 이들이 그젯밤에 박하 대장을 아우른 여덟의 무극들을 제압하고, 어젯밤 보현정사에서부터 따라왔던 것이다. 넷이서 여덟을 소리 없이 제압하기는 어려웠을 것이므로 패거리가 더 있다고 가정해야 할 것이다. 우선은 넷뿐이므로 선초와 꽃마리는 시간을 끌지 않아야 한다.

"치자."

선초가 낮게 말하고는 눈앞의 복면들을 향해 몸을 날린다. 삽시간에 이십여 합을 겨룬다. 찌르고 들어가면 챙, 검들이 소리를 냈다. 다시 치고 들어가면 저쪽은 나무 위로 뛰어오른다. 이쪽이 나무 위로 쫓아오르면 저쪽이 옆의 나무로 옮겨간다. 그렇게 십여 합이 더 겨뤄지면서 선초는 상대들이 공격하지 않고 방어만 하고 있다는 걸 깨닫는다. 꽃마리도 같이 느꼈는지 씩씩거리며 소리친다.

"죽이러 따라왔으면 죽일 일이지, 왜들 이러는 게야?"

아까의 목소리가 말했다.

"죽이러 오지 않았다. 박하와 마타리 등이 있는 곳으로 가게 될 것이니, 검을 내려라."

"그들이 살아 있다는 것이야?"

"물론, 아직은 살아 있다. 너희 둘이 칼을 버리면 너희도 살고 그들도 살 것이다. 너희 둘이 이온을 위해서, 종내 여기서 죽겠다고 나서면 너희는 물론 그들도, 또 저 위 불영사의 어린 무극들과 스님들도 다 죽을 것이다. 불영사는 우리가 접수했다. 주지인 처인을 아울러 아홉 명의 스님, 다섯 명의 행자, 공양간 보살 세 명, 어린 무극 열다섯 명. 그리고 벽제에서 제압된 여덟 명의 무극들까지 아울러, 그들의 목숨 전부가 너희들 손에 달렸다. 당장 결정하여라. 셋을 세겠다. 하나!"

선초가 몇 달 전 불영사를 떠날 때 절에 있던 사람 숫자가 딱 그만큼이었다. 목소리가 마흔 명 넘는 목숨이 두 사람한테 달려 있노라 선언했다. 목소리가 둘을 셌다. 꽃마리가 먼저 목소리를 향해 검을 내던진다. 셋에 이르러 선초도 검을 던졌다. 목소리가 연이어 말했다.

"등에 맨 칼집과 봇짐과 행전을 풀어라. 허리춤에 있는 표창집도 풀고, 머리에 꽂은 비녀 칼을 뽑아서 팔 감개에 꽂아 팔 감개를 풀어라."

행전 속에는 단검이, 허리춤주머니에는 표창집이, 팔 감개에는 머리와 같은 비녀 칼들이 꽂혀 있었다. 다 알고 풀라 하므로 여지없다. 두 사람은 복면들이 시키는 대로 무장을 완전히 해제했다. 한 그림자가 나와 두 사람이 풀어낸 무기들을 주워 얽더니 한꺼번에 어깨에 멨다. 두 그림자가 다가들어 선초와 꽃마리의 손목을 등 뒤로 묶고는 그러안듯이 어깨를 감쌌다. 젊은 사내한테서 풍기는 몸내가 짙다. 선초와 꽃마리는 맥없이 어깨를 안긴 채 걸음을 옮긴다.

불영사는 일주문이 따로 없었다. 숲길을 걷다 보면 불현듯 나타나는 요사 가운데에 난 문이 절 입구다. 절 입구에 두 명의 복면이 서 있다가 손을 들어 보인다. 한창 저녁 수련을 하고 있어야 할 시각의 요사 마당에는 두 기의 석등만 밝을 뿐 수련생들이 없다. 요사 마당을 지나 계단을 오르면 법당 마당이 나타났다. 법당 불이 잔잔히 켜져 있을 뿐 고요하다. 법당 뒤쪽으로 올라가면 무극원無極苑이 있다. 아래쪽 법당을 에우듯 둥그렇게 감싼 무극원은 대중방을 가운데 두고 양쪽으로 다섯 칸씩의 방을 달고 있다. 무극들의 수련장이자 숙소다. 무극원 대중방 앞에 검은 복면의 무사 넷이 섰다.

대중방 안에는 무극들과 스님들과 행자승들과 공양주보살들이 죄 누워 있고, 깨어 있는 사람은 주지인 처인스님뿐이다. 그리고 회색 무복 차림의 여인들 열 명이 있다. 여인들은 복면을 쓰지 않았는데 같은 옷에 같은 두건을 쓴 탓에 비슷해 보인다. 여인들의 대장인 듯한 여인과 처인스님이 마주앉아 있다. 꽃마리와 선초는 처인스님과 여인의 측면에 무릎을 꿇으며 앉는다. 환갑이 넘은 처인스님은 주름진 얼굴로 말이 없고, 여인이 입을 뗀다.

"선초, 꽃마리. 그대들이 다치지 않고 들어온 걸 보니 반갑구려. 예 계신 큰스님이며 다른 스님들과 아우들을 염려하여 순순히 투항했을 그 마음도 아름답고. 지금 큰스님께 말씀드리는 중이나 그대들이 이제 들어왔고, 또 누워 계신 분들도 얼추 정신이 들어, 지금 우리가 나누는 대화를 듣기 시작할 것이므로 말씀드립니다. 정신 드신 분들은 일어나기는 어렵더라도 귀를 열고 잘 들으시기 바랍니다. 아무 때나 일어나 앉아도 괜찮고요. 저는 겸곡재입니다. 한양과 벽제에서 죄 없는 남의 내당을 납치하려던 그대들의 동료들은 우리가 제압하였습니다. 현재 모처에서 이 방에서 누운 사람들처럼 잠들었다가 깨어나고 있을 것입니다. 우리가 누구이며, 어찌 이리 하는가. 지금 스님과 그 얘기를 하는 참이니, 유념하여 들으시기 바랍니다. 처인스님께 다시 여쭙습니다. 저희가 누구이며, 어찌 이리하는지 짐작하시는지요?"

"모르겠다고 하지 않소. 어찌 숭엄한 법당에 난입하여 이리 무참한 일을 벌이는지. 평생 산문에서 살아온 늙은 중을 이처럼 욕보이는지."

"평생 산문에서 살아오신 스님께서는 제자들에게 무얼 가르치셨습니까? 모든 인간은 스스로 간절히 원하는바 그 모습으로 살아야하며 그런 삶을 얻을 권리가 있다고요? 그런 삶을 원하는 너희들이 그곳에 있을 것이니 그곳으로 가라고 가르치셨습니까? 제자들이 원하는 게 사령 이록이나 칠성부령 이온의 명을 받아 아무 죄 없는 목숨들을 끊어 놓는 일입니까? 그런 일에 소용되는 도구로서의 삶입니까?"

"겸곡재! 당신이 어디서 왔는지는 모르나, 이리 무례한 당신의 삶은 나나 우리 아이들과 다르오? 다르다 자신할 수 있소?"

겸곡재 이알영은 아홉 살에 사신계에 입계하였다. 온양 용문골 친정이 누대에 걸쳐 사신계에 속해 왔다. 용인의 시댁도 그러했다. 알영 스스로 평생을 계원으로 사는 동안 사람에게 해가 되는 짓을 해본 적이 없다고 자신한다. 집안을 돌보고 주변을 돌보면서 자신이할 수 있는 일을 하면서 살아온 세월이었다. 자식 둘을 돌림병으로 잃은 건 천재지변에 의한 것이었다. 누구도 원망할 일이 아니므로 원한 가질 만한 사람도 없었다.

"다르다 자신합니다. 저는 제가 하는 일의 의미를 언제든 알고, 무엇을 위해 살아야 하는지 압니다. 처인스님의 제자들은 그걸 압니까? 물어볼까요?"

"물어보시구려."

"꽃마리, 대답해 보구려. 만단사 칠성부령 이온이 김강하의 처를 납치하라 한 이유가 무엇이오?"

"명이신 바, 따르는 게 당연하였습니다. 명이란 그런 것이라 배웠고요."

"선초, 그대는요?"

"꽃마리와 같습니다만, 저희에게 명 내리신 아씨께는 분명한 이유가 계시었을 거라 여깁니다. 저희는 아씨의 명을 받드는 자들이고요."

알영은 이번에 방산으로부터 수앙에 대해 처음으로 들었다. 수앙은 별님의 유일한 피붙이라 했다. 수앙이 알영의 부친과 별님의 모친 사이에서 태어난 아이라는 것이었다. 방산의 설명을 듣고 나서 수앙을 만났다. 이알영과 수앙이 이복자매이듯 별님과 수앙은 이부二父 자매인데, 어머니가 같아서인지 수앙은 젊은 날의 별님과 신기하리만치 닮아 있었다. 방산이 아이에게 알영을, 네 새로운 글 스승이 되실 겸곡재라 소개했다. 아이가 큰 눈을 말똥이며 뚫어져라 바라보더니 물어왔다.

"스승님, 소녀가 예전에 스승님을 뵌 적이 있사와요?"

알영이 처음 보는 것이라 대답하니 아이가 환히 웃으며 말했다.

"소녀는 발걸음 옮기는 데마다 스승님들이 계시어, 혹여 종아리 맞을까 봐 정신이 없나이다. 이리 가다가는 소녀 종아리가 남아나질 않게 생겼사오니, 스승님! 앞으로 어지간하시면 소녀의 종아리를 치지 마시고 말씀으로 타일러 주시어요."

딸처럼 어린 아우가 천진하기 그지없어 알영의 가슴이 아팠다. 아이의 명랑함에 안심하기도 했다.

"그대들이 이온의 명을 제대로 이행했더라면, 가마를 수행하는 열 사람이 죽거나 다쳤겠지요. 부인을 뺏긴 지아비와 며느리를 앗긴 시집 식구, 딸을 놓친 친정 식구들은 미쳐 죽을 노릇일 테고요. 그런데도 그 명이 당연히 따라야 하는 것이다, 그대들은 평생 그리 배웠지요. 그대들에게 그리 가르친 분이 처인스님이신 셈이고요. 다시 처인스님께 여쭙습니다. 만단사령이나 칠성부령의 명을 목숨 바쳐 따르라 제자들에게 가르치실 때, 그전에, 무극들을 이온에게 보내기 위해 사람을 죽이고 돌아오라 명하실 때, 처인스님께서는 어떤 기쁨을 누리셨습니까? 장차 부처의 자비를 시행할 인재를 키우는 것이라 여기셨습니까?"

"사람을 죽이라 가르친 일 없소. 늙은 중을 모독하지 마시오."

"아아, 그러십니까? 허면 꽃마리에게 묻겠소. 그대가 보현정사로 가기 전, 무극이 되기 위한 마지막 과정으로 살인을 한 일이 있소, 없소?"

꽃마리가 질린 얼굴로 겸곡재를 쳐다보다 고개를 수그린다. 선초는 꽃마리에게 간 질문이 자신에게도 올 듯하여 지레 고개를 숙인다. 무극들끼리도 살인에 대해서는 말하지 않지만 선초는 이태 전, 강원도 원주 땅까지 넘어가서 술에 취해 난동부리는 중늙은이를 죽인 일이 있었다. 스승의 명을 직접 받은 건 아니었다. 그건 그냥, 절을 떠날 수 있는 자격을 갖추는 절차였다. 죽여 마땅한 자를 찾아 죽여야 하는 절차.

그전에, 그 절차를 수행하지 못하고 달아났던 동료 둘을 석 달여 만에 찾아낸 적이 있었다. 열다섯 살 때였다. 살인을 못해 달아난 그들을 찾아낸 네 사람이 양지와 영아자와 꽃마리와 선초였다. 넷이 동료 둘을 죽여 묻고 돌아설 때 아무도 입을 열지 않았다. 불영사로 돌아가 며칠을 앓았다. 어쨌든 달아나면 죽는다는 걸, 동료를 죽여야 한다는 걸 그때 알게 되었다. 달아날 수도 없거니와 달아나 숨을 곳도 없었다. 그래도 지금 이 자리에서 그런 사실이 있노라 토설할 수는 없다. 겸곡재는 아무 말을 할 수 없는 선초의 마음을 읽기라도 한 듯 질문해 오지 않고 스님을 바라봤다.

"노스승께 불리한 말을 하지 않는 걸 보니 스님, 제자들을 잘 키우셨소이다. 스승을 위하는 제자들의 맘을 존중하여 다른 이야기를 하기로 하지요. 스님을 비롯한 이 절의 식구가 모두 잠들어 있는 하루 동안 저희가 절 곳곳을, 깊은 곳까지 모조리 뒤져 보았습니다. 꽤 여러 권의 장부를 찾아내어 살펴보니, 오래된 기록은 거의 처인스님 손으로 이루어졌고, 몇 해 전부터는 완경스님이 쓰고 계시더군요. 암자이던 이 절이 현재와 같이 커진 건 이십 년 전쯤, 이록의 모친인 녹은당이 거창한 불사를 일으킨 덕이었지요. 당시 이곳에 있던 불영암의 주장스님은 서정스님이셨고요. 서정스님의 제자로 교경스님과 처인스님 등이 계셨더군요. 불사가 거의 끝날 무렵, 서정스님께서 급작스레 돌아가셨지요. 서정스님이 갑자기 왜 하세하셨는지는 알수 없으나, 교경스님은 그 무렵에 종적이 없어지셨더군요. 그 결과로 처인스님은 새로운 불영사의 주지가 되시었고요. 저 아래 엄소골에 있는 이연 대감의 논 서른 마지기에서 나는 소작물들이 이 불영사의 식량이 되었지요. 그러고도 매해 이연 대감 쪽에서 은전 백 냥씩이 이 불영사로 들어왔고요. 처인스님께서 이연의 대를 이은 이록과 이온에게 충성하심은 마땅할 것입니다."

처인이 대답했다.

"그렇소. 그 댁의 후원으로 이 절이 유지되거니와 이 아이들이 배곯지 않고 추위에 떨지 않고 자란 것이오."

홍수나 가뭄이나 기근이 생길 때마다 제 살던 곳에서 떠나야 하는 백성들이 생기게 마련이다. 먹고 살 게 없어 삶터를 등지는 어미아비들은 제 발로 움직일 만한 자식들을 종으로 팔아먹거나 팔지 못할 아이들을 버리기 십상이다. 팔도를 휘감는 큰 돌림병이 발생하면 말할 것도 없었다. 부모 잃고 살아남은 아이들은 돌멩이처럼 굴러다녔다. 어디에도 속하지 못할 천덕꾸러기들. 제가 세상에 살았다는 어떤 족적도 남기지 못한 채 스러져갈 족속들. 삼 년에 한 번씩 팔도의 호구戶口를 조사하지만 어느 문서에도 이름이 오르지 못한 채 떠도는 종자들이 부지기수다. 그럴 때 처처에 있는 절들이 나서서 아이들의 목숨을 살핀다. 절들이 그런 일을 하기에 부처의 자비를 시행한다 여기고 백성들은 보리쌀 한 줌, 좁쌀 한 홉이라도 시주하는 것이다.

"제자들의 앞날이나 목숨은 어떻게 되는 것입니까?"

"그건 어디서 어떻게 살아도 마찬가지요."

"하면 다시 여쭙지요. 저희한테 제압된 스님의 제자 여덟이 어딘가에 누워 있고, 지금 이 대중방에 스물여덟 명의 제자와 공양간 보살들이 있습니다. 선초와 꽃마리가 들어와 이 방 안에만 총 서른세 명이 있네요. 이들 모두는 이록과 이온의 명을 수행하다 실패한 셈입니다. 선초와 꽃마리가 이온에게서 명받은 날짜에 맞춰 보현정사로 돌아가지 못할 것이므로 실패가 거듭되겠지요. 그뿐만 아니라 큰스님을 위시하여 이 절 식구 모두가 만단사에 반기를 든 것으로 이온에게 전해질 것인바 여러분은 다 함께 경각에 처했습니다. 하여 처인스님께 마흔두 명의 목숨이 달려 있다고 치지요. 이온의 명을 따르시렵니까, 이들을 살리시렵니까?"

"이온 부령의 명을 따르지 않으면 어차피 죽을 것이니 결과는 같소."

"이온의 명을 따르지 않아도 모두 살 방법이 있다면, 그 방법이 이온으로부터, 만단사로부터 돌아서야 하는 것이라면 어찌하시겠습니까?"

"만단사는 그리 호락호락하지 않소. 그런 방법은 없다는 말이오."

"생각해 보시지도 않고요?"

"백 년을 생각하여도 마찬가지, 어차피 죽을 것이오. 평생 중으로 살아온 늙은이를 더 욕되게 하지 말고 나를 먼저 죽이시오."

이번 일이 터지기 전, 불영사와 실경사 무극들에 대해서 보고 받았던 별님은 즉각 실경사로 향한다고 전해 왔다. 무극들을 죽이지 않을 방법을 찾겠다는 뜻이었다. 그게 당연했다. 이들 모두를 죽일 수 없거니와 이들을 죽여 얻을 게 무엇이랴. 무엇을 얻는다 한들 그걸 어디다 쓴단 말인가. 사신계가 고작 그 정도라면 그 많은 계원들이 평생 절대 침묵의 강령을 지키며 살아가지도 않을 것이다.

별님의 뜻을 좇기 위해 알영과 방산은 머리를 썼다. 화완옹주의 수발 상궁이 죽게 한 일만 해도 그랬다. 별님께서 아무도 죽이지 말라 명하였으므로 죽일 수는 없었다. 죽이지는 못해도 화완이 더 이상 설치지 않게 해야 하는바 알영과 방산은 윤상궁한테 손을 썼다. 윤상궁은 임금의 여인이었다. 상궁이 내명부 호위별감과 사통했다는 것이 알려진 순간 둘의 목이 달아나는 건 물론이고 윤상궁의 친가와 김장삼의 식구가 모조리 죽을 터였다. 더구나 그 둘이 고종사촌간인지라 김장삼의 식구는 윤상궁의 외가 식구였다.

'상궁 윤씨, 네가 김장삼과 사통할 짬을 벌기 위해 번번이, 화완의 궐 밖 나들이를 부채질하면서 그의 탈선을 조장하는 걸 우리가 다 아는바, 대전에다 직접 알리겠노라 ……'

그렇게 윤상궁한테 제가 해온 짓을 적은 서신을 보냈다. 김강하를 언급하지 않았고 죽으라거나 죽이겠다고도 하지 않았다. 대전에다 상소할 것이라고만 했을 뿐이다. 화완이 강하를 맞이할 채비를 하라 먼저 보낸 원동궁에서 서신을 본 윤상궁은 목을 맸다.

"허면 스님은 그리하시고, 꽃마리와 선초에게 묻겠소. 그대들도 처인스님과 같은 허망한 일심을 간직한 채로 죽으려오?"

꽃마리는 또 묵묵부답이다. 선초도 내놓을 말이 없다. 구슬봉이는 북쪽 벽에 머리를 두고 솜양지와 이웃하여 누워 있다. 동그란 얼굴의 구슬봉이가 눈을 뜨고 있다. 언제부터 깨었는지 처인스님과 겸곡재 사이에 이루어지는 대화를 듣고 있다가 지금은 꽃마리와 선초의 대답을 기다린다. 선초와 눈이 마주치자 활짝 웃는다. 선초는 마주 웃지 못하고 눈을 감고 있으라는 시늉으로 자신의 눈을 감았다가 뜬다. 구슬봉이는 천진하게 웃을 뿐 눈을 감지 않는다. 형님이 어찌 대답하는지 볼 테요, 하는 것 같다. 선초는 겸곡재를 향해 묻는다.

"제 대답에 다른 사람의 목숨이 걸려 있나이까?"

"그렇지 않소. 한 사람 한 사람 일일이 뜻을 물어, 어떻게 해도 죽 겠다는 사람은 어떻게든 죽게 할 것이고 살겠다는 사람은, 어떻게든 살게 할 것이오."

"허면 저는 살겠습니다."

살겠다는 선초를 꽃마리가 휙 돌아본다. 꽃마리의 눈빛에 서운함 과 적의가 같이 서렸다. 선초는 꽃마리의 눈길을 맞받은 채 눈으로 말한다. 나는 지금 죽은 거야. 한 번도 살아 보지 못한 채로, 늘 어떻 게 쓰일지를 기다리며 살다가 죽었지. 그래서 다시 살아 볼 거야. 구 차하게라도, 배신의 누더기를 입고라도 다시 살아 볼 거야. 살다가 즈믄의 손에 죽게 될지 몰라도 그때까지 난 살아 볼래.

꽃마리가 선초로부터 눈을 돌리더니 겸곡재를 향해 입을 연다.

"생사를 말씀드리기 전에 먼저 여쭙고 싶은 게 있습니다."

"가능한 한 대답하겠소."

"대체 어디서 오신 건지요? 저희를 어찌 알고 저희보다 앞서 이곳 에 오셨는지요? 그리고 어찌 이렇게까지 하시는지요? 저희와 무슨 사감이 있기에요?"

"그대들은 모르는 사실이지만 이온 부령과 김강하는 일찍이 알던 사이였소. 김강하가 중인집안 출신이라 이온이 마다한 것이라 할 수 있지. 그렇게 끝났으면 그만이어야 하는데, 엿새 전 중양절에 그대 들의 부령 이온이, 옹주를 호위하여 보현정사에 온 김강하한테 다가 든 걸 보았을 것이오. 그날 이온은 김강하한테 보름밤에 보현정사로 오라 하였고 김강하는 가지 않았지. 왜냐. 김강하는 안해를 두고 지 나간 외간 여인을 만나러 다니는 잡놈이 아니기 때문이오. 우리 집 안에서는 자식을 그리 가르치지 않아요. 나는 김강하의 고모요. 그래서 조카와 질부를 지키려고 이렇게 나선 것이오. 앞으로도 그대들은, 이온의 명을 받아 김강하와 그의 처를, 또 그들처럼, 그대들과 아무 원한이 없는 무고한 사람들을 죽이러 나설 수 있는바 우리는 그걸 예방하려는 것이오. 어디서 와서 어찌 이렇게까지 하는지에 대한 대답은 우선 이쯤 하겠소. 꽃마리, 이제 그대의 뜻을 말씀해 보오. 살려오, 죽으려오?"

꽃마리는 자신이 하고 싶은 말을 선초가 먼저 한 것이 분하다. 함께 살자고 눈짓으로라도 속삭여 주지 않고 저는 살겠다며 앞서 나선 것은 더 분했다. 서운한지도 몰랐다. 꽃마리는 어릴 때부터 선초가 든직하고 좋았다. 커서는 동무로서보다 더 깊은, 말로 하지 못할 수줍은 정을 느꼈다. 무뚝뚝한 선초는 그런 꽃마리의 마음을 알지 못했다. 뿐만 아니라 즈문만 훔쳐보며 저 홀로 속앓이를 했다.

"결정, 못하겠습니다."

알영이 고개를 끄덕이곤 여러 사람들을 향해 입을 연다.

"여러분 대부분이 한참 전부터 깨어 지금까지의 이야기들을 다 듣고 계신 걸 압니다. 여러분 모두는 독에 중독되어 있습니다. 죽을 독은 아니고 하루 이틀쯤 지나면 운신할 만한 독입니다. 다들, 우리한테 대항할 힘은 없으실 겝니다만 일어나 앉을 만은 하실 텝니다. 다들 천천히, 힘들지 않게 움직이며 들으세요. 처인스님이 말씀하시는 욕된 삶이 무엇인지 모르겠으나, 처인스님처럼 욕되게 살지 않고 죽겠다는 분들과, 꽃마리처럼 어찌할 줄 모르겠다는 분들, 선초처럼 살겠다는 분들, 크게 세 가지 마음이 있을 겝니다. 쉽지 않을 결정임을 압니다만, 시간이 더 주어진다고 하여 쉬워지지도 않을 결정일 터. 당장 결정하시기 바랍니다. 참고로, 죽겠다고 결정하여도 금방 죽지는 않습니다. 살겠다고 결정하여도 대번에 자유로워지는 것도 아닙니다. 죽음이나 삶이나 시간이 걸리고, 각기의 과정을 거쳐서 진행될 겁니다. 그럼 지금부터, 저와 처인스님을 기준으로, 꽃마리처럼 어찌할 줄 모르겠다는 분들은 가운데로, 처인스님처럼 죽겠다는 분들은 왼쪽으로, 선초처럼 살겠다는 분들은 오른쪽으로 이동하세요. 움직이기 힘드신 분들은 힘쓰지 마시고 제 사람들에게 의사표현을 하시고요. 하면 부축하여 옮겨 드릴 겁니다."

살겠다는 방향인 오른쪽으로 맨 먼저 움직인 사람은 구슬봉이다. 그 곁에 있던 솜양지는 방의 가운데로 가 앉는다. 완경스님이 서쪽으로 가 앉았고 그 뒤를 안진스님이 따랐다. 적영스님은 방의 가운데, 공양주보살들은 구슬봉이 뒤로 가 앉았다. 남아 있던 사람들은 차차 느리게 움직여 세 편으로 갈라졌다. 처인스님을 아울러 죽겠다는 사람이 여덟, 꽃마리를 비롯한 가운데에 속한 사람이 열아홉, 선초처럼 동쪽에 앉은 사람이 일곱이다. 편이 다 갈라지자 겸곡재가 일어나서 말했다.

"지금부터 처인스님을 비롯한 여덟 분은 이 무극원의 왼쪽 끝 방으로 옮겨 가시고, 선초를 아우른 일곱 분은 오른쪽 끝 방으로 가십시오. 꽃마리와 적영스님을 비롯한 열아홉 분은 이 방에 그대로 계시고요. 각방에 요강이며 물, 죽 한 동이씩이 들어갈 것입니다. 그렇게 나뉘어 드시고 쉬시면서, 왜 죽고 싶은지, 진정으로 죽고 싶은지, 왜 살고 싶은지, 진정으로 살고 싶은지, 어찌하면 될 것인지 등에 대하여 숙의하시기 바랍니다. 중간에 방을 옮기고 싶은 분은 언제든 방 밖에서 수직하는 제 사람들한테 말씀하시고 방을 옮기십시오. 동쪽에서 서쪽으로든, 서쪽에서 동쪽으로든, 그건 자유입니다. 하지만 이 가운데 방에 계실 분들은, 내일 새벽 파루 무렵까지 반드시 양쪽 방 중 한 곳을 택하십시오. 내일 아침 날 밝을 때 이 가운데 방에 남아 계시는 분들은 서쪽 방에 계신 분들처럼, 반드시 죽겠다는 의지를 표명한 것으로 간주하겠습니다. 부연하자면, 억지로 힘을 쓰려 하시면 안 됩니다. 여러분은 중독되어 계시는바 억지로 힘을 쓰려 들면 기가 역류하여 독성이 강화됩니다. 사람따라 제꺽 죽을 수도 있고, 혼절할 수도 있습니다. 피차 수선스러워지지 않도록 탈출, 대항 등은 아예 염두에 두지 마시고 최소한으로만 움직이시라는 겁니다. 그리고 꽃마리와 선초도 여러분과 균등한 조건이 되도록 침 한 방씩을 놓은 뒤 결박을 풀겠습니다. 이상입니다. 방을 옮겨가실 분들은 천천히 움직이십시오."

선초가 손을 등 뒤로 묶인 채 먼저 일어났다. 벽에 기대듯 수직하고 섰던 여인들 중 한 사람이 선초에게 다가왔다. 침통에서 침 한 개를 꺼내 싱긋 웃고는 안는 듯이 하더니 등 뒤로 손을 뻗었다. 결박된 손목이 따끔하다. 다른 여인이 꽃마리에게도 똑같이 하는 걸 보고 선초는 몸을 돌린다. 서쪽 끝 방으로 갈 스승들이며 아우들을 바라보지 않고 열린 문을 통해 대중방을 나선다. 열두 살 구슬봉이와 열세 살 여로와 공양주보살 셋과 어린 행자승 하나가 뒤를 따라온다. 구슬봉이는 선초를 좋아하므로 따랐다. 여로는 구슬봉이와 단짝이라 함께 했다. 어린 행자승은 공양간 보살들을 따랐고, 공양간 보살들은 누굴 향해서건 어떤 맹세도 하지 않은 일꾼들이라 삶과 죽음에 대해 갈등하지 않고 동쪽으로 왔다. 이 순간 배신자는 선초뿐이다.

마루를 걸어 동쪽 끝방 앞에 이르자 그 방 앞에 있던 복면이 문을 열어 준다. 방에 등잔불 한 점이 켜져 있다. 일곱 사람이 들어서자 뒤에서 문이 닫힌다. 아랫목엔 이불이 펼쳐져 있고 방바닥은 따스하다. 그 따스함이 서러운 것인가, 눈앞이 부예진다. "선초언니!" 속삭인 구슬봉이가 다가들어 팔이 묶인 선초를 안는다. 공양간 보살들이 선초에게 앉으라 하더니 결박을 풀어 주려 애를 쓴다.

밥 먹다가 정신을 잃었던 주막의 그 방이 아니라 위아래 칸으로 나누어진 넓은 방이다. 며칠이나 여기 있었는지, 오늘이 며칠인지 마타리는 짐작할 수 없다. 모르게 지나간 그 사이에 이 방안에서 요강에다 오줌 똥을 누고, 미음을 마시고 다시 널브러지곤 했던 게 꿈이었던 듯 희미하게 떠오른다. 무언가를 하다가 다시 누울 때마다 허공에 떠 있는 것 같다고 느꼈다. 저승인지도 모르겠다는 생각도 했다.

저승은 아닌지 창호 밖은 어둡고 방안에는 등불이 밝다. 어딘지 알 수 없는 방안에서 정신이 들었고 결박된 것도 아닌데 몸을 움직일 수 없다. 어떻게 이런 일이 발생했는지 알 도리도 없다. 말은 할 수 있을 것 같지만 입을 열고 싶지 않다. 다들 그런 상태인지도 몰랐다. 마타리는 다시 눈을 감고 잠을 청한다. 잠이 올 리 없는 머릿속으로 온갖 생각들이 피어났다.

마타리는 여덟 살에 완경스님 손에 끌려 불영사에 든 이후 이온을 하늘로 알고 컸다. 이온이 밥을 주었고 옷을 주었으며 이부자리 깔린 잠자리를 주었다. 무술을 익히고 그림을 배운 건 오직 이온을 위해서였다. 그전에 어미아비가 있긴 했다. 문둥병에 걸렸다고 살던 동네서 몽둥이를 맞으며 내쫓기던 이들이었다. 내쫓기는 그들을 따라나섰는데 그들이 병이 옮기 전에 떨어져 나가라며 딸을 두들겨 팼

다. 나중에야 그 해가 임술년이었으며 그해 봄 팔도에 열병과 문둥병이 횡행하여 수십만 명이 죽어 넘어진 것을 알았다. 어미아비와 오라비와 아우들 모두가 그해에 문둥병과 열병에 걸려 사라졌던 것이다. 다른 무극들의 사연도 비슷했다. 무극들은 애초에 앞으로 나갈 수도 뒤로 물러설 수도 없는 수렁의 한가운데에 빠져 있었다. 태어날 때부터 빠져 있던 곳이라 수렁인 줄도 몰랐던 수렁의 한가운데에 지금 온몸이 푹 잠겨 있는 것 같다.

문이 열린다. 진회색 저고리에 연회색 치마, 검정 쾌자를 받쳐 입은 중년 여인이 들어온다. 그이가 무극들이 누운 이부자리의 발치 쪽 벽 앞에 서더니 입을 연다.

"나는 무악재 객점의 객주로 있는 개동녀라 하네. 그대들은 기억이 없겠으나 그대들은 꼬박 나흘을 자다 깨다 했고 지금은 닷새째 밤이네. 구월 스무엿샛지. 다들 깨어 있을 터, 몸에 힘은 없을 것이나 스스로 움직일 만은 할 게야. 일어나서 그대들의 몸이 시급해하는 일부터 해결하기 바라네. 며칠간 우리가 대신 해주었으나 이제 직접들 하게. 그대들을 수발할 사람들이 들어올 것이니 따뜻한 물 한잔씩 마시고, 그들에게 각자 대소변을 말하게. 달거리 중인 사람이 둘이 있더구먼. 서답을 갈아입어야 할 테니 그것도 말하게. 그런 뒤 죽을 들여 줄 것이니 허기를 달래도록 하게."

객주의 말이 끝나자 원주와 같은 복색에 반 복면을 한 여인들이 줄줄이 들어온다. 여덟이다. 그들은 각각의 무극들에게 물을 마시게 하면서 당장 시급한 게 무엇인지 묻는다. 양지와 선령비가 달거리 중이었던지라 가장 먼저 여인들에게 부축되어 방을 나갔다가 돌아왔다. 다들 차례차례 부축되어 일어나 나갔다가 돌아오길 반복했다.

마타리는 맨 나중에 일어난다. 무극들이 든 곳이 아래채인지 건너채 방에 불이 켜져 있고 마당 양쪽의 석등에도 촛불이 들어 있다. 불빛들을 비켜난 어둠 속에 복면한 남정들이 나무들인 양 서 있다.

"이쪽으로."

부축한 여인이 그렇게 말하더니 마타리를 이끈다. 뒷간이 아니라 벽에 두레박 등잔이 걸린 헛간이다. 헛간 바닥에 구멍 뚫린 좌대가 놓여 있고 좌대 밑에는 귓대동이가 받쳐져 있다. 옷을 헤치고 좌대에 앉은 마타리가 복면한 여인에게 묻는다.

"예가 어디쯤입니까?"

"파주요. 나머지는 차차 아시게 될 게요."

그러니 더 묻지 말라는 말이다. 진저리를 치며 오줌을 누고 나니 몸이 옴씰하니 떨린다. 따뜻한 물에 푹 잠겨 목욕을 하고 싶다. 항성재에서는 스스로 부지런만 떨면 언제든 정제간의 큰 솥에 물을 데워 몸을 씻을 수 있었다. 새벽이면 일어나 법당에서 불공을 올리고 불공이 끝나면 대련으로 몸을 풀고 씻고 단장하고 아침을 먹고 약방거리로 나서던 일상. 이태 전 심양 약방거리와 원당을 오가며 지낼 때는 반족가문 아가씨라도 된 성싶었다. 운진약방의 여의女醫 지엔위엔은 운진약방 주인의 고명딸이었다. 그이는 조선말을 조선 사람만큼 했다. 그이는 보원약방에서 간 사람들을 원당 향료방에 맡기고도 자주 들러 이것저것 알려 주었다. 그와 함께 심양 구경을 나선 것도 여러 번이었다. 약방 수의 도손과 매디 일성과 수련의녀인 선덕 곁에서 향료가 어떻게 만들어지는지 공부하며 그 과정을 그림으로 그리고 있노라면 온몸이 기쁨으로 벅찼다.

이제 다시 보현정사로 갈 수 없을 것이다. 혹시 돌아간다고 해도 이전과 같은 무극으로서는 아닐 터이다. 천지에 단풍이 들고 낙엽이 지는 철이라 발밑에서도 낙엽이 밟힌다. 오늘 여기 있는데 여기가 어딘지 모르겠고, 언젠가 어디로 가야 할 터인데 갈 곳이 어딘지 모르겠다. 마타리는 발밑에서 사박거리는 나뭇잎 소리가 가슴이 부서지는 소리 같다고 느낀다. 무극들이 몸을 단속하고 죽을 먹고 찻물로 입가심을 하고 나자 여인들이 방을 정리하고 나갔다. 객주가 다시 들어왔다.

"기운들이 좀 났는지 모르겠네. 최대한 편한 자세로들 듣게. 그대들이 하려던 일에 실패하고 여기 누워 있는 동안 이온은, 그대들이 죽은 것으로 간주하고 선초와 꽃마리를 불영사로 보냈네. 불영사에 있는 그대들의 아우들을 데려다가 그대들의 자리를 채우려 함이지. 헌데, 불영사는 그대들이 은재신의 가마를 따라 도성을 나서던 때에 이미 우리 사람들에게 점거되어 있었네. 그젯밤 불영사에 당도한 선초와 꽃마리도 우리 사람들한테 잡혔지. 그렇게 돼 그젯밤 불영사에 있던 삼십여 사람이 삶과 죽음을 선택하게 되었네. 삶의 조건은, 다시는 누구를 막론하고 사람을 해하지 않겠다는 맹세였지. 그 맹세는 곧 그대들의 주인인 이온을 배신하는 일인바 끝내 죽음을 택한 이는 단 두 사람, 처인스님과 완경스님뿐이었네. 두 스님은 새벽에 목을 매어 자진하였다더군. 그리고 앞으로 불영사는 적영스님을 주지로 하여 운영될 것이라 하네."

승려들이 돌아가면 열반에 든다 하지만 스스로 목을 멘 처인스님과 완경스님의 경우에는 열반에 들었다 하기 어려울 것이다. 승려가 자진한다는 말을 들어본 적이 없거니와 두 스님의 자진은 스스로의 선택이었다고 할 수 없을 게 아닌가. 마타리한테 처인스님이나 완경스님은 두렵고 어려운 스승이었다. 처인스님은 잔악했고 완경스님은 가혹했다. 어쨌든 스승들께서 별세하시었으므로 어떤 감회라도 생겨야하는데 마타리의 가슴은 돌처럼 가만하다. 적영스님이 주지스님이 되셨다면 불영사는 달라질 것이다. 어릴 적 마타리가 완경스님에게서 사흘씩 갇혀 굶는 징벌을 당할 때마다 적영스님이 찾아와 물과 주먹밥을 주곤 했다.

"다 너 잘 되라고 하시는 처사이니 원망치 말고 너를 더 닦으려무나."

그렇게 자라 나온 불영사에 다시 갈 수 있을지는 알 수 없으되 마타리는 다행이다 싶다. 무악원주가 다시 말을 잇는다.

"이제 그대들도 불영사 사람들처럼 삶과 죽음을 각자 선택해야 하네. 죽기는 쉬울 것이나 살아가기는 어려울 것이네. 그렇더라도 살기로 한다면 지금까지와는 다른 방식으로 살 길이 있네. 그 길을 우리가 알려 줄 것이야. 그에 앞서 그대들이 선택을 해야지. 그 선택의 기로에 선 그대들을 만나러 온 사람이 있네. 그대들도 알 만한 사람이야. 그의 이야기를 듣고, 그대들도 하고 싶은 말이 있으면 하게. 그리고 그가 나간 뒤에 자네들끼리도 대화를 나누도록 하게. 대화 끝에 어떤 결론이 나든, 그 결론은 오늘 밤 안에 나야 하네."

객주가 나간 문으로 한 남정이 들어온다. 넓은 갓에 자줏빛 두루마기를 차려입은 젊은 남정. 육척이 넘을 키에 호리호리한 몸피, 흰 얼굴에 수염을 말끔히 깎은 턱밑에 푸른 기가 돈다. 김강하다. 멀리서 지켜보던 그는 그림 속에 든 인물인 듯 현실감이 없었다. 가까이서 보게 된 그는 비갠 뒤 떠오른 무지개 같다. 마타리의 눈이 부시면서 마음이 봄볕 아래 막 피어난 꽃잎처럼 설렌다.

그의 등장에 무극들이 어찌할 바를 몰라 자신들의 저고리 고름이며 옷자락을 추스르며 아랫방의 아랫목으로 몰린다. 윗방 윗목에 선 그가 넓은 갓 쓴 머리를 숙여 인사하고 선 채 입을 연다.

"제가 누군지는 다들 아실 겁니다. 방금 들어왔다 나가신 개동녀님은 제 모친의 동무이십니다. 여러분이 저희 집을 살피는 걸 깨닫고 심상찮다고 느낀 제가 다급하여 객주께 도움을 청했습니다. 제 내자는 여러분이 아시는 대로 현재 평양의 제 본가로 향하고 있습니다. 지금쯤 닿았겠지요. 여러분이 아시다시피 제 본가인 평양의주 상단의 본원인 유릉원은 기반이 탄탄한 장사치 집안입니다. 우리 유상은 도성 안팎에만 해도 오십여 개의 각종 점포가 있고 보제원거리에 약방이 있으며 열 채가량의 집이 있습니다. 한 곳이 현재 제가 사는 삼내미의 비연재이고, 또 한 곳이 홍지문 밖 가마골 웃실에 있습니다. 제가 비연재에 살기 전에 가마골 웃실 집에서 살았습니다. 그때 가마골에 제 집안과 잘 아는 노인들께서 사셨는지라 제가 그들 집에 자주 드나들었습니다. 그 무렵에 온 아씨가 가마골에 머무르셨지요. 여러 해 전입니다. 온 아씨와 저는 정분을 나누었습니다. 어느 날 온 아씨가 가마골에서 사라지셨고, 그걸로 끝이라 여겼는데 몇 년 뒤 온 아씨가 가마골로 찾아오셨습니다. 다시 만나게 되었지요. 저는 온 아씨께 청혼했고, 아씨는 거절하셨습니다. 중인인 제 집안이 아씨의 가문에 턱없이 미치지 못하므로, 아씨의 거절은 당연한 것이었지요. 저는 결국 다른 사람과 혼인하게 되었고요. 그런데 지난 중양절에 일이 생긴 겁니다. 제가 오늘 밤 여기 와서 여러분 앞에서 사사로운 옛이야기를 장황히 늘어놓은 이유는, 객주께서 여러분 모두를 죽여야 할지, 살려야 할지, 모르겠다고 하셨기 때문입니다.

살려 놓았을 때 여러분은 다시 온 아씨의 명을 받아서 제 내자를 죽이러 나서실 테지요. 제 내자가 이제 본가에서 살게 될 것인바 여러분이 아씨의 명으로 다시 제 내자를 죽이러 나서면, 제 부모님을 위시한 식구들도 큰일을 겪게 되시겠지요. 제 어른들께서 호락호락 당하시기만 할 리 없으니 여러분도 다칠 수밖에 없고요. 이래저래 이온의 명을 따르도록 키워진 여러분은 난감한 처지이신 게 분명합니다. 헌데 어쩔 수 없는 명을 따르는 여러분을 모두 죽이는 건 너무 가혹하거니와 인지상정이 아니라는 게, 원주께서 고심하시는 바입니다. 저는 그래서 여러분 스스로 삶과 죽음을 선택하게 하시라고, 원주께 그 말씀을 드리기 위해 왔습니다. 저는 지금 도성으로 돌아가지만 여러분은 얼마간 여기 더 계셔야 할 겁니다. 앞날을 결정하셔야 할 것이고요. 부디, 서로에게 좋은 쪽으로 결정하셨으면 합니다. 제 할 말은 여기까지입니다. 질문이 있으면 하십시오."

방안에 깊은 적막이 감돌았다. 다시는 사람을 해하지 않겠다는 맹세는 곧 이온과 만단사에 대한 배신을 뜻하는 것이므로 아무도 아무 말도 하지 못한다. 단풍 든 이파리가 가지에서 떨려 땅에 내려앉는 시간만큼 기다리던 김강하가 다시 입을 열었다.

"여러분이 살아오시는 동안 질문하는 법을 배우시지 못했다는 걸 짐작하겠습니다. 허면 저는 이만 물러나겠습니다."

김강하가 나간 뒤에도 방안에 괸 침묵은 우물처럼 깊다. 두레박으로 몇 동이의 물을 떠냈을 만치의 시간이 지난 뒤 여덟째 얼레지가 대장 박하 쪽을 향해 말했다.

"큰형님, 우리 어떻게 해요?"

박하가 한참 뜸을 들이고야 입을 연다.

"어째야 할지 나도 모르겠어. 이 모든 일의 근원이 뭘까에 대해서만 계속 생각하는 중이야."

"생각하는 거라도 말씀해 보세요."

얼레지는 태극헌의 다섯째 구지매와 정분을 나눴다. 한밤중에 구지매와 함께 보현정사 주변 숲속으로 들어가 배를 맞추기 예사였다. 근래 눈치를 보아하니 구지매가 변심한 듯했다. 구지매가 새로 눈을 맞추기 시작한 계집은 보원약방의 병사病舍에서 의원들을 수발하는 다심인 것 같았다. 얼레지는 돌아가 구지매한테서 다심을 떼어 내고 싶을지도 몰랐다.

박하가 입을 열지 않자 넷째 영아자가 나선다.

"그래도 박하 형님이나 마타리 형님은 우리보다는 훨씬 아는 게 많고, 짐작하는 바도 많을 게 아니에요? 박하 형님이 모르겠다니, 마타리 형님이 말해 봐요. 우리 어떻게 해요?"

마타리는 하는 수 없이 입을 뗀다.

"각자 선택해야 한다잖아."

"그걸 각자 어떻게 선택할지, 이렇게 된 마당에 다 같이 속내 좀 나누자고요!"

"영아자, 네가 하고 싶은 말이 뭔데? 나나 대장한테 듣고 싶은 말 말고, 네가 하고 싶은 말을 해."

"나는 이대로 죽는 게 무섭고, 살아나 달라지는 것은 더 무서워요. 달라진다면 어떻게 달라져야 하는지, 아는 게 없어서 참말 무섭다고요."

영아자는 태극헌의 넷째 궐매와 연사 중이다. 영아자가 항성재에 들어온 직후에 시작된 정분이 사뭇 뜨거우면서도 진지한 성싶었다.

"네가, 또 우리가 아는 것이 왜 없어! 우리는 우리가 여기서 이대로 죽고 싶지 않은 걸 다 알아. 그리고 우리가 결국은 삶을 선택하리라는 것도 알고. 그게 우리 세상에 대한 배신이라는 것도 잘 알지. 무엇보다 우리는 아씨의 명이 얼마나 부당한 것이었는지를, 첨부터 알고 있었어. 이제금 우리는 아씨의 부당했던 명을, 어린 날 우리가 했던 맹세를 깨뜨리는 명분으로 삼게 될 거야. 그게 지금 우리가 살아날 수 있는 명분이 될 거니까. 우리는 여기서 우리의 오래전 맹세를 깨뜨리고 새로운 맹세를 하게 될 거야. 그리고 여기서 나가면 아마도 항성재로 돌아가게 될 거야. 저들이 우리를 살리려는 이유는 우리를 자신들의 사람으로 만들어 쓰자는 목적일 테니까. 어쨌든 우리가 항성재로 돌아간다 치자. 우리는 지금 우리한테 벌어진 일들을 아씨께 고스란히 고하고 용서를 빌 수 있을까? 무악원주 개동녀라는 여인과 김강하가 이러이러 하더라! 그리 아뢸 용기가 있어?"

영아자는 대꾸를 못한다.

"영아자 네가 그리하겠다고 대답 못하듯 우리는 아마 그렇게 못할 거야. 이런 일은 없었던 것처럼, 그저 은재신 납치에 실패한 것처럼 용서를 구하겠지. 그러면서 여기서 하게 될 게 분명한 새로운 맹세를 저버리고, 다시, 아씨의 명을 따르게 되겠지. 우린, 우리 자신을 걸고 한 맹세를 별 거 아닌 것으로 치부할 수 있을 만치 스스로를 하찮게 여기니까."

아홉째 선령비가 끼어든다.

"새삼스레 우리를 하찮게 여기는 게 아니라 우리는 원래 하찮은 족속 아니에요?"

선령비의 말에 영아자가 발끈하여 소리쳤다.

"야! 나는 나대로 귀한 족속 할 테니, 너나 원래 그런 족속 해. 모처럼 심각하게 우리 처지에 대해 얘기하고 있는데 조그만 게 싹수없이 어디서 끼어드니!"

애먼 선령비가 울상이 되어 물러앉자 영아자가 마타리를 향해 따지고 든다.

"그래서요? 그렇게 하찮은 우리가 모르는 건 뭐고, 아는 건 또 뭔데요?"

"우리는, 지금 우리가 속한 세상을 벗어나도 달리 살 도리가 있다는 것, 그 통로도 알게 되었지. 달리 살 마련이 있다는 걸 분명히 들었으니까. 그렇게 우리는 알고 있으면서도 아무도 움직이지 못하고 있을 뿐이야. 영아자 너처럼, 누군가가 우리를 이끌고, 그 어느 곳을 향해 나서 주기를 기다리는 거라고. 그렇지 않아?"

"이제 보니 마타리 형님, 줄이 줄줄 아주 청산유수네요. 맞아요. 솔직히 그래요. 턱없는 명령도 내릴 수 있는 우리 세상이 무서운 걸 알게 된 순간에 느닷없이 나타난 저쪽이 더 무섭다는 걸 깨달았잖아요. 이럴 수도 저럴 수도 없는 새중간에 끼어서 어째야 할 줄 모르겠는데, 형님들은 아무 소리도 하지 않고. 이럴 때는 형님들이 결정해 줘야 하는 거 아니에요? 형님들이 대장이고 부대장인 이유가 그거잖아요?"

대장인 박하는 끝내 입을 열지 않는다. 대장이라고 무슨 할 말이 있으랴 여기는지 채근하고 나서는 사람도 없다. 방안에 침묵이 괴려는 참에 열째 앵미가 모여 보라는 듯 손짓하며 나섰다.

"형님들, 우리 이대로 달아나요. 세상 밖으로요."

무슨 신통한 수가 있나 싶어 앵미의 소근거림에 귀를 기울이던 무극들이 일제히 실소한다. 열여덟 살의 앵미는 태극헌의 부대장 격인 갈지개와 정분난 지 몇 달 됐다. 막내임에도 갈지개와 혼인하고 싶다고 당당히 말하곤 했다.

"여길 빠져 나가서 청국이나 왜국으로 가는 거 어때요? 의주나 회령 쪽으로 가면 어렵잖게 청국으로 넘어가고, 저 남녘 땅 끝의 부산포로 가면 왜국 드나드는 배가 드물지 않다고 하잖아요. 또 벽란도 쪽에 가면 더 먼 나라로도 갈 수 있다고 들었고요."

워낙 허황한 말이라 모두 대꾸 없이 각자 자리로 물러난다. 너는 혼인하고 싶은 갈지개를 두고 떠날 수 있냐? 앵미한테 묻는 사람도 없다. 꼼짝없이 닷새째 갇혀 있다는 사실보다 두려운 건 아무도 손가락 하나 다치지 않은 채 살아 있다는 점이다. 자신들을 죽이려던 무극들에게 살 길이 있다고 말할 수 있는 저들의 힘! 무극들은 여기서 못 달아날 뿐만 아니라 만단사를 벗어날 수도 없는 것이다.

무극들의 왼쪽 어깨에는 '무극無極'이라는 글자가 자문되어 있다. 십 년 넘은 문신이라 약간 바랬으나 태어날 때부터 그 자리에 있었던 양 선연한 글자다. 무극들에게 신령스런 기운이 깃들기를 바라 새겨진 글자이자 무극으로서의 자격을 갖췄을 때 부여받은 징표였다. 그 징표는 옷으로 가릴 수는 있을지언정 살아 있는 한 사라질 게 아니었다. 생살을 파 글자를 도려낸다면 혹 모를까.

만단사를 그렇게 훤히 꿰고 있는 저들은 누구일까. 이불을 뒤집어쓰고 눈을 감으면서 마타리는 그 정체에 대해 궁리한다. 그 정체를 알면 어떻게든 결정하기가 쉬울 터인데, 그 정체를 알려면 이온에게서 돌아서는 게 먼저였다. 하지만 어떻게 이온으로부터, 만단사로부터 돌아선단 말인가.

군신君臣

매해 시월 하순이면 사은진주 겸 동지사 행단이 연경을 향해 길을 나선다. 그 이십 일 전쯤에는 사신단의 정사와 부사, 서장관 등이 확정된다. 정사에는 보통 일품 급의 종친이, 부사에는 삼품 급의 대신이, 서장관에는 사품 급의 신료가, 수역관首譯官에는 사역원의 삼사품급이 임명되는 게 관례다. 올해도 전례와 다름없이 진행될 터인데 사신단 명단을 뽑기 전인 요즘 소전은 생각이 많다. 미운 자들이 너무 많아 괴롭다는 게 맞을 것이다. 문 소의를 둘러싼 자들, 빈궁전을 둘러싼 자들, 대전 앞에서만 무릎 꿇는 자들. 내년에 자전이셨던 정성왕후 탈상을 한 후 새 왕비가 들어서면 그를 둘러싸는 세력이 생겨 미운 자들이 더 많아질 것이다.

자신의 권세와 가문의 영달만 꾀하는 자들이 도당에 들고 당상관에 오른 뒤 각 관서의 수장 자리를 꿰차므로 당금 조선이 이 꼴이었다. 조금치의 변화도 싫어하는 자들이 나라를 운영하므로 누구보다 세상이 바뀌는 걸 원치 않으시는 대전께서는 그들을 총애하신다. 건국 이래 이십 성상을 거치는 동안 금상마마 집권 시기만큼 돌림병이 빈번한 때가 없었다. 돌림병이 돌 때마다 몇 만, 몇십 만의 백성이 죽어나가므로 백성의 숫자가 늘지를 못했다.

건국 이래 최대 부흥기라 하지만 실상은 달랐다. 건국 초부터 닦은 팔도의 대로들이 좁아져 마차가 다닐 수 있는 길이 자꾸 줄어들었다. 역마는 느려지고 군영의 병기들은 녹슬고 삶터를 떠나 산간으로 숨어 버리는 백성들은 점점 더 많아지고 세수는 줄고 도적들은 늘어간다. 그런 와중에 팔도의 성읍들은 쪼그라들고 촌락들은 황폐해져 간다. 오직 도성과 성저지역만 커져갈 뿐이다. 도성이 커지고 화려해져 가므로 대전께서는 도성의 번성을 나라의 융성함으로 보시는지 국방을 등한시하신다. 팔도 군영의 병사들을 조련하고 무기를 쇄신해야 한다는 소전의 간언을 아예 들으려고도 하지 않는다.

"네가 글공부하기 싫어 칼 놀이만 하자는 게 아니냐?"

그리 말씀하시는 대전께서는 글공부를 참 좋아하신다. 당신의 편전에 경연관들을 모아 놓고 국사를 논하는 대신 당신의 문장과 신료들의 문장을 비교하며 따지길 몹시도 즐긴다. 당신께옵서 경연관들보다 학문이 높고 깊다는 걸 과시하시는 것이다. 학문의 높이로 왕노릇을 하는 듯했다. 그런 탓에 학문을 따라가지 못하고 따라가고 싶지도 않은 아들을 금수 보듯 한다.

그처럼 좋아하시는 책들에 백성이 배불러야 나라가 있고 임금이 있다는 말들도 무수히 나오는데 문장은 문장일 따름인지 대전의 경연시간이 길어질수록 굶는 백성은 많아진다. 청국을 통해 들어온 천주교라는 서양 이교가 해서와 관동 지역에서 기세를 떨치는 까닭도 백성들 살기가 어려운 탓 아니겠는가. 올 들어 천주를 섬기는 자들

중에 제사를 폐지하는 자들이 있다는 장계가 해서지역, 관동지역의 고을 원들한테서 수십 개나 올라왔다. 내용은 하나같았다.

"유학의 도리를 어기고 강상의 법도를 무시하는 이 같은 자들을 어찌 처결하오리까?"

그런 장계나 상소를 볼 때 소전은 우스웠다. 제 아비와 할아비의 제사를 지내기 싫어하는 후손이 있다면 그들 문제이지 유학의 도리나 강상의 법도를 운운할 일인가? 오죽하면 아비와 할아비의 제사를 타기했을 것인가. 임금은 임금답고 신하는 신하답고 부모는 부모답고 자식은 자식답고, 지아비는 지아비답고 지어미는 지어미다워야 한다는 게 삼강三綱이다. 부모자식 간에 친해야 하고 군신 간에 뜻이 있어야 하고 부부 간에 도리를 따져 달라야 하고 노소 간에는 순서가 있어야 하며 동무 간에는 믿음이 있어야 한다는 게 오륜五倫이다. 삼강과 오륜을 어기면 강상의 법도를 어기는 죄를 짓는 것이다. 강상의 죄는 참수형에 해당하는 대죄이다.

강상의 법도는 약자는 강자에게 대서면 안 된다는 일방적인 뜻을 담고 있다. 신하는 임금한테 머리 조아리라는 것이고 자식은 부모한테 순종하라는 것이고 여인은 남정한테 복종하라는 게 삼강이다. 오륜도 마찬가지다. 오륜을 어겼을 때 죄는 아래쪽에만 발생한다. 자식이 부모를 해치면 천륜과 인륜을 거스르는 대죄이나 부모가 자식을 해치는 것을 거론하지는 않는다. 부모가 자식을 팔아먹거나 죽이거나 해도 죄가 되지 않는다. 지아비가 지어미를 칠거지악을 들어 내쫓을 수 있고 임금이 신하의 불충을 트집잡아 내쫓거나 죽일 수 있다. 노소 간에는 옳고 그름에 상관없이 노인의 말을 따라야 한다는 것도 같다. 벗들 간에 신의를 지켜야 한다는 사항도 이헐렁비헐령이다. 상황에 따라 강자 쪽의 말이 우세하게 작용하여 약자는 벗 사이의 신의를 저버린 자가 되기 십상이다.

하늘님은 무격들이 수천 년 섬기고 있는 천신이다. 서역에서 청국을 통해 들어오기 시작한 천주교의 천주는 하늘 주인이라 한다. 천신이나 천주나 비슷할 성싶은데 천신은 만상에 신령이 있다며 온갖 것을 섬기고, 하늘 주인은 오로지 저만 섬기기를 바라 사람의 조상을 제사 지내지 말라 하는 모양이었다. 제사란 곧 섬김이기 때문이다.

제 조상을 섬기지 않고 하늘 주인을 따른다는 천주교도들이 늘어가고 있다는 장계를 받을 때마다 소전은 한숨을 쉬곤 한다. 제사를 폐한 자들을 잡아 징치하라. 답은 그리하지만 그럴 일인가 싶다. 언젠가 부왕께서 승하하신 뒤 그 혼전魂殿에 엎드리게 되면 기분이 어떨까, 상상해 보다 머리를 흔들곤 한다. 대전께서는 앞으로 백년은 더 사실 것 같은데 그 혼전에 엎드리는 상상은 얼마나 부질없는 것인가 싶어서다.

"이봐, 김강하."

대보단大報壇 앞뜰을 바장이던 소전이 뒤따르는 김강하를 부른다. 금원禁苑의 가장 깊은 곳에 담장을 달리하여 자리한 대보단은 임진왜란 때 원군을 보낸 명나라 신종의 은덕을 기리기 위해 숙종께서 지으셨다. 명나라가 이미 망하고 청나라가 선 상황에서 대보단을 세우다니. 숙종이 조부이실지나 소전은 도저히 이해할 수 없는 처사였다. 숙종의 처사를 이해할 수 없으매 명나라 신종의 은혜가 뭔지는 애초에 느낄 수 없는 소전이므로 그 은덕을 기리고자 이곳에 오는 게 아니다. 한적한 뜰이 몇 겹의 담장에 둘러싸였으므로 조용히 있고 싶을 때 올 뿐이다.

"예, 저하."

오늘은 김강하와 단 둘이 있기 위해 대보단까지 왔다. 둘이 있기 위해 별감들을 대보단 담장 밖으로 내보냈다. 대보단 앞쪽 열천문列 泉門 현판 아래 군신이 나란히 선다. 담장 둘레의 숲에 온통 단풍이 들었다.

"연경 가 본 적이 있다 했지?"

"열여섯 살 때 반년가량 다녀왔나이다."

"연경, 다시 한 번 다녀올 테야?"

"명하시면 따르겠나이다."

"난 말이지, 집권하면 청국을 쳐서 요동과 산동 땅을 내 휘하에 둘 거야."

"저하의 꿈이시지 않나이까."

"난 왜국도 정벌할 거야. 왜왕이 산다는 왜국 경도와 관백이 산다 는 동경까지. 탈탈 털어서 왜란 당시를 복수하고 왜국을 우리 속국 으로 둘 거야."

"그 또한 저하의 꿈이시지요."

"가능하리라 봐?"

"가능이란 미리 보는 게 아니라 실행하여 만들어 내는 것 아니겠 나이까."

"맞아. 해서 말하는 건데, 내가 집권하면 그대가 내 영의정이 되 고, 내가 요동이며 산동 정벌을 나서면 그대가 나의 상장군이 돼 야 해."

"그리하겠나이다, 저하."

"대답이 너무 쉽잖아? 내 뜻을 진정으로 이해하며 답하는 거야?"

"예, 저하. 소신도 저하의 영의정이며 상장군이 되어 옛 조선 땅을 저하의 영토로, 조선 영토로 만들고 싶나이다."

"음, 좋아. 그래서 하는 말인데, 이 필선을 서장관으로 삼아 동지 사단을 꾸리는 게 어떻겠어? 그대는 서장관의 비장으로서 연경으로 가는 거지. 가며오는 동안 청국의 이모저모를 그 눈에 담아와 내게 보여 달라는 것이고."

"그리하겠나이다, 저하. 소신, 연경 왕복 석 달여간에 저하의 눈이 되고자 충심을 다하겠나이다. 소신을 서장관의 비장으로 명하오소서."

"알았어. 그건 그리하기로 하고, 서장관은 이 필선께서 가시는 걸로 해도 무방하겠어?"

"이 필선께서 기꺼이 복명하실 것이옵니다."

"그건 나도 알아. 나는 그대 생각을 묻는 거야."

"소신은 감히, 당금 조정에서 가장 반듯한 신료가 이 필선이라 여기옵니다."

"어째서?"

"어느 누구보다 사욕이 적은 분이라 여기기 때문입니다."

"이 필선께서는 어떻게 그런 분이신 거지?"

"모자란 게 없는 가문에서 태어나 모자란 게 없다고 자족하시는 덕이 아닐까 하고 생각해 본 적이 있습니다."

소전이 흠, 소리를 내고도 고개를 끄덕인다.

"그렇다면 이번 사행단 서장관은 이 필선께서 하시는 걸 정하고, 정사는 이습 대감이 어떨까 싶어. 그대 생각은 어때?"

"이습 대감께오선 청국 통이시고 성정이 무난하시다 들었사옵니다. 잘 결정하시었습니다."

"그대 생각에 부사는 누가 좋겠어?"

"저하, 소신은 조정인사들에 대한 생각이 천박하나이다. 알고 지내는 몇 분 외에 달리 아는 것도 없고요."

"돈녕부 도정 이록은 어때?"

"그는 작년 동지사단의 부사로 다녀왔지 않습니까? 연하여 부사로 보내는 게 가능하겠나이까?"

"내가 명색이 작은 임금 아니야? 지난 십 년 가까이 온갖 사신단 명단을 내가 만들었어. 부사 한 명쯤은 내가 정할 수 있지 않겠어?"

"지당하시옵니다."

"이록을 부사로 정해도 되겠어?"

그 말을 하고 동의를 얻고 싶어 대보단까지 왔나 보다.

"저하께옵서 결정하시고 명하시면 될 일이지요. 소신이 떠받칠 것이오니 하명만 하소서."

군신 간에 시선이 마주친다. 편전에서는 웃전이 보라 하기 전에 신하가 웃전의 눈을 볼 수 없는 게 법도다. 그 금기를 소전은 김강하에게 오래 전에 해제시켰다. 그 덕에 지금 김강하가 하명만 하시라 말하는 뜻을 눈에서 읽는다. 김강하는 소전이 연경 행에서 이록에게 무슨 일인가를 벌이라는 걸 알아듣고 하명하면 수행하겠노라 복명부터 하고 있었다.

"이록을 조정에 못 나오게 만들어 줘. 내 작년 이즘에 그자가 사백 년근 산삼을 품고 청국으로 갔다는 말 들은 뒤 분해서 잠들지 못할 때가 많아. 그자가 아흔아홉 필의 말을 받아가지고 돌아온 뒤로는 불면이 훨씬 길고. 그때부터 그자가 조정을 장악해 가고 있잖아? 그

자가 조정으로 들어오면서 아바님과 내 불화가 훨씬 깊어졌어. 그자가 작용하고 있는 거지. 그자를 제거해 줘."

"죽이오리까?"

"아니, 죽이지는 말고 내 눈 앞에 나타나지 않게만 해줘. 다리를 부러뜨리든 멍청이를 만들든 어쨌건 조정으로 돌아오지 못하게만 해."

"그렇다면 차제에, 아예 제거하는 게 낫지 않으리까? 그게 소신이 수행하기에 훨씬 쉽고, 저하의 미래에도 그가 없는 게 나을 것 같습니다만."

"나도 딱 그랬으면 싶지만, 그자의 집안이 약방을 운영하매 숱한 백성들의 생계가 그 집안에 매어 있는 게 사실이잖아. 일꾼들을 부리면서 인색하지도 않은 것 같고. 재작년 돌림병 때 약방 일꾼들한테 베풀었다는 행하 얘기만 해도, 그자가 살아 있는 게 백성들한테는 나을 성싶어. 나는 그자가 조정에만 나오지 않으면 돼. 더하여 그 집이 박 수칙의 사가잖아."

수칙 병희는 용모가 어여쁠 뿐만 아니라 성정은 더 곱다. 아양 부리지 않고 엄살도 없다. 바느질 솜씨가 뛰어난데 그보다 신기한 건 학식이다. 궁서고를 다니며 책을 빌려다 읽는데 즐겨 읽는 게 『장자』였다. 자신이 궁에 들어오게 된 까닭에 대해서도 말할 만큼 솔직하기도 하다. 이록의 서매였고 원래 이름이 유원이었다고 했다. 집안 어른들이 자신을 궁에 놓으면서 소전의 눈에 띄기를 바랐던 것 같다고, 그건 어떤 목적 때문이었던 것 같다고도 했다. 병희가 말하는 이록의 목적이란 뻔했다. 궐 안에다 제 권력을 만들겠다는 것 아니겠는가. 이록의 목적이 뻔히 보이는 데다 병희가 그처럼 솔직하므로 그 점에 있어서는 문제 삼을 게 없었다. 더구나 이제 병희는 이록의 식구가 아니라 소전의 여인이었다.

"알겠나이다, 저하."

"그래. 이제부터 동지사신단에 관한 절차들은 그대가 이 필선과 의논해서 진행하도록 해."

"예, 저하. 하온데, 저하."

"말해."

"장차 저하께옵서 등극하시어 방금 말씀하신 계획들을 실현하실 제, 그 일을 좀 더 임의롭게 진행할 수 있는 사람을 찾아내 길러 놓으심이 어떨는지요."

"그대 같은 사람들?"

"망극하옵니다만, 소신처럼 저하의 뜻을 받들 수 있는 사람을 최소한 스무 명쯤 곁에 두시는 거지요."

"은밀히?"

"은밀해야겠지요."

소전은 모처럼 소리 내어 웃는다. 이처럼 속을 알아주는 김강하가 곁에 있으므로 그나마 숨통이 트이지 않는가.

"이봐, 김강하."

"예, 저하."

"그대 눈에는 그대와 같은 사람들이 보여? 스무 명씩이나?"

"지금까지와 다른 눈을 뜨고서, 보려 들면 보이고, 찾으려 들면 찾을 수 있겠지요."

"내가 어릴 때부터 부왕마마와 다른 시각으로 세상과 사람을 보려하는 바람에 지금 이 꼴이야. 제정신으로 살기 어려운 처지가 됐단 말이지."

"저하께서는 잠룡이십니다. 잠룡이란 웅크리고 있는 용이 아니옵니까. 이제부터라도 잠룡이신 저하께서 비룡이신 전하와 다른 시각을 가졌다는 사실을 덜, 드러내셔야 하겠지요. 좀 더 웅크리시고, 그리 웅크리신 채로 은밀히, 장차를 준비하셔야지요."

"지난달에 내가 익위사에 권총을 들일까 했을 때 다 같이 반대하지 않았어? 그대도 반대했잖아?"

『무예신보』에 그려지는 무술 동작들을 살피다가 책자에 총기에 관한 내용이 없다는 생각이 났다. 뒤이어 총술, 사격술은 굳이 책자에 올리지 않아도 될 만큼 단순하다는 생각도 했다. 총이라는 건 잡고 방아쇠를 당기면 발사되는 것. 표적을 정확히 잘 맞추는지 못 맞추는지가 관건일 뿐이고 그건 연습만 하면 해결되는 문제였다. 무술처럼 수년간의 수련을 필요로 하지 않는다. 총은 위력이 워낙 막강하므로 수련과정은 오히려 책자에 올릴 필요가 없을 만치 단순한 것이다.

그런 총이 소전에게는 없었다. 금위대 무기고에 신식 권총을 비롯한 각종 화약 무기들이 잔뜩 구비돼 있는데 익위사에는 검과 활과 창뿐이지 않는가. 신식 권총이 만들어진 지가 십수 년이나 됐고 부중에서 거래될 정도라는데 명색이 세자가 총 한 자루가 없다는 게 소전은 억울했다.

"우리도 총을 들여놓을까?"

위사들에게 물었다. 위사들이 일제히, 극력 반대했다. 대전에서 무슨 꼬투리를 잡을지 모른다는 이유였다. 대, 소전을 이간질하고 불화를 책동하는 인사들이 소전의 역심을 들먹일 것이라고, 생각지도 마시라 했다. 그래놓고 김강하는 지금 사람을 키우라 한다.

"무기고도 따로 없는 익위사청에 총을 들이는 문제와 저하의 사람을 은밀히 키우는 건 다르지 않나이까. 총은 은밀할 수 없으나 사람은 그리할 수 있고요. 저하께옵서 잠룡답게 고요히 사신다면 저하의 사람들도 고요히 클 수 있겠지요."

"고요히 살라는 건 웅크리고 살라는 건데, 이봐, 김강하. 난 지금도 더할 수 없을 만큼 웅크린 채 살아. 내 곁에서 지낸 몇 년간 수도 없이 봤잖아. 부왕께서 아들을 능멸하실 때, 그보다 더 치욕스러운 건 어떤 자들도 부왕을 말리지 않는 거야. 그대가 본 건 몇 해지, 나는 평생 그러했어. 그때마다 나는 웅크리느라, 나를 다스리느라 내 자신을 잡아온 거고. 그런 나한테 은밀한 게 어딨어? 나와 이처럼 독대하고 있는 그대인들 은밀할 수 있나? 지금 우리 둘이 이 자리에 선 것도 내일 아침이면 대전에 다 알려져 있을걸!"

"그렇기는 하지요."

"그런데 어떻게 은밀해? 어떻게 그대 같은 사람을 열 명, 스무 명이나 찾아내 은밀히 숨겨 키울 수 있어? 내가 사람을 따로 키운다는 게 알려진 순간 나는 임금을 치려는 역적이자 아비를 해치려는 패륜아가 되고 말아. 내가 생각을 안 해본 줄 아나?"

"해보셨나이까?"

"그대를 익위사로 들여놓은 그 순간부터 그대한테 그대 같은 자들을 골라 키우라, 하고 싶었어. 못했지! 아니 했고! 왜 못했냐고? 역적, 패륜아가 될 거라는 두려움 때문이지. 어찌 아니했냐고? 명색이 세자, 소전으로서의 자존심 때문이야. 내가 세자이며 장차 군왕이 될 위인인데 숨어서 그와 같은 짓을 해야 해? 신하들은 내 신하이고, 백성들은 내 백성이잖아. 조선은 내 나라이고. 내가 내 나라를 부강하게 만들려는 건데 숨어서 사람을 따로 기른다? 그건 결국 내

나라를 내가 치겠다는 뜻이 되는 거잖아. 내가 왜 그래야 하느냔 말이야."

"망극하여이다, 저하. 소신의 생각이 짧았나이다. 용서하소서."

"용서 빌지 마."

"예?"

"내가 말은 이리 할지라도 사실 그대 생각이 내 생각이기도 한데, 그대가 용서를 빌면 내가 나한테 용서를 비는 꼴이 되잖아? 내가 그릇된 자라는 걸 인정하는 꼴이고."

"하오면 용서 건은 취소하겠나이다."

소전은 또 소리 내어 웃는다. 할 말 못할 말 다 쏟아내고 나니 속이 개운해 진 것 같다. 부왕 앞에 불려가기 전까지는 편히 지낼 수 있을 듯하다. 웃고 있는 소전 앞으로 김강하가 한 걸음 더 다가든다.

"사사로운 말씀을 올리고 싶나이다."

모처럼 소전의 가슴이 뛴다. 소전이 세자로서 차마 하지 못한 말을 대신해 주려는 걸 알겠기 때문이다.

"말해."

"소신 주변에 소신처럼 꿈꾸고 소신처럼 살기를 바라는 벗들이 몇 있나이다."

"그, 그런 벗들이 있어?"

"예, 저하. 금번에 소신이 연경을 다녀오면 봄이 되지 않습니까. 진달래 필 때쯤 날을 잡아 벗들과 함께 선유船遊라도 나가 보고 싶습니다. 허락하시겠습니까?"

김강하는 소전처럼 조선이 부유하고 강성하기를 바란다. 작금 조정을 우려하고 백성들의 삶을 염려한다. 그런 김강하 곁에 소전의 나라에서 부국강병의 초석이 되는 꿈을 꾸는 자들이 있다고 한다. 그런 자들과 동아리를 짓겠다고 한다. 봄날 뱃놀이를 빙자하여. 김강하 같은 신하가 스무 명, 아니 열 명만 있어도 소전의 미래가 지금처럼 어둡지는 않을 것이다.

"선유라! 배에 실려 강물 따라 흘러본다 이거지? 그거 참 부러운 노릇이네. 허락하지. 그리고 가능하면 나도 끼고 싶은데?"

"저하께서 선유하시기는 불가능하실지라도 배가 닿은 곳 어디쯤으로 사냥을 나가실 수는 있겠지요."

"그렇지. 좋아, 봄! 봄에 사냥 좀 해보지. 이제 퇴청할 건가?"

"예, 저하."

"퇴청하면 집으로 가?"

"예, 저하. 오늘은 일단 집으로 퇴청했다가 이 필선을 찾아뵙고 동지사단에 대한 의논을 할까 합니다."

"집에는 누가 있어? 그대 부인 외에?"

"안살림을 해주는 할멈 둘과 청지기 할아범이 있나이다."

"그대 본가가 상당하다면서 하속이 노인 셋 뿐이야?"

"소신 내외의 사지가 멀쩡한지라 어지간하고 소소한 일들은 소신 내외가 직접 하옵고 소신 집안의 점포가 몇 군데 있어 소신 내외한테 필요한 물자를 그쪽에서 충당시켜 주는지라 노인 셋으로도 충분하나이다. 노인들이 집안일에 능숙하고 지혜롭기도 해서 철없는 소신 내외의 일상을 너끈히 감싸주옵니다."

"그렇군. 아기는 아직 생기지 않았지?"

"예, 저하."

"얼른 아기를 만들도록 해. 세손은 두어 해 후면 가례 올릴 테니 어렵겠으나 세손의 아우들 중에서는 그대 아이하고 짝 지울 녀석이 있을 거잖아. 그대가 딸을 낳으면 내 작은 며느리 삼고, 아들을 낳으면 내 사위로 삼는 거지. 우리가 사돈을 맺으면 재미있지 않겠어?"

어이가 없는지 김강하가 웃는다. 겉과 속이 고루 아름다운 사나이. 내가 여인이었더라면 이 사나이한테 혹하여 애간장께나 태웠겠지. 속으로 생각한 소전은 모처럼 유쾌히 웃으며 열천문의 계단을 내려선다. 앞서 내려가 안마당을 건넌 김강하가 바깥문을 열자 별감들이 도열한다. 문을 나와 바깥마당을 건넌 소전은 열려 있는 요금문으로 들어서며 빙고 쪽을 힐긋 보다 금원 숲으로 눈을 돌린다. 평생 보고 산 금원의 단풍이 처음으로 곱다.

서방님 퇴청하셨다는 기별에 수앙이 중문간에서 달려 나오며 소리친다.

"아아아, 큰언니 왔어?"

아침에 보고 지금 보는 사람이 아니라 일 년쯤 만에 보는 사람처럼 열광적으로 뛰어와 제 몸을 내던지듯 퍽 안긴다. 향료방에서 나왔는지 몸에서 꽃향기와 증류주 냄새가 난다.

"이보세요, 부인. 우리 체면 좀 차립시다. 어린 아우와 어른들께서 보고 계시잖습니까?"

"내 집에서 체면은 무슨!"

고개를 젖히며 입술을 내민다. 강하는 그 입술에 가벼운 입맞춤을 하고는 품에서 떼어 내 손을 잡는다. 성아가 두 손으로 제 눈 가리는 시늉을 하고 노인들은 웃고 돌아선다. 날마다 보는 광경이라 새삼스럽지도 않은 것이다. 방산을 비롯한 어른들께서 수앙한테 제가 납치될 뻔했던 사실을 알리지 못한 이유가 이것이었다. 수앙이 평생 이처럼 맑고 밝게 살기를 바라서. 제가 보는 사람이 다 좋고, 하는 일마다 즐거워 세상이 온통 아름다운 사람이 수앙이다. 강하가 원하는 것도 그랬다. 서방이 집에 들 때마다 수앙이 체면 같은 거 모르쇠하며 열렬히 환영하는 안해로 살아 주는 것. 안방으로 들어와 도포를 벗으며 강하가 입을 뗀다.

"나, 이번 동지사단에 끼어서 연경을 가게 될 성싶어."

"그래?"

"음. 퇴청하면서 몇 분께 밤에 우리 집으로 오셔 달라고 청했어. 의논드릴 게 있어서."

"긴한 의논이야?"

"음."

"오래 걸리겠네. 몇 분이나 오시는데?"

"다섯 분이고 그중 한 분은 수열재이셔. 초경 즘에 오실 거야. 저녁은 자시고들 오실 테니 마실 것 좀 준비해 줘."

"늦봄에 담근 매실주 걸러놨는데 그거 낼게. 내가 술맛은 몰라도 향기는 홀릴 만큼 아름다워. 수열재께서도 술맛 좋다고 칭찬해 주셨고. 안주는 음, 낮에 앞집 가서 모시조개 알 말려 갈무리하는 거 봤거든? 북어도 껍질 벗기는 것도 봤고. 그 두 가지 얻어다가 내줄게."

"앞집 지미방에서 겨우살이 준비하는 걸 막 얻어올 수 있어?"

"지미방수께서 나한테 석 냥의 빚을 지고 계시거든. 앞으로 열다섯 냥쯤을 나한테 주시게 될 거고. 나는 그 돈 만큼의 음식을 내가 필요할 때마다 달라 할 거야. 오늘 밤은 두 접시 달라 할 거고."

"해심께서 그대한테 어찌 그리 큰 빚을 지셨는데?"

"해심 숙수께서 요새 요리 책자를 만드시거든. 거기다 그림을 넣고 싶으셨나 봐. 그 그림을 내가 그려 드리기로 했어. 음식 한 가지당 그림 한 판씩 들어가는데 한 권에 서른 가지 음식이 들어가. 나는 한 권 당 석 냥씩 받기로 했고. 첫 권을 수의계약 했는데 계약금을 아직 못 받았어."

"그림을 그리지도 않았는데 계약금부터 먹어치우려고?"

"내가 이 집의 안주인이니 지아비의 손님들을 대접하는 게 마땅하잖아? 수열재 스승님도 오늘 밤엔 내가 대접해야 할 손님이시고."

수앙은 자신을 노상 아기처럼 대하는 스승 앞에서 의젓함을 과시하고 싶은 모양이다.

"고마워. 맛있겠어."

"근데 큰언니?"

"음?"

"할머니들이 지금 저녁 차리고 계시거든?"

"그러시겠지. 왜에?"

알면서 부러 물어보는데 수앙이 고개를 갸웃하며 짓궂게 웃더니 훅 달려든다. 체면 따위 모르는 어린 안해는 부끄러움도 없어서 제 몸이 원하는 걸 그대로 표현한다. 중양절 전날 밤 첫 교접할 때 아프다며 갖은 욕설을 퍼붓던 수앙은 간곳없었다. 요즘 수앙은 색정질이 얼마나 재미있는지 아는 요부가 돼가고 있었다. 둘이 되기만 하면 지아비한테 덤벼드는 요부. 강하는 요즘 어린 요부 덕에 밤마다 몇 차례씩 구름 위를 날았다. 번이 들어 밤에 집을 비울 때면 이튿날 아침에 구름을 탔다. 수앙은 손님들 때문에 오늘 밤 구름 타기가 여의치 않을 거라 지금 덤비는 것이다. 강하가 마다할 까닭이 없다. 세상에서 가장 재미있는 일은 아마도 안해의 옷 벗기기일 것이라 여기는 즈음이었다.

　세자시강원 필선 이무영, 의금부 도사 최갑, 포청 종사관 백일만, 세자익위사 좌사어 설희평, 혜정원 부원주 구여진. 구여진을 제외한 다섯 사람은 이태 전에 그림자도둑 회영을 잡느라 뭉쳤던 화반들이다. 구여진이 이 자리에 끼게 된 까닭은 칠성부에서도 오늘 밤 주고받은 대화의 내용을 알아야 하기 때문이다. 강하가 소전과 독대하며 나눴던 이야기를 상세히 펼쳐 놓고 나서 이무영에게 묻는다.

　"스승님, 소제를 비장으로 삼아서 서장관으로 가시겠습니까?"

　수앙이 내보낸 매실주를 마시며 말없이 듣고만 있던 이무영이 술병 목을 잡는다. 백일만의 잔에다 술을 따라 놓고는 입을 연다.

　"내가 기꺼이 갈 거라고 벌써 말씀드렸다면서, 이제 와 가겠냐고 묻는 건 대체 어디서 나온 예절인가?"

　"황송합니다, 스승님."

　"춥잖아! 연경은 조선보다 훨씬 춥고. 엄동에 장장 석 달을 내리 움직여 다녀야하는데 난 추운 건 질색이라고!"

　백일만이 술잔을 비우고 끼어든다.

　"술이 맛있으니 제자를 용서해 주시게나. 귀한 안주도 내놨잖아?"

　"자네가 가실 게 아니라고 아주 쉽게 말씀하시는구먼!"

　이무영의 이죽거림에 웃음판이 벌어진다. 웃고 난 이무영은 부르르 진저리를 친다. 요동벌판을 건너는 상상에 진저리가 나지만 소전이 강하한테 말하기 전부터 이미 계획된 일이다. 사흘 전 시강 후에 소전이 가벼운 어투로 동지사단의 정사며 부사, 서장관으로 누굴 보내면 좋겠느냐고 교관들에게 물었다. 교관들이 한두 사람씩을 거명할 때 이무영은 아무 이름도 말하지 않았다. 소전이 시강원을 나간 뒤에 편전 내관이 이무영을 찾아와 저하께서 찾으신다 하였다. 편전으로 들어가니 소전이 이무영한테 시강원에서 왜 아무 말씀도 아니 하셨냐고 물었다.

"저하께옵서 소신에게 하문하신 게 아니신지라 아무 말씀도 드리지 않았나이다."

"허면 지금 정식으로 여쭙지요. 정사와 부사와 서장관으로 누가 좋겠습니까?"

"소신 생각에는 정사로 해성군, 부사로 돈녕부 도정 이록, 서장관으로 소신이옵니다."

"스승님께서 가시겠단 말씀이세요?"

"소신도 한 번쯤은 다녀와야 하지 않겠나이까."

"고생스러우실 텐데요?"

"그 때문에 대개 기피하며 지명 받으면 어쩔 수 없이 가지요. 언젠가 소신도 지명 받을 날이 있을 테고요. 그럴 바엔 자원해서 다녀오는 것도 괜찮지 않을까 생각해 보았나이다."

"이 도정은 지난해 사신으로 다녀왔는데 또 가려 하겠습니까?"

"그는 신하이고 저하께서는 대리 기무하시는 소전이십니다. 저하께서 명하시면 될 일이십니다."

"알겠습니다. 저도 생각해 보겠습니다."

소전이 이틀 동안 온갖 생각을 하다가 강하를 상대로 자신의 속내를 다 드러냈다. 문제는 소전이 강하한테 이록을 죽이지 말라고 명했다는 점이다.

사신계에서는 이록을 요동벌로 밀어낸 다음 사고를 당해 죽은 걸로 만들 계획이었다. 이록이 만단사를 사유화하면서 살생을 자행하거니와 작년에 도당으로 들어선 뒤로 다수의 신료들을 흔들어 그렇잖아도 흐린 물을 진탕으로 만들어 놓고 있지 않은가. 이록이 돈녕부 정으로 들어설 때 전임 정이었던 서행석이 급사했다. 아무래도 석연치 않다고 여겼는데 비휴대장인 윤홍집이 사신계에 입계하면서 그 내막을 털어놨다. 삼백오십 년 묵은 산삼을 청 황제한테 바치기 위해 사신단에 들 작정으로 이록이 윤홍집으로 하여금 서행석을 죽이게 했던 것이다.

"그래, 향기로운 술과 맛난 안주를 내놨으니 스승을 요동 벌판으로 내몬 죄는 용서하기로 하지. 부인께서 이처럼 지혜로우신 걸 보니 두물 자네, 장가 잘 들었구먼."

강하가 히죽 웃고는 술병을 들어 선진들의 빈 잔들의 채운다. 구여진이 잔을 들어 반나마 마시고 내려놓고는 입을 연다.

"우륵재께서 서장관으로 가시고 두물이 나리의 비장으로 수행하게 되면 우리 세상 사람은 몇이나 데리고 가실 건지요? 무절들을 어떤 식으로 구성하시고요?"

"그 점은 제가 아니라 두물이 답해야 할 사안인 것 같습니다, 수열재. 우리가 이번 동지사단에 끼기로 한 목적이 이록 제거인바 그 일은 두물이 해야 할 테니까요. 두물, 복안을 내놔 봐."

강하가 고개를 돌려 술잔을 비우고는 입을 연다.

"저는 우리 사람을 최소한으로 데려가야 하리라고 생각하는 중입니다. 우리가 하려는 일이 은밀해야 하므로 우리 사람들을 다수 데려가면 오히려 번거로울 듯해서요. 우륵재께서는 서장관으로서의 임무를 여상하게 수행하시면 되고 저는 비장으로서 보좌하고, 우리 통문관으로는 양명일을 데려가고, 현재 수국사에서 수련 중인 백동수를 비장보로 데려가는 정도로만 갈까 합니다. 연경에서 돌아온 다음에는 백동수를 금위대로 넣을까 싶고요.”

수열재가 반문한다.

“겨우 네 사람이 간다고요? 말이 되오?”

“제가 이록의 수하들과 검이나 활을 겨룰 게 아닌데 열 명, 스무 명이 함께 갈 필요는 없지 않겠습니까? 우리 사람들의 얼굴을 드러내는 것인데요.”

설희평이 나선다.

“소생도 두물 말이 맞는 것 같습니다. 우리 세상 사람들이 다수 가면 그들을 보호해야 하는 책임도 생기는 것이니 단출할수록 우륵이나 두물의 짐이 가벼울 것입니다.”

수열재가 고개를 젓는다.

“제 생각은 다릅니다. 이번 사행단에 우리 칠성부 사람이 끼어가지는 않으므로 이건 우리 세상 전반을 염두에 두고 드리는 말씀입니다만, 이왕 이처럼 나서기로 했을 때 우리 계원들, 특히 젊은 무절을 한 사람이라도 더 데리고 가서 품계 없는 관직에라도 들여놔야 한다고 봅니다. 누대에 걸쳐 우리가 관헌을 만들어 내는 까닭은 그들로 하여금 우리 세상의 힘을 키우게 하자는 것이지 않습니까. 그들로 하여 조선 백성들의 삶이 조금이라도 나아지는 방향으로 제도를 바꾸어가자는 뜻이고요. 그러니까 이처럼 공식적인 일을 하기로 했을 때 한 사람이라도 더 공직에 들여놔야지요."

백일만이 고개를 끄덕이며 끼어든다.

"저도 수열재 말씀에 동감합니다. 두물이 수행해야 할 임무가 몹시 은밀하여 단출한 게 나을 수도 있지만 그만큼 위험하기도 하잖습니까. 은밀한 임무를 수행할 때 밑을 받쳐 주고 뒤를 봐 주는 무언의 눈들, 손들이 여럿일수록 안전도가 높아지지요. 망봐 주는 사람들이 있어야 하는 게 아니냔 말이지요. 병조 각 아문에 품계 없이 속해 있는 무절들이 있잖습니까. 이런 기회에 그들에게 넓은 세상을 구경시키면서 앞날에 보탬이 되는 경력을 쌓게 하는 거지요. 그렇다고 하면 수열재 말씀대로 젊은 무절들을 호공관으로라도 심어서 데려가는 게 맞다고 봅니다. 그렇지 않은가, 두물?"

"물론 두 분 말씀이 맞습니다만 우리 세상이 견지해 온 뜻이 이번 사행에 무절 몇 명을 더 끼워 넣는 것으로 한꺼번에 해결되는 건 아니지 않습니까. 우리가 세상을 일거에 개혁하려는 것이 아니라 백성들과 더불어 서로 다치지 않게 살아가자는 것이고요. 그처럼 우리가 세상을 조금씩 개선해 나가자는 공공의 선을 추구할 제, 이록은 야망 때문에 만단사를 사유화하면서, 우리가 추구하는 일에 심히 역행하거니와, 우리 세상 사람들이 실제 피해를 보므로 차제에 그를 제거하자고 되었습니다. 그렇다고 할 때 저는 이번 사행길에서는 우리가 계획한 애초의 목적에 충실, 집중하는 게 맞다고 봅니다."

큼, 소리와 함께 최갑이 끼어든다.

"다 맞는 말씀들이십니다만, 한 가지 전제를 잊으신 듯합니다. 이록이 작년에 사행단 부사로 다녀왔는데 이번에 또 가라는 전교를 받았을 때 순순히 갈지, 그 점을 먼저 생각해 봐야하지 않습니까? 그가 작년에 사행단에 끼기 위해 사람까지 죽인 건 청황제한테 산삼을 바쳐서 황제한테 눈도장을 받기 위함이었지요. 말을 아흔아홉 마리나 받아오면서 그 목적을 충분히 달성했고요. 그는 관직에 몸담지 않아도 아쉬울 게 없는 사람입니다. 이번에 가라 하면 칭병하거나 사직할 수도 있습니다. 또 복명한다고 해도 자신이 사신으로 지명된 배경에 대해 심각한 의혹을 가질 수 있지요. 그렇게 되면 작년에 김 제교를 비롯한 수하 다섯을 데리고 다녀온 그가 이번에는 보위대를 모조리 데리고 갈 수 있을 겁니다. 또 호공관에다 만단사 젊은 무사들을 잔뜩 심어서 데려갈 수도 있고요. 두물이 우리 무절들을 몇을 데려가더라도 어차피 두물의 임무 수행이 쉽지는 않은 거지요."

이무영이 나선다.

"잘 지적하셨습니다. 이제부터 그 점까지 아울러 의논하고 대비를 해야겠습니다. 우선 이록이 사신단에 끼게, 빠질 수 없게 해야겠어요. 그러자면 사신단 명단을 발표하는 순간까지 이록은 자신이 부사로 지명됐다는 사실을 몰라야 할 테고요."

수열재가 묻는다.

"어떻게 말입니까? 소전이 명단을 작성하여 대전 쪽으로 올리고 대전의 전교가 떨어지기까지는 최소한 네댓새가 걸리는데 이록이 모르겠습니까?"

"일단 다른 사람이 지명된 것처럼 해야겠지요. 발표 직전에 이름을 바꾼다던가 해서요. 어떻든 그쯤은 소전께서 충분히 해내실 겁니다. 그 일은 소전께서 해결하시게 하고, 전교가 떨어졌을 때 이록이 어쩔 수 없이 복명한다면 최 도사 말대로 이록에게 의혹이 생기겠지요. 그러면 보위대를 모조리 달고 가는 건 물론이고 호공관에도 자신의 사람들을 최대한 많이 심으려고 할 수 있고요. 헌데 호공관도 병조 아문에 들어 있어야 뽑을 수 있는바 이록은 병조아문에 들어 있는 젊은 만단사자들을 떠올리겠지요. 비휴들이 그 대상이 되기 쉽고요. 현재 양연무 비휴들 중에서 병조 아문에 들어있는 사람은 넷입니다. 그 넷은 만단사 비휴이면서 우리 계원이기도 하지요. 이록이 그들을 호공관으로 천거한다면 두물한테도 아군 넷이 생기는 것이지요. 이록은 자신이 키운 무사들이 제 아군이 아니라는 걸 모르니까 말입니다."

"야망으로 눈이 흐려져서 제 발밑을 못 보는 어리석은 자이죠."

수열재가 한숨처럼 중얼거린다. 강하가 수열재의 잔에 술을 따른다. 수열재가 술잔을 들며 말한다.

"이제 구체적인 방법을 논의하실 차례인데 잠시 숨 좀 돌리시지요. 이 술은, 이 집 안주인이 빚은 건데, 드실 만하신가요?"

"앞 댁에서 가져온 게 아닙니까?"

최갑의 반문에 수열재가 고개를 흔든다. 무영도 수앙이 혜정원에서 술과 안주를 얻어다가 곱게 차려낸 것이라 여겼다. 그것만 해도 대견했는데 직접 빚었다니 재미있다.

"안주는 이집 안주인이 저희 집에서 사온 셈이지만 술은 자신이 배워서 빚었습니다. 배워서 빚었지만 풍미는 제법입니다."

매실향이 진한 것에 비해서는 맛이 부드럽다. 약간의 신맛과 단맛과 쓴맛이 조화를 이뤘다. 열여섯 살이라 했던가. 반야의 딸, 심경. 그림 솜씨가 탁월하다고 들었다. 그림거리에 가끔씩 수앙의 그림이 나타나는데 만만찮은 값에 팔린다고도 했다. 그림거리에서 불리는 별명이 칠엽화사七葉畵仕라던가. 그런데 술까지 빚는다니, 신기하다.

눈을 잃기 전 반야는 자신은 손으로 할 줄 아는 게 없다고 했다. 일평생 바늘을 잡은 적 없고 물을 길어 본 적 없다고. 하다못해 마실 물도 직접 따라 본 적 없다고. 눈을 잃은 뒤에야 말해 무엇하랴. 무영은 일상에서의 반야의 무재주와 무능을 당연하게 여겼다. 그래서 그 딸이 이처럼 많은 재주를 가졌다는 게 이상하게 느껴지는 것 같다.

그나저나 반야의 아우로 태어나 딸로 자랐다는 아이는 어찌 생겼을까. 반야를 못 보니 그의 딸이라 보고 싶다. 중문 저쪽 내원에 있어도 제가 낄 자리가 아닌 걸 알므로 넘어오지 않는 아이. 제 어머니를 닮았으면 몹시 어여쁠 터이다. 재주 많은 딸을 가진 그 사람은 지금 어디쯤 있는가. 무영은 술을 마시며 그리움을 삼킨다.

아침놀이 붉으면

편전의 용상 아래, 좌대에 앉은 소전이 내려다보는 가운데 도승지가 청국으로 갈 동지사 사단의 명단이 적힌 전교를 읽고 있었다.

정사, 해성군 이습.

부사, 돈녕부 도정 이록.

서장관, 세자시강원 필선 이무영.

수역관, 사역원 부정副正 김신편.

수의首醫, 내의원 판관 박병순.

이록은 혹시 잘못 들었는가 싶어 소전을 올려다본다. 이번 동지사 단의 부사로 예문관의 직제학이 내정되었다고 듣고 있었는데, 돈녕부 도정 이록이라 하지 않은가. 소전의 눈길을 잡으려 해도 그는 복명하는 해성군楷盛君 이습과 필선 이무영을 건너볼 뿐 이록과 눈을 마주치지 않는다. 부러 외면하는 것이다. 소전의 의지가 강하고 대전의 전교가 이미 내린 터라 선뜻 이번 사신단 인사가 잘못되었노라 이의를 달고 나서는 자가 없다. 호조판서 홍인한도 모르쇠로 고개만 숙이고 서 있다. 그에게 갖가지 명목으로 건넨 재물이 만만치 않건만 거들지 않는다. 결국 스스로 나서야 하게 생겼는가 싶을 때 형조 참의 윤급이 이록에 앞서 나선다.

"저하, 소신 형조 참의 윤급 삼가 아뢰나이다."

"말씀하십시오."

"돈녕부 도정 이록은, 지난 해 사은진주 겸 동지사단의 부사로써 청국에 다녀왔나이다. 같은 사람이 이태 연하여 사신으로 가는 일이 전례에 없는 줄로 아나이다. 통촉하소서."

"윤 참의, 『경국대전』에, 전례가 없는 경우에는 하지 말라는 말씀이 적혀 있습니까? 게다가 이 경우가 법치에 심히 어긋난다고 적바림되어 있어요?"

"그런 것은 아니오나 전례가 통상적인 법례와 관행으로 작용하는 바 이례적인 사안일 경우 사전에 의논하여 신중히 시행해야 할 것이옵니다. 통촉하소서."

"통촉하기 늦었습니다. 매해 그렇듯이 의정부와 승정원에서 의논하고 전하께옵서 전교하신 일입니다. 이번 행사가 법리해석과 법치에 심히 어긋난다고 생각하면 차후 이번 일과 같은 경우에 대해 어떻게 대응할지에 대한 규정을 다시 만드셔야 할 것입니다. 그렇지 않습니까, 윤 참의?"

"황공하여이다, 저하."

"그나저나 이록 도정!"

"예, 저하."

"복명하는 기색이 아니신데, 작년에 다녀오셨으므로 이번에는 가시기 싫으신 겝니까?"

왕명을 받으면 하는 수 없이 가는 것이지 한겨울 연경에 자청하여 가고 싶어하는 자는 없다. 가도 가도 끝나지 않을 것 같은 삼천 리 길. 요동벌을 걸을 때 돌개바람이나 눈보라에 갇히기라도 하면 곁에 있던 자가 사라져도 모른다. 그 무지막지한 겨울 원행을 해를 연하여 나서고 싶은 자가 누가 있으랴. 더구나 이록은 요즘 도성을 석 달씩이나 비울 형편이 아니다.

온이 저지른 얼토당토않은 짓으로 뒤숭숭한 와중에 외무집사 박은봉이 기별을 해왔다. 무녀 중석이 화개로 돌아왔다는 것이었다. 박은봉이 팔도를 돌아다니거니와 남녘에 더 자주 가는 터였다. 중석이 언젠가는 화개로 돌아갈 수도 있으리라 여겨 화개에다 사람을 심어놓고 있던 참에 마침내 중석이 그곳에 나타나 눈에 띄었던 것이다. 이록은 인편으로 온 금동에게 조만간 조처할 터이니 화개로 돌아가 중석을 계속 살피라고 일렀다. 작금의 이록이 장기간 도성을 비울 수 없는 이유였다.

"망극하여이다, 저하. 윤 참의께서 말씀하신 대로 한 사람이 해를 이어 사신으로 가는 전례가 없는바, 소신이 다시 가는 사상 초유의 일이 발생하면 지금까지 지켜 온 법치의 질서가 무너지지 않겠나이까."

"너무 거창하신 거 아닙니까, 이 도정? 우리 조선의 법이 그리 쉬이 무너질 정도로 허약합니까?"

"망극하여이다, 저하. 그런 뜻이 아니오라⋯⋯."

"사상 초유요? 모든 일에는 처음이 있는 법인데, 사상 초유면 어떻습니까? 이 도정께서 지난해 청국 황제로부터 아흔아홉 필의 말을 하사받아 오셨지 않습니까. 사상 초유의 일이었지요. 그에 앞서 삼백 년 넘은 산삼을 청 황실에 바치셨는바, 그야말로 사상 초유였고요. 이 도정이 아니시라면 우리 조선 땅의 어느 누가 그와 같은 일을 할 수 있겠습니까? 그게 신료들한테는 대단히 큰 능력으로 비친 듯합니다. 때문에 올해도 경께서 다녀오시는 게 좋겠다고 뜻을 모으셨을 테고요. 내가 결정한 게 아닙니다. 전하께서 승인하셨고요.”

이 사달은 뒤끝 질긴 대전의 늙은이가 삐친 결과인 모양이다. 삼백오십 년 묵은 산삼을 자신이 먹고 삼백 년쯤 더 살고 싶을 텐데 그리하지 않았다고 이제 와 뒤통수를 치는 것이다.

“망극하여이다, 저하.”

“어쨌든 결정되어 대전께오서 전교를 내리셨으니 따르십시오. 정히 따르기 어려우면 사직하시면 되겠지요. 경께서 지난해 전임 정正의 유고로 그 자리에 앉으셨듯, 사직하시면, 경의 자리에 앉을 사람이 대신 동지사단 부사가 되어 떠나면 될 테니 말입니다.”

저 철없는 위인이 주제에 용상 언저리에 걸터앉았다고 횡포 부리는구나! 청국 황제한테 산삼을 바친 게 저를 위해 한 일은 아닐지라도 저한테 해될 일도 아니었건만 조롱하고 비꼰다. 이록은 속으로 쓰게 웃는다.

일조 광해께서 찬탈당한 지존의 자리를 되찾아야겠다고 생각한 게 봉황부령이 되었을 때였다. 조부나 부친으로부터 일조의 복위復位에 관한 그 어떤 언질도 들은 적 없지만 이록은 백여 년에 걸쳐 자신에게로 유전된 그 계획이 뼈마디 골골마다 각인되어 있음을 깨달았다. 폐위된 뒤 강화도에서 제주도로 쫓겨 가시어 짐짓 미친 자처럼 허허롭게 사셨다는 일조의 한恨이 내 것인 양 선연했다. 조부를 제주도 돌담 안 움막에 두고도 한번 찾아뵐 수도 없었던 삼조三祖 린의 피눈물도.

어쨌든 소전은 제 늙은 아비 앞에서 반편이가 될망정 그 스스로는 스물네 살의 창창한 나이다. 별별 해괴한 짓을 다하는 것 같아도 문무를 겸비했거니와 소신껏 정무를 처리할 용단이 있었다. 장차 현왕 삼대를 말끔히 쓸어낸다 할 때 소전을 먼저 무너뜨려야 하는 이유였다.

"망극하여이다. 저하. 감히 어명을 거스르겠나이까. 소신 이록, 삼가 내리신 명을 받잡겠나이다."

이번 사신단은 동짓달 초하루에 출행하므로 스무 날 뒤에는 도성을 떠나야 한다. 급작스레 할 일이 많아졌다.

"그러셔야지요. 다들, 하실 말씀들 다 하신 듯하니 오늘 조회는 여기서 마치겠습니다. 각자 청사로 가시어 일들 보십시오. 사신으로 결정된 세 분, 해성군 대감, 이 도정, 이 필선께서는 원행 준비를 시작하시고, 각 관서에서는 사행단의 원행 길에 자그만 차질이라도 생기지 않게 최선을 다해 주시기 바랍니다."

해성군 이습은 삼대 전 임금의 후궁 손자로 환갑이 넘었으나 몇 년에 한 번씩 사신으로 연경을 다녀온 연경통이다. 수역관 김신편도 평생 청국을 오가며 사역원 종삼품 부정副正에 오른 늙은이다. 이록은 이십 대에 세 번, 삼십 대에 한 번, 지난해에 사신으로 다시 다녀왔다. 필선 이무영은 아마 처음일 터이다. 소전이 철없는 위인이라 초행인 자에게 서장관이라는 막중한 직책을 맡겼다. 이 필선이 제 측근인바 청국 구경을 하게 하면서 물정을 살피려는 의도이리라.

"삼가 성심을 다하겠나이다, 저하."

신료들이 한 입에서 나온 듯 뻔한 복명을 외치자 소전이 일어나

용상 옆의 문으로 사라진다. 신료들이 앞서거니 뒤서거니 편전을 나가는데 서장관으로 임명된 이 필선이 해성군을 이끌고 이록에게 다가왔다.

"원행을 나서기 전에 최소한 세 번, 서장관이 정, 부사와 수역관을 모시고 회동해야 한다고 들었나이다. 첫 회동으로 내일 오찬을 함께하시면서 대감, 영감께서 소직에게 가르침을 주시겠습니까."

보통 종친이 임명되는 사신단 정사는 왕을 대리하는 상징적인 자리다. 부사는 말 그대로 정사를 보필하는 사람이다. 행여 원행 중간에 정사가 아프거나 죽기라도 하면 그 노릇을 대신하는 것이다. 사신단의 모든 실질적인 일을 꾸리는 사람은 서장관인바 준비단계에서부터 그가 실무자다. 해성군이 이록을 향해 말했다.

"이 도정께서 괜찮으시다면 이 필선 편할 대로 하십시다."

"저도 괜찮습니다."

이록의 수긍에 이무영이 제꺽 나선다.

"하오면 내일 정오 참에 혜정원에다 자리를 마련해 놓겠습니다. 김 수역과 박 수의께도 그쪽으로 오십사 기별하겠고요. 오실 때 두 분께서는 이번 원행에 비장으로 데려갈 무관을 정하여 소직한테 알려 주시기 바랍니다. 소직은 비장으로, 익위사의 좌부솔 김강하를 지목했나이다. 그리고 내일 그 자리에서 호공관護貢官에 들 만한 무사 두엇이나 서넛씩, 천거해 주시면 소직이 받들겠습니다. 하오면 내일 뵙지요, 대감, 영감!"

읍해 보인 이 필선이 미련 없이 앞서 편전을 나간다. 해성군이,
"요새 젊은 사람들이란!" 속엣 말을 소리 내어 내뱉더니 이록에게 묻는다.

"이 도정은 비장으로 누굴 데려가실 게요?"

사신단의 정사와 부사, 서장관 등의 삼사三司에게는 각자 비장裨將 한 명과 비장보裨將補 한 명씩이 따르게 된다. 사신단의 정식 관헌인 비장은 삼사가 칠품 이하 무관 벼슬아치들 중에서 아무나 지명할 수 있다. 품계 없는 무사라도 상관없으나 관에 소속되어 있어야 하므로 보통 삼사가 사사로이 알고 지내는 무관 벼슬아치를 지명하기 마련이다. 삼사에게 비장으로 지명된 무관은 현직에 겸하여 사신단 비장직을 수행하며 연경으로 향한다. 또 호공관이 스물네 명인바 병조의 각 아문에서 품계 없는 무사들을 차출하는데 그 직권도 호공관장을 겸하는 서장관에게 있었다.

"대감께서는 누굴 데려가시렵니까?"

지난해 이록은 군기시 참봉인 김제교를 비장으로 지목해 데려갔다. 그에게 넓은 세상을 구경시켜 줄 의도였다. 그때 김제교는 스물한 살이었다. 창창하게 젊고 머리가 비상한 놈의 내면에 깃든 울분이 사뭇 컸다. 열등감은 깊었다. 울분과 열등감은 이따금 비굴함으로 드러났다. 이록이 겪어온 정효맹이나 윤홍집에 비한다면 천상과 같은 신분을 타고난 놈의 그 점이 기이해 자주 살폈는데 놈은 때로 아랫것들에게 잔혹하기도 했다. 울분과 열등감의 반작용인 것 같았다. 놈이 왜 그 모양으로 자랐는지는 알 수 없되 다시 비장으로 데려가고 싶지는 않다.

"원체 고생스런 길이라 미안해서 누구한테 말을 꺼내기가 미안하지 않습니까. 가뜩이나 누굴 데려갈지 걱정인데 호공관에 넣을 무사들까지 추천하라니, 나 원! 나는 호공관은 모르겠고, 비장이나 궁리해 보려오. 비장보도 비장한테 알아 정하라 하고. 내일 뵙시다, 이

도정.”

“예, 내일 뵙겠습니다, 대감.”

해성군이 고개를 끄덕이고는 느릿느릿 나간다. 이록은 그를 지나쳐 편전을 나섰다. 형조참의 윤급이 서둘러 따라와 어디 가서 얘기 좀 하자는 눈짓을 한다. 이록은 돈녕부 청사로 가자고 말하곤 걸음을 늦추어 걷는다.

이록은 오늘 조정에 들기 전까지 사신단에 끼게 될 것을 예상치 못했다. 아무 대비가 없었다. 올해 지목할 비장과 비장보는 이제부터 생각해 내야 할 텐데, 이 필선이 좌부솔 김강하를 제 비장으로 삼았다 하니 괜히 한 발 늦은 듯싶다. 한때 사윗감으로 생각해 본 적이 있는 김강하. 온이 아직도 잊지 못하여 일을 치게 만든 그놈. 온이 그놈 때문에 일을 그르치는 일이 없게 하자면, 또 소전의 손 하나를 잘라내는 의미로서도 놈을 죽여야 하리라고 생각하던 참인데 일이 공교롭게 되었다.

이록은 일치감치 퇴청하여 집으로 들어섰다. 곤과 금오당이며 하속들이 불불이 나와 인사하는데 기색이 심상치 않다. 영고당이 산통을 시작했노라 한다. 예상하기로 이달 하순이나 내달 초순에 낳을 것이라 하더니 상당히 이르다. 어쨌든 내당이 산통을 시작했다 하므로 내원으로 들어서니 대청 앞에 흰 천이 걸려 산실인 걸 표시했고 집안 아낙들이 부산스럽다. 이록이 금오당에게 산파는 왔느냐고 물었다.

“홍제원 쪽에서 산파가 왔사온데 그이가 말하길, 마님께서 초산이 시므로 의녀도 대기함이 좋겠다 하여 의녀를 불러왔습니다."

"허면 되었습니다. 부인이 잘 보살피세요. 나는 저녁 먹고 이화헌으로 건너갈 것입니다."

"시방 저녁진지를 올리리까?"

"그리하세요."

기이할 만큼 영고당이 낳을 아이에 대한 기대가 없었다. 아들을 낳을 것 같지 않고 아들을 낳아도 쓸 만한 물건일 것 같지 않았다. 무녀 중석이 아들을 얻을 수도 있으리라 한 말은 곤을 양자로 들이면서 이미 실현됐다. 곤은 나날이 더 귀여웠다. 그 하나로 아들은 충분하다 싶었다. 어쩌면 너무 오랜만의 자식인 데다, 딸을 낳았을 때의 실망을 줄이기 위한 심사일지도 몰랐다.

오래 전 온이 태어나기 직전에는 내당에 산기가 생긴 순간부터 출산이 끝날 때까지 산실 밖에서 서성였다. 딸을 낳아 송구스러워하는 안해에게 조금치의 서운함도 없었다. 이미 지어놨던 온이라는 이름을 딸아이에게 그대로 붙이면서 갓난아기를 안았을 때의 기쁨이 지금도 선연하다. 안해가 후산을 제대로 못하면서 혼수에 빠진 채 그대로 세상을 떠났을 때의 비통은 형언하기 어려웠다. 그땐 젊었던 게지, 뇌까린 이록은 사랑으로 들어앉아 집사 평호에게 홍집에 대해 묻는다.

"내원에 산실이 생긴다는 말 듣고 오늘 도련님 공부는 쉬자 하고 나가는 성싶더이다."

윤홍집은 지난 무과에서 삼등인 탐화랑探花郎으로 등과했다. 그는 엿새 뒤 십육일부터 형조의 종구품 검률檢律로 벼슬살이를 시작할 터이다. 홍집을 어느 자리에 놓아 줄까 궁리하다가 형조 참의 윤급에게 형조에서 데려다 씀이 어떠냐고 물었다. 윤급은 이록과 어릴 때부터 알고 지낸 사이였다. 그 또한 과거시험을 볼 필요가 없는 집안의 출신임에도 과거를 치러 입격한 덕에 착실하게 요직을 거치며 벼슬아치 노릇을 하는 중이었다. 그런 그에게 윤홍집을 말할 때, 아무것도 없는 놈 데려가라는 게 아니라 무과일망정 당당히 입격한 놈 맞춤한 자리 찾아주는 것이라서 떳떳하고 자랑스러웠다.

"내가 오늘 동지사 부사로 연경으로 가라는 전교를 받았다. 내달 초하루에 연경으로 떠나게 될 터이다. 내가 비운 새에 근정의 명을 받들면서 안팎살림을 잘 단속하되 우선, 내가 서찰을 써 줄 것이니 병지한테 통천으로 갈 채비를 시켜라."

"예, 태감."

평호가 복명하고 나가는 참에 온이 들어선다. 이록은 호위들을 사랑 중문 밖으로 물러나게 한 뒤 온과 마주앉아 사은진주 겸 동지사단의 부사로 연경으로 가게 된 걸 알린다.

"그렇잖아도 오후에 나온 조보를 읽고 이상하게 생각하다, 산통이 시작됐다는 기별을 받고 일찍 들어왔습니다. 아버님께서는 작년에 연경에 다녀오셨는데 일 년 만에 또 가십니까?"

"내가 함흥 다녀오느라 비운 며칠 사이에 생긴 일인 것 같다. 누군가의 사주가 있는 게 분명하니 알아보긴 해야지. 그렇더라도 연경행은 이미 결정된 일이다. 해서 네가 할 일이 많아졌다."

"말씀하십시오."

"이제 각 부령들한테 통문을 돌려 내가 비운 새에 네가 대리할 것이라 알릴 것이나, 내가 돌아올 때까지 네가 만단사를 이끄는 사령이다. 아침에 사행단 부사로 결정된 전교를 듣고부터 내가 종일토록 생각한 것이니, 마음 단단히 잡고 들어라."

"예, 아버님."

"나를 떠나 있도록 사주한 자들이 있는 게 분명하고, 그들의 의도는 나를 대전에게서 떼어놓겠다는 것이겠지. 소전과 그 측근들일 테고. 그들에게 내가 눈엣가시처럼 비치는바 석 달 동안이라도 그 꼴을 아니 보겠다는 의미지. 그러므로 내가 외유하는 석 달간은 우리 만단사 내부의 사람들은 물론 나를 주시한 눈들도 느슨해질 것이다. 그 석 달 사이에 황환과 구양견이 제거되어야 한다. 내 돌아와 한우식을 거북부령에 올릴 수 있도록."

"예, 아버님."

"그 일을 위해 통천에 남아 있는 아이들과 실경사의 아이들을 불러 올려야겠다. 그들이 오면 항성재와 태극헌에 있는 아이들까지 죄상림으로 보내서 훈련을 시켜라. 아무에게도 아직 말할 계제가 아니거니와 내가 스무날 뒤에 보위들을 데리고 도성을 떠나기 전까지는 이 모든 게 비밀이어야 한다."

"명심하겠습니다. 아버님."

온이 약방거리를 출입하게 되면서 금강약방에 들렀던 김강하를 보게 되어 둘이 눈이 맞았다고 했다. 몇 번 만났으나 혼인이 불가한 사이라 여겨 온 쪽에서 결별을 선언했다. 그러던 차에 이록이 김강하의 친가로 청혼서를 보냈다가 이미 혼처를 정했노라는 답을 듣는 일이 생겼다. 와중에 온에게 김강하를 향한 연심이 되살아났다. 김강하가 혼인을 했어도 그를 향한 마음을 끄치지 못했다. 그에게 남몰래 만나자 청했으나 김강하로부터 무시당했다.

거기서 그쳤더라면 이록도 딸을 봐줄 수 있었을 터이다. 온도 별

수 없는 계집이로구나, 하면서. 그런데 제 연심을 다스리지 못한 온이 김강하한테 복수하기 위해 그의 처를 납치하려다 실패했다. 이록은 그 사실을 사흘이나 지나서야 들었다. 김강하의 처를 납치하러 나섰던 무극들이 빈손으로 돌아온 건 예정된 날짜보다 열흘이나 지난 뒤였다. 무극들이 김강하 처의 뒤를 따르다 놓쳐 평양까지 갔으나 유릉원을 침범하지 못하고 그냥 돌아왔다는 것이었다.

박하와 마타리 등이 실종된 것으로 여겨 불영사로 보냈던 선초와 꽃마리는 명받은 날짜보다 사흘이 지나 돌아왔다. 저희들이 불영사에 당도했을 때 주지승인 처인이 막 열반에 들어 있더라고 했다. 처인의 다비식을 치르고 적영이 주지가 되는 걸 지켜봤다는 그들은 온이 데려오라는 아이들 대신 적영이 쓴 편지를 가져왔다. 아이들이 아직 어려 수련이 모자란바 세상으로 내보내기에 이르니 얼마간의 말미를 더 달라는 내용이었다.

온이 벌인 짓은 그렇게 하릴 없이 끝나고 말았다. 온이 제 보위들만 시켜 한 짓이라 만단사 전체로 퍼져나갈 일은 없겠으나 이록으로선 그냥 넘어갈 수 없었다. 온에게 닷새간 굶고 보름 동안 허원정 처소에서 근신하라 벌했다. 김강하의 내당을 쫓아 평양까지 갔다 빈손으로 돌아온 아이들은 항성재에 연금하고 온과 똑같이 닷새간 굶게 했다. 그렇게 일단락 짓기는 했으되 온에게 몹시 실망했고, 십여 년을 키워온 무극들이 고작 그 정도인 것에는 속이 쓰렸다.

"하온데, 아버님. 곡산 아이들을 불러올리지는 않나이까?"

"아이들을 한꺼번에 다 쓰는 건 현명하지 못하다. 통천 아이들만으로도 충분할 터, 쓰지 않아도 될 곡산 아이들을 노출시킬 필요 없지. 양연무 아이들도, 지난번에 실패했거니와 저마다 자리를 찾아

일을 하고 있으니 이번에는 그냥 두는 게 좋겠다.”

“예, 아버님.”

이록에게는 온도 모르는 비휴가 더 있었다. 온이 아는 사실은 지난날의 효맹이나 홍집도 다 안다고 봐야 했다. 해서 더 은밀하게 키우는 한 무리의 비휴는 함양에서 가까운 덕유산 은적사에 있었다. 외무집사 박은봉 이외엔 아무도 은적사 비휴들의 존재를 몰랐다. 정작 필요할 때까지는 모르게 할 터였다.

“황환이나 구양견의 일만큼 집중하여 화개의 중석을 잡아라. 은봉의 수하, 인남이 화개장터 위쪽에 살고 있으니 그와 접선하면 중석의 소재를 알 수 있을 것이다. 그사이 중석이 다른 데로 옮겼다면 인남이 등이 알아냈을 터이다. 혹시 놓치게 되면 화개객점에 있는 족속들을 족치면 될 테고. 무슨 수를 쓰든지 중석을 찾아 잡아라.”

미구에 칭병을 하여서라도 다시 수유를 내고 화개로 직접 갈 생각을 하고 있던 차에 어이없이 연경으로 가야 하게 생겼다. 아직은 관모가 필요하므로 사직할 때도 아니다. 모든 일을 스무 날 안에 가닥을 잡아야 한다. 그전에 봉황부령 홍낙춘을 다시 살펴야 할 이유가 생겼다. 홍낙춘을 봉황부령에 세운 이후 한 번도 그의 충심을 의심해 본 적이 없다. 그런데 그와 가까운 홍인한이 오늘 조당에서 한마디도 거들고 나서지 않는 까닭이 뭔가. 홍낙춘이 홍인한을 사주하여 이록을 연경으로 밀어붙인 것이라면 큰일이다. 아무것도 아닌 홍낙춘을 봉황부령 자리에 올려놨건만 이제 그 자리로 모자라 사령 자리를 넘본다는 게 아닌가.

“중석을 사로잡기 어려울 때는 어찌합니까?”

“사로잡아 데려오지 못할 테면 죽여라. 반드시 성사시키라는 말이다.”

“중석, 그이는 예시 능력이 있는바, 침입자들을 알아채지 않겠나이까?”

“물론 중석은 탁월한 예시력을 지녔다. 하지만 그의 예시는 직관보다 모든 상황을 면밀히 분석하는 것이므로 그 주변에 포진한 족속들의 시선을 종합하며 이루어지는 것이다. 그러므로 네가 그들 눈에 걸리지 않게, 중석의 예시 밖에서 움직여야겠지.”

“하온데 아버님, 중석을 기어이 붙들거나 죽여야 할 까닭이 무엇입니까?”

부녀의 시선이 마주친다. 온의 눈빛이 의젓하고 진지하다. 따지고 보면 유일한 자식이자 후계인 온과 깊은 속내를 나눈 적이 없다. 여식이라 무시한 게 아니라 제가 자연히 아비의 뜻을 알려니 여겼기 때문이다.

“아비가 품은 큰 뜻을 아느냐?”

“우리 세상을 넘어서시려는 뜻을 갖고 계신 것으로 알고 있나이다.”

“그 뜻을 아비가 실현할 수 있을 거라고, 너는 믿느냐?”

곤을 양자로 들일 생각을 못하고 지낼 때, 언젠가 궐을 엎고 용상에 오른다면 후계로 온을 올리리라고 작정했다. 여인이 권좌에 오르지 못할 까닭이 없지 않는가. 온이 자식을 낳으면 그 아이가 광해의 혈통이 되는 것 아닌가. 아들을 낳기 위하여 기를 쓰지 않았던 까닭이었다. 곤을 아들로 세우고부터 달라지긴 했으나 온에 대한 생각이 작아진 건 아니다.

“솔직히 말씀드립니다. 아버님이 계획하신 일이라면 의당 이루시겠거니 할 뿐, 깊이 생각해 본 적이 없습니다.”

“그에 대한 건 필요할 때, 정작 일어나야 할 때 생각하면 된다. 지금으로서는 생각, 상상하는 대신 네가 현재 할 수 있는 것들을 하면 되는 것이고. 그러나 나와 네가 누구의 자손인지는 늘 생각해야 한다. 상림 사당 벽 속에 계신 어진御眞을 잊지 말라는 게다.”

“명심하겠습니다. 하온데, 우리가 중석을 갖지 못했을 때 기어이 죽여야 할 이유는 무엇입니까?”

“태조한테는 삼봉이 있었고, 유비에게 제갈공명이 있었다. 유방한테는 누가 있었느냐. 또 항우한테는?”

“유방에게는 장자방, 항우에게는 범증, 한신에게는 괴통이 있었지요.”

“그렇듯이 너와 내게 중석이 있다면 그들과 같은 존재가 될 수 있다. 헌데 중석은 우리가 아닌 다른 누군가의 삼봉이나 제갈공명이 될 수도 있다. 특히 중석은 소전과 가깝다. 빈궁전이 중석을 스승처럼 받드는 이유가 무엇이겠느냐. 고로 중석은 우리 일을 방해할 수 있다. 이미 방해하고 있는지도 모른다. 왜냐하면 중석은 내가 지닌 뜻을 대번에 알아챘기 때문이다. 그러면서도 내게 복종하지 않았지. 중석을 갖지 못할 바에 제해야 하는 이유를 납득하느냐?”

“예, 아버님. 헌데 한 가지 말씀드려도 되겠습니까.”

“말해라.”

“작년에 아버님이 동지사로 가셨을 때 양연무 사람들한테 강경을 치게 하셨지만 그들은 성사치 못했지 않습니까. 이번에 또 아버님 계시지 않을 때 일을 행하는 게 적절한가, 싶습니다.”

“자신이 없는 게냐?”

"자신이 없다기보다 큰일을 한꺼번에 치기에 적정한 시기인지 의문이 들어서요."

"그, 적정한 시기가 나는 지금이라고 본다. 내가 뜻을 세운 지 얼추 이십 년, 너무 오래 끌었다. 만반의 준비를 갖추어 신중하게 움직이자는 의도였으나 오래 끄는 바람에 불거지는 문제들이 많다."

"그렇다 하더라도 석 달여 정도 더 신중히 움직이면 아니 되겠습니까?"

"이번 겨울에 하려는 일이 궐을 엎는 게 아니지 않느냐. 우리 세상, 내 세상을 다스리는 것뿐이다. 예정되어 있던 일들이고 이번에 세 사람을 잡아야 하는 까닭, 지금이 때라고 여기는 이유는 중석이 우리 눈에 들어왔기 때문이다. 아침놀이 붉으면 비가 온다고 하지 않느냐. 비를 대비하듯, 중석이 나타났을 때 잡자는 것이고, 중석이 다시 사라지기 전에 잡아야 하므로 황환과 구양견도 같이 잡을 시기라고 보는 것이다. 때를 놓치면 아니 되겠기에. 납득이 되었느냐?"

"예, 아버님."

"내가 돌아올 날짜는 지난 원행과 비슷하게 명년 일월 말이나 이월 초경일 터. 나 없는 사이에 너는 가장으로서나 부사령으로써 안팎을 빈틈없이 다스리되 한 가지 더 해야 할 것은, 즈믄의 비휴들과 불영사, 실경사의 무극들을 효과적으로 운용하는 것이다. 훈련을 시킴과 그들이 움직일 날짜를 적절히 정하여 명하라는 것이다."

"예, 아버님."

"며칠 안에 모든 계획이 구체화 될 것이니, 다시 논의키로 하고, 심양으로 보낼 약이며 물건들을 준비하여라."

"예, 아버님."

"나는 이화헌으로 건너가련다. 사내아이가 태어나면 기별하여라. 계집아이면 따로 기별할 것 없고, 계집아이 이름은 금오당과 의논하여 지어 주어라. 곧이 들여보내고."

"예, 아버님."

온이 나간 뒤 이록은 문방구를 꺼내 앉아 먹을 갈면서 통천으로 보낼 서신의 내용을 생각한다. 즈믄을 비롯한 태극헌의 아이들이 그렇듯 통천에 남은 아이들도 스무 살 안팎의 기승할 나이에 산속에 처박혀 부지하세월을 보내고 있었다. 국사암에서는 편지를 보는 즉시 아이들을 내어 줄 것이므로 생각은 다른 곳으로 이어진다.

생각해 보면 이 모두를 총괄할 있는 유일한 인물이 정효맹이었다. 언젠가는 봉황부령이 되겠다는 게 그의 야심이었다. 사령 자리에 대한 야망도 있었을 터. 때문에 그는 끊임없이 주변을 관찰하며 눈치를 보았고 이록의 의중을 속속들이 읽어 냈다. 앞서 계책을 내놓았고 이록이 수긍하면 모든 일을 홀로 거뜬히, 고요히 해냈다.

효맹을 이은 홍집은 상전의 의중을 앞서지 않거니와 시키지 않는 건 할 줄 모른다. 상전의 주변을 맴돌지 않고, 눈치를 보지도 않는다. 계책 같은 것도 내놓지 않는다. 효맹과 달리 신분 상승에 대한 욕망도 없다. 물욕도 없는 듯 제가 허원정에서 다달이 받는 돈을 양연무를 꾸리는 데 모두 쓰는 듯했다. 마흔 칸이 넘는 집을 제 것으로 해주었을 때도 예, 했을 뿐 감사할 줄도 몰랐다. 제 집이 아니라 공동 숙소로써 당연하게 받는 성싶더니 지금은 제 밑 아이들을 모조리 데리고 산다. 윤홍집을 윤경책의 아들로 만든 이유가 그 때문이긴 했다. 모든 일에 그러려니, 심드렁한 얼굴이면서도 시킨 일은 어지간히 해내는 게 신통했다. 이번 무과에 등과한 것이야말로 대견했다.

사실 이번에는 과장科場 풍경이나 보아 두라고 응시케 했을 뿐 전혀 기대하지 않았다. 내년이나 내후년을 위한 준비라 여긴 탓에 홍집의 문장이 어느 정도인지 알아보지도 않았다. 그런데 문장시를 통과했다. 실기시험에서는 물론 과목마다 모두 대통을 받았다. 문장시에서 대통을 두어 개 더 받았더라면 장원을 할 뻔했다.

등과한 홍집을 대동하여 함흥에서 열린 기린부 회합에 참석했다. 아직 보직을 받지 않았으나 어엿이 등과한 그를 데리고 움직이자니 장성한 아들을 대동한 양 든든하고 자랑스러웠다. 기린부 오십이 명의 일기사자들 중 사십오 명이 회합에 들었다. 새 기린부령을 뽑는 회합이라 태반이 참석한 것이었다. 새 부령으로 유력했던 나정순이 죽었으므로 자연스럽게 연은평이 뽑혔다. 전임부령 민손택에 이어 부령이 될 법했던 나정순이 죽은 것에 대한 의혹이 아주 없지는 않았으나 사령이 참석하였으므로 잡음 없이 말끔히 정리되었다. 뿐만 아니라 사령 수비대장으로 대동한 홍집이 금번 무과에 입격한 인재라는 사실에 신흥군수인 기린부령 연은평은 물론 일기사자들 전원이 훨씬 공순하게 승복하는 걸 느꼈다.

"게 밖에 누구 있느냐."

원철이 들어와 선다.

"경언이 어디 있느냐?"

"이화헌에 있을 것이옵니다."

경언은 제 아비 나정순의 부고를 받고 해주에 가서 장례를 치르고 왔다. 나경언은 멀쩡하던 아비를 잃고 장례를 치르고 돌아와 의욕이 사라진 듯했다. 그를 그렇게 만든 게 이록 자신이므로 다독여야 할 필요가 있었다. 그를 보위부에서 내보낼 때가 되었다. 경언의 아우 상언을 액정서 별감을 만들어 준 적이 있었다. 품계 없는 잡직이야 필요하면 필요한 대로 만들어 낼 수 있다. 경언에겐들 못 만들어 줄 이유가 없다. 우선 내보내놓고 마땅한 자리를 찾아내면 될 것이다. 연은평이 제 서장자庶長子 진용을 보위부에 내놓기로 했다. 나경언에게 자리를 만들어 주고 연진용을 보위부에 들이면 되는 것이다.

"홍남수는?"

"그도 이화헌에 있을 것이옵니다."

"허면 지금 너는 이화헌으로 건너가서 남수한테 제 부친을 이화헌으로 모셔다 놓으라고 전하여라. 내 저녁을 먹고 이화헌으로 갈 것인즉 유시 말경까지는 모셔 오라고 해. 경언이는 꼼짝 말고 게 대기하라 이르고."

"예, 태감."

홍낙춘을 만나 보면 어느 정도 알게 될 터이다. 그에게 불충한 마음이 생겼다 해도 그것까지 알아보기는 어려울 것이나 하루이틀 새에 사신단의 부사가 바뀐 까닭은 짐작할 수 있을 것이다. 더하여 홍낙춘의 자식 남수에 대해 의논할 때가 되었다. 홍남수가 서자라 해도 무과를 치를 만한 학식과 문장이 되었다면 제 아비가 진작 잡직이라도 만들어 주었을 것이다. 이록에게 청을 넣어왔을 것이고. 누구나 뜻대로 안되는 게 자식이라 홍낙춘도 아들의 머리에 문장을 넣어 줄 수는 없었다. 그런 홍남수를 비장으로 삼아 데려가려면 당장 어느 자리로든 밀어넣어야 하게 생겼다. 그 일을 홍낙춘은 불가할지라도 이록은 할 수 있었다.

"욱진이를 양연무로 보내서 홍집이한테 유시 초경까지 이화헌으로 들어오라 전하고. 당장 시행하여라."

"예, 태감."

두어 해 전까지만 해도 사람 속이 훤히 들여다보이곤 했다. 이젠 그리되지 않았다. 영기가 탁해진 탓이다. 따지고 보면 화씨가 사라진 이후부터다. 화씨가 신기 떨어진 무녀였을지라도 끊임없이 기도하며 스스로를 맑혔던바 그 덕을 톡톡히 보고 살았다. 그와 나누던 욕탁浴啄은 또 어떠했던가. 몸을 섞을 때마다 지극한 운우지락을 느꼈고 그 쾌락과 함께 심신이 맑아지곤 했다. 그렇게 십여 년 세월을 곁에서 지켜 주었던 화씨였는데 그 공에 비하면 홀대가 지나쳤다. 그의 종무소식에 대해 한번 돌아보지 않은 게 그 방증이다.

화씨와 함께 나섰다가 반편들이 되어 돌아온 함화루 근방의 사자들이 지껄인 말에 만수산과 명화당이 나왔다. 명화당이 무리를 뜻하는 명화당黨인지 당호를 뜻하는 명화당堂인지도 알 길 없는 반편들의 말을 유의해 듣지도 않았다. 천하에 쓸데없는 물건들이라 간주하고 영고당을 데려다 앉혔다. 화씨는 죽었을 터. 만수산이 어딘지, 명화당이 누군지, 당시에 샅샅이 캐고 들었으면 화개의 중석이 드러났을지도 몰랐다. 화씨가 중석을 투기하여 화개에 찾아간 적이 있지 않던가.

"아버님, 소자 곤이옵니다."

"들어오너라."

곤의 말투가 제법 의젓해졌거니와 날마다 달라 보일 정도로 몸이 크고 있다. 들어와 앉은 아이 표정은 환하고 눈빛은 맑다. 언젠가 새 나라 만단이 세워졌을 때 녀석은 세자가 될 것이다. 녀석에게 곤룡포와 익선관이 얼마나 잘 어울리랴.

"뭘 하고 있었더냐?"

"스승님 나가시고 검을 가지고 늠이와 놀고 있었나이다."

"요즘 네 선생한테서 뭘 배우느냐?"

"스승님께서 말씀하시길 소자한테 맞는 무기는 예도銳刀인 것 같다 하시었습니다. 근자에 예도 쓰는 법을 주로 연습하옵고, 더불어 몸을 단련하느라 권술을 수련하고 있나이다."

"늠이도?"

"늠이는 소자가 무술 수련을 할 때는 저와 대련하며 똑같이 하고, 제 홀로는 제독검提督劍과 월도月刀를 수련하옵니다. 스승께서 늠이에게는 그 검들이 맞다 하시었기 때문입니다. 양연무로 다닐 때는 마당 끝에 과녁이 있어 활쏘기를 하였사온데 스승께서 이곳의 작은 사랑은 마당 길이가 짧은 데다 사람이 많이 살므로 아니 되겠다고 하시어 그건 중단하였고요."

"재미있느냐?"

"소자는 글공부보다 무술이 재미있나이다."

"어느 걸 잘 하고 싶고, 잘 해야 한다고 여기느냐?"

"스승께서 말씀하시길 소자는 글공부를 더 잘 해야 된다고 하시었습니다. 무술은 거리에서 무뢰배를 만났을 때 몸을 지킬 수 있을 정도면 될 거라 하시었고요."

"그 정도가 어느 정도일 거나?"

"나의 강력은 남의 침입을 막을 만한 정도면 된다, 남을 침입할 정도의 강력은 결국 스스로를 치게 되므로 진정한 강력이 아니다, 라고 하셨습니다."

선생이 제자에게 할 법한 말이기는 하나 그 제자가 이록의 아들이고, 장차 임금이 될 아이인바 강력의 기준은 달라야 한다. 사람을 거느리고 살아야 할 자에게 남의 침입을 막는 정도는 아무 일도 하지 않음과 같다.

"네 선생이 그런 말을 수시로 하느냐?"

"한 번 말씀하시었습니다."

"유 생원과는 요즘 무엇을 공부하느냐?"

"『소학』의 「경신」 편을 공부하옵는데 소자가 외기는 하고 있는지라 쓰기 공부에 힘쓰고 있습니다. 잘 쓰지는 못해도 글자 크기가 들쭉날쭉 삐쭉빼쭉 하지 않고 고르게 되어야만 다음 문장으로 넘어가옵니다. 오늘 아침에는 군자의 용모에 대한 문장의 뜻을 듣고 쓰기에 들어섰습니다."

"군자의 용모가 어떻다고 하더냐?"

"군자의 용모는 한가하고 조용하지만, 존경하는 사람을 보면 엄숙하고 공손해 집니다. 발은 무겁고, 손은 공손하며, 눈은 단정하고, 입은 얌전하고, 목소리는 잔잔하고, 머리통은 곧고, 숨쉬기는 엄숙하고, 서 있는 모습은 꼿꼿하며 낯빛은 씩씩합니다."

"그 문장의 출전은 어디지?"

"『예기』입니다."

곤은 책에 쓰인 문장을 잘 외고 선생들이 한 말을 잊지 않을망정 아직 문리가 확 트였다고 볼 수는 없다. 어린 날 바깥세상을 보지 못하고 이런저런 일을 겪어 보지 않고 이런저런 말을 들어 보지 않은 탓에 외는 머리가 먼저 발달했다. 그것만 해도 대견하긴 했다. 천출이라고 팽개쳐 뒀을 때는 몰랐더니 몹시 총명했다. 무엇보다 녀석은 누구라도 저를 좋아할 수밖에 없게끔 환했다. 작고한 노친께서 놈을 끼고 도신 까닭을 알 듯했다. 노친께서는 언젠가 놈이 당신의 서자가 아니라 손자가 될 것이라 예상했는지도 몰랐다.

"내달 초에 아비가 사신으로서 청국의 도성 연경으로 갈 것이다. 석 달여가 소요되는 먼 길이다. 아비가 장시일 집을 비울 것인즉 너는 네 선생을 아비인 듯이, 누이를 어미인 양 여기고 공부 부지런히 하면서 심신을 키워야 할 것이다. 알겠느냐?"

"예, 아버님. 하온데, 청국 도성인 연경은 얼마나 머옵니까?"

"삼천 리 길이거니와 겨울 길은 삼만 리나 되는 듯이 먼 길이고, 무섭게 춥다. 며칠씩 눈보라 속에서 행군해야 할 때가 있고, 수백 명이 열을 지어 움직이는바 행렬에서 뒤처진 자가 얼어 죽거나 돌개바람에 휩싸여 사라지는 일도 생긴다. 하루 보통 오륙십 리, 때론 칠팔십 리씩, 우리 도성에서부터 따지면 삼천여 리 길을 갔다가 그만큼 길을 돌아와야 한다."

"멀다는 건 얼마나 먼 것이고, 넓다는 건 얼마나 넓은 것인지, 소자는 모르나이다."

"네가 더 자라면 연경 구경을 시켜 줄 것이다."

놈은 당장 따라나서고 싶은 기색이다. 데리고 못 갈 건 없지만 아직 어린놈을 데리고 나서기에는 길이 너무 멀고 험하다. 삼사가 개인 수행 격으로 데리고 갈 수 있는 인원이 한정된 것은 아니나 보통 열 명 남짓이다. 또 간혹 삼사에 붙어 연경 구경을 나서는 자들이 있어도 여정에서 쓰일 짐들이 함께 움직이므로 모두가 짐꾼이어야 한다. 사람이 짐이 되면 안 된다. 더구나 이번 사신단에 자신이 끼게 된 게 영 석연치 못했다.

"약조하셨습니다!"

"약조했다. 이제 나가서 네 할 일 하거라."

"예, 아버님. 안녕히 주무십시오."

해도 덜 졌는데 잠자리 인사를 한 놈이 날 듯이 절하고 나간다. 어떻게든 속이 읽히는 사람은 신뢰할 만하다. 승복하지 않는 자들보다 속을 읽을 수 없는 족속들이 더 문제다. 중석이 그렇고 홍집이 그러하다. 두 해 가까이 지켜본 즈믄도 홍집과 비슷했다. 음흉하지 않되 검은 장막을 두른 듯 내비치는 게 없었다. 의지가지없이 혹독한 수련을 통해 자란 족속들의 성향이 그렇기 십상인 것 같았다. 그렇다면 곡산에서 자라고 있는 백두와 그 아래 놈들도 비슷할지 모른다. 병지가 들어오는 기척에 이록은 종이를 펼치고 서신을 쓰기 시작한다.

허원정 여인들

영고당은 아기가 딸이라는 걸 안 순간 후산도 끝내지 않은 채 아이고, 곡소리를 냈다. 그 바람에 아기가 제가 사람이라는 걸 깨쳤다는 것처럼 첫 울음을 터트렸다. 금오당은 산파가 건네주는 아기의 탯줄을 가위로 자르면서 속으로 안도의 한숨을 쉰다. 영고당이 아들을 낳을까 봐 내심 조바심쳤던 것이다.

"자아! 아우님을 안아 보시게."

배냇저고리를 입히고 포대기로 감싼 아기가 온에게 건네진다. 온이 미연제를 낳을 때는 마취약제에 취해 의식이 없었다. 날이 훤히 밝아서야 정신이 들어 미연제를 보았다. 팔삭둥이라 그야말로 핏덩이였다. 그래도 핏기가 가시면 피부가 흴 듯했고 이목구비가 또렷했다. 미연제를 안고 어미보다는 인물이 낫겠다, 중얼거리며 미소했다. 채 여물지 못한 아기 발등에 점이 세 개나 박혀 있는 것을 보고는 어이없어 웃었다.

영고당의 딸은 어떻게 자랄지 모르지만 눈이 손톱의 반달무늬만

하다. 코도 생기다 만 듯 낮다. 인물이랄 것 없는 제 어미를 닮아 살빛도 밝을 성싶지 않다. 그리 어여쁘게 클 것 같지는 않지만 온에게는 처음으로 생긴 아우다. 손이 귀하다 못해 씨가 마를 지경인 집안에 모처럼 태어난 생명이자 피붙이다.

"반갑구나, 아가. 네 이름은 부영이란다, 이부영. 알겠지?"

온이 갓난아기한테 이름을 붙이는데 후산을 갓 끝낸 영고당이 누운 채 따지듯 묻는다.

"그게 무슨 말인가? 어찌 부영이야?"

"왜요, 아기 이름이 마음에 안 차십니까?"

"자네 이름이 외자인 온이고, 작은사랑에 있는 아이도 역시 외자인 곤인데 갓난아이한테는 왜 두 글자 이름을 붙이냐는 게지."

"아버님께서 제게 아우 이름을 지으라 하신바, 그 이름을 생각했습니다. 몹시 귀한 여인의 이름에서 따왔습니다."

부영은 빈궁전의 아명이다. 복상 기간이 지나 대조전에 새 곤전이 들어서면 달라질 터이나 작금 조선에서 여인으로는 빈궁전의 지체가 가장 높다. 아이 이름을 지으면서 생각했다. 스스로의 우매함을 탓했다고 할까. 김강하의 처 은재신의 얼굴을 볼 수 있는 방법이 빈궁전에 있었다. 정칠품 관헌의 부인인 은재신은 외명부 정칠품 첩지를 받은 안인부인安人婦人이기도 하지 않은가. 제가 평양에 가 있다고 해도 빈궁전의 소집에 응하지 않으랴. 빈궁전으로 하여금 소전의 익위 부인들을 궐로 불러들이게 하고 그 길목에서 지켜보면 되는 것이었는데 그 생각을 이제야 해냈다.

"그가 누구고 얼마나 귀한 여인이든지 나는 우리 아이가 자네처럼 한 글자 이름이면 좋겠어."

온은 수긍한다. 어미가 귀하게 여겨 주어야 귀한 아이가 되는 법 아니겠는가. 미연제를 귀히 여기지 않았다. 내 몸으로 낳은 아이를 귀히 여기면 내가 귀한 사람이 되고 아이도 귀한 존재가 되는 것을 근자에야 가까스로 느꼈다. 뒤늦게 생각난 거지만 미연제를 그렇게 떼어 내지 않고 키울 방도가 없지 않았다. 업둥이로 대문 앞에 놓게 하고 주워 들여 별채에서 키워도 됐던 것이다. 자신에게 그만 한 힘이 있었는데 그 힘을 너무 늦게 깨달았다. 그로 하여 아이를 놓쳤고 아이 아비의 맘도 놓쳤다.

홍집은 변했다. 몸은 가까이 있을지라도 두 사람의 맘 사이가 발해만큼이나 벌어졌다. 그깟 놈 발해만큼이나 멀리 있든 중원 너머 서역만큼이나 멀리 있든 무슨 상관이냐. 그리 오기를 부려 보지만 천지간에 안고 안길 수 있는 사내라고는 그뿐이라 번번이 무너지고 만다.

"허면 외자로 영이라 부르기로 하지요. 이삭 영穎자를 써서 영이라고요. 이영."

"그러면 되겠구먼. 헌데 자네 아버님께서는 들어와 보지도 않으시는가?"

온 대신 금오당이 대꾸했다.

"태감께서는 금년 동지사로 연경에 가라는 어명을 받으셨답니다. 그 준비가 바쁘게 되시어 해 질 녘에 이화헌으로 건너가셨습니다."

"태감께서 혹시 이화헌이라는 집에 또 다른 첩실을 두시었답니까? 해서 허구한 날 이화헌에 가서 주무시는 게요?"

온은 영을 안은 채 두 여인의 대거리를 내버려둔다. 또 다른 첩실이라는 말에 금오당을 겨냥한 가시가 박힌 게 거슬리지만 실상이 그러하므로 온이 나설 일은 아니다. 정색한 금오당이 "마님." 하며 영고당을 부른다.

"말씀하세요."

"이화헌에는 청지기 식구들과 태감의 보위들만 삽니다. 부실副室 같은 것 없어요. 하지만, 혹여 태감께서 그곳에 부실을 두시었다 해도 마님께서 따님 앞에서 부실이니 첩실이니, 운운하시면 아니 되는 거 아닙니까?"

"명색이 어미된 아낙으로 장성한 따님한테 그런 말도 못합니까? 따님은, 세상을 그리 넓게 살면서 그쯤도 못 받아 준답니까?"

"태감께 혹시 또 다른 부실이 있다면, 속으로 투기를 하실 수는 있지요. 그러나 사대부가의 안주인이 대놓고 투기를 하심은 격이 맞지 않으십니다. 혹시 앞으로 태감께서 또 다른 부실을 두시더라도 투기심을 드러내지는 마십시오. 그게 마님 신상에도 이로우실 겝니다."

"신상에 이롭다니요! 내가 계집아이를 낳았다고 외별당께서 시방 날 하시하시는 겁니까?"

"이 댁의 자손을 낳으신 마님을 제가 언감생심, 하시하겠습니까. 그런 생각 마시고 몸이나 잘 추스르십시오."

무색한 낯빛의 영고당을 영 외면할 수 없는 온이 아기를 유모가 될 병지 처에게 건네주고 나선다.

"이모님이 어머니를 염려하여 하시는 말씀 아니겠습니까. 언짢아 마시어요. 그리고 저도 딸자식으로 태어나 이렇게 살고 있습니다. 지금 이 방안에 있는 사람이 모두 여인들인데, 우리가 우리의 여인 됨에 대해 한탄하면 아니 되지요. 어머께서는 딸 낳으신 걸 너무 섭섭해 마시고 몸을 잘 추스르십시오. 저는 이만 나갈 테니 좀 쉬시고요."

온은 더불어 영을 키우게 될 세 여인을 고루 돌아보고는 안방을 나선다. 저만치 그늘에서 항성재의 막내 앵미와 태극헌의 막내 날찌니가 몸을 드러내더니 뒤를 따른다. 처소에 이르자 두 사람이 읍하고 사라진다. 아래채에서 난수가 나오는 기척에 온은 들어가 자라고 손짓하고는 마당을 건넌다. 파루가 멀지 않았을 것이다. 시월 열하루 새벽인데 달도 별도 뜨지 않았다. 금세 눈이 쏟아질 것처럼 새벽 하늘이 무겁다. 온의 마음은 검은 하늘보다 더 컴컴하고 무겁다. 어제 해 질 녘에 단양 실경사의 무극들을 데려오라고 마타리와 꽃마리를 보냈다. 가는 데 엿새, 가서 사나흘, 돌아오는 데에 엿새를 잡아 이달 말일까지 돌아오라 명했다.

온은 실경사에 가 본 적이 없고, 주지인 교경스님을 만난 적도 없다. 오래전 불영사에서 지냈던 교경스님이 실경사로 옮겨가 무극들을 길렀다고 했다. 실경사 무극들의 맏이 이름이 자귀나무에서 비롯된 자귀라고 들었다. 자귀는 스물여섯 살이나 된다던가. 불영사 무극의 맏이인 박하, 마타리보다 세 살이 많다. 얼마간의 합숙으로 양쪽 무극들이 한 동아리로 어우러질 수 있을지, 그리하여 중석을 잡을 수 있을지 의심스럽다. 양쪽 무극들이 따로 움직이게 하는 게 나을지도 모른다.

그나저나 지금껏 잡히지 않은 중석이 호락호락 붙들릴까. 그를 붙들거나 죽이기 위해서는 무극 모두를 잃게 될지도 모른다. 그러고도 실패하면 이후는 어찌되는가. 실패하지 않기 위해서는 어떻게 해야 하는가. 온갖 생각으로 머릿속에 하루살이 떼가 나는 듯하다. 어떻게 무극들에게 김강하의 처를 납치하라 할 생각이 들었는지. 그 어리석은 발상에 진저리가 났다. 김강하에 대한 울분을 그런 식으로 풀려했던 자신에 대한 분노는 아직 풀리지 않았다. 결국 김강하를 죽여야만 풀릴 분노였다. 살기어린 분노이자 목이 메는 그리움이었다.

홍집을 그리는 게 몸이라면 김강하를 그리는 건 마음인 듯했다. 그 반대 같기도 하고 양쪽이 뒤섞여 분간이 어렵기도 했다. 전생인 양 아득한 가마골에서의 일들이 때때로 몹시 선명하게 떠오르곤 한다. 그에게 받은 진홍빛 타래붓꽃이며 시구 같던 편지들. 그와 목검으로 겨루었던 대련들. 김강하와 연결된 기억들은 곧장 윤홍집과 관련된 것이기도 했다. 새빨간 하늘나리꽃. 그보다 더 붉은 홍집과의 교접들.

홍집은 당연히 곁에 있어야 했다. 그는 이온 곁에 있을 것이었다. 그럼에도 김강하가 도무지 떨쳐지지 않으니 어쩌랴. 그도 곁에 둘 수밖에. 김강하에 관해서는 이제 서두르지 않을 것이었다. 그의 처 은재신과 교분을 트고 그들이 어찌 사는지, 자신이 어찌 변하는지 지켜볼 셈이었다. 그러자면 평양에 가 있다는 은재신을 한양으로 불러올 방법을 찾는 게 먼저였다.

영고당은 서른일곱 살이다. 이미 중년에 접어든 나이에 딸이나마 낳은 게 아무 것도 낳지 못한 것보다는 백 배 나았다. 일신의 안락은 보장되었다. 아들을 낳았더라면 일신의 안락으로 만족하지 않아도 됐을 터이다. 상림과 허원정에 속한 모든 것을 손아귀에 쥐고 권력을 누릴 길이 아들 생산에 있었건만 딸을 낳고 말았다. 원통하고 분했다. 그 분기를 온이나 금오당 앞에서는 드러내지 않았다. 그저 딸 낳은 아낙으로서, 혹여 앞으로 생길지도 모를 새 시앗에 대한 투기심만 말했다. 이 집안의 실질 권력은 노상 밖에서 사는 태감이 아니라 온에게서 나온다는 걸 알기 때문이다. 부실 격인 금오당을 조심해야 하는 이유도 거기 있었다. 세간의 법도나 풍속에 비추어 보자면 이상한 집안이었다. 그럴 수밖에 없었다. 이곳은 다름 아닌 만단사령과 칠성부령의 집이었다.

영고당 안씨가 만단사 봉황부 오봉사자로 입사한 지 어언 십육 년. 몇 해 전 여인 사자들이 모두 칠성사자로 편재되면서 한 급씩이 오른 덕에 삼성사자가 되었다.

온양 남산골에 있던 보현사普賢寺가 만단사 칠성부 온양 선원이었다. 보현사는 외양으로는 절이었으나 여승은 새경 받는 일꾼인 셈이고 주지보살은 조양 일성이었다. 조양 일성은 반족 출신으로 젊은 날 자식 없이 과부가 되었고 양자를 들였다. 시부모가 별세한 뒤 양자마저 잃었다. 홀로된 조양 일성은 일가친척의 극심한 반대를 누르고 시부모와 자식의 명복을 빌며 살겠다는 핑계로 자신의 집을 절로 만들었다. 넓은 전답까지 물려받은 조양 일성은 집을 보현사로 바꾸면서 사뭇 어여쁘게 치장했다. 원래 넓은 집을 더 넓혀 방을 늘렸고 사철 꽃이 피게 뜰을 가꾸고 연못을 키워 연을 가꿨다. 보현사는 온양 인근 고을의 한다하는 집안 여인들이 절에 기도하러 간다는 핑계로 찾아들어 놀 수 있는 곳이 되었다.

보현사에서 여인들끼리의 회합을 하든 사내를 끼고 색정놀음을 벌이든 반드시 필요한 게 시주단자에 넣을 돈이었다. 조양 일성은 그렇게 챙긴 시주 돈을 헐벗고 굶주리는 아이들한테 내놓았다. 시늉만 한 게 아니라 실제로 일일이 찾아다니며 베풀었다. 그 덕에 조양 일성이 온양에서 자비로운 보살로 이름이 나고 보현사가 벌이는 불온한 행사가 가려졌다. 미혼과부로 친정언니의 집에 얹혀 살던 영고당에게는 보현사 시주단자에 넣을 돈이 언제나 없었다. 하여 영고당은 짐짓 정숙한 불자인 양 보현사의 법당 마루를 쓸고 불상을 닦고 향을 피웠다. 보현사에서 큰 행사가 벌어질 때면 체면 버리고 몸 아끼지 않고 일했다. 언니 집인 구경당에서 하릴없이 지내는 것보다 보현사에 가면 숨쉴 만했기 때문이었다.

그리 지내던 중에 사돈어른인 김 생원으로부터 시집가라는 말을 들었다. 지아비될 남정이 우리 세상의 높은 분이라는 언질을 들을 때만 해도 건성이었다. 사돈댁 더부살이로 사는 동안 우리 세상에 대한 실감을 못했기 때문이다. 시집을 왔더니 지아비가 만단사령이고 그의 딸이 칠성부령이었다. 만단사령의 내당이 부사령이 되는 게 관례라는 걸 상림에서 알게 되었다. 영고당은 온이 앉아 있는 부사령 자리가 오래지 않아 자신한테 올 줄 알았다. 부사령 자리는커녕 칠성부 품급도 올라가지 않았다. 만단사를 위해 쌓은 공이 없기 때문인데, 기회가 와야 공을 쌓든 세우든 할 게 아닌가. 집안일은 누대로 복속해 왔던 하속들이 척척 알아서 다 했다. 태감은 팔도를 싸돌아다니느라 허구한 날 집을 비우더니 임금의 부름을 받아 한양으로 가 버렸다.

자식을 낳기 위해 시모 병환을 빙자해 허원정으로 올라왔다. 허원정은 상림보다 더했다. 집안 살림의 모든 것이 금오당의 손에 쥐어져 있었고, 팔도에 걸쳐 있다는 약방의 모든 것은 온의 휘하에 있었다. 어마어마한 규모로 신축된 보현정사를 본원으로 삼은 만단사 칠성부도 마찬가지. 영고당이 부접할 곳이 없었다. 자식을 낳지 않는

한 영고당은 아무것도 아니었다. 태감으로부터 자식을 얻지 못한다면 다른 어느 놈의 씨라도 받아야 했다. 첨에 눈여겨본 놈이 큰사랑 마당에서 멍석 펴고 앉아 있던 홍집이었다. 놈이 태감한테 무슨 죄를 지었기에 저러고 있나 싶은 호기심도 있었다. 며칠 지켜보는 동안 어림 턱도 없으리라는 걸 깨달았다. 놈에게서는 바늘 하나 꽂을 틈도 엿보이지 않았다.

즈믄을 품게 된 건 우연이었다. 녹은당에게서 집안 살림에 간섭 말라는 선언을 듣고 나서 분기를 이기지 못해 빈 사랑에 나가 홀로 술을 마시는 방으로 놈이 들어왔던 것이다. 죽기를 각오하고 품은 놈이 천만 뜻밖의 쾌락을 안겨 주었다. 스무 살 갓 넘은 청신한 사내의 몸은 쉰 살이 코앞인 태감의 늙은 몸에 비할 바가 아니었다. 태감은 방첩할 기운이 많이 쇠했거니와 영고당 자신은 미혼과부 출신인지라 색정을 드러내면 안 되었다. 밤일이 여름에 마시는 미지근한 물 같았다. 그런 때 품은 즈믄은 몸의 맛을 알게 했다. 그 날카로운 희열이라니. 살 맛이 살맛이었다. 눈을 뜨나 눈을 감으나 즈믄의 몸이 눈앞에서 아른거렸다. 쉽게 회임했다. 회임하고도 다섯 달이 될 때까지 그의 몸에 미쳐 살았다. 그러다 들켜 사지를 찢긴다 하여도 상관없을 성싶었다.

회임 다섯 달이 되어 배가 부르기 시작할 즈음부터 즈믄이 피하기 시작했다. 수직청에서 영고당을 기다리기는커녕 앞에 나타나지도 않았다. 그가 수직청에서 자는 일이 아예 없어졌다. 어쩌다 멀리서 보기라도 할라치면 귀신과 맞닥뜨린 양 놀란 얼굴로 달아났다. 처음엔 제 씨가 든 몸의 배가 눈에 띄게 불러오므로 피하는 것이라 여겼다. 혹여 들킬까 봐, 세 목숨을 동시에 염려한 것이라고 애써 생각했다.

출산 며칠 전 온의 처소 앞에서 즈믄과 맞닥뜨렸을 때에야 아닌 걸 알았다. 허리 숙여 인사하는 그에게 영고당은 "오랜만에 보는구나." 말을 건넸다. 그가 고개 들며 "황송합니다, 마님." 하였다. 그뿐. 찰나 간에 마주친 눈길은 이어질 새 없이 어긋났다. 그는, 제 씨를 품어 만삭에 이른 영고당을 지나가는 바람처럼 가만히 지나쳐 갔다. 영고당의 부른 배와 저는 아예 무관한 듯한 얼굴이었다. 즈믄에게는 일말의 마음도 없었던 것이다.

새 계집을 찾았는지도 몰랐다. 보현정사에 스무 살 안팎 계집들이 우글우글하지 않은가. 즈믄이 아무렇게나 자빠뜨려도 될 계집들. 그걸 생각하노라면 영고당은 미칠 것 같았다. 언니 집인 구경당에 살 때 중늙은이건 젊은 놈이건 종자들을 품어 보아 알았다. 그때 번갈아 품어 보았던 놈들이 얼마나 어설펐는지. 제 욕구를 푸는 것 외에 계집의 욕구를 모르는 놈들이었는지. 남산골 보현사에서 어쩌다 품었던 놈들도 강물에 나룻배 떠가듯 흐리마리하기는 같았다. 즈믄은 달랐다. 놈은 제가 그짓을 얼마나 잘하는지 스스로 모를 것이었다. 샅 사이 깊이 즈믄의 하초가 박혀들 때의 극렬한 쾌감은 몸이 산산이 부서지는 것과 같은 고통을 동반했다. 고통이 클수록 환희가 컸다. 그보다 극렬한 질투로 요즘 영고당의 마음이 끓고 몸이 탔다. 힘이 있다면 보현정사 항성재에 있는 계집들을 모조리 내쫓고 싶었다. 그 힘을 갖자면 기어이 아들을 낳아야 했다.

"아기씨가 신열이 계신 듯합니다. 젖을 잘 못 드시네요."

제 방에 제 새끼를 두고 건너와 영에게 젖을 물린 병지 처가 근심스레 말했다.

"뭐야?"

영고당은 유모 젖에 달려 있는 아기의 이마를 짚어 본다. 열이 있는 것 같기도 하고 아닌 성싶기도 하다. 출산 닷새째로 접어든 영고당은 아직 젖이 돌지 않았다. 젖이 돌려면 젖몸살을 한다는데 낙낙한 저고리 속의 젖퉁이는 잠잠하기만 하다. 이대로라면 젖이 돌지 의심스럽다. 출산 뒤 사나흘 안에, 늦어도 네댓새 안에 젖이 돌지 않으면 젖을 먹이지 못하는 모양이었다. 젖이 돌게 하려고 끼니때마다 미역국밥을 두 그릇이나 먹는다. 영고당은 영이에게 기어코 젖을 먹여야 할 처지였다. 씨 도둑질을 했고, 다시 씨 도둑질을 해서라도 기어이 아들을 낳아야 하는 바 그걸 가리자면 어미 노릇을 제대로 해야 하는 것이다.

"마저 먹여 보고 영 못 먹으면 의원을 불러오세. 헌데 태감께서는 들어오셨던가?"

"새벽에 들르시어 관복 정제하시고 등청하시었나이다."

아무리 딸을 낳았기로, 그 딸이 남의 씨인 줄 모르매 제 자식인데 닷새가 되도록 얼굴 한번 내밀지 않는단 말인가. 정이 없어도 너무 없었다. 영고당도 태감한테 정을 느껴본 적 없긴 했다. 새삼 서운할 것은 없으나 다시 자식을 가져야 할 제 그가 안채에 들어오지 않는 건 큰 문제였다. 그와의 교접이 없는 상태로 다른 사내에게서 씨를 얻을 수는 없지 않은가. 태감이 내달이면 다시 석 달여의 원행을 떠난다고 했다. 떠나기 전에 함께 자야만 태감이 떠나 있는 사이 즈믄을 품게 되어 회임을 할 수도 있다. 태감이 떠나기 전에 내외지간 합방을 어떻게든 성사시켜야 하는 것이다.

"그 난수라는 아이는 이 집에서 태어났는가?"

보현정사의 계집아이들에 대해 묻고 싶은 게 엉뚱하게 난수한테로 뛴 것인데 묻고 보니 수직청과 가장 가까운 곳이 난수 처소라는 게 생각난다. 수직청과 난수의 처소인 중사랑 아래채는 중간에 내담 하나가 있을 뿐이지 않는가.

"아니옵고, 난수가 대여섯 살쯤 됐을 때 약방거리에서 떠도는 걸 돌아가신 녹은당께서 주워오셨지요."

"노비로 삼으신 게야?"

"노비로 아니 만드시고 금오당께 키우라 하시더니 난수 열 살쯤 됐을 때 안성에 있는 동백약방 집의 딸로 내주셨지요. 십 년쯤 지나서 이 집으로 다시 돌아와 아씨를 모시게 된 거고요. 그 사이에 시집도 한 번 갔다 온 듯하더이다."

"시집을 갔다가 어찌 옛집으로 돌아와? 소박을 맞은 게야?"

"잘은 모르오나 그런 듯하여이다."

"얼굴이 못나서?"

"계집이 얼굴 못나 소박데기가 되는 일은 없지 않나이까?"

"그런 일이 왜 없어? 사내들은 죄 계집 얼굴을 뜯어먹고 사는데?"

"그렇다면 난수가 얼굴이 못나 소박맞을 까닭은 더욱 없지요. 난수는 제법 참하게 생겼는걸요."

"참하기는 뭐가! 헌데, 밖이 어째 이리 소란해?"

"아씨께서 금오당 마님의 처소를 내별당으로 옮기라 하셔서, 그리하느라 소란한가 보옵니다."

"뭐라고? 나한테 한 마디 상의도 없이?"

유모가 대답을 못하고 눈을 내리깐다. 금오당은 이집에 처음 들어올 때부터 내내 외별당에서 살아왔다고 했다. 외별당이 외원에 있는지라 안채와는 거리가 있는 폭이었다. 영고당이 수직청의 즈믄을 찾아다닐 수 있었던 것도 금오당이 외별당에서 산 덕이었다. 내별당은 안채와 가깝거니와 같은 내원에 있으므로 중문 하나도 없이 통해 있다. 혹시 온이 무슨 낌새를 느낀 것인가. 그래서 금오당을 내별당으로 옮긴 것인가. 아니, 그럴 리는 없다. 씨 도둑질한 걸 누구라도 알아챘다면 영고당은 벌써 도륙을 당해 어딘가에 암장됐을 것이다.

"뭣 때문에 금오당의 처소를 옮기는데?"

"쇤네는 잘 모르오나 외별당이 원래 외원이라 바깥손님 처소로 만드는 것 같나이다."

"근정은?"

"태감님의 등청 길을 배웅하신 길로 나가시었습니다."

"누구와?"

"늘 그렇듯이 난수하고 즈믄이 모시고 나갔습니다. 즈믄이 그 사람은 잠도 아니 자는지 아씨 자리에 드시고도 한참이나 수직청에 있다가 나갔는가 싶으면 어느새 돌아와 있는 게 꼭 귀신같사와요. 예전에 양연 나리가 아씨를 모실 적에는 아씨께서 수시로 양연 어디 있냐고 찾아야 나타나는 일이 많았는데, 즈믄 그 사람은 아씨가 찾기도 전에 벌써 대령해 있잖습니까."

태감이 온다간다 말없이 나갔다고 할 때는 아무렇지 않았다. 태감이 끝내 안채에 들어오지 않은 채 사행을 나서면 어찌할 것인가. 그 셈속만 따졌다. 즈믄이 늘 그렇듯이 왔다 나갔다는 말에는 불쑥 목이 멘다. 사실 지난 나흘간 깊은 밤마다 즈믄을 기다렸다. 평소 바람인 양, 그림자인 양 움직이는 그이므로 제가 맘만 먹는다면 안방으로 잠깐 스며들지 못할 까닭이 없었다. 아무리 드러내지 못할 자식이라도 제 새끼 아닌가. 회임했다 했을 때 한 마디 말도 아니 했을망정, 제가 먼저 찾아온 적은 한 번도 없을지라도, 아이가 태어났으므로 보러 올 거라고, 와서 제 새끼 낳은 아낙을 안쓰럽게 봐 주고 나갈 거라고 기대했다.

남 앞에 드러내지 못할 남녀지정을 사통이라 한다. 사통은 애틋함이 당연했다. 영고당은 즈믄에게 애틋했다. 그를 안고 안긴 이후 그가 그립지 않은 순간이 없었다. 만삭일지언정 그가 아무도 모르게 들어와 안아 주길, 안고 한숨 쉬며 울어 주기를 바랐다. 안타까워하며 울어 주기는커녕 제 자식을 낳았음에도 돌아보지 않는다. 앞으로도 그러리라는 것이다. 더구나 금오당이 내원으로 들어와 산다면 영영 가망 없게 되었다. 영고당은 미역국에 만 밥을 삼키지 못한 채 흐느낀다.

해후

책방 가판대 앞에 앉아 있는 사람은 백작약이다. 백작약의 남색
두루마기 자락과 아우의 흰 두루마기 자락이 땅에 닿아 지나는 사람
의 발길에 밟힌다. 그것도 모르는지 책방 앞에 쪼그려 앉은 남매는
소리 없는 대화에 빠져 있다. 춥지도 않나. 속엣말을 중얼거린 즈믄
은 남매의 울타리인 양 자그만 등들 뒤에 선다.

처자의 벙어리 아우가 들고 있는 손바닥만 한 책은 즈믄이 알 만
한 글자로 이루어진 『만령전』이다. 표지가 붉은 비단에 싸이고 금색
실로 묶였다. 표지 빛깔이 약간 바라기는 했으나 책자가 어여쁘다.
아우는 그래서 사고 싶은 모양이고 백작약은 도리질하며 책을 내려
놓으라는 중이다. 즈믄은 자신의 몸안에서 아지랑이 같은 게 이는
걸 느끼며 괜히 나서 본다.

"거, 그냥 사 주시지요?"

백작약이 놀라 일어선다. 동짓달 찬바람에 얼굴이 상기되었고 누
벼 만든 남색 솜 모자에서 귀밑머리 몇 가닥이 풀려 나와 바람에 날

린다.

"어머나, 서방님. 안녕하시어요?"

"예. 오랜만에 뵙습니다."

"네, 서방님. 그런데 서방님, 제가 이 책을 제 아우한테 사 주는 게 마땅하다 여기십니까?"

"아우님이 몹시 갖고 싶어하는 것 같은데요? 도련님은 사 주고 싶어하는 것 같고요."

"갖고 싶다고 다 가질 수 없고, 사 주고 싶다고 다 사 줄 수 없지요. 더구나 집에 같은 책이 있는걸요. 겉모양이 달라도 문장의 토씨까지 똑같은 책이요. 벌써 여러 번 읽은 책인데 붉은 표지에 홀려서 기어이 사 달라고 조르니 난감한 참입니다. 붉은색을 유난히 좋아하거든요. 고집은 또 얼마나 센지요."

"형과 아우 중에 누구 고집이 센지가 관건이겠는데요. 가위바위보를 하시지 그래요?"

"우리 성아한테는 가위바위보에 이길 장사가 없는걸요."

아우 이름이 성인가 보다. 벙어리이므로 귀도 먹었을 아이가 글자를 읽고 책 욕심을 낸다는 게 기이할 노릇이지만 백작약의 아우임에랴.

"저도 가위바위보 좀 하는데, 제가 도련님 대신 해보리까?"

"못 이기십니다."

"저도 가위바위보에서 져 본 적 없습니다. 아우님이 이기는지, 제가 이기는지, 내기라도 할까요?"

"에헤, 그러면 저를 못 이기실 거고요. 저는 내기에서 져 본 적이 없으니까요."

대거리하는 게 이리 재미있는데 남매를 이기든 못 이기든 무슨 상관이랴. 즈믄은 흔쾌히 웃으며 나선다.

"합시다, 그럼. 제가 아우님한테 이기면 도련님과의 내기에서도 이기는 것이죠?"

"내기를 한다면 그렇지요. 정말 하자고요?"

"그러면, 무얼 걸까요?"

"무얼 걸지요?"

"제가 이기면 저한테 글을 가르쳐 주세요. 제가 천자문 읽기를 시작했는데 스승을 구하지 못해 진전이 없습니다. 천자문을 다 익힐 때까지 스승이 되어 주세요.『만령전』도 읽게 해주시고요."

"그건 굉장히 큰 조건인데, 제가 이기면요?"

"도련님이 말씀하시는 무엇이든 제가, 세 가지를 해드리지요."

"무엇이든 세 가지! 그 조건이 얼마나 어마어마한 것인 줄 알고, 일을 그리 크게 벌이십니까?"

"얼마나 어마어마한 것이든 제가 이길 게 틀림없으니 상관없지요."

"에헤이! 참 심대한 사고치십니다. 전 분명히 말렸습니다. 나중에 원망하기 없깁니다."

"분명히 말리셨습니다. 도련님도 원망하지 마십시오."

백작약이 눈을 반짝이며 솜 수갑을 낀 손가락으로 즈믄을 가리키곤 제 아우를 향해 가위바위보 시늉을 해보인다. 고깔 모양의 색동 솜 모자를 쓴 녀석이 히죽 웃더니『만령전』을 가판대에 놓고 일어난다. 흰 두루마기에 매달린 옷고름과 소매 끝이 색동으로 귀엽다. 일어난 녀석이 수갑을 벗어 소매에 넣더니 두 손을 깍지 끼며 즈믄의 눈빛을 말똥히 올려다본다.

"삼판양승으로 하자! 성아 네가 이기면 네 언니하고의 내기에 상관없이 내가 그 책을 사 주마. 내가 이기면 넌 네 언니 말을 따르고. 알겠지?"

알아듣는 것처럼 녀석이 고개를 끄덕인다. 상대의 입술을 보며 말을 알아듣는 것 같다. 즈믄이 가위바위보라 외치며 손바닥을 펼쳐냈다. 동시에 녀석이 가위를 낸다. 백작약이 이히히 웃는다. 즈믄 편을 들어야 아우의 고집을 꺾을 수 있음에도 제 아우가 이긴 걸 기뻐한다. 쯧쯧, 철없기는! 즈믄은 속으로 도리질하고는 둘째 판을 궁리한다. 녀석이 좀 전에 가위 낼 때 검지와 중지 펴는 걸 보았다. 손가락의 움직임으로 미루어 주먹 내기가 쉬울 것 같다. 더구나 같은 걸 연속으로 낼 확률은 적다. 가위바위보! 외치며 즈믄은 다시 보를 냈다. 녀석도 손바닥을 펼친다. 동시에 움직였으므로 이쪽의 손동작을 눈치채고 따라하는 것으로 보기 어렵다. 다시 가위바위보 하면서 즈믄이 가위를 냈고 녀석도 가위다. 녀석이 곧장 손을 뻗고 즈믄도 덩달아 주먹을 낸다. 가위인 줄 알았던 녀석의 손은 보자기다. 백작약이 박수치며 깔깔대고 녀석은 양팔을 들고 만세를 부른다. 소리는 없다. 즈믄은 입맛을 다시곤 남매를 향해 박수쳐 주며 이죽댄다.

"아우 고집 꺾겠다고 벼르더니 이긴 게 그리 좋습니까?"

즈믄이 가판대에서 『만령전』을 집어 들면서 말하자 백작약이 히히 웃고는 책자를 빼간다.

"오늘만 져 주죠 뭐. 녀석이 좋아하게 해주셔서, 또 제가 내기에서 이기게 해주셔서 감사해요, 서방님. 제게 세 가지 빚을 지신 겁니다."

백작약은 만날 때마다 제가 아무렇지도 않게 쓰는 서방님이란 호칭이 즈믄에게 얼마나 기묘하게 들리는지 모르는 것 같다. 신분을 알 수 없는 성인 남정일 경우 존대의 의미로 사용하기도 하는 낱말일지라도 즈믄은 백작약으로부터만 듣는 존칭이다.

"제가 지면 사 준다고 약속했으니 내기 빚은 따로 두고 책값을 내겠습니다."

"에헤, 그러시면 아니 되죠."

"아이 앞에서 거짓부렁 하는 놈으로 만드시렵니까. 잠깐 계십시오. 제가 책값을 치르고 나오겠습니다. 우리 내기 빚은 책값을 치르고 나서 셈하기로 하고요."

즈믄은 서둘러 책방 안으로 들어선다. 안에서 다른 손님과 대거리하는 주인에게 바깥에 있는 『만령전』의 책값을 묻자 백 전이라 한다. 즈믄은 자신의 주머니 속에 돈이 얼마나 있는지 따져본다. 보름 전쯤 숭례문 밖 칠패거리 권전에 나가 딴 돈이 석 냥이 있고 지난 달 허원정에서 받은 새경 중 백 전쯤이 남아 있다. 현재 즈믄의 전 재산이 석 냥 백 전이다. 매달 허원정에서 한 냥 반씩의 새경을 받는데 돈이 다 어디로 날아가는지 새경 받은 지 열흘만 지나면 주머니가 달랑거렸다. 권전에서 이따금 얻어맞으며 벌지 않는다면 만날 빈 주머니를 달고 다녔을 터다. 오늘은 다행히 책값 치를 돈이 넉넉하다. 흔쾌히 책값을 치르고 나서는데 백작약이 책방 안으로 들어왔다. 성아가 『만령전』을 손에 들고 따랐다.

"얼마를 내셨어요, 서방님?"

"백 전이요."

아이참! 책망하며 낯을 찌푸린 백작약이 성아를 즈믄 곁에 세워 놓고 넓은 갓 선비와 애기하느라 여념 없는 주인에게 다가든다. 서로 낯이 익은지 주인이 백작약을 반긴다.

"쥔장님, 사서오경도 아닌 『만령전』 헌책을 백 전이나 받으셨어요? 이야기책인데요?"

"사서오경만 책이랍디까? 헌 이야기책이라도 필체 유려하지, 내용 돈독하고 재미있지, 두터운 종잇장에 비단으로 감싼, 얼마나 공들여 만들어진 책인데."

"에헤이! 앞뒤쪽 속지가 잘려 나갔고, 표지는 색이 잔뜩 바랬는데요?"

"속지나마 고이 잘라내 갖고 싶은 가여운 중생을 어여삐 보셔야지, 잘 아는 도령이 그리 말하면 쓰나? 글자 쪽이 없어진 것도 아닌데 그걸 책값 헐하게 만드는 핑계로 삼으면 아니 되지."

"저도 장사치 집안사람이라 모든 물건에 제 값어치가 있다는 걸 알지요. 원래 값어치보다 높거나 낮을 때는 그 이유가 분명히 있고요. 장사는 그 값어치의 높낮이를 따져가며 하는 것일 제, 이 책은 값이 낮아질 분명한 이유가 여러 가지 있어요. 물건의 원형이 훼손된 건 값 저하의 큰 원인이고요. 더구나 이 책은 이미 수십, 수백 번의 세책을 하시었을 테고, 필사본도 이미 만들어 놓고 가판에 내놓으신 거잖아요. 제값만 받으세요."

"거 참. 그 책, 자네가 샀나?"

"제가 산 거나 진배없어요. 우리 아는 서방님께서 제 아우한테 사주시는 거니까요. 솔직히 쥔장께서 과하게 부르셨잖아요? 받을 만큼만 받으시고 돌려주세요."

백작약이 『만령전』을 제 등에 멘 바랑에 넣고 나서 수갑을 벗고는 손바닥을 턱 내민다. 손가락이 가늘고 긴데 손바닥은 거칠다. 예전 볼 때도 손에 뭐를 묻히고 있더니 오늘도 그렇다. 손가락이며 손톱 주변에 더뭇더뭇 색물이 들었고 검지에는 베인 자국도 있다. 기름 섞인 물감을 만지다 덜 씻고 나온 듯한 형상인데 백작약의 손은 당당하다. 단골손님을 잃고 싶지 않는 듯한 주인이 쩝쩝 입맛 다시며 돈을 꺼내 그 손바닥에 놓아준다. 싫거나 마지못한 기색은 아니다. 즈믄은 속으로 누군들 저 손바닥을 당하랴, 싶어 쓴웃음을 짓는다. 돌아선 백작약이 즈믄의 손을 잡아 펴더니 사십 전을 올려 주면서 속삭인다.

"나가요. 아우가 책 선물 받은 값으로 맛난 것 사 드릴게요."

즈믄은 백작약과 기껏 맺은 인연을 맛난 것 먹어 치우는 것으로 풀어 버리고 싶지 않다. 백작약이 빚진 기분을 갖고 있기를, 그리하여 약방거리나 운종가에 나올 때나, 장동 숲 같은 데서도 즈믄을 찾아 두리번거려 주었으면 싶다.

"일단 나갑시다."

즈믄은 남매를 앞서 책방을 나온다. 손이 곱든 거칠든 처자가 남장하고 시전거리를 자유로이 쏘다닐 수 있다면 반족은 아닐 것이다. 가세 든든한 집안의 자식들이기는 할 터. 남정 옷 입었다고 제가 사내처럼 보이는 줄 아는 처자와 색동 옷 입은 벙어리 아이 둘만 거리에 나섰을 리 없는데 남매를 따르던 할아범이 오늘도 보이지 않는다. 즈믄에게는 다행이나 남매에게 이로운 행동은 아니다. 처자는 제 머리통이 다 잠길 만한 모자로 얼굴을 반나마 가리고 있지만 음흉한 자들의 눈은 원체 밝다.

"서방님, 무얼 자실래요?"

"점심 아니 자셨습니까?"

"먹었지요."

"저도 점심 먹고 나왔습니다. 그러니 먹는 타령은 그만하고 함께 저자 구경이나 하지요. 뭘 사러 나오셨고, 샀습니까?"

"유리 용기를 사러 나왔답니다."

"유리 용기는 뭐에 쓰게요?"

"제가 미장용美粧用 용액이나 화장용품 만드는 공부를 하는데 그 실험에는 유리 그릇을 주로 쓰거든요."

"유리 물건은 값이 사뭇 높지 않아요?"

"꽤 높지요. 유리는 썩지 않고, 빛깔과 냄새가 없는 데다 제게 담긴 것들의 성분을 변질시키지 않기 때문에 예민한 용액 실험에는 유리 용기를 써야 해요. 꼭 필요하므로 쓰긴 하는데 비싼 물건이라 조심해서 다뤄야하지요. 헌데 며칠 전, 매괴유로 향료 실험, 향기 비율을 맞추는 과정에서 유리 용기를 한꺼번에 네 개나 깨뜨려먹었지 뭡니까. 아까운 것은 물론이려니와 어른들한테 칠칠치 못하다 걱정 들을까 봐, 몰래 사다 놓을 셈으로 나왔는데 아우가 책방 앞에서 시간을 보내는 바람에 이리되었네요."

"매괴유가 뭡니까?"

"매괴유는 해당화에서 짜낸 꽃 기름이에요. 제가 얼마 전에 약방 거리 자그만 약방에서 매괴유를 발견했잖아요. 해당화 향료는 아직 없는 것 같거든요. 제 머리 속에서 파다닥 불꽃이 튀었지요. 신이 나 너무 까불었나 봐요. 부향률이 다른 용액 병을 주르르 놓고 향기를 맡아대다가 와장창 해버린 거죠. 아! 매괴향료 연구에 관한 건 비밀이에요, 서방님. 제가 향기를 완성해 세상에 내놓을 때까지는요."

미장품을 만드는 사람은 공인工人이다. 공인은 보통 천민이거니와 천민 아닌 사람이라도 공장工匠 노릇을 하면 천민 취급을 받는 탓에 대개 천민들이 공장 노릇을 한다. 세상 모든 사람들이 사용하는 오만 가지 물건들이 그들 손에서 빚어지지만 그들은 하루 두 끼니 먹고 살기도 빠듯하다. 남매는 천민 집안 자식들은 아닐 터이다. 천민 집 자식들이 이들처럼 공들여 지은 옷을 입기 어렵거니와 처자의 사내 입성에 이처럼 신경써 줄 리 만무다. 『만령전』 같은 이야기책을 사겠다고 나설 수 없고 할아범 같은 시자들이 뒤따라 다닐 까닭이 없다.

"나도 알아듣지 못하는 걸 어디다 발설합니까. 그나저나 또 어른들 몰래 나왔습니까?"

"그런 셈이지요. 그래도 여기는 외진 데가 아니고, 날이 환하니 아직은 괜찮아요. 저희들과 유리점에나 같이 가시겠어요? 휘황하게 어여쁜 유리 물건들이 많아 구경할 만하답니다."

"그러지요. 그리고 제가 갚아야 할 내기 빚에 대해 말씀하세요. 명색이 사내인데 약속은 지켜야지요."

"명색이건 구색이건 제가 뭘 요구할 줄 아시고, 겁도 없이 그리 큰 걸 거셨을까요?"

"큰 걸 요구하려고요?"

"크든 작든 내용을 모르면 큰 것 아닙니까? 더구나 세 가지나 되는걸요?"

"사실 저, 돈은 별로 없고 앞으로도 별로 없을 겁니다. 돈으로 뭘 해드리기는 어려울 것이고, 몸으로 때우는 건 할 수 있습니다."

"몸으로 때우는 거라면, 가령 어떤 거요?"

"가령, 도련님 댁 마당을 쓸어 드린다거나 물을 길어 드린다거나,

짐을 옮겨 드린다거나. 이렇게 같이 걸어 준다거나."

걸음을 옮기던 백작약이 하늘을 향해 푸후 웃음을 내뱉는다. 그의 숨결이 퍼진 겨울 하늘이 맑기도 하다.

"언제까지 유효한 건데요?"

"제가 빚을 다 치를 때까지겠지요."

"서방님은 내일 먼 길 떠나실 거면서, 언제 돌아오셔서 제게 지신 빚을 다 갚으시려고요?"

"제가 내일 먼 길을 떠나다니요? 어찌 그런 말을 하는 겁니까?"

"조금 전에 그리 말씀하시지 않았어요?"

"언제요?"

즈믄은 그 말을 한 적이 없다. 백작약은 제가 한 말의 근거가 어디에 있는지 잊어버린 듯 고개를 갸웃한다. 성아가 백작약의 손을 잡고 수구 판돌 위를 깡충깡충 뛰듯 걷는다. 판돌들이 일정하게 놓였는데 녀석의 보폭으로는 한 걸음이 넘으므로 연방 뛴다. 그 바람에 백작약과 즈믄의 걸음도 수구 판돌에 맞춰진다.

"제가 괜히 그리 느낀 모양이네요. 제가 가끔 이러다가 어른들한테 야단을 맞거든요."

즈믄 자신에게서 원행 앞둔 자의 기운이 풍겼는지도 모른다. 백작약은 그걸 느낀 것이다. 내일 새벽에 함양으로 향할 것이었다. 오늘 거리로 나오며 원행준비를 위한 거라고 핑계했지만 백작약을 발견하고서야 그 때문임을 깨달았다. 혹시라도 그와 마주치지 않을까 기대했던 것이다.

"언제든 갚을 겁니다. 그때 뭘 해드릴까요?"

"생각해 볼게요. 우선은 유리점 가서 그릇부터 사고요."

"그러지요. 헌데 유리점이 어딥니까?"

백작약이 제 아우 손에 이끌려 가며 말했다.

"사동 앞거리에 제가 자주 다니는 점포가 있어요. 두 마장쯤 되나? 서방님은, 글공부하는 선비는 아니신 것 같고, 무얼 하는 분이세요?"

"글공부하는 선비들은 모양이 다릅니까?"

"다르죠."

"어떻게요?"

"그들은 일단 우리같은 조무래기들이, 자신들 발길에 채이지 않는한 눈길 주지 않지요. 어쩌다 발길에 채이면 천한 것들이 양반한테 무례하다고 별의별 난리를 다 치고요."

"선비들이라고 다 그러려고요?"

"물론 다 그렇지는 않겠지요. 그런데, 선비들은 대개 젠 체하는 게 있는 것 같잖아요? 공부는 신분을 막론하고 누구나 하는 것인데, 글공부하는 선비들은 장차 벼슬아치가 될 거라서인지 미리 거들먹거리는 것 같더라고요? 그러다 진짜 벼슬아치가 되면 닭벼슬마냥 상투 세우고 안하무인으로 우쭐대고요."

즈믄은 크흐흐, 소리 내어 웃는다. 백작약과는 무슨 말이든지 할 수 있을 것 같다는 걸 약방거리에서 처음 만났을 때부터 알아보았다.

"헌데, 도련님. 언제까지 남정 행세를 할 셈입니까?"

"아! 저의 남정 행세가 그렇게 티나요?"

"티 많이 납니다. 한 번만 눈여겨보면 누구나 알아챌걸요."

"한 번도 눈여겨보지 말라고 남정 복색을 하는 건데, 그리 눈에 띈다면, 앞으로는 더 세심하게 차려입어야겠네요."

"제가 또 아가씨를 뵙게 될 때도 사내 복색을 하고 계실 겁니까?"

"계집인 제가, 더구나 남의 안해 된 몸으로 사내 복색을 하지 않으면, 남녀유별하고 남녀칠세부동석인 세상에서 어떻게 저자거리를 편히 나다닐 수 있겠어요? 서방님처럼 자상하고 재미있는 분들과 어찌 말을 섞어 보고, 세상을 배우고요? 어쨌든, 서방님! 제가 사내 복색을 하고 있을 때 계집이라는 건 비밀이에요."

아직 어려 뵈는데 벌써 혼인했다고 한다. 스스로는 혼인 따위 생각해 본 적이 없음에도 즈믄의 가슴이 싹둑 베이는 것 같다.

"비밀 지키겠습니다."

"고맙습니다. 헌데 아직 서방님께서 무얼 하시는 분인지 말씀 아니 하셨어요."

즈믄은 금수백정의 자손인 데다 지금 아무 신분 없이, 가짜 호패를 지닌 채 이온의 보위로 산다. 내놓을 신분이나 말할 수 있는 일이 없다. 그렇다고 백작약 앞에서 거짓말을 하고 싶지 않다. 다시 보지 않겠다면 모를까, 한번 거짓을 말하고 나면 다시 만났을 때도 거짓을 말하게 될 것이다. 백작약이 혼인을 했든 말든 즈믄은 그를 다시 보고 싶다.

"어떤 분의 호위 노릇을 하고 있습니다."

"아아! 고생하시겠네요. 제가 아는 사람도 어떤 어른의 호위 노릇을 하고 있어 그 고생을 약간은 알거든요. 어른 비위 맞추기가 여간 아닌 것 같더라고요. 까딱하면 날밤을 새야 하고, 가끔 먼 데도 가야 하지요?"

백작약은 호위 노릇에 대한 제 알음새만 말할 뿐 즈믄에게 어떤 어른의 호위냐고 물어오지는 않는다.

"그렇지요. 그나저나 도련님, 글을 잘 아는 것 같은데 천자문 구절 하나 물어도 됩니까?"

"물어보세요."

"굳셀 환桓, 공변될 공公, 바를 광匡, 합할 합合 자를 합쳐서 환공 광합이 되면 무슨 뜻입니까?"

"아, 그건 환공광합桓公匡合하여 제약부경濟弱扶傾이라, 하고 붙여 읽어야죠."

"그, 그게 즉각 생각납니까?"

"가끔 집안 아이들을 가르치기도 하거든요. 우리 성아도 가르치고 요. 암튼 환공은 옛날 춘추시대 제나라의 임금이래요. 환공은 관중 이라는 사람을 재상으로 기용해, 휘하 제후들을 아홉 번이나 모아서 임금을 존중하고 오랑캐를 물리치는 맹약을 지키게 했다나요. 그 결 과로 천하를 주름잡았다고 하고요. 바를 광자는 바로 잡는다는 뜻으 로 읽어야 하고 합할 합자는 모은다는 뜻으로 해석해야 해요. 약弱은 약한 나라로, 경傾은 망해가는 나라를 가리키는 거고요. 그래서 환 공광합하여 제약부경이라 할 때 뜻은, 환공이 천하를 바로잡고 제후 들을 회맹시켜 약자를 구제하고 기울어진 나라를 붙들었다, 는 뜻이 되는 거예요."

이런 선생을 모시고 글공부 하면 과거 급제도 하겠다 싶어 즈믄은 웃는다. 어느새 유리점 앞에 다다랐다. 유리가 워낙 깨지기 쉬운 물 건이라서인지 유리점 앞에는 가판 진열이 없다. 대신 유리 물건 수 천점이 진열된 점포 안은 영롱하고 휘황하다. 보통 점포들은 앞쪽이 좁은 대신 안으로 긴 구조인데 유리점은 점포 세 칸을 터서 넓고 길 다. 진열대는 양 벽을 따라 안으로 길게 설치됐고 가운데는 낮은 진

열장이 벌려 있다.

갖가지 모양의 유리에 홀린 성아가 누이 손에서 제 손을 빼더니 가게 안 물건들을 들여다본다. 아이 손을 놓은 백작약은 제가 원하는 물건의 위치를 아는지 곧장 점포 안쪽으로 향한다. 점포 안쪽에는 아랫도리가 넓고 목이 길고 좁은 병모양의 그릇들이 칸칸이 정리되어 있다. 대롱 모양의 유리 물건들도 잔뜩 쌓였다. 주인이 따라와 백작약과 대거리를 했다. 서로 낯이 익은지 백작약은 이것저것 임의롭게 묻고 환갑이 넘어 보이는 주인은 자상하게 대답한다. 주인과 객의 이야기로 미루어 보건데 백작약은 스스로 향료를 만들어 낼 수 있는 수준이며 근래엔 매괴유와 여러 꽃 기름을 조합하여 새로운 향기의 향료를 만들어 내려는 모양이다.

지난 일 년 반가량 즈믄은 온의 향료 생산 과정을 어깨너머로 지켜봤다. 그 덕에 백작약이 유리점 주인과 주고받는 대화를 얼추 알아듣는다. 그들 대화가 흥미로운데, 백작약을 훔쳐보는 것은 훨씬 재미있다. 백작약에게 비쳐진 즈믄은 자상한 서방님이다. 육십여 전짜리 책을 백 전에 사는 숫된 남정이자 길거리에서 아이와 가위바위보 놀이를 할 수 있는 재미있는 사내. 백작약이 맘놓고 제 본색을 털어놓을 수 있는 믿을 만한 사람인 것이다.

"이게 무슨 소리예요?"

물건 값을 흥정하던 백작약이 낯을 찌푸리며 주인에게 물었다. 귀를 기울여 보던 주인이 아아! 고개를 끄덕이곤 대꾸한다.

"작은 임금께서 또 벼락 거둥을 나서시는 모양이네. 대전께 꾸지람 들을 때마다 저리 말을 달려 다니신다지 않는가. 익위들을 거느리시고 함춘원에서부터 말을 달려 나오시면 운종가가 꼭 태풍에 휩

싸인 것 같지. 예고 없는 행차이기 일쑤라 말 때 달리는 소리가 나면 소전이신가 보다 하고 서둘러 피할 수밖에 없어. 짓밟혀 다친 종자들이 수도 없이 많잖아. 흥인문 쪽이 아니라 이쪽으로 납시는 걸 보면 목멱산엘 가시는지, 동작나루로 가시는지는 몰라도 숭례문을 나가시려나 보네."

두두두. 멀리서 다가온 태풍이 주변의 모든 것을 휩쓰는 듯한 소리다. 백작약이 점포 안을 두리번거리며 제 아우를 불렀다.

"성아! 성아?"

부른들 귀머거리가 알아들을까. 속으로 뇌까린 즈믄도 성아를 찾아 진열장 아래쪽을 살핀다. 아이가 보이지 않는다. 백작약이 아우를 부르며 점포에서 뛰쳐나간다. 즈믄도 따라나서는데 앞서나간 백작약이 대뜸 한길 가운데를 향해 내닫는다.

"세자저하 행차시다, 길을 비켜라!"

말탄 자들이 그리 소리치는 것 같다. 사람들은 작은 임금의 행차를 피하느라 땅이 갈라지듯, 폭우 쏟아질 때 비설거지 하는 양 동쪽에서부터 한길을 비워 낸다.

"성아, 나와! 거기 있으면 안 돼."

백작약이 비명처럼 아이이름을 부르며 한길로 뛰어든다. 제 누이가 그러거나 말거나 성아는 홀로 태묘 쪽에서 휘몰려오는 말 떼를 향해 색동 소매의 두 팔을 흔들어댄다. 솜을 넣어 만들어진 녀석의 흰 수갑이 흰나비의 날개처럼 팔랑인다. 열댓 필은 됨직한 말 떼가 전속력으로 닥치고 있는데 녀석은 말들이 저와 놀려고 다가오는 줄 아는 모양이다. 선두 말이 세 필이다. 세 필 가운데, 생명주처럼 고운 흰 부루말에 탄 사람은 주립을 쓰고 금박 물린 자줏빛 철릭을

휘날린다. 그가 소전인지 그의 좌우부터 뒤쪽의 다른 사람들은 모두 청색 익위 복장이다. 선도하는 익위 둘이 세자저하 행차라고, 길을 비키라고 소리소리 외대는 중이다. 한길 양쪽의 갓길 밖으로 점포들이 즐비하고 한길에서 나온 사람들은 죄 구경꾼으로 변했다. 소전 일행이 아이를 발견하고 멈추기에도 늦었다. 멈춘 순간 열댓 필의 말이 곤두박질을 치며 뒤엉키고 소전이 낙마하면 어떤 사태가 벌어질까. 사람들은 그걸 모두 알므로 피했는데 성아는 한길 한가운데 남아 팔을 흔들고 있다.

저 녀석이 귀머거리일 뿐만 아니라 천치구나.

즈믄은 한길 가운데로 몸을 날리면서 백작약을 저편의 길가 쪽으로 밀어낸다. 동시에 성아를 감아 안고 백작약의 근방으로 나뒹군다. 순간 말 떼가 그 자리를 휘감아 짓밟고 지나간다. 흙먼지가 부옇게 인다. 오! 비명인지 감탄인지 모를 사람들의 탄식이 들렸다가 가라앉는다. 백작약은 즈믄이 밀어 넘어뜨린 자리에서 쿨럭쿨럭 기침하듯 운다. 사람들이 다가와 괜찮냐고 묻자 고개 수그린 채 손사래를 쳐 물리친다. 즈믄이 성아를 내려주자 제가 사내 복색을 했다는 것도 잊고 아이를 쓸어안으며 으헝으헝 운다.

"미안해. 언니가 딴 데 홀려 너를 잊었어. 미안해, 언니가 참말 미안해."

아우의 고집을 꺾지도 못하고, 꾸짖어야 할 때 꾸짖지 못하고 감싸 안기만 하니 그대의 누이 노릇도 수월치 않겠다. 속으로 백작약을 흉본 즈믄은 백작약이 넘어지며 벗겨 나간 모자를 집어 들어 흙을 턴다. 백작약의 머리통엔 흰 가리마 대신 청색 댕기로 친친 감친 동그란 머리채가 얹혀 있다. 남장한답시고 머리채를 따리 지어 상투인 양 정수리에 올려놨던가 보다. 즈믄은 남매에게 다가들어 성아를 떼어내 일으킨다. 아이 엉덩이를 털어 주고 백작약의 겨드랑이에 손을 넣어 일으켜 세운다. 모자를 얹어 주고 두루마기며 바짓부리를 털어 주는데 백작약이 아, 하며 주저앉아 제 발목을 잡는다.

"수앙을 데려온 사람이 누구, 누구라고?"

방산의 되물음에 병주가 보현정사 태극헌의 즈믄이라고 덧붙인다.

"그러니까 수앙이 성아하고 운종가에 나갔다가 발을 접질렸는데 수앙을 업고 온 사람이 그 즈믄이란 말이야? 틀림없이?"

"예. 작금 우리 상황이 복잡하기는 하지만 그를 그냥 보내는 것보다 마님께서 만나시는 게 나을 듯하여 데리고 들어왔습니다. 지금 성아하고 모정에 함께 있습니다."

"그렇지. 그가 우리께로 들어왔다면 내가 만나 봐야지. 잘했어. 그대는 아주 잘했다만, 나는 참말 기가 막혀 지레 죽겠구나. 기름 먹어 본 개라더니, 그 아이를 대체 어찌해야 한다니?"

"도련님을 나무라시는 게 마땅하시나 나중으로 미루시고, 우선 즈믄을 만나시지요."

"그래야지. 즈믄을 아래채 큰방으로 들이게. 내 곧 건너갈 테니 술상 먼저 들이되, 자네가 대작하고 있게."

병주가 방산과 함께 있는 사온재의 눈치를 본다. 사온재가 일 년여 만에 방회芳會를 핑계로 상경하여 혜정원으로 들어온 참이다. 근자의 상황이, 사신경인 그가 시골구석에 앉아 돌아가는 일을 멀리서 지켜볼 수만 없게 긴박하게 돌아갔다. 병주는 사온재 이한신이 함월당 큰방에 들 수 있는 존재로만 짐작할 뿐 실체는 모른다.

"여긴 걱정 말고 나가 보아. 그대가 어련히 잘 하겠으나 상대가 상대인 만큼 조심스레, 깍듯이 대접하고."

읍한 병주가 방을 나간다. 방산은 수앙이 든 건넌방의 소란을 잠시 버려둔 채 숨결을 다스린다. 지금 풍연당 큰방에서는 계묘년 급제자들의 방회芳會가 열리고 있었다. 금년으로 대과 급제한 지 삼십오 년이 된 사람들의 모임이고 이한신도 그 일원이다. 계묘년은 금상今上 즉위 직전 해다. 재위 기간이 사 년에 불과했던 선왕 대에 유난히 급제자들이 많았던가 보았다. 이한신은 선왕 재위 당시 삼 년을 연이어 과거에 급제했고 계묘년 증광문과 급제자 사십일 명 중 장원을 했다. 오늘 방회는 그해 별시문과와 증광문과, 정시문과, 식년문과까지 아우른 급제자들의 대회합으로 생존한 사람들 대개가 참석할 성싶었다. 점심때 시작된 모임은 밤늦게까지 계속될 것이고 저녁에는 사람이 더 많아질 터였다.

풍연당에 나가 있어야 할 사온재가 함월당으로 들어온 까닭은 작금의 상황 때문이다. 이무영이 동지사 서장관으로서 연경으로 향했고, 김강하가 따라갔다. 겨우 열흘 전이다. 동지사절단이 귀환하는 명년 정월 안에 만단사의 판도가 뒤바뀔 수 있게 만들려고 움직이는 판인데 수앙이 즈믄을 데리고 들어왔다. 수앙이 스스로 아무것도 모르는 채 번번이 벌이는 일이 얼마나 큰지, 방산은 소용돌이에 휘말린 양 어지럽다.

"방산, 즈믄이 누군데 그러시오?"

방산이 사온재 가까이 다가든다. 작은 소리로 말하기 위해서인데, 다가들다 보니 설렌다. 오래 전부터 그를 사모해 왔다. 그가 정인이었던 반야의 모친을 잃고 몹시 침울해 있던 즈음. 사온재가 정인 잃은 아픔을 방산 앞에서 한번 내색했다. 그때 사온재가 흘리던 눈물에 방산의 마음이 못내 아팠다. 세상 떠난 여인을 시샘한 적까지 있었다. 그 같은 사모의 정을 내색 한번 못해 보고 나이가 든 터수지만 그가 있으매, 어쩌다 한번씩 뵐 때면 다사롭고 든든했다. 멀리서 지켜보며 늙어갈 수 있음을 다행으로 여겼다.

"즈믄은 현재 이온의 호위로 있는 통천 출신 비휴의 맏이입니다."

"엉?"

"윤홍집에 이어서 이온을 호위하는 통천 비휴의 맏이라니까요."

주름진 눈초리를 키우던 사온재가 크하하 웃는다. 몇 시간 전 그가 들어섰을 때 방산이 수앙을 별님의 딸이라고 속삭여 주었다. 사온재가 잃었던 손녀 되찾은 듯 몹시 반가워하며 손을 내미는데 수앙은 웬 늙은이인가 싶은지 뜨악한 눈을 떴다. 인사드리라는 방산의 말에 마지못해 참새가 모이 찍듯 콕, 고개 한번 수그리고 할 일이 있다면서 휙 나가 버렸다. 냉갈령 부리듯 자신을 싹 무시하고 나갔다가 사고치고 돌아온 아이인데도 사온재는 아이 한 짓이 귀여워 어쩔 줄을 모른다.

"대체 어찌된 일이리까?"

"전들 알겠습니까. 이제 나가서 알아볼 터이니 심심하시면 건넌방에 있는 사고뭉치나 부르시어 잠시 데리고 노시던가요."

"아이가 발을 다쳤다면서요?"

"발을 다쳤지 입을 다치지는 않았잖습니까?"

"나를 어려워하지 않겠습니까?"

"저 아이는 도대체가 어려운 사람이라고는 없답니다. 아까도 보셨지요? 일껏 내 잘 아는 분이라고 대감께 인사드리라 했더니, 안면몰수하고 나가는 걸?"

"양반이고 대감이고 무시하고 보는 건 제 어미를 닮았나 봅니다."

"별님은 저렇지는 않으셨지요."

"별님이 저 나이에 그렇지 않았다고 어찌 장담하겠소? 나도 그 사람 열아홉 살 때 처음 봤는데, 그 무렵에 별님이 한 일이 뭔지 방산께서도 생각나시려나?"

"온양 온율서원 연못에서 대감 댁 누이 아씨 혼령을 건지셨지요."

"그랬지요. 내 누이를 그리 만든 여섯이나 되는 반가의 자제들을 옥청으로 보냈고요. 그중 둘이 참수형을 받았지 않소. 나머지는 옥청을 나와서도 사람 구실을 못하게 되었고. 별님이 아니면 감히 어떤 무녀가 그와 같은 어마어마한 일을 할 수 있겠소. 수앙이 별님을 닮은 게 틀림없지. 크게 걱정치 않아도 될 게요."

수앙의 생모와 생부가 누구인지, 정작 수앙의 생부인 사온재는 모른다. 이제쯤 알려 줘도 무방하지 않을까 싶다. 환갑이 머지않은 그이매 눈앞에 자식을 두고도 알아보지 못하는 바보로 두기에는 가엽지 않은가.

"저는 아래채로 건너가 봐야겠습니다. 대감께서는 수앙을 불러 보시어요. 그리고 별님이 낳지 않고 키우기만 한 딸이 어찌 별님을 닮았는지 생각해 보시고요."

"그게 무슨 말씀이오?"

"아이를 찬찬히 보시면 알게 되실 텝니다. 수앙은 계해년 사월 보름날에 미타원에서 태어났답니다. 업둥이가 아니었고요. 아이의 첫 이름은 심경입니다."

눈이 커지는 사온재를 두고 방을 나온 방산은 마루를 건넌다. 건넌방 문을 드세게 밀어제친다. 능연이 아이 발목에 찜질을 해주고 있고 여진이 들여다보고 있다.

"나쉬 주려 애쓸 것 없네, 능연. 다시는 제멋대로 싸돌아다니지 못하도록 나머지 한 발도 부러뜨리게. 놀부가 제비 다리 꺾듯이 작신 분질러 놓아. 홀로 나다니면 아니 된다 내 입이 닳도록 이르건만, 어찌 생겨먹어 저리 말을 안 듣는 게야? 저리 가다간 포도청 문고리를 빼고도 남을걸!"

입을 비죽이던 수앙의 커다란 눈에서 금세 눈물이 도르르 떨어진다.

"어머니 미워요. 놀부 같아요."

울먹이며 외치고는 잉잉 운다. 제가 남장을 하는 동안은 함월당의 자식 노릇을 하는바 우는 중에도 그건 잊지 않는다. 저리 멀쩡한 아이가 제 몸이 위태로울 수 있는 짓을 잘도 저지른다.

"놀부 좋아한다! 놀부가 너한테 뭘 베풀었기에 놀부타령이야? 뭘 잘했다고 우는 게냐. 끄덕하면 눈물바람이지! 눈물로 안 통하면 게워대고! 대체 언제까지 그럴 테냐. 그 입을 꿰매 놓아야, 무문관無門館에라도 가둬 놓아야 그 버릇을 고칠 테냐? 아예 머리털을 박박 밀어 주랴?"

듣다 못한 여진이 일어나 방산을 밀어내며 문을 닫고 나온다.

"그렇잖아도 잔뜩 주눅이 들어 있는 사람한테 어찌 자꾸 그러십니까."

"주눅이 들기는! 하룻망아지 저 홀로 서울 간다 하지. 하늘이 엽전 구멍만 하고? 주눅이라도 들 줄 알면 저리 하겠어? 내가 저 때문에 내 명에 못 죽겠잖아?"

방안에서 들으라고, 아래채에 있는 즈믄에게까지 들리라고 소리 소리 지르는 방산에게 여진이 귀를 빌리자고 손짓했다.

"수앙에 따르면 즈믄이 내일 먼 길을 떠날 것 같다 합니다. 앞으로 못 볼 수도 있을 듯해 안쓰러운 마음에, 업어 주겠다 하여 업혀 왔다 합니다. 이게 무슨 뜻이리까?"

맙소사! 다시 한 번 방산의 가슴이 철렁 내려앉는다. 수앙이 신기를 타고 나지 않았다고 분명히 들었음에도 아이가 하는 짓을 보자면 의심스러웠다. 신기가 아니라면 천치라서 태연히 저지르는 짓이 다수였다. 방산이 역시 귓속말로 물었다.

"자네는 어찌 들었는데?"

"작금 상황에서 수앙의 말이 맞다면, 즈믄이 이온의 명을 이미 받은 게 아니겠습니까. 떠날 날이 내일인 거고요."

"그렇지. 그렇게 볼 수 있을 게야. 일단 자네는 삼딸에게 사람을 보내 보게. 엊그제 이후 어떤 변화가 있는지. 그 앞서, 대감께서 아이를 좀 보고 싶으신 듯하니 애를 대감 앞에 데려다 놓고."

"대감께서도 야단을 치시게요? 지금 수앙을 야단칠 계제가 아닌 성싶은데요."

"야단을 맞든지 훈계를 듣든지, 어려운 어른이 한 분쯤 계시는 것도 좋지 않겠어?"

"수앙이 대감이라고 어려워할지 의문입니다만, 알겠나이다."

방산이 대청을 내려간다. 보현정사의 무녀 삼딸에게 점을 치러 가는 게 삼딸과의 접선 방식이다. 매번 같은 사람을 보낼 수 없는지라 점치러 갈 칠성부원을 신중히 물색해야 했다. 여진은 보현정사에 보낼 몇 사람을 떠올려보며 건넌방으로 다시 들어선다. 능연이 혜정원 일꾼 복색으로 갈아입은 아이 머리를 새로 땋아 댕기를 드려 주고 있다. 퉁퉁 부은 왼쪽 발목에는 약대가 감겼다. 중양절 이후 수앙은 제 집인 비연재에는 일꾼 복색으로 드나들 뿐 아예 함월당에서 지냈다. 강하는 밤마다 괭이처럼 지하도를 통해 건너와서 수앙 곁에서 자고 새벽이면 다시 건너가 비연재에서 아침을 먹고 옷을 갈아입고 등청했다. 은재신이 평양의 시가에 가 있는 것으로 되어 있기 때문이다.

"어딜 가고 싶으면 말씀을 하시구려. 사람을 달고 나가라는 것이지 못 나가게 하는 것도 아닌데 그게 그리 어려워요? 아기씨를 데려온 사람이 혹시라도 흉측한 자였으면 어쩔 뻔했어요? 부디 서방님을 생각하며 움직이시구려. 어떤 벼슬아치의 부인이 아기씨처럼 그러고 다닌답니까? 벼슬아치 부인이 아니라도 그렇죠. 여인이 무슨 일을 당할 줄 알고 그리 함부로 쏘다닙니까?"

여진이 열여섯 살에 낳았다가 석 달 만에 놓쳐 버린 딸아이가 살아 자랐다면 딱 수앙 나이다. 서방을 잃고 아이를 잃은 뒤 시집에서 도망쳐 나왔다. 중이나 되겠다고 원각사로 들어갔다가 사신계를 만나 지금에 이르렀다. 여진이 수앙을 처음 본 건 제 세 살 때 소소원에서였다. 미타원에서 생모를 잃고 소소원에 막 도착했던 아기. 그때 별님은 정신을 잃은 채 고열을 앓았고 깨어나면 연신 울었다. 소소원뿐만 아니라 혜정원을 아우른 도성 내 칠성부원 전체가 비상이었다. 와중에 방산은 한본을 업고 여진은 심경을 업은 채 몇몇 날을 보냈다. 별님께서 자신의 눈이 사라졌다는 걸 인정하는 데 두 달쯤 걸렸던가. 두 달 내내 안고 살던 아기 심경을 별님의 품에 안겨 드릴 때 여진은 자신의 딸아이를 떼어 별님께 드리는 것 같은 착각을 잠시 했었다.

"놀부 같은 어머니에, 놀부 마누라 같은 스승님의 나무람으로 날이 저물고 말겠사와요. 저는 능연 선생님 아니라도 벌써 발이 작신 부러졌는데요."

아이 머리에 벙치를 올려 주던 능연이 푸후 웃는다. 여진도 하는 수없이 웃는다. 수앙은 성정이 희한했다. 그 앞에서는 누구도 화를 내거나 심각하기 어려웠다. 화내거나 심각한 스스로가 우스워지기 때문이었다.

"벌써 부러진 그 발이 견딜 만하면 큰방으로 건너갑시다. 대감께서 아기씨를 좀 보고 싶으신가 봅니다."

"대체 그 할아버지가 누구신데, 함월당 큰방까지 쳐들어오셔서 종일 죽치고 계시는 거예요? 저는 어찌 보자 하시고요? 놀부와 놀부 마누라로 모자라서요?"

"할아버지라 하며 무람히 굴지 말고 대감마님이라 깎듯이 칭하셔야 합니다. 실제 대감이시니까요. 아시겠어요?"

수앙이 휴, 한숨을 쉬고는 능연을 향해 아이처럼 두 팔을 내민다. 능연이 등을 대자 진저리를 치고는 업힌다. 첩첩이 들어야 하는 걱정이 심란한 모양이다. 연이어진 야단에다 낯선 대감까지 나선 판이니 제 입장에서는 그럴 법도 하다. 여진은 큰방으로 들어가는 두 사람의 뒤에서 흐흥 웃고는 대청을 내려온다.

사온재는 수앙이 새침하게 돌아앉아 옷자락을 잡아 늘이는 것을 바라본다. 아이는 호랑이 앞에 몰린 토끼처럼 어깨를 웅크린다. 다리를 한쪽으로 몰아 놓고 쾌자 자락을 끌어내려 약대에 싸인 발목을 덮는다. 혜정원 일꾼 복색인 회색 저고리와 바지에 남색 쾌자를 덧입고 머리에는 남색의 연잎 벙치를 얹었다. 벙치 밑에서 내려진 머리채는 한 가닥으로 땋인 채 어깨에 걸쳐 가슴께에 늘어져 있다. 낯빛은 어린 사람 같지 않게 창백하고 입술은 그리 붉지 못하다. 발목을 접지를 때 많이 놀란 모양이다.

"아가, 많이 다쳤느냐?"

아이가 입을 비죽이며 대답을 않는다.

"많이 다쳤냐고 물었는데?"

"네에, 좀 다쳤사와요. 순전히 소전마마 때문이에요. 소전마마는 참말 못됐어요."

"느닷없이 소전마마는 왜?"

"소전께서 운종가를 폭주하셨잖아요. 그 바람에 소녀의 아우가 다칠 뻔했사와요. 소녀가 말 떼가 달려오는 한길에서 제 아우를 꺼내려고 뛰어들었지요. 절 데려온 서방님이 저를 갓길로 밀쳐내고 아우와 저를 구하셨지만 소녀는 넘어지며 발목을 삐었고요. 그러니 소전마마 잘못이죠. 임금님씩이나 되시는 분이 백성들 그득히 걸어다니는 거리를 그리 난폭하게 질주하면 아니 되는 거 아니에요? 대감님이시라니 궐에도 듭시겠지요? 소전마마 배알하시면, 부디 그리 마시라고 말씀 좀 올리시어요."

"네 지아비가 소전마마를 모신다면서? 강하한테 말하려무나. 소전마마께 백성들을 살피시어 점잖이 다니시라, 간언 드리라고."

"제 큰언니는 시방 도성에 없지 않나이까. 그가 지난 초하룻날 연경을 향해 떠난 걸 대감마님도 아실 것 같은데요? 그리고 큰언니가 여기 있어도 저, 그 사람한테 이런 이야긴 못하옵니다. 야단부터 맞을 텐데 어찌 말을 하겠사와요? 더구나 그 사람이 여기 있었다면 틀림없이 아까 행렬의 선두에 있었을 텐데, 저와 성아를 보고 얼마나 놀랐겠나이까? 그리 질주하던 중에 그 사람이 우리를 봤다면 말을 멈추거나 말머리를 틀었을 테죠. 그렇다고, 갑자기 멈추다간 소전마마가 낙마하셨겠지요? 소전마마가 그리 아량 넓은 분이 아니실 게뻔한데, 소녀나 성아가 말에 밟히지 않았다면, 제 큰언니가 작은 임금님 잘못 모신 벌을 받아 벼슬 모가지는 물론 생목도 댕강 떨어지겠지요? 큰언니가 오늘 거기 없기 천만다행인걸요."

그리 가정하니 정말 큰일날 일이었기는 하다. 그럼에도 사온재는 자꾸만 웃음이 난다.

"지아비를 큰언니라 부르는 게냐?"

"소녀가 세상에 나면서부터 그를 큰언니라 불렀기 때문에 고치기가 어렵지 뭐예요. 헌데 대감마님은 누구신데 소녀 내외를 아시어요?"

화난 양 모로 앉아 고개 숙인 채 다박다박 말하던 수앙이 고개를 든다. 쌍꺼풀 진 큰 눈이 곧바로 쳐다본다. 사온재는 방산이 한 말의 뜻을 비로소 깨치고 전율한다. 아까 볼 때는 별님의 딸이라는 방산의 말 때문이었는지 무심히 여겼다. 딸 삼아 키우기만 해도 어미를 닮아가나 보다 생각했던 것 같다. 지금 아이는 정말로 반야를 닮았다. 그리고 반야의 모친 함채정을 더 많이 닮았다. 사온재가 함채정을 처음 본 게 그 열다섯 살 때였다. 지금의 수앙과 비슷한 나이였다. 그 어미의 딸이라는 걸 듣고 나서 보는 지금 수앙은 영락없는 함채정이다.

함채정이 스러지기 전 해인 갑자년에 미타원 갔었다. 여덟 달 만
인가의 방문이었다. 그 밤 채정의 방 아랫목에 난 지 몇 달 된 아기
가 누워 있기에 사온재가 물었다.

　"또 업둥이가 들어왔소?"

　그때 채정은 업둥이라 말하는 대신 아이 이름을 심경으로 지었노
라 했다.

　"반야의 아우 심경이, 좋구려."

　사온재는 그리 대답하고 말았다. 동갑인 두 사람이 당시 마흔이
넘었거니와 그날 밤 아랫목에 누운 아이가 셋이나 되었으므로 채정
이 아이를 낳았으리라 생각지 못했다.

　"내가 누구일 것 같으냐?"

　바라보면 알게 되기라도 하는 양 수앙이 뚫어져라 사온재를 건너
다본다. 한참을 바라보다 눈을 질끈 감더니 뜨고 다시 본다.

　"혹시 소녀의 어머니를 아시어요?"

　"네 어머니라면, 어떤 어머니를 말하는 게냐? 네게는 어머니가 여
러 분 계시지 않느냐."

　"그러게요. 저처럼 어머니가 많은 사람이 또 있을라고요? 스승은
또 어떻고요. 한 백 분은 되실 거예요. 대감마님께서 소녀의 어머니
들을 다 아시고 스승님들도 다 아실 것 같아 여쭤보는 건데요. 대감
마님, 소녀를 낳아 주신 별님을 사사로이 아셔요?"

　"알지, 네가 태어나기 전부터 알았는걸."

　"하오면, 소녀의 아비가 누구인지도 아시어요? 버드나무집 아버
님이나 작고하신 장통방 아버님, 숲속 집에 계신 아버님 말고, 생
부요."

"별님께서 말씀 아니 해주시더냐? 그리 궁금했으면 여쭤 보지!"

"그런 말씀 해주실 분이 아니시잖아요."

반야가 제 생모임을 추호도 의심치 않는 아이한테 사온재 자신이 생부라고 나설 수는 없다. 저를 낳은 사람이 반야가 아니라는 걸 알게 되면 생모에 대해서도 궁금해할 터이고, 제 생모가 그리 참혹하게 죽은 것도 결국 알게 될 터, 그건 아이한테 너무 가혹하다. 그 때문에 반야를 비롯한 여인들이 아이의 태생을 불문에 부쳐 온 것이다.

"네게도 아니 하신 말씀을 나한테 하셨겠느냐?"

"그건 그렇지요. 헌데요, 어쩐지 지금 소녀의 마음속에 대감님이 꼭 제 아버님이신 같은 생각이 차올라요. 혹 제 아버님이시어요?"

아이가 몹시 예민하여 무녀가 아님에도 사람 속을 잘 안다더니 아비를 앞에 두고 느끼는 게 있는가. 사온재의 가슴이 저릿하다. 아비라고 나설 수는 없으되 아비가 아니라 말하기는 싫어 말을 돌린다.

"내가 네 아비였으면 좋겠느냐?"

"소녀가 아기 때 아버지를 본 적이 있는 듯하여요. 혹 그 아버지이신가 여쭙는 거지요."

이건 또 무슨 말일까. 사온재의 가슴이 우둔거린다.

"아버지를 본 적이 있어? 어떤 사람인 것 같은데?"

"몸피가 장승만큼 크고요, 얼굴에 곰보 자국이 몇 개 있었어요. 제가 그 품에 안겨서 그 곰보 자국을 손가락으로 꾹꾹 누르면서 놀았던 것 같아요. 이제 보니 대감님은 곰보자국이 없으시네요."

"언제인 것 같은데?"

"언제인지는 잘 모르겠는데요, 저하고 본이가 불에 탔어요. 아니, 집이 탔을 거예요. 소녀하고 본이는 멀쩡하니까요. 큰언니하고 명일언니도 멀쩡하고요. 그런데도 소녀는 그때 몸이 불에 구워졌던 것 같아요. 우리 몸이 빨갰거든요. 옷도 입지 않았고요. 본이하고 제가 깨깨 벗고 서로 막 뜯어대고 있는데 장승처럼 커다란 그분이 들어와서 우리한테 팔을 벌리셨어요. 우리를 양쪽 무릎에 하나씩 안고, 아버지가 노래 불러 줄 테니 이제 자거라, 그러셨던 것 같아요. 그리고 노래를 불러 주셨지요. 그 품에서 노래 소리가 났는데, 빗소리 같았어요. 눈물 소리인 것도 같았고요. 그분이 우리를 안고 노래하면서 우셨던지도 모르겠어요. 나중에 생각났는데 그때 노래가 「신묘장구대다라니」였어요.”

그날인가 보다. 동마로와 함채정이 죽던 날. 도성에서 반야를 앞서 내려간 동마로가 김학주 무리에 의해 타 버린 미타원의 아래 샘골 객점에서 홍역을 앓던 아이들을 안고 달랬던 것이다. 그 젊디젊은 가슴 속에 죽음을 각오한 비장함이 들어 있었는데, 아기였던 심경은 그 슬픔을 느끼고 기억하는 것이다.

“아가, 수앙아.”

“예, 마님.”

“아직 어린 네 꿈속이 뜨겁고도 슬프구나. 헌데, 아가. 네 큰언니나 작은언니 명일이, 아우 본이가 다 멀쩡하게 커서 용맹한 사내들이 되지 않았느냐. 너는 또 이리 어여쁜 여인으로 자랐고. 이제 그런 꿈 대신 안온하고 환한 꿈을 꾸었으면 좋겠구나.”

“요즘은 소녀 몸이 불에 타는 꿈을 꾸지 않는답니다. 절에 다녀온 뒤로요. 대감마님께서도 소녀가 큰 사고 쳐서 절에 갔다 온 것을 아시지요?”

“전해 들었다. 걱정 많이 했었지. 그래도 아픈 꿈을 아니 꾸게 되었다니 다행이구나. 아주 다행이야."

"아무튼 그때 노래 불러 주셨던 아버지가 대감마님은 분명히 아니신 거지요?"

"네 꿈속의 일이었다면서?"

"그렇지요. 헌데 대감마님이 소녀의 아버님이셔도 좋을 듯해요."

"왜?"

"야단을 아니 치셔서요. 다정하시잖아요. 저는 정말이지 만날 어머니들이며 스승들께 야단맞느라 귀가 아프옵니다. 종아리가 아물 날이 없고요."

터무니없는 대답에 사온재는 껄껄 웃는다.

"허면 아비라 여기고 그리 부르려무나. 그리해도 무방할 게, 네 아우 한본, 극영이 있잖느냐?"

"아, 제 아우도 아시어요?"

"알다마다. 내가 극영의 아비인걸."

"어머나, 세상에나! 마님이 용문골에 계신다는 이 대감님이셨군요? 해서 소녀한테 대감님이 아버님 같은 생각이 든 것이었어요. 아아! 이제 알겠사와요. 우리 본이, 아니 극영이는 잘 있지요, 아버님?"

세상 사람 모두를 제 편으로 만들 수 있을 것 같은 아이다. 세상에 어려워하는 사람이 없다더니 과연 그렇다.

"네 혼례 때 만났지 않아? 여전히 잘 있지."

"공부도 부지런히 하고요?"

"물론이다. 오는 봄에 향시로 소과를 치러 볼 참이라 하더라."

"하오면 내년 여름에는 극영이 도성으로 와서 지내게 되나이까? 성균관에서요?"

"그건 소과에 들어야 가능하겠지? 성균관 입학시험에도 들어야 하고."

"아이, 소과나 입학시험쯤 못 들겠사와요? 저보다 앞서 천자문을 뗐던걸요."

"오호, 그랬어?"

"네. 소소원 살 적에요. 저는 여덟 살, 본이는 일곱 살이 막 되었던 정월이었죠. 혜원께 글자를 배웠는데 그 정월 어느 날 극영이 저한테, 위어조자謂語助者는 언재호야焉哉乎也라, 하는 말이 무슨 뜻인지 알아? 그리 으스대면서 물어오지 뭐예요. 그게 천자문의 마지막 구절이잖아요, 대감님?"

"그렇지. 헌데 나를 아버지라 부르기로 한 거 아니냐?"

"아, 네, 아버님. 저는 그날 태욕근치殆辱近恥니 임고행즉林皐行卽이라, 하는 대목을 익히고 있었거든요."

"어여쁨을 받는다고 욕된 일을 하면 머지않아 위태로워지고 결국엔 치욕이 오므로 그럴 때는 차라리 자연으로 돌아가라는 대목을 말이지?"

"네에. 천자문 백이십오 구절 중에서 구십 번째 구절이죠. 그런데 극영이 저한테 천자문 먼저 뗐다고 잘난 척을 한 거였어요. 그날 오후에 식구들이 죄 모인 자리에서 극영이 천지현황 우주홍황부터 위어조자는 언재호야라, 까지 줄줄 외워 보이고, 문답시험과 받아쓰는 시험을 치렀어요. 책거리를 한 거죠. 오색 설기를 한 시루나 차려놓고요. 소녀는 샘나고 분해서 그날 밤에 신열이 펄펄 났지요."

"저런. 그래서?"

"분해도 별 수 있나요? 극영이 저보다 앞섰다는 걸 인정했지요.

그리고 소녀도 절치부심하여 한 달쯤 뒤에 천자문 책거리를 했는데, 이후로는 늘 그런 식이었어요. 극영이 뭐든 소녀보다 늘 빨랐고, 그때마다 으스대고, 소녀는 열이 펄펄 나고요. 지난번 소녀의 혼례 때문에 육 년 만에 만났을 때는 글쎄, 몸피가지고 자랑을 하지 뭐예요. 사내 녀석 몸이 한 살 많은 계집인 저보다 큰 게 당연한데도 육 년 만에 만난 저한테 그러지 뭐예요. '애개, 경이 씨, 그동안 안 크고 뭐했어? 만날 울고불고 토하면서 성질부리느라 못 컸어?' 라고요. '암만 그래 봐야 네 녀석은 내 아우밖에 아니야.' 하면서 제가 막 패 줬는데 이제, 사내 몸으로 난 걸 잘난 척하느라 순순히 맞더군요. 아녀자와 맞상대하면 졸장부가 되고 말 테니 맞아 준다나요?"

그 어떤 경전의 문구가 이보다 귀할 것이며 어떤 노래, 어떤 새소리가 이보다 아름다우랴. 아름다운 것을 앞에 두고 있자니 사온재의 몸에 눈물이 차 찰랑거리는 것 같다.

"더 패 줘도 될 것을 그랬구나."

"그렇지요? 여하튼요, 그리 잘난 척하며 자란 마당에 소과나 입학 시험에 떨어지면 뭐, 저는 평생 놀리는 재미가 생기겠지요?"

반야의 자식들은 제들이 생각한 게 다 이루어질 것이라 믿는 한결같은 면들이 있다. 강하와 명일이 단번에 과거를 통과하여 무관이 되고 역관이 되매, 극영도 그리 여기는데 수앙도 그걸 당연하게 생각한다. 사신계라는 세상이 빚어낸 빛나는 꽃들이라 할 만하다. 사온재는 그 세상을 지키고 가꾸기 위해 상경했다.

"대감마님, 아니, 아버님의 우리 세상 품계는 어찌 되시어요? 저보다는 높으시지요?"

"뭐?"

사온재의 반응에 수앙이 으흐흥 웃는다. 물으면 아니 되는 걸 알면서 물은 게 농담인가 보다. 좀 전에 마루에서 방산이 야단하는 말을 사온재도 들었는데 아이는 조금도 위축되지 않았다. 어른들의 걱정을 곡해하지 않을 정도로 심성이 바르거니와 강하기도 한 것이다.

"농담이었사와요. 오늘 마님, 아니 아버님께오서 소녀에게 내리신 말씀들, 음, 절대 잊지 않겠다고는 말씀드리지 못하나, 잊지 않도록 애쓰며 살겠습니다."

"이럴 때는 보통, 명심하겠다고 하며 넘어가지 않느냐?"

"마음에 새기겠다는 건 절대 잊지 않겠다는 말인데요, 솔직히 말씀드리면 저는 어른들 말씀을 잊기 일쑤랍니다. 저는 무슨 생각이 한번 들면 그 일을 다 하거나 망칠 때까지, 하면 아니 된다는 어른들 말씀이 생각나질 않사와요. 그럴 때 소녀는 제가 하는 일이 전부 맞는 것처럼, 세상에 오직 그 일만 있는 것 같거든요. 오늘만 해도요, 아까 대감마님께 인사하고 할 일이 있다고 나갈 때 대감님은 소녀의 눈에 보이지도 않았사와요. 그때 소녀의 머릿속에는 며칠 전에 깨뜨린 유리 용기만 들어 있었지요. 그걸 사러 유리점에 가야겠다는 생각이요. 성아만 데리고 서둘러 다녀오자, 그러면 어른들이 내가 나갔다 온 걸 모르시겠지, 했지요. 시전 초입 책방에서 책을 사다가 아래채에 들어 있는 서방님을 만났고요, 사실 처음 만난 게 아니라 오늘로 세 번째였어요. 세 번이나 우연히 만나면 친숙하지 않겠사와요? 셋이서 유리점에 갔지요. 유리점에 들어가서 제가 또 유리 그릇들에 홀딱 홀렸어요. 그 틈에 성아가 밖으로 나갔는데, 아까 녀석한테 들어보니 말 떼가 오는 게 느껴지더라고, 평소에 성아는 말을 몹시 좋아하니까요, 말이 한꺼번에 오는 게 가슴을 마구 뛰게 하더래요. 해서 한길로 나선 거라고요."

"그 녀석은 달리는 말이 위험한 걸 모르는 게야?"

"녀석은 위험한 말을 본 적이 없으니 모르는 거지요. 늘 얌전히 걷는 말, 저를 태우고 다박다박 걷는 말이나, 멈춰 있는 말만 봐와서 말 떼가 제 앞에 이르면 얌전히 멈출 줄 알았던가 봐요. 어쨌든 소녀가 호위 없이 나다니면 아니 된다는 말씀을 어긴 것이나, 제가 돌봐야 하는 성아를 잊고 딴 것에 홀린 게 평소 소녀의 행태라는 것이어요. 제가 매를 벌고 다니기는 하지요."

"그렇더라도 오늘 성아와 네가 위험했고, 다치기까지 했으니 공부 톡톡히 했지 않느냐. 호위들과 함께 나가면 네가 딴것에 홀려 있어도 성아가 위험하지 않으리라는 걸 알게 되었고."

"그렇지요."

"앞으로는 조심하겠지?"

"조심해야지요. 오늘 십년감수 했는걸요. 소녀 홀로나 성아와 둘이 나가는 짓만은, 다시 하지 않겠나이다. 그건 약조 드릴게요."

"네가 그리 생각하게 되었으므로 나는 그에 대해서는 더 말하지 않으마. 헌데, 너희를 데리고 온 사나이가 어떤 사람인지는 아느냐? 오늘 처음 만난 게 아니라면서?"

"약방거리에서 한 번, 장동 숲 계곡 돌다리 앞에서 한 번, 오늘 책방 앞에서 다시 부딪쳤사와요."

"약방거리에서 처음 부딪친 게 언제인데?"

"지난 사월 초순경이었어요. 소녀가 저 아랫녘 숲속 집에서 머물다 올라온 지 며칠 아니 되었을 때요. 오늘 소녀가 그 서방님한테 뭘 하는 분이냐고 물었더니, 어느 어른의 호위라고 하더군요. 사뭇 자상하고 유쾌하고요. 소전마마 때문에 발을 다쳐서 그 서방님이 업어 주셨어요. 곧 먼 길 떠날 서방님인데 죄송했지요."

"그가 너의 남장을 알아보더냐?"

"알아보면서, 다른 사람들도 다 알아볼 거라고 하던데요. 정말 그렇사와요?"

"어지간한 여인들은 아무리 남장해도 여인인 게 보이고, 사내가 여장을 해도 마찬가지다. 더구나 낮에는."

"하면 어찌하지요? 소녀는 남장하고 두 발로 거리를 활보하는 게 좋은데요. 세상에는 재미난 게 얼마나 많은지요. 좋은 사람들도 많고요."

오래전 함채정이 반야를 설명하면서 이름 하나로 감당이 안 될 아이라 여러 이름으로 부른다고 했다. 수앙은 이제 열여섯 살인데 사온재가 아는 이름만도 벌써 네 개다. 심경, 김경, 수앙, 은재신.

"남장이 좋고, 필요하면 입어야지. 대신 남의 눈에 띌 행동은 될수록 삼가야 하지 않겠느냐. 눈에 띄지 않기 위해 남정 옷을 입는 것이니 말이다. 헌데, 널 데려온 사나이는 어떤 어른의 호위라 하더냐?"

"그건 물어보지 않았사와요."

"너는 그가 곧 먼 길 떠날 것을 어찌 알았어?"

"그냥 소녀한테 그리 느껴져 물어본 건데, 그가 그렇다고 했사와요. 내일 어디 가기는 하지만 오래지 않아 돌아올 것이라고요. 헌데 소녀는 다시 만날 성싶지 않아서 그가 가엽지 뭐예요."

"다시 만나기가 어렵겠다니? 우연히 세 번이나 만났는데, 얼마든지 또 만날 수 있지 않느냐?"

"소녀한테 그리 느껴진 것뿐이어요. 아무짝에도 쓸모없는 오지랖이니 유념치 마시어요."

"가끔 그런 것을 느끼는 것이야? 별님처럼?"

"아이, 아니어요. 소녀는 뭇기를 타고나지 않았다고, 별님께서 분명히 말씀하셨는걸요. 지난봄 숲속 집에서도 다시 말씀하셨고요. 소녀가 가끔 그런 걸 느끼는 건 예사 사람보다 속이 없어서, 철이 들지 않아 그런 모양이에요."

"별님께서 그리 말씀하셨단 말이냐?"

"아이 참, 대감님도. 별님을 잘 아신다면서 자꾸 이상한 말씀을 하십니다. 별님께서는 제가 뭇기를 타고 나지 않았다는 말씀만 하시지 다른 말씀 하실 분이 아니시잖아요."

"헌데 너는 어찌 그리 생각해?"

"소녀가 머무는 곳마다 스승들이 계시잖아요. 지금 대감님이 스승이신 것처럼요. 스승들께서 소녀만 보시면, 너는 이렇다, 저렇다, 너는 이래야 한다, 저래야 한다고 말씀들을 하시고요. 백 분이 천 가지쯤의 말씀을 하시는데, 듣다 보면 결국 한 가지 같으세요. 소녀가 만년 철들지 않을 것 같은, 속없는 아이라고요. 제 속이 없다 보니 오히려 남의 속을 환히 들여다보고 잘겁하게 한다고요."

"그런 뜻이었어?"

"대감님께서는 소녀가 별님처럼 뭇기를 타고났을까 봐, 뭇기를 타고났으되 어정쩡한 상태일까 봐 걱정하셨군요? 역시 대감마님은, 아니 아버님은 자상하시어요. 소녀는 이만 물러가 보겠나이다. 함월당께서 지금쯤 소녀를 부르실 듯해요. 손님 배웅하라고요."

"네가 이미 남의 부녀이매 외간 남정한테 굳이 얼굴 보이라 하시지는 않을걸."

"부르신다니까요."

"내기하려느냐?"

아이 얼굴이 장난스러워지며 환히 웃는다.

"위험한 놀이를 제안하십니다. 소녀는 내기에 져 본 적이 없답니다."

"각자 지닌 돈을 전부 걸까나?"

"참말로요? 후회 안 하시고요?"

"후회 안 한다. 너도 후회 하지 마라."

"그렇다면, 음, 소녀한테 지금 유리 용기 사려던 돈이 두 냥 하고 백 전짜리 두 개, 십 전짜리 다섯 개가 있사온데, 대감님은 얼마 갖고 계시어요?"

"나는 은전 닷 냥에 백 전짜리 한 개, 십 전짜리 몇 개, 열 냥짜리 은병 하나가 있을 게다."

사온재가 소맷부리에서 회색 가죽 주머니를 꺼내 방바닥에 놓자 아이 눈이 동그래진다. 이어 방그레 웃더니 둘 사이에 놓인 사온재의 주머니를 왼손 엄지로 가리키며 묻는다.

"주머니까지요?"

"주머니까지다. 시각을 일각 안으로 한정할까나?"

수앙이 비죽비죽 웃으며 제 주머니를 꺼내 그 옆에 놓는다. 색동 주머니다. 침선방에서 자투리 천으로 지어준 것인지 깽깽이풀꽃처럼 앙증맞다. 아비 노릇을 못할망정 딸자식의 물건 하나쯤 갖고 있으면 재미날 것 같다. 사온재는 아이의 주머니를 갖고 싶은 자신의 속내가 간지러워 웃는다.

"일각씩이나 기다릴 필요 없을걸요. 일 백을 다 세기 전에 여진께서 오실 거예요. 숫자 세시어요, 하나."

통상 숫자 하나 세는 속도는 보통 맥이 두 번 뛰는 속도와 같이 한다. 사온재는 속으로 맥이 두 번 뛰는 속도보다 느리게 숫자를 세면서 바깥의 기척에 귀를 기울여본다. 아이가 밖에서 이는 익숙한 기척들 속에서 무슨 기미를 느끼고 자신만만하는가 싶어서다. 별다른 소리가 들리지 않는다. 혜정원은 담이 궐만큼 높은 데다 겹담이라 외부 소리가 잘 스며들지 않거니와 함월당은 혜정원에서 가장 깊은 곳에 들어 있어 잡인이 근접키 어렵다. 사온재 자신의 호위들은 죄 심부름을 보내 놓고 기다리는 상태이고, 혜정원 일꾼들은 소리 없이 움직이는 게 습관이라 별다른 기척이 나지 않는다. 사십구, 오십.

사온재가 오십을 셌을 때 멀리서 무슨 기척이 일었다. 문이 열리는 소리며 낮게 읊조리는 소리, 가볍고 빠른 걸음으로 마당을 건너오는 기척. 발걸음이 함월당 앞에 이르러 계단을 오르는가 싶더니, 사온재가 육십 둘까지 세었을 때 대청 쪽에서 소리가 난다.

"대감마님, 여진이옵니다. 방산께서 아기씨를 잠시 데려오라 하십니다."

수앙이 두 손으로 방바닥을 두드리며 통곡하듯 웃어댄다.

"아이고, 대감마님, 한 재산 날리셨으니 어떡하십니까."

읊어가며 웃느라 금방 아이 숨이 넘어가게 생겼다. 서둘러 문이 열리고 여진이 놀란 눈을 뜨고 들어왔다. 사온재는 웃느라 정신없는 수앙의 손에 주머니 두 개를 쥐어주곤 여진에게 애를 데리고 나가라 손짓한다. 여진이 밖을 내다보고 사람을 부르자 우쇠가 들어와 수앙 앞에 등을 내민다. 수앙이 사온재에게 이거라도 가지시라고 제 색동 주머니를 밀어주더니 연신 깔깔대며 우쇠 등에 업혀 나간다. 사온재는 아이가 주고 나간 색동 주머니를 손에 쥔 채 체머리를 흔든다.

"대감, 혹 아기씨와 내기를 하셨습니까?"

"그랬네. 열댓 냥 잃었지."

"열, 댓 냥이나요?"

"저한테 열댓 냥이나 앗긴 내가 가여운가 보지? 두 냥하고 이백오십 전이 들었다는 제 주머니를 적선하고 나가는구면."

"아기씨를 상대로 내기하면 백전백패한다는 걸, 미리 말씀드릴걸 그랬습니다. 설마 대감께서 아기씨를 상대로 내기 같은 걸 하실 줄 몰랐지요."

"평소에도 잘하는 모양이지?"

"이제는 거의 아무도 아니하지요. 아기씨와 내기 걸었다 하면 지는 걸 다들 아니까요."

"거참! 자네가 몇 숨참만 늦게 왔으면 내가 이기는 것을, 내가 진 것은 순전히 자네 탓이네. 내 이따 풍연당에 나가서 방회 회비를 내야 하는데, 아이 돈은 못 쓰겠고, 자네가 한 냥을 꾸어 줘야겠어."

"한 냥이야 뭐 드리겠습니다만, 애먼 소인 탓을 하십니까. 필경 대감께서 먼저 내기 걸자 하셨을 텐데요."

"내기 걸다 망한 자들이 대개 그렇지 않은가? 한사코 남을 탓하고 운수를 탓하지."

"그렇지요. 아기씨한테 주고 싶으시어 하신 내기일 테고요."

정곡을 찔린 사온재가 헛기침을 하고는 묻는다.

"수앙이 유리 그릇을 깨뜨려 그걸 사러 나갔다는데, 아이가 쓸 만한 돈은 좀 있는가?"

여진이 고개를 외로 꼬고 입을 가리며 웃는다.

"아기씨한테 필요한 건 함월당께서 다 하십니다."

여진의 미소에 사온재가 객쩍게 웃는다. 늙긴 늙었다. 체면도 잊고 마냥 자식 이야기를 보채는 주책을 부리지 않았는가.

"아기씨 얘긴 나중에 상세히 해드리겠나이다. 임생원께서 비연재로 드시었다 합니다. 심부름 갔던 대감의 호위도 들어와 있고요."

백호부령 임현도가 도착했다는 말이다. 이미 도성에 들어와 있는 청룡부령 감선동과 주작부령 구영출, 칠요 반야를 대신하여 상경해 있는 혜원 무진도 곧 비연재로 들어올 테고, 현무부령 김상정도 지금쯤은 도성에 들어섰을 것이다.

"자네가 이제부터 애를 많이 쓰겠구먼."

읍한 여진이 뒷걸음으로 나간다. 여진이 나간 문으로 사온재의 호위대장 정민이 들어와 읍한다. 각우, 모개, 기림은 심부름을 나가 있었다. 정민에게는 형조 청사에 있는 윤홍집을 만나 보고 오라고 보냈다. 통천에 남아 있던 비휴 여섯 명이 들어와 태극헌으로 가세하고, 단양에 있던 무극 열 명이 항성재로 들어간 지 보름째였다. 이록이 연경으로 떠나기 사흘 전이었다. 곡산의 비휴들이 도성으로 들어온 기미는 아직 없었다.

"좀 전에 수앙의 말을 듣자니 즈믄이 내일 원행을 떠날 것 같다 하는데, 양연무는 그걸 알고 있던가?"

"보현정사에 있는 사람들이 미구에 도성을 떠날 것 같다는 것만 알 뿐 어디로 가는지, 그날이 언제인지는 양연무도 아직 모른다 했습니다."

형조 검률이 된 윤홍집과 양연무 비휴들은 반야의 천거에 의해 입계했다. 만단사 심장부에 있는 존재들이므로 사뭇 무모하고 위태로울 수 있는 결정이었으나 반야의 혜안을 믿었고, 믿길 잘한 성싶었다. 아름다운 청년들 아닌가. 이록의 만단사가 만 사람을 아름답게 살리는 게 아니라 만 사람을 죽일 수도 있는 그릇된 세상임을 깨친 그들이었다. 그들로 인하여 만단사령 이록의 어긋난 행태가 바로 설 것이었다. 그들은 인연과 나름의 세월을 거쳐 입계했고 계원으로서 살아가게 되었으나 통천 비휴들이나 곡산에 있다는 비휴들에게는 그 세월이 없었다. 인연도 없다고 여겼는데, 오늘 수앙에 의해 이미 지어진 인연이 밝혀졌다. 즈믄 휘하의 통천 비휴들은 수앙을 인연으로 하여 이록의 손아귀에서 벗어나게 될지도 몰랐다.

"윤홍집은 언제 올 수 있다고 해?"

"오늘 밤 인경 즈음에 이곳으로 오겠다 하더이다."

"그리 알겠네. 이제 그대는 비연재로 넘어가 경계 상황을 살피면서 회합을 준비하게. 나는 각우, 모개, 기림이가 오면 말 좀 들어 보고 건너가도록 하지."

정민이 읍하고 나간다. 윤홍집의 앞선 첩보에 따르면 이록은 통천 비휴들에게 내년 일월 말, 동지사 사신단이 귀환하기 전까지 거북부령 황환과 일귀사자 구양견을 제거하라 명했다. 무극들에게는 무녀 중석을 잡으라고 명했다. 그들이 언제 어떻게 움직일지는 이온에게 달려 있었다. 그들이 언제 어떻게 움직이든 사신계에서는 그들을 양연무 젊은이들처럼 만들 참이었다. 반야가 그곳에서 미끼이자 함정 노릇을 하고 있는 이유였다. 그러자니 과정이 복잡하고도 어렵지만, 어쩌랴.

이록의 연이은 살인행각을 막아야 하므로 그를 죽이는 게 유일한 방법일지도 몰랐다. 그 방법을 찾기 위해서 서장관으로 무영이, 그의 비장으로 강하가, 비장보로 백동수가, 통문관으로 양명일이 따라 갔다. 동수는 의금부 도사 백일만의 조카로 강화도 수국사에서 수련 하던 중에 불려왔다.

이록은 무슨 낌새를 채기라도 한 듯이 제 보위들을 모조리 이끌고 원행에 나섰다. 보위대장 홍남수를 훈련원의 습독관習讀官을 만들어 비장으로 세우고, 황동보를 비장보로 삼으면서 보위들을 사신단의 구종별배며 짐꾼으로 데리고 떠났다. 더불어 양연무의 비휴 넷을 호 공관으로 만들어 데려갔다. 양연무의 네 사람과 황동보가 사행단에 끼어 있으므로 도움을 받을 수 있을지도 모른다.

그렇지만 원체 비밀스런 작전이라 상황이 여의치 않으면 아예 모르는 사람들로 대할 터였다. 결국 넷뿐이다. 그 넷에게 큰일을 맡기기 위해 칠품으로 지내던 강하를 무진으로 올리고 재량권을 주었다. 소전이 이록을 살려 두라 했다고 하나 이한신은 강하한테 가능한 상황이라면 죽여도 무방하리라, 했다. 강하는 석 달 내내 기회를 엿보게 될 것이나 스물다섯 명이나 되는 보위들을 제치고 쥐도 새도 모르게 이록을 죽일 수 있을지는 알 수 없다. 상황이 여의치 않다면 절대 무리하지 말고 그냥 귀환하라 명했지만 시위를 떠난 화살이 어떻게 꽂힐지는 꽂힌 이후에나 알게 될 터이다.

활빈당活貧黨

봉황부령 홍낙춘을 일 년간 운신할 수 없게 만들되, 도적 떼로 가장하여 두동재를 쳐라.

연경으로 떠나기 전의 사령이 형조에 출사하는 홍집에게 그렇게 구체적인 명을 내렸다. '금 나와라 뚝딱, 은 나와라 뚝딱!' 사령은 자신이 입만 열면 뭐든 그대로 되는 줄 알았다. 그리 쓰기 위해 키운 족속이 비휴인바 대장인 윤홍집이 그 명을 수행할 때 매번 자신의 전생을 건다는 사실에 대해서는 아랑곳하지 않았다.

누군가를 암살하는 건 윤홍집이 홀로 할 수 있고 지금껏 해왔다. 식구들과 함께 있을 홍낙춘을 아무도 모르게 일 년간 운신할 수 없게 만드는 건 혼자서 불가능했다. 홍집은 하는 수 없이 자선을 비롯한 아우들을 모아 놓고 방법을 의논했다. 병조 아문에 속한 인선과 선묘와 선유와 술선은 동지사단의 호공관으로 차출되어 떠난 터라 그 자리에는 일곱 명뿐이었다. 의논을 시작하기 전에 둘째 자선이 먼저 말했다.

"이제부터 의논은 더불어 하되 그 현장에 형님은 나가지 않는 걸로 합시다."

자선의 말에 자리에 있던 아우들이 동시에 고개를 끄덕였다. 그동안 양연무의 비휴 열한 명이 해야 할 일을 홍집이 홀로 다 해왔다. 어떤 일을 하는 데 그 일이 살인일 때 홀로 하는 것과 여럿이 함께 하는 것은 하늘과 땅만큼이나 차이가 난다. 홍집은 세 군데 비휴를 통틀어 맏이라 과제로 명받은 첫 살인부터 홀로 했다. 정효맹을 대리하기 시작한 뒤에도 물론 그래왔다. 살인을 거듭하면서 개똥이이자 선일이었던 윤홍집의 그 어떤 일면도 함께 죽었다. 자선이 느끼기에 그랬다. 과묵하지만 다감하기도 했던 윤홍집의 성정이 죽어가는 나무처럼 말라가고 있었다.

이번 일이 살인은 아니라 할지라도 다를 건 없었다. 홍집이 그동안 홀로 져 온 짐이 너무 컸다. 그걸 조금이라도 덜어 줘야 할 때가 되었다. 또한 홍집이 봉황부 일봉사자인 탓에 복면을 한다고 해도 부령인 홍낙춘이 알아볼 위험이 컸다. 자선의 말에 아우들이 수긍한 이유였다. 아우들이 다 같이 그러라 주장하므로 홍집이 동의했다. 더불어 홍집은 이번 일은 자선을 대장으로 하여 진행하라 명했다. 스스로는 그림자처럼 따르기만 하겠노라 하였다. 동짓날에, 자선을 주축으로 두동재를 치기로 했다. 어떤 형식으로 칠 것인지 먼저 논의했다. 사령이 도적 떼를 가장하라 할 때의 도적 떼는 명화당일 테지만 명화당 흉내를 내 보려 한 적이 있는 비휴들인지라 그 이름을 피하기로 했다. 이야기 속 홍길동의 무리인 활빈당으로 가장하기로 결정했다. 얼굴을 드러내지 않아야 하므로 복면을 쓰기로 한 것은 물론이고 활빈당이라 쓴 띠를 이마에 두르기로 됐다. 활빈당을 자칭

하기로 결정나자 각자 틈틈이 두동재며 홍낙춘의 일상을 살피고 그 내용을 주고받으며 수합했다.

한 달여에 걸친 탐찰 결과에 따르면 홍낙춘이 소실들의 집에 드나들지 않은 지는 꽤 됐다. 남수와 남준이 각자의 모친과 아우들과 처자식들을 부양하게 되면서부터였다. 홍낙춘이 첫 부인과 사별한 뒤 재취한 부인은 서른한 살로 아들 국영과 딸 인영을 낳았다. 열한 살인 국영이 한창 글공부에 물이 오른 터라 근래 홍낙춘은 아들 공부 살피는 재미에 빠져 있었다. 서출의 큰아들 남수는 사령이 비장으로 삼아 연경으로 데려갔고 서출의 둘째 아들 남준이 제 아우 남선, 수하들과 함께 제 부친 주변을 지켰다.

경계를 강화해야 할 밤이 되면 남준을 비롯한 호위들이 오히려 느슨해지는 건 뜻밖이었다. 남수에 비해 활달하고 난삽하기도 한 남준이 두동재의 수직청 격인 앞집에서 거의 날마다 수하들과 함께 술을 마셨다. 술이 취하고 밤이 이슥해지면 남준은 외출하기가 다반사이고 그 수하들도 창부娼婦들을 찾아 가느라 번갈아 수직청을 비우기 일쑤였다. 실상 그들로서는 경계를 강화할 까닭이 없었다. 사령은 연경으로 갔다. 홍 부령의 입장에서 사령을 감시할 사람으로 남수가 따라갔다. 홍낙춘 스스로는 벼슬아치가 아닌바 정적政敵 같은 것도 없었다. 경계가 느슨하다기보다 일상인 것이다. 누구인들 일 년 내내 긴장하고 살 것인가.

마침내 동짓날이 닥쳤다. 양연무 사람들은 유시 말경까지 집에 모여 행장을 점검한 뒤 흩어져 인경이 울릴 때 두동재 앞에서 집결하기로 했다.

"어어, 춥구면. 유 순검, 어디 들어가 국밥이나 한 그릇씩 할까?"

자선과 포청 순검 짝패인 김표는 배고개의 칠패거리를 돌다가 훈도방 쪽의 시전거리로 들어선 참이다. 김표가 휘양 쓴 머리를 부르르 떨며 주위를 두리번거린다. 주막을 찾는 것이다. 훈도방 앞길 쪽 시전의 점포들에서는 미곡을 비롯한 온갖 곡식들을 주로 팔고 잡물 점포들은 드문드문 섞였다. 동짓달에 양곡을 사러 저자에 나올 사람이 얼마나 될까 싶어도 인파는 늘 넘친다. 동짓날이라고 다르지 않다.

"국밥 대신 팥죽이나 사 먹을까? 액땜하게?"

김표가 자선을 돌아보며 다시 묻는다.

"그러지요."

간밤에 양연무에서는 미선의 처 머루와 그 할머니가 끓인 동지 팥죽을 먹었다. 그전에 할머니와 머루와 그 아우 다래는 동지 팥죽을 샘 앞에다 차리고 집안 곳곳에다 팥이 든 종지를 놓으며 비손을 했다. 환갑 넘은 여인과 열여덟 살짜리 아낙과 열네 살짜리 처자. 양연무에 사는 여인 셋이 열다섯 식구들의 지난 일 년의 액을 때우고 내년의 무사안녕을 기원했다. 음식의 효용이 먹는 것에만 있지 않다는 것을 어제 저녁 양연무 여인들이 보여주었다.

"그런데 간밤에 팥죽 아니 자셨어요?"

"여편네가 죽을 멀겋고 짜게 쒀 놨더라고 글쎄. 죽 단지를 확 엎어 버리려다 참기는 했지만 소태 국 같은 걸 먹을 염사가 나야 말이지."

"더운 물 붓고 저어 먹으면 되지 않습니까?"

"가뜩이나 멀건데 물을 또 부어? 혼인한 지 십 년이나 됐는데 어찌된 여편네가 죽 하나 제대로 못 쑤냐는 게지."

"음식이 그럴 때도 있는 거지 괜히 부인을 트집하십니까? 사나이 체면 깎이게요."

"자네도 장가들어 봐. 그런 소리가 나오나."

"그건 나중 문제고 지금은 뜨끈한 팥죽이나 한 그릇씩 하지요."

자선의 말에 김표가 제꺽 뒷골목으로 들어선다. 순검들 거개가 흔히 다니는 자신들만의 주막이 있는데 김표의 단골집에는 제법 곱상한 처자가 있다. 주모의 딸로 이름이 사근이라 주막집도 사근네라 불린다. 사근은 스무 살 남짓이나 됐는데 한창 물이 올랐다. 보통 어미라면 과년한 딸을 주막에 내놓지 않을 터인데 사근네는 보통을 넘는 여인인지 자신의 딸에 혹해 찾아드는 김표와 같은 손님 앞에 사근을 예사로 내놓는다.

"오늘 팥죽은 한 사발씩 덤으로 드리고요, 국밥에 탁주 한 병 드릴까요? 김 순검님?"

날이 추워 바깥의 평상에 못 앉고 방에 들자마자 사근이 사근사근하게 묻는다. 금주령에 관한 어명이 아무리 지엄해도 술은 모든 저자들의 뒷골목에서 공공연하게 방매된다. 사근의 눈웃음에 홀딱 넘어간 김표가 자신이 순검이라는 사실을 잊고 고개를 끄덕인다.

자선은 지난 삼월에 순검으로 승차했다. 나군으로 포도청에 들어선 지 삼 년 만이다. 품계가 없기는 나군이나 순검이나 같지만 순검은 단독으로 수사할 수 있는 권한이 있고 나군보다 임의롭게 움직일수 있다. 김표는 나군 생활 육 년 만에 순검이 되었다. 순검들이 주막에서 술 마신 게 탄로나 징계를 받으면 도로 나군이 되는 게 아니라 포도청에서 아예 떨려나는데도 불구하고 김표는 거침이 없다. 대개가 다 그러하므로 반주 삼아 술 마시는 김표를 자선도 말리지 않는다. 별쫑나게 굴기 싫기 때문이다.

국밥 두 뚝배기와 팥죽 두 사발, 술 한 병과 김치 등속이 오른 상이 금세 들어온다. 사근이 덤이라는 듯 술 한 잔씩을 따라 주며 두 사내에게 한껏 눈웃음을 베풀어주고 일어선다. 치맛자락을 휘감으며 나가는 사근의 뒤에 대고 김 순검이 한 마디 한다.

"대거리는 나와 하고 쳐다보기는 오로지 유 순검 쪽이구먼? 아예 유 순검한테 시집을 가지 그래?"

사근이 휙 돌아서더니 대꾸한다.

"말씀만 그리 마시고 다리라도 한번 놔 봐 주시지 그러세요?"

"자네가 유 순검한테 시집가면 나는 누구한테 술을 얻어먹게?"

티격태격하는 품이 벗 튼 사람들처럼 무람하다.

"술 못 잡술까 봐 말씀 한 마디 해주시지 않는 거예요?"

"그렇지."

"흥! 그 입에 술이 달기는 할지 모르겠네요? 포도대장한테 확 이를까 봐!"

되게 쏘아붙인 사근이 휙 돌아서 사라진다.

"예서 술 마시면서 구실아치라도 하려면 자네가 사근이한테 장가를 들어야겠구먼."

자선은 대꾸하고 싶지 않아 술 마시는 시늉을 한다. 냄새만 맡고 잔을 내려놓은 뒤 국밥을 먹는다. 사근이 곱상하긴 해도 자선은 곱상한 여인한테 눈길이 쏠리지 않는다. 곱상함을 운운할 수 없는 비범한 여인들을 봐 버린 탓이다. 그중의 한 사람인 능연은 혜정원 수직방의 방수다.

항성재 무극들을 생산한 불영사를 점거할 때 겸곡재라 불리는 여인이 스물네 명의 무절들을 이끌었다. 자선은 무절의 한 명으로 거기 끼었다. 끼고 보니 능연이 겸곡재 휘하의 무절 대장이었다. 양연무 비휴들이 임림재에서 사로잡혀 밥을 얻어먹을 때 자선에게 밥을 먹였던 그이가 사신계 칠성부의 칠품무절이었던 것이다. 능연의 말은 짧고 말소리는 낮았다. 지휘는 기민하고도 정확했다. 일각이 채 못되어 불영사를 장악했다. 불영사 사람들을 수면약으로 재워 놓고 그 안의 모든 것을 샅샅이 팠다. 와중에 불영사 창고에서 자선과 능연이 함께 일하게 되었다. 능연이 배시시 웃으며 말했다.

"이렇게 뵈니 숲속 집에서 제가 밥 먹여 드린 보람이 있네요. 함께 해주셔서 고맙습니다, 유자선 씨."

그의 말에 자선이 염치불구하고 물었다.

"대장, 혼인하셨습니까?"

능연이 대꾸했다.

"못 했습니다만, 혼인하고 싶지 않아요."

"왜요?"

"어느 산골에서 어릴 때 함께 자랐던 사람과 정혼한 적이 있습니다. 그 사람은 왜국 통신사행 길 호위로 나섰다가 바다로 들어가 버렸지요. 제 맘에는 바다가 생겼고 그 바다에는 아직 그 사람이 살아 있습니다."

그날 이후 자선은 이따금 능연을 생각했다. 십 년 전에 바다 속으로 들어간 사내를 맘속에 살려 놓고 있는 그 때문에 설렜다. 능연의 맘속에 살아 있는 사내가 누군지도 알아보았다. 이름이 기옥준이었다. 그는 오위에 재직 중에 왜국 통신사단의 호위군으로 차출되었고 귀환 길에 돌풍에 휘말린 배에서 실종되었다. 능연이 옥준과 함께 자랐던 산골이 어딘지는 알 수 없었다. 기옥준이 바다로 들어갈 때 스물두 살이었다는 것만 알아냈다. 당시 능연은 열일곱 살이었다. 자선이 열세 살로 화도사에서 바깥세상을 전혀 모르고 살 때 능연은 정혼자를 잃었던 것이다. 어쨌든 기옥준은 바다 속에 살고 유자선은 도성의 능연 가까이 있다! 기옥준이 안됐을망정 자선은 자신이 살아 있음을 다행으로 여겼다. 가끔 혜정원 주위나 시전 거리를 걷다가 혹시 능연과 만나게 되지 않을까 은근히 기대했다. 혼인하고 싶지 않다는 그의 말에 놀라 만나자는 말 한 마디 못한 자신의 머리통을 쥐어박기도 한다. 삼내미 주위를 얼찐거리면서도 정작 혜정원으로 들어가 그를 찾지 못하는 자신에게 욕도 한다. '에라, 이 못난 놈아.'

"그나저나 유 순검, 송골매가 어디로 사라졌을까?"

순검 김표가 말하는 송골매는 권전 시합을 주름잡던 주먹의 별호이다. 송골매는 보통 키에 바싹 마르고 단단한 몸으로 날렵했다. 김표는 모르지만 송골매는 이온의 보위인 즈믄, 송천희의 별명이다. 즈믄을 비롯한 통천 비휴들은 이레 전인 열사흘 날 꼭두새벽에 이온의 명을 받고 도성을 떠났다. 근래 배고개 권전장에서 송골매가 사라지고 며칠 만에 도드라진 주먹이 멧돼지라는 자다. 멧돼지의 몸피는 이름처럼 거대하고 단단했다. 그 주먹 한 방만 맞으면 상대는 기절하고 시합이 끝났다. 멧돼지가 출전하는 시합에서 노름꾼들의 돈은 멧돼지가 우승하리라는 것에 걸릴 수밖에 없었다. 우승자가 받는 대전료가 보통 석 냥인데 권전장에서 하룻밤에 오가는 내기 돈은 삼천 냥을 넘기가 예사라 했다.

"글쎄요."

"다시 나타나겠지?"

권전장에서 내기 돈이 한 쪽으로 쏠리면 이긴 쪽에 건 자들한테 남는 게 없었다. 승부가 뻔한 시합이 연이어지면 건질 게 없는 노름꾼들은 다른 권전장을 찾아 이동하기 마련이다. 그걸 느낀 배고개 권전장의 주인이 야료를 부려 새 주먹인 흑호를 내세웠다. 동시에 멧돼지로 하여금 흑호한테 무릎 꿇도록 승부를 조작해 놓고 단골 노름꾼들로 하여금 흑호에게 걸도록 유도했다. 흑호는 세자익위사 좌세마인 정치석이다. 정치석은 화완옹주의 시가인 정씨 집안의 일가이고 버젓한 관헌이다. 그에게는 패거리가 있는데 관인방의 김문주며 장동의 고인호 등으로 반족집안 자제들이다. 김문주는 조부가 참의를 지냈고 고인호는 세자익위사의 우사어 고억기의 아들이다. 군기시의 김제교도 그들과 한패였다.

반족집안의 젊은 놈들이 떼 몰려다니다 주먹 좀 쓰는 정치석을 권전 시합에 내보내기로 하면서 권전장 주인과 야합부터 했다. 유흥에 쓸 돈을 벌 셈이었던 것인데 어젯밤 시합에서 멧돼지가 승부조작에 동조하지 않고 흑호를 이겨 버렸다. 간밤 권전장에서 주인 측과 내기꾼들, 멧돼지 패와 흑호 패가 뒤섞여 아수라장을 벌인 까닭이었다. 소식을 들은 포도청의 순검들과 나군들이 출동했을 때는 거개가 달아난 뒤였고 엉망진창이 된 권전장에 다친 자들과 주인과 그 하속들만 남아 있었다.

간밤에 포도청에서는 배고개 권전장에 한 달간의 폐쇄령을 내렸다. 자선과 김표는 어젯밤에 권전장의 문 앞에 쳤던 폐문 표시가 온전한지 살피고 그 주인에게 한 달간의 폐쇄령을 지키지 않을 시 목숨이 온전치 못하리라고 엄포를 놓고 온 참이다.

"주먹으로 돈 버는 맛을 아는 자이니 다시 나타나지 않겠어요?"

김표의 질문에 대꾸하면서도 자선은 속으로 고개를 젓는다. 즈믄

을 비롯한 통천 비휴들, 항성재의 무극들, 실경사에서 상경한 무극
들은 돌아오지 못하거나 돌아오지 아니할 것이다. 그들은 죽지는 않
겠지만 이전 모습으로 살아갈 수는 없을 터였다. 그들이 갈 곳이 연
화당의 품속이기 때문이다.

"그나저나 유 순검, 오늘 밤번을 양 순검하고 바꿨다면서, 참말로
장가를 들 거야?"

밤번은 한 달 단위로 짜이는데 두동재 일의 결행 날짜를 정하고
보니 밤번 날과 겹쳤다. 번차례를 바꿔야겠는데 마땅한 핑계가 없었
다. 자선은 팔자에 없는 어머니를 만들었다. 양주에 살고 계신 모친
께서 아들 혼처를 정하실 참인데 까딱하다가는 처자가 어찌 생겼는
지도 모르고 장가를 들게 생겼기에 이번 수유날에 가서 처자 얼굴을
훔쳐볼 셈이라고 했다.

"가 봐서 어지간하면 장가들어야지요. 남의 집에 얹혀서 얻어먹고
사는 게 힘들기도 하고요."

"중매를 서겠다고 그렇게 말해도 꿈쩍도 않더니만 때가 되긴 했나
보네?"

"그런 모양입니다."

자선은 국밥만 비우고 수저를 내려놓는다. 술병은 김표가 이미 다
비운 상태다. 자선은 자신의 잔에 고스란히 남았던 술을 김표의 잔
에 따라 주고 남은 술이 있는 것처럼 빈 잔을 들이킨다. 두동재 침입
이 결정되고 나서 술을 피해 왔다. 양연무 비휴들이 하는 일은 사신
계에서도 다 알게 될 것인바 능연도 알게 될 터이다. 능연을 다시 만
나게 되면 청혼할 참이었다. 거절당할 때 당하더라도 자나깨나 당신
생각뿐이라고, 이런 나를 가여이 여겨 함께 살아 달라 할 것이었다.

그런 사람한테 유자선이 맡아 한 일이 실패했다는, 변변치 못했다는 말이 전해지는 걸 바라지 않았다.

하필이면 이 밤에 두동재의 수직청인 별채가 소란하다. 인경이 되었음에도 수직청 대문이 활짝 열렸고 웃음소리가 시끄럽다. 계집들 웃음소리도 섞였다. 수직청 본채의 대청 아래 흐트러진 신발이 열세 켤레나 된다. 간밤에 살필 때만 해도 여느 날과 다름없이 서넛이 술을 마시며 놀고 있었기에 오늘 밤에 놈들이 때 아닌 큰 술판을 벌일 줄 몰랐다.

어쨌건 봉황부령 본원에서 벌이는 술판이며 놀이판이 너무 잦다. 어떻게 놀건 모여 노는 일에는 돈이 들어가기 마련이다. 홍낙춘은 선대로부터 물려받은 재산이 많다고 할 수 없다. 그의 아우 홍낙순이 정사품 벼슬아치가 된 데 비해 홍낙춘은 과거 급제도 못했다. 홍낙순이 대저택을 지어 살고 있는 데 반해 홍낙춘은 선대로부터 살던 집에 그냥 살고 있다. 홍낙춘의 작고한 첫 부인이 시집오며 가져온 땅이 상당하다는 소문이 있긴 해도 큰부자라 하긴 어렵다. 그렇다 할 때 봉황부령의 서자들이 써대는 돈이 다 어디서 나오는가. 묻지 않아도 알 수 있다. 홍낙춘이 봉황부령이 되면서 운영하게 된 부의 자금이 아들들의 놀이에 탕진되고 있는 것이다.

"시종들부터 제압해."

자선의 수신호에 따라 비휴들이 수직청 대문간 어름에서 수직하고 있던 종자들을 제압하여 행랑에 넣는다. 수직청 대문 주변을 정리한 비휴들이 집안의 어둠 속으로 흩어진다. 동료들이 경계를 서는 동안 자선과 미선은 방앞 창 밑으로 바싹 다가들어 안의 기색을 듣는다. 한바탕 웃음소리가 나더니 대청 쪽의 문이 와락 열린다. 취한 채 계집의 손을 끌고 건넌방으로 가는 놈은 뜻밖에도 김문주다. 그젯밤 권전장에서 소란을 피웠던 패거리가 오늘 밤엔 이쪽으로 몰려온 모양이다. 홍낙춘의 서자들도 한패거리였던 것이다.

남준은 홍남수의 이복 아우로 스물네 살이다. 남준의 동복 아우 남선은 스물두 살인데 그가 두동재의 서자들 중에서 가장 도드라진다. 남선은 이복형인 남수나 동복형인 남준보다 무공이 높은 듯했고 제 신분에 대한 불만도 형들보다 많은 것 같았다. 마포나루 권전장에서 철권으로 통하는 남선은 한 달에 한두 번씩 권전에 출전하는데 대개 우승하여 돈을 벌었다.

집주인 격이며 방안의 좌장 격인 홍남준의 목소리가 새어 나온다.

"나리, 솔직히 그 내당 얼굴을 본 적은 있으십니까?"

"집안에 꽁꽁 박혀 있는 남의 내당을 어찌 보나?"

나리라고 불린 자는 좌세마 정치석인 것 같다. 다른 목소리가 끼어든다.

"보지도 못한 그 얼굴을 절세가인이네, 경국지색이네 하는 이유가 뭔데요?"

고억기의 아들 인호인 듯하다. 정치석이 답한다.

"우리 옹주님의 시기심을 자극하려고 그러는 거지. 맘 가는 사내놈의 내자가 절세가인이라 하면 환장할 거 아닌가. 일찍이 청상의 과부가 되신 우리 옹주께서 오매불망 그리는 그놈의 꼴을 나는 보고 싶지 않으니까. 오래지 않아 옹주의 연심이 올가미가 되어 놈의 목을 잡아채겠지? 그리되면 우리 화양께서 어찌 나오시는지 보는 재미가 쏠쏠하겠잖아."

옹주와 옹주가 연모하는 사내와 화양이 등장한 걸 보니 화완과 김
강하가 화제인 모양이다. 동지사단의 서장관 비장으로 연경으로 간
김강하가 안주거리로 올라 있는 것이다. 더하여 김강하의 내당까지.
남선의 목소리가 들린다.

"그자가 그리 미우시면 놈이 돌아온 뒤에 날잡아 곤죽을 만들어
놓지요."

"그리 만만한 놈이면 내가 이리 치졸한 수를 쓰겠나?"

"그자의 무공이 그리 높습니까?"

"우리 화양께서 사냥 나가시면 짐승 잡는 거 보다 위사와 별감들
대련 지켜보길 좋아하시는데, 그자가 제일 높지. 화양은 사실 그자
의 무공을 즐기는 거야. 내가 더 환장하겠는 건 그자가 제 무공의 반
도 내놓지 않는 것 같은데 아무도 못 당한다는 거야. 화양이 위사들
한테는 못 시켜도 별감들한테는 그자한테 한꺼번에 달려들어 보라
고 시키거든. 그자의 몸에 목검이 스치기만 해도 쌀 한 가마니, 돼지
한 마리 등을 내리겠다고 상까지 걸면서. 별감 서른아홉 명이 한꺼
번에 덤벼도 옷깃 하나 못 스친다고. 그러니 내가 치졸한 짓을 생각
지 않겠냐는 거야."

"치졸한 걸 알기는 하나?"

정치석의 치졸함에 대해 말하며 새로이 끼어든 목소리는 군기시
의 김제교 같다. 정치석이 대꾸한다.

"내가 이 생각 처음 한 건 건넌방의 김 선달 때문인데, 그건 결국
제교 자네 머리에서 나온 거 아닌가?"

"난 그런 생각한 적 없고 당연히 말한 적도 없어."

김제교가 조장한 것 같은데 저는 아니라고 시치미를 뗀다. 간교한 놈이네, 자선이 생각하는데 어느새 마당을 건너온 홍집이 자선과 미선에게 물러나자고 이끈다. 수직청 대문간에서 홍집이 속삭였다.

"이쪽은 내가 살피고 있을 테니 너희들은 계획대로 해."

계획은 홍낙춘 앞에 이를 때까지 두동재 식구 누구도 다치지 않게 하고 비명소리가 나지 않게 한다는 것이었다. 자선은 홍집에게 고개를 끄덕이고는 선축과 선진, 사선과 선오와 미선에게 두동재 담을 넘으라고 신호한다. 서너 해 동안 자신들이 무사인지 아닌지 애매하게 느끼며 살았던 비휴들이 날개가 돋은 듯 사뿐하게 두동재 담을 넘어간다. 자선은 맨 나중에 담을 넘는다.

그간 파악한 바에 따르면 두동재에는 청지기 이하 하속이 아기들까지 합하여 열여덟 명이다. 그중 기운 쓸 만한 종복이 일곱이다. 주인 식구로는 홍낙춘과 그 부인, 아들 국영과 딸 인영이 있다. 대문채로 월장한 비휴들은 대문의 빗장이 잘 질려 있는 걸 확인하고 늙은 종복들이 잠든 대문채 행랑방부터 접수한다. 어둠 속에서 숨쉬고 있는 이들을 찾아 혈을 짚어 기절시키고 준비해간 끈으로 묶은 뒤 재갈을 물려 놓는다. 청지기 식구들이 사는 사랑 뒤채로 들어가 청지기와 그 아낙과 열댓 살 남짓한 딸도 제압하여 묶고 재갈을 물린다. 열일곱 살 난 아들은 집 서편의 마름채 방에 있는 듯하다.

안채와 사랑채를 제외한 칸칸의 방들을 제압하고 난 뒤 비휴들은 마름채 앞에서 잠시 숨을 다스리며 안의 기색을 살핀다. 젊은 종복들은 소리 내지 않으려 애쓰면서 윷놀이를 하고 있다. 흑말과 백말로 편이 갈렸고 한 편이 셋씩으로 이루어진 듯하다. 여섯 명이 들어 있는 것이다. 방안의 숫자가 여섯이라면 한 사람이 모자란다. 사랑채에서는 홍 부령 부자가 마주앉아 글을 읽는 기척만 나므로 모자란 한 놈은 수직청 쪽에 나가 있거나 출타했다는 뜻이다. 어쨌건 안에 여섯이 있고 밖에 있는 자선 일행도 여섯이다. 제압하긴 어렵지 않아도 열둘이나 되는 사람들이 한꺼번에 부딪치면 소리가 나기 십상이다.

자선은 여섯 중에 몸집이 제일 큰 선오와 몸피가 가는 사선에게 설렁줄을 당기라 신호하고 어둠 속으로 몸을 들인다. 선오가 마름채 입구의 처마 밑에서 사선을 등에 태워 사랑에서 마름방 앞으로 연결된 설렁줄을 당기고는 잽싸게 몸을 숨긴다. 설렁이 잠깐 설렁거리는 소리를 내자 방 안의 움직임이 우뚝 하는가 싶더니 문이 열린다. 서른 살이나 됐음직한 사내다. 안행랑에서 제압한 아낙의 서방임 직하다. 벙거지를 뒤집어쓴 그가 두루마기를 여미며 신을 신고는 마당으로 내려선다. 그가 사랑채로 가기 위해 사선과 선오가 있는 모퉁이로 돌아간 순간 어둠 속에서 투닥거리는 기척이 짧게 난다. 몇 숨참이 지난 뒤에 사선과 선오가 다시 설렁줄을 당겼다. 방 안에서 말소리가 나온다.

"뭐야, 무슨 일이 계신가? 복쇠, 네가 건너가 봐."

"지돌 형님이 가셨잖소."

"잔말 말고 갔다 와."

복쇠가 투덜거리며 나오더니 짚신짝을 꿰고는 서둘러 사랑채로 향하다 사선과 선오에게 제압된다. 자선은 복쇠를 제압하고 나서 사선과 선오에게 설렁줄을 다시, 세 번 당기라 신호하고는 한꺼번에 나올 자들을 대비했다. 설렁이 연이어 소리를 내자 방안에 남은 넷이 동시에 움직이는 기척이 난다. 문이 열리고 넷이 앞서거니 뒤서

거니 나와 신을 꿰고 어둠 속으로 들어선다. 선축이 첫 번째에 나온 자를 덮친다. 선진이 두 번째에게, 미선이 세 번째에게, 자선은 맨 끝에 나와 막 신발을 꿴 자를 급습한다. 옷들이 두꺼워 혈을 짚기가 어려우므로 가격할 수밖에 없다. 네 사람이 거의 동시에 머리를 한 대씩 맞고 기절한다. 제압한 여섯 명을 도로 방안으로 데려다 눕히고 묶은 뒤 재갈을 물려 놓고는 등잔불을 끄고 마름채를 나선다. 안방에는 홍낙춘의 부인과 딸 인영이 함께 잠들어 있었다. 사선과 선축 둘만 안방으로 들어가 낯선 기척을 느끼고 깨어나려던 부인의 혈을 짚어 도로 재운다. 여덟 살의 인영은 세상모르고 자므로 이불을 다독여주고 나온다.

사랑채 홍낙춘의 방에서는 부자지간의 글공부가 막 끝난 성싶다. 사선이 국영의 처소인 건넌방으로 먼저 소리 없이 스며든다. 국영이 제 부친에게 편히 침수듭시라 인사하고 나와 제 방으로 들어가 문을 닫는다. 사선에게 국영이 제압될 그 순간 자선과 선축과 선진과 미선이 홍낙춘의 방으로 들어선다. 홍낙춘이 기겁하여 소리친다.

"웬 놈들이냐."

그가 다급히 일어나 벽에 걸린 검을 빼들려는 순간 선축이 제 칼집으로 홍낙춘의 어깨를 가격한다. 홍낙춘이 무너지며 비명을 지른다. 무너진 그의 다른 어깨를 선진의 칼집이 내리친다. 홍낙춘이 방바닥으로 엎어진다. 엎어진 그를 미선이 일으켜 앉힌다. 자선이 머리띠를 두른 자신의 이마를 손가락으로 짚어 보이며 입을 연다.

"당신이 보다시피 우리는 옛날이야기 속에서 나온 활빈당이오. 가난 구제는 나라님도 못한다 하지만, 우리는 구제해야 할 백성들이 많소. 하여 당분간 우리가 살고 백성들도 살 수 있는 재원을 당신 같은 반족들에게서 구하기로 했소. 많이도 바라지 않소. 현금 일천 냥만 내놓으시오. 그리하면 고이 물러나리다. 이 집안에 있는 자들은 모조리 제압해 놓았거니와 건넌방의 아드님도 우리 일원이 얌전히 모시고 있소."

홍낙춘이 소리친다.

"도적놈들 주제에 이름은 황홀하게도 지었구나. 허나, 강도질을 하려면 돈이 있는 집을 침입할 것이지 하고많은 집들을 다 두고 겨우 내 집엘 든단 말이냐. 일천 냥? 눈이 있으면 봐라. 내 집에 그만한 현금이 있겠는지!"

현금 일천 냥을 집에 두고 사는 사람이 몇이나 되랴. 홍낙춘의 집에 그만한 돈이 재여 있지 않으리라는 짐작은 물론 하고 왔다.

"아들을 인질로 삼고 있다 하는데도 그리 말씀하시오? 어떻게든 마련해 보겠노라, 그래야 하는 거 아니오?"

"활빈당 놈들이 원래 도적놈들인바 재물 때문에 사람 목숨을 허투루 여기는 걸 내 모르는 바 아니다. 돈을 내놓지 않으면 어차피 죽일 터 내가 내놓을 돈이 없으니 나 먼저 죽여라, 이 도적놈들아."

자선이 선진과 미선에게 신호한다. 선진이 칼집으로 홍낙춘의 무릎을 내리치는 동시에 미선이 반대편 무릎을 친다. 비명을 지르며 다시 꼬꾸라진 홍낙춘의 입을 선진이 수건으로 막고는 재갈을 물린다. 동시에 선축이 오랏줄로 홍낙춘의 사지를 동였다.

"우린 조용히 움직이고자 하는데 당신이 소란스러우니 하는 수 없이 묶었소. 이제 고갯짓으로 대답하시오. 빈천한 자들을 위해 천 냥을 내놓겠소?"

홍낙춘이 고개를 젓는 듯 끄덕이는 듯 머리통을 마구 흔들었다.

분노의 표시이자 수직청의 아들들과 그 패거리 등이 들어올 것을 믿고 하는 반항이다. 남준, 남선 등이 수직청에서 흥청거리고 있음을 아는 까닭이다. 자선이 선진과 미선한테 홍낙춘을 치라고 손짓한다. 죽지는 않게, 일 년 정도 운신 할 수 없도록. 두 번 다시 사령 이록에게 불충한 행동을 할 수 없게. 선진과 미선이 칼집으로 홍낙춘의 척추와 다리를 가격해댄다. 이를 악문 채 두들기면서 홍낙춘의 뼈를 으스러뜨린다. 서로 간에 원수진 일은커녕 정식으로 맞대면한 적도 없는 사람을, 그것도 같은 조직의 한 수령을 망가뜨리고 있는 자신들이 야차와 다름없다는 것을 자선은 새삼스레 느낀다. 이게 지옥도의 한 장면인 것이다.

별님의 딸

"안인부인 은씨는 섣달 보름날 정오를 기해 경춘전으로 들라."

섣달 초하루 오전에 경춘전 나인이 비연재로 찾아와 그렇게 빈궁의 명을 전했다. 세자익위사 부인들 열네 명에 대한 빈궁전의 입궐 명이었다. 우쇠로부터 그 말을 들은 방산은 바싹 긴장했다. 한 달 전쯤에 이온이 빈궁전에다 거창한 선물을 바쳤다는 말을 들은 터이다. 세자익위 부인들에 대한 입궐 명의 배후에 이온의 사주가 작용했을 게 분명했다. 중양절 즈음 그 난리를 치고도 김강하에 대한 이온의 집착이 그치질 못한 것이다.

방산은 우선 유릉원과 임림재로 소식을 보냈다. 동시에 익위사 부인들의 신상을 파악하면서 어찌하면 좋을지를 순일당과 의논했다. 순일당은 수앙에게 강하와 이온의 묵은 인연에 대해 알려 주고 입궐 채비를 시키자 하였다. 순일당의 말이 맞긴 했으나 방산은 결정하기가 어려웠다. 용인 한실에 사람을 보내 의견을 물었더니 겸곡재도 순일당과 같은 뜻을 전해 왔다. 망설이며 궁리하는 사이에 닷새가 후딱 지나갔다. 입궐 준비를 시키자면 더는 미룰 수도 없게 되어 방산은 수앙을 불렀다.

"찾아계시어요?"

학당에서 아이들에게 글자를 가르치고 돌아온 수앙은 수갑과 모자를 벗고, 목도리를 풀고 두루마기를 벗어 개킨다. 사내처럼 상투를 틀고 있음에도 아이가 너무 곱다. 열일곱 살을 코앞에 둔 아이였다. 아직 숫진 데다 애티를 덜 벗어 그렇지 여인으로서 물이 오르기 시작하면 어둠 속에서도 빛이 나고 말 터이다. 그때는 거짓 수염이라도 붙이고 다니게 해야 할지도 모른다.

"오늘 강학은 다 끝났을 테고, 네 강아지는 어디 두고?"

"학당에서 놀고 있지요. 또래들과 노는 재미를 알아가고 있잖아요."

가르치는 일을 놀이로 여기기 때문인지 삼내미 소학당 학동들은 수앙에게서 글자 배우기를 좋아한다. 천자문을 뗀 수앙의 학동이 어느새 여섯이나 된다. 중학당으로 진급하기 전에 책거리를 한 아이들이 이삼천 자는 읽고 쓸 수 있다는 게 확인되었다. 수앙은 장사와 내기에 이어 가르치는 일에도 재능이 있었던 것이다. 사람 속을 읽어낸다는 점에서 그 재능들은 한 가지 같았다. 방산은 수앙이 타고난 재능들이 기이하고, 가끔 두려웠다. 별님을 닮아가는 것 같기 때문이다. 외양도 그러하다. 한 여인의 몸에서 나왔으되 분명히 아비가다른 별님과 수앙의 외양이 너무 닮아가고 있었다.

"그 강아지가 네 꼬리에서 떨어지는 시간이 많다니 다행이구나."

"어찌 부르셨어요?"

"지난 초하룻날에 빈궁전에서 세자익위 부인들에게, 오는 보름날 입궐하라는 전갈이 왔다."

"엿새 전에 온 전갈을 이제 말씀하시어요? 왜요?"

"그 까닭을 이제 말하려는 참이다. 오래전 가마골에서 살 때 삼덕 네에서 지내던 보리아기를 기억하니?"

"보리언니, 기억하지요."

"보리를 보게 되면 담박 알아볼 수 있겠니?"

당시 보리아기의 생김새는 수더분했고 하는 짓은 바보 같거나 아이 같았다. 수앙과 극영과 보리가 더불어 재미나게 놀 수 있었던 것도 보리아기가 아이 같아서였다.

"어디서 본 사람인데 싶어 고개를 갸웃하다 보면 알 수 있지 않을까요? 왜요, 보리언니가 가마골에 찾아왔대요?"

"그게 아니라, 그 시절에 잠시이긴 했으나, 네 큰언니하고 보리아기가 정분을 나누었다."

수앙이 고개를 젓는다.

"에이, 아니에요, 스승님. 그때 보리언니는 저나 본이하고 똑같이 아이 같았는걸요."

"아이 같았을지는 몰라도 아이가 아니었던 고로 보리아기는 네 큰언니를 연모했고, 네 큰언니도 그러했다. 그게 소소원 시절 막바지 무렵이었다. 강하가 너와 본이를 유릉원으로 데려다주고 왔을 때 보리아기는 소소원에서 사라졌고, 별님께서도 네 큰언니를 데리고 도성을 떠나셨지."

"그렇담 별 일 아니었던 것 같은데, 무슨 까닭으로 이제 와서 소녀한테 그이들이 정분을 나누었노라고 말씀하시어요?"

방 밖에서 기척이 나더니 능연이 차 사발 두 개가 얹힌 쟁반을 들고 들어온다. 대추와 생강 내 풍기는 사발을 경상에다 놓아주고 나가려는 능연을 방산이 주저앉힌다. 능연에게 방산 자신이 하는 일을 보여주기 위해서다. 화개로 내려가 여년을 지내던 삼로 무진께서 별세하셨으므로 방산이 오원五苑의 한 명인 흑원黑苑이 되었다. 능연은 언젠가 방산을 이어 흑원이 될 사람이다.

"찬찬히 듣거라. 능연도 잘 들어 두도록 하고."

방산은 당시 보리아기는 바보처럼 보였으나 본색은 그렇지 않았다는 말로부터 전사들을 펼친다. 소소원 시절 막바지 무렵에 잠시 정분을 나누었으나 헤어졌던 강수와 보리아기는 강수가 무과시험에 들고서 소소강원에서 지내던 동안 다시 만났다. 가마골로 찾아온 보리아기가 보원약방주이며 만단사 칠성부령인 이온이다. 그들은 다시 정분을 나눌 뻔했지만 그리되지 않고 헤어졌고 강하는 혼인했다. 그런데 이온에게 미련이 남아 이미 혼인한 강하한테 집착한다. 수앙이 지난 중양절 이후 비연재가 아닌 함월당에서 지내게 된 것도 그 탓이다.

"보리언니, 아니 이온이 큰언니한테 집착한다는 게 무슨 뜻인데요?"

"지난 중양절 그 밤에 네가 놀랄까 봐 말하지 않았다만, 이제 사실대로 말하마. 이온은 그 무렵에 너를 납치하려 했다."

"저를요? 저를 납치해 무엇에 쓰려고요?"

"쓰려고 했겠니? 못 쓰게 하려고 그러했겠지."

방산의 말들은 하나같이 놀랍지만 수앙은 자신이 아무것도 몰랐다는 사실에 더 놀랐다. 이제 생각해 보면 석 달여 전 그 무렵에 느닷없는 분들이 함월당에 나타나고 혜정원에는 사뭇 긴장감이 감돌았다. 그 정도면 큰일이었을 터인데 자신을 또 빼놨다는 것에 약이 오른다.

"그런 일들이 있었는데 저한테는 일언반구도 아니 하셨네요?"

"네가 알아서 좋을 일이 아니기에 모르게 한 게다."

"좋은 일은 아니어도 제게 벌어진 일이잖아요. 정말 언제까지 그러실 거예요? 저 환갑 때까지요?"

"네 환갑 때는 내가 도솔천에 가 있을 테니 다행이다."

"도솔천에서도 내려다보시며 그러실 것 같네요. 아무튼, 지금 스승님께서 걱정하시는 게 뭔데요?"

"빈궁전이 이번에 세자익위 부인들을 입궐하라 하는 게, 너를 보기 위한 이온의 작용이 틀림없을 것 같기 때문이다. 헌데 너, 괜찮으냐?"

방산의 어조에 담긴 조심스러움이 너무 깊어 수앙은 기이하다.

"뭐가요?"

"네 큰언니와 이온의 전사 말이다."

가슴 속이 따끔거리는데 김강하와 이온의 옛 정분에 시샘이 일지 않는다면 거짓이다.

"막 약이 오르는데 질투하지 않는다고 하면 거짓부렁이겠죠. 그렇지만 맘이 상할 정도는 아닌 듯해요. 누구나 아름다운 걸 보면 꾐하잖아요? 김강하는 누구나 꾐할 만하게 아름다운 사람이고요. 보리언니가 뚜렷이 생각나지는 않지만 작금의 이온, 그이도 아름다운 사람이겠지요. 그래서 김강하가 고이 여겼을 테고요. 큰언니가 저보다여덟 살이나 높으니 저와 혼인하기 전에 다정을 나눈 여인이 있는게 이상한 일도 아니지요. 게다가 이온 그이가 그리 가여운 사람이라면 큰언니의 지난 정분을 시샘하지 않아도 되겠다 싶어요."

방산은 기가 차서 되묻는다.

"이온이 가여워?"

"그렇지 않사와요? 이온이 김강하한테 진정으로 사랑을 받았다면, 김강하가 어떤 사내인지 알 테고 알면 그와 같은 집착을 부릴 까닭이 없지 않나이까?"

"강하가 어떤 사내인데?"

"저보다 잘 아시면서 물으셔요?"

"네가 보는 강하가 어떤 사내인지 알고 싶어 묻는 게다."

"김강하는 자신이 해야 할 일, 명받은 일은 반드시 하지만 그 스스로 아니하리라 작심한 일은 아니하지요. 행동만 아니하는 게 아니라 맘으로도 아니하고, 못 해요. 큰언니는 보통으로 보면 꽤 잘난 남정이랄 수 있겠지만 속내 깊은 곳에는, 한번 깨지면 전생이 깨지는 외골수가 들었어요. 커다란 유리 단지 같은 성정이요. 한 번 깨지면 전생이 끝나는데 이미 지나간 인연 때문에 자신을 깨겠어요? 김강하는 이온을 사랑하지 않았어요. 김강하가 이온을 사랑했으면 저와 혼인하지 않았을 거예요. 이온과 혼인하지 못해도 누구와도 하지 않았을 거고요. 이온을 사랑했다면요. 또 이온도 김강하를 진정으로 연모한게 아니죠. 진정이었다면 김강하의 그런 면을 알 테고, 그의 내당을 납치해다 못 쓰게 만들 생각도 아니했겠죠. 사랑한 사람과 맺어지지 못했다고 해도 그 사람을 망가뜨릴 수는 없는 거잖아요. 결국 둘 다 한때 바라본 시절 인연이었을 뿐이었는데 온이 그걸 모르고 헛된 일을 한다니 가엽죠."

듣고 보니 강하는 강철처럼 단단하지 않고 연철처럼 유연하지 못하다. 한번 깨지면 끝나는 유리 단지! 강하는 영락없이 그런 사내다. 그걸 읽어낸 수앙은 이제 아이가 아니다. 철없이 행동한다고, 하루살이처럼 생각 없이 움직인다고 야단만 쳐 왔는데 어느새 쑥 자라 있다.

"대체 언제부터 그런 생각을 할 수 있게 된 게냐?"

"소녀는 원래부터 이랬는걸요? 모르셨어요?"

어처구니가 없지만 방산은 하는 수 없이 웃는다. 능연도 미소 짓는다.

"네가 원래부터 그런 아이였는지는 내 모르겠다만 제법 야물어졌다는 건 인정하겠다. 네가 이온을 만나게 됐을 때 어찌 처신할지에 대해 더불어 의논해도 되겠어."

"소녀의 처신에 대한 의논을 따로 해야 하옵니까?"

"네가 이온을 가엾이 여기는 맘은 가상하다만, 이온이 만단사 칠성부령이고, 널 납치하려던 전력이 있는 데다 이미 우리 세상의 여러 사람을 해친 전력이 있으므로, 그에 대한 대비를 해야 한다. 우선 물으마. 너는 별님의 딸로서 네 얼굴이 별님과 닮았다는 사실을 알고 있니?"

"소녀가 별님을 많이 닮았사와요?"

"네가 어릴 때는 덜하더니 커가면서 점점 닮아가고 있다."

수앙이 불쑥 일어나더니 윗목으로 가 경대함을 연다. 경대를 세워 제 얼굴 이쪽저쪽을 뜯어보더니 거울 앞에서 어깨를 추스르며 히히 웃는다.

"어찌 그리 요상하게 웃니?"

"이 거울속의 제가 별님과 많이 닮았는지 잘 모르겠지만요, 스승님 말씀대로 제가 별님과 닮았다면, 별님이 미인이시니 저도 미인 아니겠사와요? 소녀가 어여쁘게 생긴 거지요, 스승님? 진작 말씀들 좀 해주시지! 능연 선생님도요!"

별님이 거울을 처음 본 게 자신의 스무 살, 칠요가 되어 그 수련을 위해 흔훤사에 갔을 때였던가 보았다. 당시 모올 무진이 반야를 칠성부령으로서 수십 무진들 앞에 내놓기 위해 단장시키면서 경대 앞에 앉혔을 때. 그때 반야가 거울 속으로 들어갈 듯이 유심히 거울 속의 자신을 뜯어보기에 모올이 왜 그러시냐 물었다던가. 반야가 거울을 정식으로 보기가 처음이라 자신의 얼굴을 제대로 본 것도 처음이라고 답했다고 했다. 지금 수앙도 마찬가지인 것이다. 거울이 흔한 물건이 아니거니와 제 평생 필요한 단장은 주변의 누군가가 대신해 준 터였다. 아이가 혼인하여 온갖 신접살림을 마련할 때도 거울은 뺐다. 제 얼굴에 제가 취하지 않게 하려 함이었다.

"네가 밉지 않은 용모인 건 사실이나 스스로 취해 감탄할 정도는 아니야. 쓸데없는 말로 주제 흐리지 말고 경대 냉큼 닫아 놓고 오너라."

"야박하십니다."

수앙이 경대를 닫아 놓고 건너와 앉더니 대추차를 몇 모금 마시고 잔을 내려놓는다.

"이온은 별님과 만난 적이 있다."

"소소원 시절은 아니었을 테고, 언제요?"

"몇 해 전 경상도 땅 화개라는 곳이었다. 화개는 지리산 아래, 섬진강 하구에 있는 고을이다. 별님께서 게 거하실 적에 온이 찾아가 만난 적이 있다는 것이다. 하므로 온은 별님의 얼굴을 알고, 은재신인 네가 별님과 닮았다는 걸 알아볼 터이다. 네가 빈궁전의 부름을 받고 입궐하게 될 제 내가 걱정하는 게 그 점이다. 또한 온은 네가 가마골의 경이라는 사실을 알아볼 수도 있다."

"가마골 시절의 소녀와 현재 얼굴이 흡사하옵니까?"

"아니 네 젖살이 빠지면서 어릴 때와는 전혀 다른 사람인 양 되었다."

"허면 그 걱정은 아니해도 되겠네요? 그리고, 소녀가 별님과 좀 닮은 걸 이온이 알아본다 해도 설마, 소녀가 별님의 딸이라고 생각키야 하겠나이까? 그저 닮은 사람도 있구나, 하겠지요."

"만약을 대비하자는 게 이 자리의 목적이다. 네가 혈육이나 다름없이 자란 강하와 혼인한 것은 네 선택이었다. 너를 둘러싼 사람들 전부를 기함하게 만들어 강요한 선택이었지. 네가 평생 숨어 살 수는 없는바 너도 이제 네 선택에 따른 책임을 지며 살아가야 한다. 너의 한 걸음, 너의 한 마디가 얼마나 막중한지 알아야 한다는 게다. 네가 입궁하여 이온을 만나게 되면 이온 쪽에서 사사로운 친분을 맺자고 나올지도 모른다. 너도 네 어린 날의 보리아기를 만나게 되어 다정이 일 수도 있을 것이다. 가마골에서 더불어 지낸 이태 동안 사뭇 정다이 지냈으니 말이다. 그럴 제 너의 선택은 신중해야 한다. 이온을 섣부르게 뿌리칠 것까지는 없으되 가까이해서 강하를 곤혹케 하지 않아야 할 것이야. 그래서 묻겠다. 그 모든 것을 감안하고 이번에 빈궁전에 들어가겠느냐?"

"아니 갈 수도 있사와요?"

"여의치 않으면 칭병하고 못 갈 수도 있지. 너는 평양 있는 걸로 돼 있으니, 게서 홍역을 앓는다든지, 마마귀신에 들렸다든지. 몸이 아파 평양을 나설 수 없다는 데야 빈궁전인들 어쩌겠느냐. 네가 칭병하고 못 갈 제 네 장통방 어머님을 대신 입궐하시라 할 수도 있겠지."

"그러면 김강하가, 변변찮은 내자를 데리고 사는 게 되잖아요? 그건 소녀가 싫나이다. 소녀가 미욱하다 하여도 지어미로서 할 노릇은 하고 싶어요."

"이온이 너를 눈여겨보게 될 수도 있을 것이라 말하는 게다."

"그렇다고 이온을 피해 숨어 살아요? 제 평생이요? 제가 왜요? 싫어요!"

"대번에 싫다고만 말고 차분히 생각 해보자꾸나."

"한 번 아닌 것은 백 번 생각해도 아닌 거고 지금 아닌 것은 나중에도 아닌 거죠. 그리고, 소녀가 상열지사나 그에 따른 맘들에 대해 다 안다고 할 수는 없지만, 이온에게 남은 미련이 있다 하여도 김강하의 내자를 자신의 두 눈으로 똑똑히 확인하고 나면 오히려 미련을 버리지 않겠사와요?"

남녀상열지사에 따른 마음은 인지상정을 어긋나는 일이 많은 게 문제다. 별님의 너른 치마폭에 푹 감싸여 자라는 수앙은 세상 도처에서 인지상정을 벗어난 일들이 왕왕 벌어진다는 것을 모른다.

"일단 네가 입궁하는 걸 전제로 말하겠다. 내일쯤이면 능연이 너를 제외한 익위사 부인 열세 명에 대한 신상파기를 정리해 네게 알려줄 것이다. 우리가 지금까지 파악한 바로는 익위부인들 모두가 반족가문 출신이다."

"그렇겠지요 뭐."

"다른 익위 부인들과 더불어 한자리에 있게 되면 필시 네 지아비의 신분이나 장사치 집안을 운운하는 일이 생길 게다. 그럴 때는 대응치 말고 다소곳이 고개를 숙이거라. 네가 어리기는 할지라도 재신의 가문은 어떤 익위부인들과 비교해도 낮지 않아. 장통방의 네 아버님은 정사품 교리를 지내신 분이시니 말이다. 내가 생전의 그분을 여러 번 뵈어서 하는 말인데, 네가 자랑스러워해도 될 만큼 학식이 깊고 넓으셨다. 너그러우셨고. 강하가 중인 가문 출신인 건 이제 아무런 문제가 되지 않아. 그는 당당히 과거 급제하여 정칠품에 이른 어엿한 관헌이야. 정칠품은 낮은 품계가 아니고 그의 나이에 견주면 오히려 아주 높다 할 만하다. 작금에는 사신단의 일원으로 청국으로 갔고. 무엇보다 너희 내외가 젊지 않니? 젊음이야말로 큰 힘인 법이야."

"소녀는 가는 데마다 젊은 사람이 아니라 어린 사람으로 취급당하잖아요. 스승님들께서도 소녀를 만날 어린 아이로 대하시면서. 지금만 해도 그렇잖아요."

수앙이 투덜거리자 방산이 말했다.

"네가 아직은 어린 사람인 게 맞으니 그렇지. 하는 짓은 더 그렇고. 네가 의젓해지면 우리도 달리 보게 될 게다. 그러니 은교리 댁 따님으로서, 정칠품 안인부인으로서 당당히 어깨를 펴거라. 나이 때문에도 주눅들 필요는 없어. 그 부인들은 너의 앳됨에, 너의 고움에 배가 아파 잠을 설칠 테니까 말이다. 또 만단사와 관련된 부인도 있을 것이나, 그 또한 어려워할 것 없어. 그들은 아직 우리에 대해 모르고, 그 부인은 네가 누구인지 모르므로 너는 여상히 처신하면 돼. 미소 띤 얼굴로 다른 사람들이 하는 말에 가만히 고개나 주억이는 모습으로 대응하라는 것이다. 그러면 좌부솔인 네 지아비의 체면이 살 테고, 우리 세상 일원으로서의 네 몫도 동시에 해내는 것이다."

"그 일이 그렇게도 되는 것이어요?"

"그렇고말고. 현실의 신분이나 하는 일 같은 것으로 사람의 가치를 저울질하여 대하고, 대개의 사람들이 그걸 당연시하는 세태이나, 우리는 이 땅에서 만 사람과 더불어 살아가므로, 그걸 견디고 이겨내야 한다. 그러노라면 때로 형언키 어려운 난관에 봉착하기도 하지. 우리 세상 사람과 예사 사람들이 구분되는 지점이 그쯤이라 할 수 있을 터이다. 한 고비의 난관을 극복하고 나서 자신의 발전을 깨닫는 건 모든 사람이 같겠으나, 우리 세상에서는 그 홀로 발전하는 것이 아니라 다른 사람과 함께, 이전보다 나은 삶 쪽으로 옮겨 앉은 자신을 발견하게 된다는 것이다. 가령 네가 이번에 입궁하여 안인부인으로서 잘 처신하며 빈궁전이며 익위부인들과 안면을 터놓으면, 네게 나름의 힘이 생기는 것이다. 네게 힘이 생기면 장차 너는 물론 네 주변 사람에게 필요할 경우 그를 도울 수 있게 되지. 더 쉬운 예로 말이다. 순일당께서는 은 교리 부인으로, 내명부 정사품 영인부인令人婦人으로 살아오신 덕에 너를 은재신으로 살게 하실 힘이 있으셨던 게지. 그 덕에 너는 당당한 가문의 따님으로서 정칠품 관헌의 부인이 되었고, 다른 부인들과 견주어 전혀 꿀릴 것 없는 신분으로 살게 됐다. 너도 네 몫의 일을 하다 보면 그러한 힘이 생기는 것이다."

"유념하겠습니다. 입궐에 대비하여 스승들께서 가르치시는 대로 부지런히 따르겠고요. 시키시는 대로 할게요. 헌데 스승님, 여쭐 게 있사와요."

"말하려무나."

"요새 소녀가 한동안 아니 꾸던 꿈을 다시 꾸는데, 무섭기보다 슬퍼요. 꿈을 꿀 때마다 꿈 속 사람이 늘어나요. 소녀는 모르는 사람들이 꿈에 나타나는데 또 모르는 사람들도 아닌 것 같아요. 소녀가 모르는 그이들 때문에 눈물이 나는데 그이들도 저 때문에 울거든요. 해서 여쭙는 거예요. 소녀의 생부님이 어떤 분이시어요?"

"뭐?"

"지난달에 사온재 대감께 여쭸더니 모른다 하시던데요."

"대감께 그런 걸 여쭸어?"

"대화 중에 저절로 그리되었사와요. 스승님은 아시지요?"

"나도 모른다. 모르는 여러 사람이 네 꿈에 나타난다면서, 하필이면 그걸 묻니? 그걸 알면 그 꿈을 아니 꿀 것 같아?"

"아버님에 대한 건 소녀 평생 궁금했던걸요. 별님께서는 물론이고 수많은 스승님들께서 일체 소녀의 아버님에 대해 말씀을 아니하시니 여쭤 볼 수도 없었고요. 그런데, 사온재께도 말씀드렸지만 소녀는 아버님을 약간 기억하고 있어요. 그분 얼굴에 있던 곰보자국, 천정에 닿을 것처럼 큰 몸피, 신묘장구대다라니를 읊어 주시던 다정하고도 슬프던 목소리, 저와 본이를 품에 안고 다독일 때의 체온과 체취, 그분 손바닥에 단단하게 박혀 있던 옹이들과 길었던 손톱도요. 지난 정월에 몇 년 만에 본이를 만나면서 생각난 건데, 제 꿈속의 그 분은 본이하고 좀 닮으신 것 같아요. 본이가 사내이니 저보다 아버님을 더 많이 닮았겠지요. 암튼 우리 아버님은 돌아가신 게지요? 해서 본이와 제가 온양과 평양으로 나누어져 자라게 된 거고요?"

아이한테 모든 걸 말해 줄 수는 없을지라도 거짓말을 할 수는 없다. 멀쩡한 부친을 죽었다고 할 수 없다면 돌아간 모친에 대해서도 알려 줘야 하기 때문이다. 하지만 그건 방산이 할 수 있는 말이 아니고 하고 싶지도 않은 말이다. 우선은 에둘러 가 보는 수밖에 없는 것이다.

"네가 자라 스스로 물어왔으므로 내가 아는 대로, 본 대로만 말하마. 네가 안겼던 그분은 별님과 한집에서 형제처럼 자란 동마로라는 분이다. 별님과 동마로 님이 살던 집은 소소원 같은 곳이었다. 너희들이 태어난 집이기도 한 그 집은 미타원이라 불렸다. 네가 어릴 적에 자다가 가위눌림처럼 보곤 했던 그 불은, 미타원이 타던 장면이었을 것이다. 그때 별님께서 살던 고을 사또가 아주 사악한 자였느니. 그로 인해 별님께서는 심한 곤욕을 겪으셨다. 네가 갓 세 살되던 이월에 그자가 별님을 잡으러 미타원으로 들이닥쳤다. 당시 별님께서는 잠시 소소원에 계시던 중이었는데, 그자는 별님을 못 잡게 되자 홍역을 앓고 있던 어린 너희들을 마당으로 내던지고 너희들을 돌보던 어른들을 관아로 잡아가면서 미타원을 태워 버렸다. 도성에 계시던 별님께서 식구들한테 닥친 위기를 느끼셨고 동마로 님을 앞서 미타원으로 향하게 했다. 네가 기억하는 동마로 님의 모습이 불이 난 이튿날 밤쯤일 것이다. 너희들이 아랫말 어느 집에 들어가 있을 때 동마로 님이 찾아가 너희를 안고 노래를 불러 주신 게지. 너희를 다독여 재워 놓으신 그분은 그 길로 사또가 있던 관아로 가셨더란다. 별님을 지키고 식구들을 구하기 위한 행보이셨지. 그분의 마지막 행보이시기도 했고. 그분이 현재 너희들 곁에 계시지 않는 까닭이다. 별님께서 눈을 잃으신 게 그때다. 당신으로 인하여 식구들을 잃었다는 극심한 자책이 눈을 치신 게다."

방산이 옛일을 줄일 만큼 줄여 내놓는 동안 수앙의 눈에서 눈물이 줄줄 흐른다. 기가 넘어 펄쩍펄쩍 뛰다가 쓰러지는 것보다는 눈물 흘리는 게 나을 것이다. 제 눈물을 흐르게 두고 있던 수앙이 소매

속에서 손수건을 꺼내 눈물을 훔치는가 싶더니 얼굴을 감싼 채 한참 있다. 어깨가 가만가만 들썩이다가 잦아들더니 수건을 떼어 낸다. 눈동자가 시뻘게졌다. 방산의 가슴의 철렁한다.

"스승님."

정색하고 부르는 수앙이 목소리가 쉬었다.

"마, 말하려무나."

"저한테 어머니, 엄마가 또 계셨지요?"

"뭐?"

"그 미타원에 있을 때요. 미타원에 불나던 그 밤에 저와 본이와 명일언니와 어떤 언니가, 아! 그 언니 이름이 꽃님이었을 거예요. 제가 유릉원에서 꽃님으로 불릴 때 그리 좋았던 까닭이 그 때문이었던 거죠. 암튼 우리가 전부 홍역에 걸려 잠을 못자고 앙앙거리고 있을 때 우리들을 번갈아 안아 주시며 다독이던 분이 계셨어요. 우리는 그분을 엄마라고 불렀어요. 엄마, 엄마! 엄마라고 부르던 그 느낌은 제가 별님을 엄마라고 부를 때와 같아요. 어쨌든 미타원의 그 엄마가 사나운 사람들한테 끌려가던 게 생각나요. 그 장면에 별님은 계시지 않아요. 그러니까 그분이 엄마였고 우리, 별님과 저를 낳으신 분이죠. 그렇지요? 저는 별님의 딸이 아니라 아우였던 거지요? 그분이 동마로 님과 함께 관아에서 돌아가신 거고요?"

수앙이 연신 울며 하는 말을 방산은 부정하지 못한다. 제 전생처럼 봉인되어 있던 기억을 스스로 풀어 냈지 않는가. 부정하여 아이를 혼란케 할 게 아니라 실상을 다 알려 줘야 할 때가 닥치고 말았다. 제 삶의 심지를 알게 하매 또 홍역을 겪듯 된통 앓을지도 모르지만 너끈히 이겨낼 것이다. 그리 여기면서도 방산의 입은 쉽게 떨어지지 않는다. 수앙이 연이어 말한다.

"본이와 저는 친남매가 아니지요? 이제 생각난 건데, 저는 본이의 친모님도 만난 것 같아요. 지난해 도솔사에서요. 나이가 방산 스승님만큼 돼 보이던 분이었어요. 소리 나는 말은 나누지 못했지만 무언중에 그분과 나눈 대화가 있었어요. 아가, 심경아. 무언중에 그분이 저를 그렇게 부르는 걸 느끼곤 했어요. 그분이, 별님 닮은 혹은 미타원의 그 어머니를 닮은 저를 알아보셨기 때문이었던 거예요. 그렇지요?"

맙소사, 맙소사. 방산은 당시 온양댁 박새임을 도솔사로 보낼 때 그 점을 간과했다. 이 노릇을 어찌할까. 방산은 능연을 바라본다. 능연도 처음 아는 사실이 여러 가지일 텐데 망설이는 방산의 마음을 이해하는지 고개를 끄덕인다. 이왕 터진 김에 다 말하라고 눈으로 채근한다.

"별님께서나 우리나, 부러 너를 속여 온 게 아님은 알지?"

"노자옹老子翁께서 말씀하시길, 말하는 이는 알지 못하고 아는 이는 입을 다문다고 했지요. 별님께서나 스승님께서도 말씀을 못하셨을 뿐일 거예요."

"그랬다. 너희들이 어려 말을 못했을 뿐이다. 그 모든 이야기를 내가 너한테 하게 될 줄은 몰랐으나 이 또한 너와 나의 인연에서 비롯된 것이겠지. 해주마."

"해주셔요."

방산은 반야와 심경의 생모였던 함채정, 유을해에 대한 이야기부터 시작한다. 반족집안의 딸이었던 함채정이 무녀 동매의 양딸 유을해가 되어 반야를 낳고 미타원으로 내려가 살았다. 동마로는 어릴 때 미타원으로 들어와 유을해의 아들이자 반야의 정인으로 자랐다. 반야가 열아홉 살 되던 해 유을해가 오래 전에 연모했던 이한신과 다시 만나 심경을 낳았다. 본이는 동마로가 다른 여인과의 사이에서 낳은 아들이 맞으나 유을해가 친자처럼, 강수며 명일 등과 함께 키웠다. 심경이 세 살이 되었을 때 을축년 도고 관아 사건이 일어났다. 그때 도고현의 현감과 심리사로 내려왔던 김학주와 십여 명의 나졸들이 어머니와 식구들을 구하러 간 동마로의 손에 죽었다. 동마로와 어머니도 도고 관아에서 나오지 못했으며 그 전날 불타 버린 미타원에서는 반야의 형제 둘이 홍역을 견디지 못하고 숨을 거뒀다. 나무와 꽃님은 미타원 뒷산에 묻혔으며 관아에서 죽은 유을해와 동마로는 도고 공세포에 있던 사신계 선원의 마당가에 묻혔다.

새빨개진 눈을 깜박이지도 않은 채 듣고 있는 수앙의 커다란 눈동자 때문에 줄이거나 생략하지 못하고 아는 대로, 당시 느낀 대로 다 털어놓고 말았다. 방산이 할 수 있는 말을 다 하고 나자 수앙이 큰 한숨을 쉬더니 눈을 감는다. 눈을 감고 몸을 떨고 있는 아이 때문에 방산은 불안하다. 유을해와 동마로를 묻었던 공세포 선원의 마당에서 데굴데굴 구르면서도 울부짖지도 못하던 그때의 반야처럼 이 아이도 나뒹굴면 어쩌나. 그때 반야는 그대로 불덩이였다. 폭탄이었다. 금세 터질 폭탄 같은 그 불덩이를 방산이 그러안고 함께 공세포 선원 마당을 데굴데굴 굴렀다. 그리고 내도록 함께 구르고 있는 셈이다. 지금 눈앞의 아이도 불덩이다. 구르지는 않는다. 물이 끼얹힌 불덩이처럼 푸르르 꺼지고 만다. 설마 저까지 그럴 리야, 하던 방산은 잘겁한다. 능연이 어느새 아이를 끌어안고 "아씨, 아씨." 불러대고 있다. 방산은 내가 나이를 헛먹었다 자책하며 여진을 불러댄다.

눈 덮인 들판을 걸을 제

　경춘전 뜰에 눈이 소복이 쌓인다. 사흘 전 새벽에도 눈이 도둑처럼 내렸다가 아침 햇볕에 시르죽듯 녹았다. 다시 내리는 눈으로 나뭇가지들과 지붕들이 온통 눈부시다. 새벽부터 눈이 소담히 내리는 걸 보고 빈궁은 내인들에게 눈 쌓인 뜰에 발자국을 내지 말라고 명했다. 경춘전에서 열리던 익위 부인들과의 오찬을 함인정에다 준비하라 한 까닭도 순전히 뜰을 어지럽히고 싶지 않아서다. 실상은 아무것도 하고 싶지 않다. 방안에 우두커니 앉아 문을 열어놓은 채 눈이 쌓여가는 뜰이나 내다봤으면 싶다. 함인정으로 나가 앉을 일이 몹시도 심란하고 성가시다.

　요즘 대전의 환후가 깊으셨다. 환후 중이심에도 정신을 놓지는 않으시는지라 아침저녁으로 문안드리러 대전으로 갈 때마다 조용하지 못했다. 소전 내외가 함께 들면 대전께서는 늙은 아비 죽는 걸 같이 구경하러 왔구나, 하며 억지를 쓰셨다. 따로 가면 내외 금슬이 그 모양이라 소전의 행실도 그 꼴이라 트집하셨다. 일어나 앉으실 기운도 없으면서 말말이 꼬장꼬장 비틀려 아들과 며느리를 잡으셨다.

그렇게 고난은 내외가 같이 겪건만 서로 의지가 되어 주지는 못한다. 소전은 몇 달째 경춘전에 빈궁이 있음을 아예 잊어버린 양 굴었다. 양제 임씨와 수칙 박씨, 상궁 이씨에다 내인 서넛까지. 빈궁은 이제 시앗들이 밉지도 않다. 마음이 보살처럼 넓어져서가 아니라 내외가 일심동체라는 망상에서 깨어났다. 내외의 일생이 한 고리에 꿰어 있기는 할망정 일심도, 동체도 아니었다. 요즘 빈궁에게 소전은 함께 낳은 한 아들과 두 딸의 아비일 뿐이다. 부왕과의 사이가 원만치 못해 그러려니, 백 번 천 번 그를 가엽게 여기자 마음먹어도 그의 행로가 도대체 어디로 향하고 있는지 종잡기 어려울 뿐더러 번번이 저지르는 행태가 너무 심각했다. 그런 지아비의 익위들의 내당들을 만나 웃고 떠들 까닭이 뭔가. 그들과 나눌 말이나 있으랴. 이온이 부추기는 바람에 이렇게 되었다.

수년 만에 만난 이온은 이전에 알던 그가 아닌 것 같았다. 제가 보제원거리에서 약방 주인 노릇을 한다는 것이야 익히 아는바 새삼 장사치 같이 보일 리는 없는데 속내가 컴컴하게 느껴졌다. 배포는 또 얼마나 큰지. 선물이라고 보내온 게 수백 냥어치의 비단과 장신구였다. 자색금, 적색금, 녹색금 등의 금사 비단 세 동에 도류단, 복자단, 모본단, 호박단 등 무늬 비단이 한 동씩이었다. 떨잠과 봉잠과 용잠과 호도잠과 화월잠, 매죽잠에 산호잠, 나비잠까지 비녀가 자그마치 여덟 개였고, 일곱 종류의 향료와 미향수와 미백분, 연지 등의 미장품 일체를 보내왔다. 연둣빛 봉서를 덧붙여 빈궁마마께서 원래 아름다우시나 더 아름다우시라고 성심껏 준비했나이다, 하였다.

선물 받아 나쁠 것은 없으되 너무 과하다 싶으니 꺼림칙했다. 더불어 속내를 털어놓고 지낼 수 없을 듯했거니와 그 순간에 하필이면 소소 무녀를 떠올렸다. 소소가 도성 안에 있었더라면 몇 번은 만났을 테고 답답함을 하소연할 수 있었을 것이다. 만날 때마다 숨통을 열어 주는 사람 아니던가. 하지만 지난 두 국상 사이에 보이고 나간 이후 소소는 살았는지 죽었는지 종적이 묘연했다. 내인들에게 소소원이라는 집에 가 보라고 몇 번이나 일렀다. 다녀온 내인마다 소소원에는 비구니들만 있더라 했다. 천지간을 떠도는 소소가 언제 돌아올지 모른다는 것이었다. 누구나 들어오고 싶어하는 궁궐이고 저는 아무 때나 출입할 수 있노라는 웃전의 허락을 받은 몸임에도 궁을 멀리하고 먼 곳을 떠도는 게 불가사의다. 팔도에서 최고로 높은 복채를 받는다는 무녀이매 도성 안에 가만히만 있어도 호의호식할 게 아닌가.

"마마, 함인정에 익위 부인들이 모두 들어 있다 하옵니다."

한상궁의 보채는 말에 빈궁은 하는 수 없이 몸을 일으킨다. 내인들이 다가들어 빈궁이 함인정으로 건너갈 차비를 해준다. 함인정이 두 마당 건너면 되는 전각인 탓에 걷기로 했다. 가깝든 멀든 의전이 필요한 행차인바 차비가 수선스럽다. 내인들은 당의 위에다 여우 털의 두루마기를 걸쳐 주고 머리에다 여우털 술이 달린 남바위를 씌워 준다.

"이 대방은?"

"영춘헌에서 마마께서 부르시길 기다리고 있다 하나이다."

영춘헌은 수칙 박씨의 처소다. 병희를 왕대비전에서 데리고 나올 때 어느 전각을 내줄 것인지 궁리하다 양제 임씨가 사는 집복헌 옆의 영춘헌으로 결정했다. 앞으로 후궁 몇을 더 보게 되든 그쪽으로 들여놓기로 했다.

"허면 가십시다."

향료와 더불어 미장품 일체를 생산한다는 보원약방주 이온은 익위부인들에게 내릴 빈궁의 선물을 제가 준비케 해달라 청하였다. 빈궁은 웃전으로서의 권위를 세우고 이온 저는 장사치로서 미래의 손님들에게 제가 생산한 물건을 소개할 짬을 갖고 싶다는 이유였다. 조선에 이온 같은 여인이 있다는 게 신기하긴 하다. 미혼과부의 몸으로 조선 제일규모의 약방을 운영하면서 팔도가 좁다며 돌아다니고, 청국까지 가서 반년씩 살다 올 수 있는 여인이라니. 이온을 가까이 하고픈 다정은 샘솟지 않을지라도 멀리할 까닭도 없었다. 그를 통해 궐 밖 세상 이야기를 듣고 자신이 속한 세상을 제 뜻대로 움직일 수 있는 기개를 배우고 싶기도 했다.

"빈궁마마 납시오."

한상궁의 앞소리와 함께 문이 열린다. 길다란 좌탁을 가운데 두고 양쪽으로 앉아 있던 여인들이 일제히 일어나 읍한다. 한껏 성장하고 입궁한 여인들이 그득하니 한 겨울에 꽃을 그득히 피운 온실 안에 들어서는 같다. 빈궁이 상석에 좌정하고 나서 허리 숙이고 서 있는 여인들을 향해 말했다.

"앉으세요, 들."

앉으라 손짓하다 말고 빈궁은 미소를 짓는다. 익위부인들의 신상을 세세히 기록해 빈궁에게 보여주고 외시라 한 깐깐한 상궁 박씨가 익위부인들을 좌우 품계에 따라, 순서대로 자리잡아 놓은 걸 깨달은 것이다. 좌탁 가운데 놓인 세 개의 난꽃 화분이 고즈넉이 곱다.

"여러분을 모신 날 눈이 오시니 좋은 일이 생길 듯 마음이 설레고

좋습니다. 하여도 부인들께서 오시는 데 불편치나 않으셨는지 모르
겠습니다."

"황송하여이다, 합하."

여인들이 소리 맞춰 복명하는 말에 빈궁은 미소 짓는다. 경춘전
에서는 꼼짝도 하기 싫었으나 나오고 보니 기분이 나아진다. 권력의
맛이 이런 것이리라. 아직까지는 작은 세상일지라도 나를 중심으로
움직이는 것. 작년 이월과 삼월에 곤전이셨던 정성왕후와, 왕대비이
셨던 인원왕후께서 연달아 승하하시고 난 뒤 빈궁은 내외명부內外命
婦가 휘하에 들어왔다는 걸 깨달았다. 궐내의 내명부는 물론 궐 밖에
사는 수 천여 외명부들까지 빈궁전을 향해 복명하기 시작한 걸 느꼈
다. 더불어 내외명부 수장으로서의 권력을 실감했다.

대전께서 청청하시다 해도 환갑 넘으신 지 다섯 해째였다. 소전
이 어떤 행태를 보이든, 부왕과 어떤 불화를 치르고 있든 그는 유일
한 왕자이자 세자였다. 일곱 살이나 된 원손도 있다. 원손은 오는 봄
에 세손에 책봉 될 터이다. 작금 궐내 내명부 최고 어른이신 모궁은
물론 대전의 후궁들과 화완조차도 요즘은 사뭇 구순해졌다. 종친가
며 당상관의 부인들이 수시로 알현을 청해왔고, 입궁한 그들 손에는
가지각색의 선물들이 들려 있었다. 십여 년 동안 웃전들 눈치보느라
숨도 크게 못 쉬고 살았던 빈궁으로서는 생소한 호사이자 힘이었다.

이 호사가 얼마 못 가리라는 걸 알기에 자주 울적한지도 모른다.
내년에는 새 곤전이 들어설 것이다. 곤전은 노론에서 들여놓을 게
뻔하다. 빈궁의 사가도 노론에 속해 있긴 했다. 문제는 소전이 노론
을, 노론에 속한 장인까지도 마뜩찮아 한다는 점이다. 소전이 대전
으로 옮겨가는 날 노론은 힘을 잃을 수밖에 없다. 노론에서는 그걸

방지하기 위해 새 곤전에 노론의 새로운 권력을 세우려 할 터이다. 열서너 살짜리, 잘해야 열댓 살짜리 규수가 곤전이 되는 순간 빈궁전으로 향했던 고개들이 일제히 그쪽으로 향할 것이다. 그전에 대전 국상이 날 가능성은 없을 성싶었다. 대전께서 이따금 앓으시고 작금에도 환후에 들어 계시지만 날마다 아드님을 볶아대시는 양으로 보자면 앞으로도 육십 년은 너끈히 사실 듯했다.

요즘 사가의 부친께서 곤전에다 어느 집의 딸을 들일 것인지 모색하는 눈치였다. 부친께서, 노론에 속하되 한미한 집안의 여식을 물색하는 건 당신 여식의 앞날에 대한 심려 때문이다. 부친의 궁리는 당연할 것일지나 한미한 집안이든 명망 높은 집안이든 결과는 같을 것이다. 어느 집안이든 딸을 곤전으로 들인 순간에 봄날 꽃처럼 화르르 피어나 척신戚臣 가문이 되며 세상의 고개는 그쪽으로 향할 터이므로.

빈궁이 국상을 기대치 못하는 또 한 가지 이유가 작년 봄 국상 때 입궁한 소소 무녀 때문이다. 소소는 그때 대전 국상에 대해 일말의 눈치도 내비치지 않았다. 그러므로 빈궁이 내명부에 새 웃전을 모시지 않는 채 곧장 곤전으로 올라앉을 가망도 없는 것이다. 이온과 타협, 혹은 야합하게 된 까닭도 머지않아 들어설 새 곤전에 대비하기 위한 것일지도 몰랐다. 그리하여 이 자리를 마련한 것인지도.

"부인들의 바깥들께서 성상전하와 소전마마를 측근에서 보필하시고, 그분들을 보필하시는 분들은 여러 부인들이시지요. 소전마마를 잘 보필해 주시어 고맙다는 인사를 드리고 싶어, 진작부터 부인들을 뵙고 싶었습니다. 맘은 그렇게 높아도 나도 따지고 보면 첩첩 시하살이 아니겠습니까. 이 눈치 저 눈치 살피느라 기회가 없었어요. 오늘 마침내 이리 모시게 되니 반갑습니다. 와 주시어 고맙고요."

"망극하여이다, 합하."

부인들이 또 똑같이 읊조린다. 미소띤 채 열네 명의 부인들을 둘러보던 빈궁은 문득 왼쪽 다섯 번째에 앉은 부인한테 시선이 고정된다. 찰나 간에 기시감을 느낀 탓이다. 어디서 본 듯한 얼굴이지 않은가. 언제 어디서 본 누굴 닮은 게지? 의문이 듦과 동시에 풀린다. 무녀 소소와 닮았지 않은가. 서른몇 살 소소가 아니라 갓 스물이나 됐을 때의 그이. 어린 부인은 눈썹을 초승달처럼 정리하고 분세수 엷게 하고 진달래 빛 입술연지를 바른 게 화장기 없는 소소와 다르지만 젊은 날의 그이 같다. 지아비가 정칠품 좌부솔일 자리에 앉은 부인이니 김강하의 처다. 지난 정월 좌부솔 김강하가 혼인하던 날 밤에 소전이 경춘전에 들었다. 그때 그가 한 말이 우스웠다.

"글쎄, 좌부솔 김강하가 오늘 저녁에 장통방에서 혼례를 하는데 말입니다, 좀 전까지 내 앞에서 번을 서다 나갔지 않겠습니까. 그리 요령부득인 자가 세상에 또 있겠어요?"

김강하를 흉보는 듯했지만 어조에 정이 담뿍했다. 작금 조정은 물론 측근에서도 소전이 유일하게 믿는 사람이 김강하다. 중인인 그가 무과에 응시한 날부터 그를 세자익위사로 끌어들이기까지 소전이 아주 맘을 썼다. 측근을 만들기 위한 소전의 움직임으로서는 빈궁이 유일하게 본 모습이었다. 소전은 김강하한테 반한 것 같았다. 그를 아끼느라 친밀함도 내비치지 못한다고 했다. 저를 당겨다 곁에 둔 소전의 의중을 김강하도 느끼는지 그도 충심을 다하는 것 같았다. 병자년 돌림병을 일찌감치 예비한 것이나, 그림자도둑 회영을 붙든 것이나, 소전이 세운 두 번의 큰 공이 김강하로부터 비롯되었다. 허구한 날 아드님한테 지청구나 내리시는 대전께서조차 모처럼 치하하셨을 정도였다.

그런 김강하의 내당이 어떻게 무녀 소소를 닮았을까. 신기하다 못해 기이하다. 인연이라는 뜻인지도 모른다. 소소는 승하하신 정성왕후께서 귀애하시던 무녀인 것을 차치하고도 빈궁과의 인연이 남달랐다. 빈궁은 무녀 소소가 어린 소전을 살리던 모습을 똑똑히 지켜본 터였다. 또한 그이 덕에 세손을 잃고도 지금의 원손을 낳을 수 있었다. 소소를 닮은 젊은 부인이 새로운 인연이라면 아껴야 한다. 웃전이 여러 아랫사람 앞에서 한 사람에 대한 친밀함을 나타내는 건 양쪽 다한테 이롭지 못하다. 답설야중거踏雪夜中去 수불호난행不須胡亂行은 이런 경우에도 해당하는 것일 터, 빈궁은 김강하의 내당으로부터 고개를 돌린다.

"조금 있으면 오찬이 들어올 텝니다. 오찬 기다리시면서, 서로 간에 알고 지내실 수 있도록 부인들 자신을 소개해 보십시오. 아홉 겹 높은 담 안에서만 사는 나한테 세상을 가르친다 여기시고요. 길어도 좋고 짧아도 좋습니다. 그런 뜻에서 나 먼저 하지요. 나는 다들 아시다시피 세자빈입니다. 현재 자식이 셋입니다. 날 새기 전에 일어나서 날 저물 때까지 할 일이 많고도 많으나 내가 좋아하는 일은, 짬이 날 때 온실에 가서 화초를 돌보는 일입니다. 화초는 마음을 쓰고 손을 대는 만큼 자라주는 것 같더이다. 온실에서 화초들을 만지면서 가끔 중얼거리지요. 살아 있는 것들치고 너희들만치 순하고, 키우는 대로 따라주는 게 너희들 말고 또 있으리, 라고요. 부인들 앞에 놓인 난초 화분들은 그리 키운 화초들입니다. 오후에 온실 구경을 시켜드릴 참입니다. 이십여 종의 난을 키우고 있지요. 여러 종의 국화들도 아직 싱싱하게 피어 있습니다. 부인들께서 퇴궐하실 때 국화 몇 송이씩 선물로 드릴 참이고요. 이런 식으로, 좌익위 공인恭人부인께서 먼저 해보시렵니까?"

"황공하여이다, 합하. 소첩은 좌익위 서응도의 내당 유씨입니다. 마흔세 살에, 자식 다섯을 두었삽고 손자 셋에 외손녀 하나를 보았나이다. 외손녀를 본 게 몇 달 전이온데, 제가 꼼짝없이 할미 노릇을 하고 살게 된 그 무렵에 새 시앗도 보게 되었지요. 합하 말씀대로 살아 있는 것들 중에 화초를 뺀다면 내 뜻대로 되는 게 하나도 없는 듯합니다. 내 맘조차 내 뜻대로 아니 되는 것을요. 새 시앗의 나이가 이제 열일곱 살이매 마흔세 살의 소첩은 나이치레 하느라 대놓고 투기도 못하고, 좋아하는 것을 찾아 하며 온화이 살기는커녕 맘에 이는 불 끄느라 애쓰며 살고 있나이다. 나이를 먹어도 시앗 샘은 어찌 늙지도 않는지요."

가만히 앉아 듣던 부인들 사이에서 흐흐 웃음소리가 생기는 것 같더니 빈궁이 소리 내어 웃자 다들 입을 가리며 웃는다. 빈궁이 열 손가락으로 꼽아야 할 시앗을 보고 살 듯 부인들도 대개 그러는 것이다. 다들 속 썩으며 살망정 부인들의 웃음은 대체로 너그럽다. 공인 유씨의 말에 공감하기 때문에 웃는 것이고, 지아비를 바꿀 수 없으므로 웃을 수밖에 없기도 하다.

좌익위 부인 건너편의 우익위 부인이 자신을 소개하고 나섰다. 좌,우사어 부인들, 좌,우익찬 부인들, 좌,우위솔 부인들을 거쳐서 좌부솔 부인 차례가 된다. 모두의 시선이 좌부솔의 부인에게 쏠린다. 다른 부인들이 어여머리를 하고 화려한 비녀와 떨잠으로 치장한 것에 비해 좌부솔 부인은 얌전한 첩지머리에 칠보잠을 꽂았을 뿐이다.

치장이 필요 없을 만치 곱거니와 수수함으로 인해 오히려 빛난다. 시종 미소만 짓고 있던 김강하의 내당이 좌중을 향해 고루 읍해 보인 뒤 입을 연다.

"소첩은 좌부솔 김강하의 내당 안인安人 은씨이옵니다. 내년에 스무 살이 될 것이고요, 꽃그림 그리기를 즐기나이다. 생화를 앞에 두고 그리기를 좋아하는데, 생화 보기가 쉽지 않은 겨울에는 소첩이 상상하는 꽃을 그리옵니다. 유다른 솜씨가 못 되는지라 소첩이 상상화를 그려 놓으면 주변 사람들이 보고 이게 대체 무슨 물건이냐 흉을 보기도 하옵니다. 그래도 소첩은 그 놀이가 재미있고요. 그리 철없이 놀기도 하는 소첩은 병약하게 자라 지난 정월에야 간신히 혼인을 했나이다. 혼인한 지 일 년 가까이 되어 가는데, 작금의 지아비가 지엄하신 어명을 받들어 청국으로 갔는지라 내년에도 자식을 낳기는 좀 어렵지 않을까 저어하였더니, 며칠 전에 소첩 몸에서 태기가 발견되어 참 다행이라 여기고 있나이다."

도저히 열아홉 살로 볼 수 없는 앳된 얼굴로 태연히 자식이니 태기니 운운하는 말에 와르르 웃음판이 벌어지며 박수 소리가 난다. 회임을 축하하는 것인데, 은씨 저는 옆에서 왜 웃는지 모르겠다는 천연덕스런 얼굴이다. 그를 이어 우부솔 부인이 저를 소개하고, 정구품 좌세마 부인의 소개까지 끝난 뒤 오찬상 들인다는 소리가 난다. 부인들이 탁자에서 약간씩 물러앉아 상 받을 자리를 만들었다.

내인들이 줄줄이 육각반에 차려진 점심상을 들고 와 부인들 앞에 한 상씩 놓는다. 오첩상을 차리게 했다. 삼첩상은 약소한 듯하고 칠첩상은 과해서가 아니라 찌개와 찜을 얹는 소반이 따로 따라야 하므로 번거로워서였다.

"나를 어려워 마시고 편히들 드십시오. 이야기도 나누시면서요."

빈궁이 먼저 국을 떠먹고 나서 말하자 부인들이 수저를 국 대접에 넣는 것으로 식사를 시작한다. 밥 먹으며 이야기를 나누어도 된다고 허락하였지만 부인들 모두 반족 태생인 데다 그 자신들도 첩지를 받은 외명부들이라 식사 중에 소리는 거의 나지 않는다. 각기 입 안에서 내는 소리들이 약간씩 날 뿐이다. 공식적인 자리가 아니고 술을 낼 수 있는 처지라면 반주를 곁들여 내게 했을 터이다.

술이 얼마나 사람을 부드럽게 만들 수 있는지 빈궁도 알고 있었다. 원손을 회임하던 밤에 소전을 위해 술을 준비했던 건 무녀 소소의 귀띔 덕이었다. 그나마 그때뿐. 왕명으로 술이 금지되어 있는 마당에 세자빈이 대놓고 술상을 차려 세자를 청할 수는 없었다. 게다가 대전께서 환후에 들어 계신 마당에 부인들한테 솔잎차인들 내놓겠는가. 소전이 마셔대는 술만 해도 지긋지긋했다. 빈궁은 이러저러한 이유로 술 곁에도 못 가는데 후궁들은 소전이 저희들을 찾는 밤마다 술상을 차려낸다. 특히 수칙 박씨는 제 사가 격인 허원정에서 술을 대주는 성싶었다. 술이 과하면 몸을 상한다는 사실을 삼척동자도 아는 터이지만 소전은 허구한 날 과음하고 대취하여 후궁들 처소에서 잠이 든다. 투기하면 아니 되는 빈궁은 그걸 말릴 힘이 없다. 의지도 없었다.

빈궁이 수저를 내려놓자 부인들이 기다렸던 듯 식사를 마친다. 다들 반나마 남긴 채이다. 상궁 박씨가 내인들에게 상을 내가게 하자 다과상이 줄줄이 들어와 부인들 앞에 놓인다. 비로소 방 안에 화기가 돌며 옆에 앉은 사람들과 이야기를 나눈다. 와중에 오른편 두 번째에 앉은 우사어 고억기의 부인 공인恭人 조씨가 젊은 은 안인을 넘어다보며 입을 연다.

"은 안인의 낭군이신 김 좌부솔께서 아직 젊은 데다 도성 제일의 미랑美郞이라는 소문이 있던데, 사실입니까?"

빈궁은 김강하를 가까이 본 적이 없다. 먼빛으로는 몇 번 지나쳤을지라도 눈여겨보지 못해 그 용모를 자세히 알지 못했다. 부러 보려 해도 익위들은 빈궁 앞에서 고개를 들면 아니 되는 법이므로 얼굴을 제대로 볼 수 없었다. 얼핏 참 환한 인상이라 생각한 적은 있을 터이다. 옹주 화완이 제 나들이 행차 호위로 김강하를 몇 번이나 청했다는 사실은 알고 있다. 화완이 제 오라비에게 치대느라 익위를 호위로 세워 달라 조른다고 여겼고 그때마다 눈꼴이 시렸다. 그 오라비는 친생누이조차 계집으로 여기는지 때마다 끼고 돌아쳤다. 부왕께서 술을 금하라 해마다 엄명을 내리시는데, 그 오누이는 대놓고 마주앉아 술판을 벌이기 일쑤다. 소전을 망칠 여러 계집 중에 누이인 화완이 가장 위험했다.

"소첩은 바깥사람에 대한 그러한 소문을 들어본 적이 없나이다. 다만 소첩에게 어여쁜 사람으로만 느끼옵니다."

"은 안인은 겸양지도를 갖추셨구려. 하여도 낭군이 소문나게 생긴 미랑임을 부인 스스로도 알 터, 염려되는 바는 없소?"

"앞으로는 모르겠사오나 지금까지는 그런 염려, 해본 적 없나이다."

"어찌 그런 염려를 아니하오? 어느 여인도 아니할 수 없는 염려인데?"

"바깥사람보다 소첩의 힘이 더 세기 때문이옵니다."

"그건 또 무슨 말씀일까요? 아낙이 남정보다 힘이 약하기 일반인

데다 부인의 낭군께서는 무과에서 장원 급제하신 일등 무사인데 어찌 부인이 더 세다 할 수 있소?"

"그가 무사인 것이나 성상전하와 세자저하의 신하인 것은 내외지간에는 소용이 없지 않나이까."

"허면 그댁 내외간에 힘의 우열을 가름하는 건 무엇이오?"

"소첩 방의 문고리이겠지요."

시립한 내인들까지 웃음을 참지 못하고 고개 돌리며 웃음을 깨무는데 조 공인이 다시 나선다.

"비틀면 빠지고 마는 문고리가 힘이라는 말은 내 듣다듣다 처음입니다. 무슨 뜻이리까?"

조씨 맞은편에 앉은 좌사어 설희평의 부인인 공인 김씨가 은 안인의 역성을 들고 나선다.

"김 좌부솔이 부인을 몹시 귀애하여 부인 앞에서 꼼짝 못한다는 뜻일진대, 어쩌자고 딸뻘이나 되는 젊은이를 자꾸 놀리십니까. 그러다 울리겠습니다."

"귀엽고 어여뻐 하는 말이지 울리려 그러리까. 은 안인한테 한 가지 더 묻고 싶은데, 합하, 허락하시겠나이까?"

빈궁도 무녀 소소를 닮은 젊은 은씨가 사뭇 궁금한 참이라 입을 연다.

"은 안인한테 하실 질문이면 그에게 허락을 구하셔야지요. 은 안인, 조 공인의 질문을 허락하려오?"

"예, 합하. 공인 마님, 말씀하소서."

"부인의 시가가 평양 제일의 부자라지요? 그런 거부 집안의 며느리로 살기는 어떻습니까?"

"소첩의 시가가 그리 큰 부자인지는 소첩이 잘 모르나이다. 며칠 전까지, 시가에서 머물다 빈궁마마의 부르심을 받잡고 상경했사온데, 시가에 머무는 동안 시모께서는 할 일이 태산이라 하시며 소첩에게 일을 많이 시키시더이다."

"일을 직접 했어요? 무슨 일을요?"

"평양 부중에 있는 집안의 점포들마다 다니면서 일꾼들과 낯을 익히고, 그들과 더불어 점포 소제를 했나이다. 물건을 정리하고 장사도 하였고요. 지아비도 수유 날이나 비번이 걸릴 때면 평양 집으로 와서 소첩과 더불어 점포를 돌아다녔고요."

"허어, 벼슬아치 아들과 그 내당 며느리한테 어찌 그러신답니까? 수많은 하속들이 있을 터인데?"

"소첩의 시가에는, 열한 살부터 환갑 되기 전의 사지 멀쩡한 자들은 상하남녀노소를 막론하고 자신에게 합당한 일을 하여야 밥을 먹을 수 있다는 가법家法이 있기 때문이옵니다."

"안인부인한테 합당한 일이 현숙한 부인 노릇 말고 또 무엇이리까?"

"지어미 노릇은 어느 여인이나 혼인하면 하는 것인바 장사치 집안의 아낙은 장삿속도 깨쳐야 하노라, 시모께서 말씀하시어 소첩도 장사를 배우고 있나이다."

"허어! 사농공상이라 하지 않습니까. 아무리 장사치 집안 며느리라 하여도 낭군이 출사하여 전하의 신하가 되었는데 그 부인이 장사를 배움은 격이 맞지 않지요. 그건 빈궁마마를 모시고 이 자리에 모인 우리 모두의 격과도 어울리지 않고요."

방안에 갑자기 싸한 기가 돌며 고요해진다. 시선들이 일제히 은 안인에게 쏠린다. 은 안인의 얼굴이 붉어졌다. 부끄러움이 아니라 분기다. 공인 부인 조씨는 은 안인으로부터의 반론이 이어지면 중인 장사치 집안을 운운하며 신분 차이를 말하려 한 성싶다. 저 입에서 무슨 반격이 터질까. 조마조마한 한편으로 호기심이 이는데 은 안인은 고개를 살짝 숙인다.

"마님들께서 보시기에는 그렇기도 하겠나이다, 공인 부인 마님. 황송합니다."

상황은 싱겁게 끝나고 나이 많은 조 공인이 객쩍게 되었다. 조 공인의 친정 조부가 당상관 벼슬을 지냈다고 했다. 작고한 부친도 정오품 벼슬을 지냈고 지아비도 현재 종오품 벼슬아치였다. 은 안인의 친정도 그에 못치 않았다. 조부가 당상관을 지냈고 부친은 정사품의 벼슬을 하던 중 별세했다. 은 안인의 지아비 김강하가 중인 출신이라 해도 어느 새 정칠품이거니와 겨우 스물네 살이다. 작금의 조 공인이 은 안인의 지아비가 중인 출신인 걸 거론하는 건 도리에 어긋나다 못해 치졸하다. 모두들 은 안인의 반론이 나왔으면 하고 바라는데 젊은 그는 말이 없다. 새침하게 눈을 내리뜨고 제 찻잔만 만지작거린다. 귀엽다. 나중에 은 안인만 따로 불러 말동무를 삼아도 좋을 성싶다. 이온도 이런 기회에 외명부 측근을 만들어 두시는 게 좋으리라 하지 않았던가.

빈궁은 중년의 조씨와 앳된 은씨 사이에 흐르는 냉기를 느끼는 한편 그들 지아비들 사이도 그리 원만하지 않으리라고 짐작한다. 연전에 그림자도둑 회영을 잡을 때 소전의 밀명으로 김강하가 주도했다. 익위사 내에서 김강하와 함께 움직인 사람은 설희평뿐이다. 그 덕에 열네 명의 익위 중 승차한 사람도 그 둘이다. 익위사 내에도 파당이 있을지도 모른다. 파당은 아닐지라도 별수없는 사람살이라 끼리끼리 친밀할 수는 있을 것이다. 장차 은 안인을 측근으로 만드는 문제는 어떻든 지금 이 자리가 어색하게 놔둘 수는 없는 빈궁이 나선다.

"여러 부인들 말씀이 참 재미납니다. 덕분에 궐 밖 세상에 대한 내 안목이 성큼 커진 성싶습니다. 고맙습니다. 천천히 다과 드시면서 들어주세요. 내가 오늘 부인들을 모신다 하니 부인들께 선물을 드리고 싶다는 이가 있습니다. 안국방의 내 사가에 이웃한 허원정의 주인, 이온입니다. 이온은 내가 입궁하기 전 어린 날에 함께 놀던 동무이자 현재도 벗으로 지내고 있습니다. 이온에 대해 아시는 분도 계실 성싶은데 그는 작금 보제원거리에서 제일 큰 약방일 뿐만 아니라 팔도 최대의 약방으로 호가 난 보원약방의 주인이지요. 보원약방에서 작년부터 향료며 미장품 일체를 생산하게 되었답니다. 그 사람이 부인들한테 인사드리면서, 장차 부인들께서 보원약방이 생산하는 미장품을 써 주십사 부탁하고 싶다기에 제가 허락하였습니다. 잠깐이면 될 텝니다. 괜찮으시지요, 들?"

"황송하여이다, 합하."

부인들의 합창에 빈궁은 박상궁한테 이 대방을 불러오라 신호한다. 박상궁이 내인들에게 이온을 데려오게 하는 사이 부인들이 이온에 대해 알고 있는 사실들을 이야기한다. 미혼과부인 그가 조모 녹은당 생전부터 친가 살림을 도맡아 한다더라. 뿐만 아니라 오만가지 약과 약재는 물론 남령초로 팔도를 주름잡는 거대 약방을 운영한다. 지난 병자년 돌림병 때는 약을 많이 팔아 거액을 벌었다는 소문이 도성 안에 쫘하니 퍼졌더라. 이후 이온은 삼청골에 버려져 있던 보현정사를 거창하게 일으켰다. 보현정사에는 비구니가 아닌 무녀가 주석하고 있는데 도성 안의 한다하는 집안 여인들이 나들이 삼아 수시로 드나들며 점을 치거나 기도처로 삼는다. 허원정에 양자가 들었고, 이온의 계모가 자식을 낳았으나 그 또한 딸이라 이 대방의 지위는 흔들릴 까닭이 없게 되었다. 그의 부친인 도정 이록은 현재 동지사단 부사로 연경에 가 있다.

지난 중양절에 화완옹주가 좌부솔 김강하를 호위 삼아 보현정사에 다녀온 사실만 아는 빈궁으로서는 생소한 내용들이 많다. 화완이 보현정사에 다녀온 이튿날 그의 수발상궁이 원동궁 제 처소에서 목을 매어 죽은 채 발견되었다. 그가 왜 스스로 목을 맸는지는 알 수 없으되 수하의 급작스런 죽음이 그 상전에게 득 될 게 없는지라 쉬쉬하며 묻혔다. 그 일로 화완은 큰 충격을 받은 것 같았다. 그로부터 두어 달이 지나는 동안 화완은 겉으로나마 좀 얌전해진 체했다. 궐 안에 있는 제 처소, 신복재에 칩거하는 양하면서 부왕의 연민을 받고 지내는 중이다.

부인들이 이런저런 이야기를 펼치는 사이에 은 안인은 간간이 고개만 끄덕일 뿐 끼어들지 않는다. 조금 전 조 공인으로부터 격이 맞지 않는다는 면박을 당한 터라 아예 입을 다물기로 한 것 같다. 토라진 것이다. 젊기는 젊구나. 빈궁은 스스로 마흔 살이나 되는 듯 속으로 웃으며 은 안인으로부터 시선을 돌린다. 이온이 문 앞에 당도 했다는 기별이 들어온다.

온이 일천 냥 넘는 자금을 들여 빈궁으로 하여금 익위부인들을 소집하게 한 이유는 단순했다. 김강하의 처를 두 눈으로 확인하기 위

해서였다. 김강하가 도성을 비운 석 달 사이에 평양에 가 있다는 은
재신을 불러올려 낮을 익히고 교분도 터놓을 목적이었다. 제 처와
옛 정인이 동무가 되어 있는 걸 알았을 때 김강하의 얼굴이 어떨지,
그 얼굴을 보고 싶었다. 몸서리치게 치졸한 짓임을 알지만 김강하로
인해 겪었던 그 모든 일이 아무것도 아니었던 양 넘어가 지지 않으
니 어쩌랴.

미장품 일체가 든 동그란 함을 두 손으로 받쳐 들고 함인정으로
들어선 온은 빈궁을 향해 읍한 뒤 박 상궁의 안내를 따른다. 박상궁
은 온을 부인들의 말석이자 빈궁과 멀리 마주한 자리에다 앉힌다.
빈궁이 짐짓 환한 미소로 입을 연다.

"어서 오세요, 이 대방. 내가 부인들께 이 대방에 대한 소개를 간
략해 놓았어요. 이 대방이 원체 유명한 분이시라 부인들도 대개 알
고 계시는구려. 이 대방께서도 부인들과 낮을 익혀 두시구려. 부인
들께서 이 대방에 대해 많이들 아시니 내가 그대한테 부인들을 소개
하리다. 내 좌측의 첫 번째로 앉아 계신분이 좌익위 공인 부인이신
유씨 부인이고요."

빈궁의 소개에 따라 온은 부인들에게 차례차례 목례한다. 우사어
고억기 부인 공인 조씨와 우익찬 국치근 부인 선인宣人 백씨는 만단
사 칠성부의 삼성사자들이다. 좌우위솔 부인들을 거쳐 좌부솔 김강
하의 부인 안인 은씨 차례가 됐다. 목례하며 눈이 마주친 은재신은
온이 상상했던 그가 아니다. 지난 구월에 선초와 꽃마리가 종이에
그렸던 그 얼굴도 물론 아니다. 은재신은 그림 속 얼굴과 비교할 수
없게 빼어난 용모이며 열아홉 살이라 믿기 어렵게 앳되다. 앳된 얼
굴에 어울리지 않을 만큼 표정이 특수하다. 절세가인이라는 소문이

헛된 게 아니었거니와 어디선가 본 얼굴이다. 어디서 봤을까, 궁리하는 새에 은재신과 다시 눈이 마주친다. 은재신이 의초로운 표정으로, 그렇지만 무연한 눈길로 고개 숙여보이고는 고개를 돌리는데 온은 소름이 돋는다. 은재신이 무녀 중석을 닮아 있지 않은가.

온이 중석을 본 건 한 차례뿐일지나 그 얼굴은 선명하게 기억한다. 창백한 낯빛에 쌍꺼풀진 큰 눈과 눈가의 희미한 주름살과 잔자누룩하던 음성까지. 눈앞의 은재신에게서 화장기를 걷어내고 이십년쯤의 나이를 입힌다면 영락없이 중석의 얼굴이 될 성싶다. 온갖 도둑질을 다 할 수 있어도 씨 도둑질은 못한다고 했다. 은재신이 중석을 빼닮을 이유가 없으므로 그의 딸이거나 아우라고 봐야 한다. 하지만 어떻게?

지난 동짓달 열사흘 꼭두새벽에 통천 비휴들과 무극들이 도성을 빠져나갔다. 그들은 상림에 이르러 훈련을 시작했고 그 스무 날 뒤에 온 스스로 상림으로 갔다. 통천 비휴 열셋과 불영사 무극 열 명, 실경사 무극 열 명 등. 그들로 하여 상림 숲속 함화루 마당이 꽉 찬 듯했다. 그들이 새삼스레 새로운 무술을 훈련하는 건 아니었다. 그들은 이미 막강하므로 거기서 지내는 동안 심신을 단련하면서 자신들이 사령에게 특별한 존재들임을 느끼게 한 것이었다. 그리고 두엇씩 짝지어 강경과 상주와 화개를 사전답사하고 서로가 보고 온 것들을 조합하여 표적들을 칠 방법을 찾으라 했다. 온은 그들과 사흘간 함께 지내고 난 뒤에 명을 내렸다.

"즈믄을 비롯한 비휴들은 화개로 가고, 박하의 무극들은 강경으로, 수국을 비롯한 실경사 무극들은 상주로 향하라."

그렇게 명을 내린 게 겨우 이레 전이다. 그들이 소임을 마치고 전원 무사 귀환할 거라고는 생각지 않는다. 그중 몇은 다치거나 죽어 못 돌아올 수도 있을 터이지만 한 달 후인 정월 보름까지는 그들 모두의 미래를 마련해 놓을 참이다. 그들이 돌아오는 대로 각자의 뜻을 반영하여 맞춤한 자리에 놓아줄 것이다. 그들을 떠나보낼 제, 돌아오면 모두 양민으로 살게 할 것이고 원한다면 혼인시켜 줄 것이며 혼인하는 자들에게는 살 집도 각기 마련해 주리라 약조했다. 태극헌의 비휴들과 항성재의 무극들 사이 여럿이 정분이 난 걸 눈치채고 있었기 때문이다. 그 약조를 너끈히 지킬 힘이 만단사와 온 자신에게 있었다.

그런데 또 다시 뭔가가 잘못되었다. 잘못된 게 뭔지 알 수 없는 게 더 잘못되었다. 소경 무녀의 딸이 어떻게 은재신이 되어 평양유상의 아들 김강하와 혼인하였는지 그 생각부터 해내야 할 것 같다. 그보다 앞서, 은재신을 그렇게나 꼭꼭 숨겼던 그 어떤 세력이 지금 당당히 그를 입궁케 한 이유를 짐작해 내야 한다. 하지만 전후좌우 상하가 대강이라도 맞아야 유추가 가능한데 어디서부터 풀지, 맞출지 알 수 없다.

빈궁전에서 익위부인들보다 앞서 나온 온은 보현정사가 아닌 허원정으로 왔다. 하속들이 집 안팎에 쌓인 눈을 치우느라 부산하다. 오늘 밤 보현정사에다 도성 안팎 일성사자들을 소집해 놓았다. 사령께서 연경으로 향하고 계신 데다 통천 비휴들과 무극들을 움직였으므로 다른 부를 관장할 수 있을 만치 칠성부의 내실을 다지자는 의도였다. 측근인 열세 명의 일성사자들이 보현정사로 들어올 터이다.

이미 도착해 칠미원에서 행장을 풀고 있는 이들도 있을 것이다.

"난수, 간단한 술상 차려 달라고 해. 노서미는 외별당에 가서 양연 나리한테 내 방으로 드시라 전하고. 저녁엔 보현정사에 가야 하니 높메는 양연 나리가 드신 뒤 노서미와 함께 수직청에 가서 쉬도록 해. 아지는 따라 들어오고."

난수와 호위 노서미와 높메가 동시에 읍하고는 돌아선다.

"궐에서 일은 잘 보고 오시었어요? 유원아씨, 아니 마마님은 잘 계시지요? 현주 아기씨도 잘 계시고요?"

방으로 따라 들어온 아지가 궁금했던 걸 마구 쏟아낸다. 온은 장옷을 벗어 아지에게 내민다.

"잘 있더라. 현주 아기씨는 아장아장 걷기 시작했고."

빈궁에게서 난 딸은 군주君主이고 세자의 후궁에게서 난 딸은 현주縣主다. 빈궁은 원손 아래로 청연군주와 청담군주를 낳았고 세자의 제일 후궁인 양제 임씨는 인과 진이라는 아들 둘을 낳았으며 제이 후궁인 수칙 박씨 병희는 청근현주를 낳았다. 병희는 아직 아들을 낳지 못했으나 소전의 발걸음이 드물지 않은 덕인지 표정이 밝았다. 소전께서 심화가 너무 잦아 심히 염려된다면서도 의젓했다.

"얼마나 귀여우실까요? 마마님 닮아 어여쁘게 자라겠지요?"

"그렇겠지."

온은 머리에 쓴 풍차와 귀고리와 가락지를 순서대로 빼어내 아지한테 내민다. 아지가 받아 갈무리하고는 체경을 끌어다 온 앞에 놓는다. 체경 앞에 앉으니 장신구함을 가져온 아지가 온의 어여머리에서 비녀를 빼고 어여머리 속에 박힌 불두잠들을 뽑아내고 머리채를 풀어 빗기며 묻는다.

"낭자를 해드려요, 코머리를 해드려요, 새앙머리를 해드려요?"

작년 겨울에 아지를 보현정사에 가 있는 어멈의 아들 영글이와 짝을 지어 주었다. 아직 태기는 없어도 혼인 전보다 훨씬 의젓해졌다.

"얹은머리를 해줘."

머리어멈 노릇을 해도 될 만치 솜씨 좋은 아지가 얼레빗으로 온의 머리를 죽죽 빗겨 뒤로 넘기고는 뒷목에서 모아 둘로 나눈다. 나눈 머리를 쪽쪽 땋아 검정 속매듭을 지어 놓고 다른 쪽도 땋는다. 땋인 양쪽 머리채를 정수리 앞쪽으로 올리고 둥그렇게 만 뒤 장식 없는 불두잠들로 갈무리하곤 묻는다.

"어떤 꽃이를 꽂아 드려요?"

"한겨울이니 청매화 세 송이쯤이 좋겠구나."

아지가 장신구함에서 매화로 장식된 머리꽂이들을 꺼내어 온의 머리에 촉촉 꽂는다. 급작스레 화사해진 머리가 어색하다. 들여다보고 있어도 마음에 들지 않는다.

"아니 되겠다. 어색해. 해 질 녘에 보현정사로도 가야 하니 귀밑머리로 해."

"지금 사뭇 어여쁘신데, 그냥 하시어요. 곧 양연 나리께서도 들어오실 텐데요."

홍집은 부친이 연경으로 떠난 뒤부터 날마다 허원정에 들러 곤과 늠이를 살피고 간간이 외별당에서 자기도 한다. 보름날인 오늘은 관헌들의 수유일이라 홍집은 어젯밤부터 내내 외별당에 있었다. 홍집이 자신의 본가이기라도 한 듯 외별당에 있노라면 온은 마음이 든든했다. 아지는 홍집과 온의 사이를 진작 눈치챈 듯했다. 홍집이 출사하고부터는 제가 알고 있음을 대놓고 표시했다.

"귀밑머리로 바꿔라."

아지가 기껏 꽂았던 매화송이들이 뽑고 머리카락 속에 숨은 불두
잠들을 뽑아내곤 땋인 머리를 다시 풀어 빗질을 한다. 빗질한 머리
를 뒷목에서 하나로 모아 검정 댕기로 묶는다. 아무 장식 없이 한 동
이로 늘어진 머리채의 묶임에다 검정 진주 일곱 알이 박힌 머리꽂이
를 꽂는다.

"좋구나. 고맙다."

"그리 말씀해 주시니 쇤네가 황감하여요."

아지가 장신구함이며 체경 등을 제자리에 돌려놓고는 방을 나가
고 난수가 술병이며 안주가 올라앉은 팔모반을 들고 들어온다. 온은
술상을 경상 곁에 두라 한 뒤 말한다.

"추운 데서 오래 떨다 돌아왔으니 그대 처소에 가서 좀 쉬어. 보현
정사는 저녁 참에 가기로 하고."

난수가 나간 문 앞에 홍집이 나타나 기척한다. 들어온 홍집이 읍
하고는 온 앞에 놓인 술상을 보고도 웃방에 앉는다. 이따금 한 번씩
한밤중에 번갯불처럼 스며들어와 벼락처럼 몸을 짓쳐대고 나가면서
도 마주할 때는 상하유별, 남녀유별을 따진다.

"술상 차려놨잖아요. 건너와 앉으세요."

홍집이 마지못한 듯 건너와 경상 건너에 멀찍이 앉는다. 온은 경
상 곁에 있는 술상에서 주전자를 기울여 술을 따르곤 술잔을 홍집
쪽으로 살짝 밀어놓는다. 한 잔을 더 따라 스스로 들이킨다. 홍집은
술상으로 다가들지 않는다.

"궐에 갔다 오는 길이에요."

홍집이 반족집안으로 입적된 뒤 집안사람들한테는 원래 반족의

아들이었던 것처럼 말했으나 이 집의 하속들은 홍집이 호위로 살던 시절을 알므로 애매해했다. 하속들의 그 애매함을 없애고 대접받게 하기 위해 온은 홍집에게 공대를 시작했다. 시작하고 보니 의외로 편했다. 그가 출사하고부터는 꼼짝없이 공대할 수밖에 없게 되었는데 그게 어렵지 않은 게 기이했다.

"입궐하셨다는 말을 들었습니다. 고우십니다. 머리에 검은 별이 일곱 개나 떴고요. 입궐을 아니하셔도 가끔 그리 입으십시오."

온은 실소한다. 함께한 지 네 해, 살을 섞으며 산 지는 삼 년이 되었다. 잃어버렸으나마 둘 사이에 아이도 존재했다. 드러낼 수는 없으되 단둘이 마주하면 어쩔 수 없이 무람해질 때가 있었다. 온은 한 잔을 더 따라 반나마 마시고 잔을 내려놓는다.

"사 년 전 봄, 이월 보름 즈음에 우리가 화개에 갔었지요. 생각나요?"

"화개장터 위쪽 반반골이라는 곳에 있는 무녀의 집에 갔었지요."

"그때 그 무녀의 얼굴을 봤던가요?"

"저는 무녀의 방으로 들어가시던 아씨 뒷모습만 뵀지요. 그날 아침에 봄나물과 함께 잘게 썰린 산삼 세 조각을 얻어먹었지요, 아마?"

"그때 중석의 얼굴을 못 봤어요?"

"그이는 방에서 나오지 않았고 저는 그 방으로 못 들어갔으니 못 본 게 당연하지 않습니까? 왜요? 새삼 점치실 일이 생겼습니까?"

"오늘 궁에서 세자익위사 부인들과 만났는데, 그중에 김강하의 내당이 있었어요."

"익위사 부인들이 모여 있는 자리였다면 당연히 그 부인도 있었겠지요. 헌데요?"

"김강하의 내당 은씨가 화개 무녀 중석을 많이 타겼습다."

함월당이 홍집을 불러 걱정한 게 이 문제였다. 온이 의혹을 가질 것이며 수앙을 파고들어 의혹을 풀려 할 것이라고. 이제 수앙은 온이 흔훤사의 무녀들과 의녀 백화를 죽인 것이며 지난 중양절에 자신을 납치하려 한 사실을 안다고 했다. 그러면서도 빈궁전의 부름에 응하겠다는 의지를 굽히지 않았다고도 했다. 숨어 살기 싫어요, 그랬다던가. 그 말이 맞다. 연화당의 딸이 이온을 피해 숨어 살아야 할 까닭이 없었다. 제 발걸음 닿는 곳마다 어둠 속에 불을 밝히는 것 같은 사람이 아닌가. 그와 같은 사람이 숨어 살아야 하는 세상이라면 훗날의 미연제도 대명천지를 활보할 수 없다.

"세상에는 닮은 사람들이 흔히 있지 않습니까?"

"사람은 나이들어 갈수록, 아들은 아비를 닮아가고 딸은 어미를 닮아간다고 하잖아요. 은씨는 중석을 약간 닮은 게 아니라 그 친딸이나 친아우인 양 타겨 있었어요. 부모형제 간에도 타기지 않을 수도 있긴 하나 그리 타긴 경우에는 혈육이라고 볼 수밖에 없지 않겠어요?"

"그렇다면 은씨의 작고한 선친이 젊은 날, 중석의 어미를 건드렸던 모양이지요."

"뭐요?"

"중석이 본래 도성에 살았다고 했으니 그 어미도 그랬기 십상이잖습니까. 신분은 보나마나 무녀였거나 기생 아니면 사노비였을 테고요. 젊은 양반도령이 그런 신분의 여인을 건드리기야 냉수 마시기보다 어려울 게 없잖습니까."

"해서, 무녀가 낳은 딸을 교리 부인이 자신의 딸로 키웠다고요?

말이 돼요? 세상에 그런 여인이 어디 있답니까? 더구나 반족 부인이 그럴 턱이 없잖아요. 그들이 피를 얼마나 따지는데, 천출 서녀를 적녀로 키워요? 어림도 없어요."

무녀의 딸이 반가의 여식이 되는 일. 현실에서는 상상할 수도 없지만 사신계에서는 그런 일이 생기는 듯했다. 따지고 보면 만단사에서도 벌어지는 일이다. 멀리 갈 것 없이 회령 땅에서 태어난 개똥이가 윤홍집이 되어 형조에 출사하고 있지 않은가.

"억지로 유추하자면 그렇다는 것이지요. 존재의 위치가 하늘과 땅만큼이나 다른 두 여인이, 아씨께서 의혹을 가질 만치 닮았다면 달리 어떻게 해석합니까? 아무리 아들은 아비를 닮아가고 딸은 어미를 닮아간다 하더라도, 자식은 부모된 자들이 함께 지은 존재잖습니까. 그럴 제 어미아비의 유전 요소의 절반은 그 자식들 안에 있겠지요. 그게 어미가 다른 두 아이가 닮을 수 있는 요인이라면 아비가 다른 두 아이가 닮을 수도 있는 까닭이겠고요. 가령 장차 아씨께서 재상가와 혼인하시어 따님을 낳게 된다면 그 따님은, 우리 앞에서 사라진 그 아이를 닮을 수도 있을 것이듯 말입니다. 어쩌면 왼쪽 발등에 찍혀 있던 점 세 개까지 닮고 나올지도 모르지요."

왼쪽 발등에 점 세 개가 찍힌 아이. 미연제를 잃어버린 뒤 둘 사이에 아이를 거론하기는 처음이다. 온이 홍집에게 이따금 분통 터지는 이유가 이런 점이다. 막힘없는 것이 그렇고, 그때마다 말을 느닷없는 방향으로 틀어 버려 이상한 결론이 나게 하지 않는가. 지금 사람 족속의 유전 요소나 미연제를 들먹일 때인가.

"난 혼인하지 않을 테고 다시 자식을 낳을 일도 없어요."

"앞날이 어떨지는 모르나 그건 아씨 뜻대로 하실 일이고요. 헌데,

지금 김강하의 내당 이야기는 어찌하시는 겝니까? 설마 또 그 부인을 어찌하겠다는 생각이신 겝니까?"

"지난가을에도 죽일 생각은 아니었어요. 지금도 죽일 생각 없고. 의혹을 풀어야겠다는 것뿐이에요. 그때 가마 타고 평양으로 향했던 김강하의 내당과 아까 내가 본 은씨가 다른 이유, 아까 내가 본 은씨가 화개의 중석을 빼닮은 이유! 그 의혹을 풀어야 자꾸 꼬이는 뭔가가 해결될 것 같아요. 이녁이 은재신을 데려와요."

홍집이 온에게 분통 터지는 이유는 이것이다. 그 많은 일을 겪고도 변하지 않는다는 것. 제 눈앞의 것 이외에는 보려 하지 않잖은가.

"어떻게 데려옵니까? 우리 댁 아씨가 부인을 모셔오라 하니 부디 같이 갑시다, 하리까? 허면 그 부인이 저를 고이 따라나서리까?"

"그렇게 하든지, 그리 못하겠으면 보쌈을 해와요. 그 바깥이 집에 없으니 그리 어려울 것도 없지 않아요?"

"그게, 이처럼 쉽게 명하실 만큼 쉬운 일이라 생각하십니까?"

"호위들을 잔뜩 달고 사는 홍 부령도 넘어뜨렸잖아요? 불면 날아가게 생긴 은재신 하나 데려오기가 뭐가 어려워요?"

이록과 이온 부녀는 자신들이 입만 열면 원하는 대로 다 되는 줄 안다는 점에서 영락없이 닮았다. 홍낙춘을 일 년쯤 운신할 수 없게 만들기 위해 일곱 명의 비휴들이 몇몇 날을 준비하고 마음을 얼마나 다져먹어야 했는지. 아무리 설명해 줘도 이온 부녀는 알아듣지 못할 터이다.

"그 일은 태감께서 필요로 하시어, 태감을 향한 홍 부령의 거역과 불충에 대한 증좌가 분명했기에 징치하라 명하신 거고 저는 수행한 겁니다. 안인 부인 은씨는 아씨와 아무 상관없는 사람입니다. 어떤 여인이든 보쌈을 당하면 죽은 목숨으로 칩니다. 아무 상관없는 그 부인을 죽이겠다는 겁니까? 의녀 백화처럼?"

"아니라고 하잖아요! 의혹만 풀겠단 말이에요. 중석이 사신계 칠성부령인 게 틀림없어요. 은재신은 그 딸인 게 분명하고요. 그러니 은재신을 데려다가 의혹을 풀 수밖에요."

"의혹 푸시겠다는 핑계로 결국은 그 부인을 죽일 심산이신 게지요. 그 부인을 죽이고 그 바깥한테 시집이라도 가시려는 겝니까?"

"뭐가 어째요?"

"세상에는 닮은 사람들이 흔히 있습니다. 닮았다 생각하고 보면 누구나 닮았습니다. 혈육임에도 닮지 않는 사람들은 더 흔합니다. 닮지 않았다 생각하고 보면 친부자간에도 닮은 구석을 찾을 수 없게 되지요. 닮았다고 다 피붙이가 됩니까? 내 자식이 날 닮지 않았다고 피붙이가 아닙니까? 그런데 누가 누굴 닮은 게 그리 중요해요? 그 의혹 풀어서 어쩌시게요? 사신계가 있다고 치지요. 중석이 그 칠성부령이라고 가정도 해보고요. 그렇더라도 대체 그들이 아씨한테, 또 우리한테 무얼 어찌했기에 자꾸 그 타령이시냔 말입니다."

"사신계가 뭘 어찌했건 그들의 실체를 파악하라는 건 사령의 명이세요. 해서 은재신으로부터 그 꼬리를 잡겠다는 거잖아요. 알면서 왜 이래요?"

"이 겨울에 태감께서 아씨한테 명하신 일이 있잖습니까. 제가 내용은 모르지만 안인 부인하고는 무관한 일이라는 것 정도는 짐작합니다. 그러매 어째서 아씨께서는 그 부인을 걸고넘어지십니까. 그렇게 해서 의혹이 풀리기는 할 것 같습니까? 꼬리가 잡히기는 하고요? 흔훤사의 무녀들을 죽여서 무슨 의혹을 풀고 어떤 꼬리를 잡으셨는데요? 백화를 죽여서 얻으신 건 뭐고요?"

"일단 데려와요."

"그 부인을 죽일 작정이 아니시라면, 그럼에도 그이가 그리 궁금하시다면 직접 찾아가 보십시오. 멀지도 않잖습니까?"

"내가 찾아가서 묻는다고 순순히 답하겠어요?"

"그 부인이 감출 게 뭐가 있어서 답을 아니하겠습니까. 물론 아씨가 원하는 답이 아닐 수는 있겠지요. 아씨는 답을 정해 놓고 거기다 꿰어 맞추려 하시는 거잖습니까. 그게 문제이신 겁니다."

"내 자신만의 문제인지, 그들이 나한테 내놓은 문제인지, 알아보겠다는 거예요. 데려오세요."

"저를 죽이십시오."

"뭐요?"

"그 명을 따를 수 없으니 저를 죽이시라는 겝니다."

온의 손아귀에 잡혀 있던 술잔이 날아와 홍집의 이마를 친다. 다른 잔이 술을 흘리며 날아와 왼볼을 가격하고 방바닥으로 나뒹군다. 어포며 장떡 조각들이 방바닥에 흩어지며 접시가 어깨를 찍는다. 술주전자가 날아와 가슴팍을 치곤 무릎에 떨어져 술을 줄줄 흘린다.

"못해?"

"못하고, 아니합니다. 앞으로도 저는 그런 일은 아니할 것이고, 아씨께서도 그런 일을 못하시게 할 겁니다. 절대로요."

팔모반이 날아올 차례인가 생각한 순간 팔각 소반이 두 벌의 수저를 떨어뜨리며 밀려와 무릎을 때린다. 홍집은 묵묵히 맞는다. 즈믄의 무리나 박하 일행, 실경사의 비구니들. 지금쯤 상림에 있을 그들은 온의 명을 수행하지 못하거나 아니할 테지만 죽지도 않을 터이다. 그들이 보현정사로 돌아올지, 돌아오지 않을지는 알 수 없어도, 앞으로의 그들은 이전의 그들이 아닐 것이다. 일 년 전 양연무의 비휴들이 임림재에 들어가 연화당을 만나고 난 뒤 그랬다. 그러므로 최소한 온이 그들을 통해 사람이 아니할 짓을 하지는 못하게 되었다. 앞으로도 못하게 할 것이었다. 홍집이 허원정을 드나들고 만단사를 지키는 까닭이 그것이었다.

"정녕 못해?"

"그런 명은 이쪽이 그만 살겠다고 작정하거나 저쪽을 모조리 죽이기로 했을 때나 내리는 겁니다. 그만한 명분이 있을 때요. 따를 수 없습니다."

"이녁이 아니한다면 다른 사람을 시킬 거야. 내가 직접 하거나."

"그리도 못하시게 할 겁니다. 아씨를 묶어서라도, 아씨 수하들의 팔다리를 모조리 부러뜨려서라도 막을 겁니다. 제가 그리할 수 있다는 걸, 그러고도 남을 놈인 걸 아실 겝니다."

경상 위에 놓여 있던 책이 날아와 홍집의 이마를 치고 무릎으로 떨어진다. 온의 보료 왼쪽에 놓였던 사방침이 내던져져 머리를 친다. 가로로 두 자는 될 경상이 와락 밀리는가 싶더니 홍집의 무릎을 친다. 필통에 꽂혔던 붓들이 쏟아진다. 난장판이 된 방의 위, 아랫목에서 두 사람의 시선이 팽팽히 맞선다. 분기탱천한 온은 부들부들 떨고 있다.

"끝끝내 항명을 하겠다는 것이야?"

"다시 한 번 분명히 말씀드립니다. 그와 같은 명은 따르지 않을 것이고, 아씨가 그와 같은 짓을 하지도 못하게 하겠습니다. 말리다 못하면 아씨를 죽이고 저도 죽을 겁니다."

"대체 왜?"

"아이 때문이지요. 어딘가에서 살고 있을 아이. 아씨는 관심도 없으신 것 같으나 저는 날마다 아이를 느낍니다. 그 아이의 생명을 지은 자로써 내 아이를 지켜야 하는 게 당연하므로 남의 아이, 남의 목숨도 지키는 게 당연하다는 걸 깨닫기 때문이고요."

"말말이 아이 타령이야? 그 아이가 세상에 있기나 해?"

"날마다 느낀다고 말씀드렸습니다."

"아버님의 명이었어도 이리할 테야?"

"태감께선 어떤 일에 의혹이 생기면 주변을 두루 둘러보시면서 의혹의 원인을 파악하시지, 아씨처럼 사감을 풀기 위해, 내키는 대로 당장 누군가를 잡아오라거나 죽이라고 하시지 않습니다. 하루이틀, 한두 달만 살고 끝날 삶이 아닌바 숙고하시는 거지요. 태감께서는 최소한 어떤 일의 이해득실이라도 따지십니다. 아씨는 어떤 생각이 나면 전후좌우를 살피지 않으시지요. 전날에 그와 같은 실패를 겪으셨음에도, 또 같은 일을 하려고 하십니다. 일과 관련된 것도 아니고 순전히 떠난 사내한테 분풀이를 하기 위해서요. 그처럼 우매한 아씨의 명을 제가 어찌 따릅니까. 언감생심일지언정 저는 아씨를 연모하는 놈으로서 아씨가 그릇된 일을 거듭하시게 할 수 없습니다. 항명이 죽어 마땅한 죄이매, 죽이시란 말밖에요."

"이래도?"

어느 결에 빼들었는지 온의 손에 잡힌 단도가 제 목 아래의 비중혈을 향해 있다. 찍히면 죽는 혈점이므로 그냥 해보는 협박이 아니다. 온이 죽는다면 윤홍집이 살아갈 수 있을까. 홍집은 그점에 대해 생각해 본 적이 없다. 어떤 식으로든 더불어 살게 될 것만 생각했지

온이 앞서 죽는다는 가정을 해보지 않았다. 함월당에게 이온을 살려달라고 애원한 것도 그 때문이다. 차라리 함께 죽는 게 나을 수도 있을 것 같다. 만단사자로 키워져 성인이 되었건만 사신계원이 되어 두 세상을 함께 사는 삶이 조금도 즐겁지 않았다. 즐겁기는커녕 온몸에 바위가 매달린 듯 무겁기만 하다. 아우들이라고 다르랴. 말단 군졸인 인선과 선묘와 선유와 술선은 사령의 천거로 사행단의 호공관이 되어 연경으로 향했다. 그런데 사령이 그 넷을 호공관으로 천거하게 한 근저에는 사행단의 서장관인 이무영과 그의 비장인 김강하가 작용했다. 그들 뒤에 홍집이 극히 일부를 알게 된 사신계가 있는 것이다.

"연경 구경가게 됐다고 좋아할 수가 없네!"

아우들이 연경을 향해 떠나기 전날 밤에 그리 말했다. 배신이란 그런 것이었다. 내가 미물보다 못한 족속이 되어 버리고 만 자괴감에서 벗어날 수 없는 상태인 것이다.

홍집은 앉은걸음으로 방바닥에 널브러진 것들을 좌우로 치우며 온에게 다가든다. 온의 분노가 너무 높아 제 비중혈에 단검을 꽂고도 남으리란 걸 알지만 눈길을 맞춘 채 몸을 옮긴다.

"기어이 내가 죽는 꼴을 보겠다는 것이야?"

온이 마지막 여지를 두고 외치는 것과 동시에 홍집이 몸을 날린다. 단도를 쳐냄과 동시에 온을 보료 위로 자빠뜨리곤 덮친다. 온의 두 손을 한 손으로 그러잡고 백릉白綾 저고리의 매듭을 풀고 자디빛 치마의 말기를 풀어헤친다. 입술을 맞대 얼굴을 붙든 채 한 손으로 속적삼 매듭을 풀고 단속곳을 헤치고 너른바지와 다리속곳과 속속곳을 마구 걷어낸다. 자신의 속적삼과 속저고리며 바지와 속바지,

고쟁이도 벗어부친다. 온은 거세게 저항하면서도 소리를 질러 호위를 부르지는 않는다. 온의 맘이 어디로 쏠려 있건 그 몸은 윤홍집의 몸에 길들어 있다. 홍집의 손이 닿는 곳마다 반항만큼의 열기가 피어난다. 온의 몸속으로 들어서면서 홍집은 신음을 터트리듯 생각한다. 내일 또 무슨 일이 터질지 모르지만 오늘은 이렇게 넘겨 보는 것이라고.

궐에 들어갔다 나온 온의 기색이 워낙 좋지 않아 무슨 일인지 알아보기 위해 대청 한중간에서 시좌했던 난수는 가만히 몸을 일으킨다. 대청을 내려와 마당을 건너 허원정 아래채로 향한다. 아래채는 두 칸의 너른 창고와 방 한 칸으로 이루어졌는데 온이 향료를 만들기 시작하면서 창고 두 칸이 증류방을 겸한 창고로 쓰였다. 방 한 칸에는 향료 생산에 쓰이는 여러 가지 집기들이 정리되어 있었다. 난수가 십이 년 만에 허원정으로 돌아와 온에게 중사랑 아래채 방을 숙소로 달라 청했다. 어릴 때 외별당 작은방에서 살았던 난수에게 중사랑 아래채의 방과 너른 툇마루는 재미난 놀이터였던 것이다. 온이 가솔들에게 그 방을 정리케 하여 난수한테 주었다.

허원정에서 살던 난수는 열 살이 되던 봄에 안성 동백약방의 딸로 살기 위해 내려갔다. 동백당에게 아들만 둘이 있고 딸이 없었기 때문에 고명딸 대접을 받으며 자랐다. 열여덟 살에 네 살 많은 안성 동백약방 일꾼과 혼인했다. 둘이 혼인하여 동백약방을 이끌어가라는 의도로 동백당이 주선한 혼인이었다. 서방도 사고무친이라 약방에 딸린 집에서 신접살림을 시작했다. 혼인하고 몇 달 만에 서방 되는 위인한테 이미 계집이 있거니와 돌잡이 아들까지 있다는 게 밝혀졌다. 서방과 동갑인 계집이 아이를 들쳐업고 약방으로 들이닥쳤다. 그 계집은 자신도 정식으로 혼인하였고 친정살이를 하고 있다며 자신이 먼저 혼인했으므로 정실이라 주장하고 나섰다.

난수는 정실이고 첩실이고 따지고 싶지도 않았다. 동백당한테 서방과 갈라서겠노라 했고, 동백당은 거짓으로 이중 혼인을 한 서방을 관아에 발고했다. 서방은 태장 오십 대를 맞고 서른 냥의 사과금을 난수에게 주기로 하며 이의異議에 동의했다. 이의로 혼인이 무효가 되어 버렸으므로 난수는 혼인한 적이 없는 것처럼 되었으나 소박데기는 소박데기였다. 소박데기가 되고 보니 그리 나쁘지도 않았다. 다시 혼인해야 한다는 부담이 없었고, 소박데기로 소문이 나매 시시껄렁한 놈들이나마 사내들의 추파를 받았고 그중 쓸 만한 놈을 골라 품을 만한 배짱도 생겼다. 무엇보다 거리낌없이 약방 일하고 공부하고 무술 수련을 할 수 있는 게 마음에 들었다. 이목을 무시할 수 있게 되면서 얻은 자유였다.

툇마루 앞에 이른 난수는 돌아서 중문을 나가 수직청을 넘어다보곤 내별당으로 향한다. 즈믄이 자신의 패거리를 이끌고 상림으로 간 이후 수직청에는 노서미와 높메가 들어왔다. 스물두 살의 노서미는 혜음령의 판순 일성의 아들이고 열아홉 살의 높메는 광주의 은광 일성의 아들이다.

"난수, 어쩐 일이냐?"

나름네와 앉아 있는 금오당이 붙들고 있는 건 아기버선이다. 내당마님이 낳은 영 아기씨의 버선인지 흰 능사로 깁고 있는 복주머니처럼 두루뭉술하다. 웃방에 앉은 나름네는 솜도포를 누비고 있다.

"아씨께서 양연 나리와 긴한 이야기를 나누시느라 곁을 물리기시에 잠깐 짬이 나서 뵈러 왔습니다."

"고맙구나. 온이 양연과 무슨 긴한 얘기를 나누는데?"

"오늘 궐에 들어가시어 만난 한 부인이 아씨 아는 사람하고 사뭇 닮아 있었던가 봐요. 양연 나리도 아는 사람과요. 헌데 마님, 무관한 두 사람이 많이 닮았다면 그건 어찌된 것일까요? 완전히 남남인데도 더러 흡사하리만치 닮은 사람이 있을까요?"

"난 그런 사람들을 만나 보지 않아 모르겠다만 그런 일도 있긴 할 터이지. 세상에는 상상치 못할 온갖 일들이 일어나지 않니? 내가 내당 마님이 낳은 아기의 버선을 지을 것이라는 상상을 해본 적이 없는데 지금 이리하고 있듯이 말이다."

"영이 아기씨는 누굴 닮았어요?"

"아기들은 다 비슷하게 생겼지. 외가 쪽을 닮는지, 친가 쪽을 닮는지는 좀 커야 드러나니까. 그나저나 어느 쪽을 닮았는지 알려면 튼튼해야 할 터인데 어쩌자고 아기가 저리 계속 아픈지 모르겠구나."

이 집에는 비밀이 많다. 난수가 허원정으로 돌아올 무렵에 온이 여섯 달의 외유에서 돌아왔다. 그 여섯 달 동안 온은 왼쪽 발등에 점 세 개가 있는 아이를 낳았다. 조금 전 중사랑 대청에서 들은 말이 그랬다. 강담네와 더불어 사라진 그 아기인 것이다. 미혼과부인 아씨가 사통으로 아이를 낳았으므로 비밀이다.

내당 마님이 낳은 아기는 태감의 자식이 맞을까. 아닐 것 같았다. 난수는 내당 마님이 야심한 시각에 수직청을 찾아다니는 걸 몇 번이나 목격했다. 내당 마님의 상대가 윤홍집이 아닌 즈믄이므로 무슨 상관이랴 싶었다. 즈믄이나 자신이나 똑같은 처지에 그를 죽이고 싶지 않거니와 집안에 난리가 나는 것도 귀찮아 발설치 않았다. 그러는 사이에 내당 마님의 배가 부르기 시작하더니 급기야 아기가 태어나고 말았다. 말할 때를 놓쳤으므로 앞으로도 말하지 못할 것이다. 팔천 종자의 씨앗이 왕족 혈통 속에 끼어서 어찌 자라는지 두고 보자는 심사도 없지는 않다. 이 또한 비밀이다.

"난수야, 벽장에서 푸른 보자기에 싸 놓은 거 가져와 펼쳐 보거라."

난수가 금오당 시키는 대로 보통이를 가져다 펼치니 솜 두고 누빈 회색 두루마기다. 동정과 앞섶 끝자락에 진분홍빛 사과 꽃이 수놓여 있는 걸 보니 여인의 두루마기다.

"곱네요. 아씨께 가져다 드려요?"

"네 옷이다."

"예?"

"근정의 두루마기를 짓다가, 지금껏 내가 너한테 옷 한 벌 지어 주지 않았다는 생각이 나더라. 해서 며칠 걸려 지었다."

"손수 지으셨어요?"

"요새 침선방 아낙들이 바쁘기에 그냥 내가 했다. 하다 보니 너 어릴 때도 내가 직접 한 벌쯤 지어 입힐 법했는데 무심했다는 생각이 나더구나."

"무슨 그런 말씀을요. 마님께서 품어 주셔서 글도 익히고 동백당에 가서 딸 노릇하면서 컸는걸요."

친정이라는 말을 들으면 으레 안성의 동백당이 생각나는 걸 보면 딸로 자란 건 맞을 것이다. 그래도 그곳이 그립지는 않다. 떠나온 뒤로 명절 등에 한 번씩 다니러 가면 양부나 양모가 친정 다니러 온 딸인 듯이 반가이 맞아주는데도 편히 몸둘 곳이 없었다. 하룻밤 자면 당연히 떠나온다. 며칠 예정하고 가서 하룻밤 자고 돌아서면 며칠이 남았다. 그 며칠 동안 홀로 있고 싶은데 갈 곳이 없었다. 집을 마련한 까닭이다.

흥인문 안쪽 성곽 아래 백자동에 있는 자그마한 집 한 채. 작년 이맘때 샀다. 당시까지 여축한 돈이 이래저래 삼백 냥쯤 되었다. 그 돈에 맞춰 살까 하다가 맘에 드는 집이 있어 돈을 덜 들이고 샀다. 위아래 채를 합쳐 방이 세 칸인 낡은 기와집인데 뜰이 좁장해도 우물이 있었다. 노상 비어 있지만 가끔 가서 먼지를 쓸고 걸레질을 하노라면 뿌듯했다. 시전을 거쳐 가므로 가는 길에 집에 필요한 이것저것을 한두 가지씩 사는 재미도 컸다. 거기서 사는 게 아니므로 먹을거리는 없지만 불을 켤 수 있고 덮고 잘 이부자리도 마련했다.

"서방하고 우애롭게, 자식들 낳아가며 살았으면 좋았을 것을, 네 팔자도 나 못지않게 어수선한 모양이다. 몸이나 따습게 살아라 싶어서 지어 주는 게다."

"조용히 살 팔자는 아닌 것 같지만 조용한 게 꼭 좋은 것도 아니잖아요, 마님. 저는 지금 괜찮아요. 옷을 손수 지어 주시는 마님도 계시고요."

"그리 생각할 수 있다니 다행이구나."

"잘 입겠습니다. 고맙습니다, 마님."

"네가 좋아해 주니 나도 좋다. 저녁에 보현정사 간다면서? 저녁 준비가 어찌되어 가는지 나가 봐야겠다. 저녁에 보현정사 간다기에 네 방에 불을 넣지 않았으니 난수 넌 예서 좀 더 쉬어라. 밥 다 되면 부르마."

금오당이 주물럭거리던 아기버선을 내려놓고 일어나 치맛자락에 묻은 실밥을 떼어 낸다. 나름네도 짓던 옷을 내려놓고 일어난다. 금오당과 나름네가 나간 뒤 난수는 금오당이 깔고 앉았던 요 밑으로 들어가 눕는다. 따뜻하다. 허원정으로 돌아와 좋다고 느끼는 여러 가지 중의 하나가 금오당이다. 어릴 때도 감히 어머니처럼 느끼지는 못했고 지금도 그렇지만 어릴 때와 달리 금오당이 품 넓은 어른임을 느낄 수 있게 되었다. 난수가 어릴 때는 알지 못했던 금오당의 각박한 삶을 볼 수 있게 된 것이었다. 그리고 윤홍집.

그와 온이 심양에서 돌아오던 날 그를 처음 봤다. 봄날이었는데 그 표정이 겨울 강 같았다. 무지막지한 고독이었다. 쿵, 가슴이 떨어졌다. 그는 난수 자신 같았다. 그가 그토록 고독한 눈으로 오로지 이 온만을 바라보고 있다는 걸 금세 느꼈다. 그가 온만을 바라보므로 난수도 온을 그처럼 바라보게 되었다. 홍집을 보거나 떠올릴 때마다 겨울 들판에 있는 것 같았다. 그의 품에 안기는 상상을 하면 더 추웠다. 그때마다 그의 품을 파고드는 상상을 하며 추위를 해결했다. 상상 속에서는 그와 온갖 짓을 다했다. 그러므로 온이 무슨 짓을 하고 홍집이 어찌하든, 이 집안에서 어떤 비밀한 일들이 일어나든 난수는 모르는 것이었다. 그게 온 곁에 오래 있을 수 있는 방법이자 홍집 곁에 있을 방법이었다. 또한 난수 자신 안에 있을 수 있는 방법이기도 했다.

한양 젊은이들

지난 섣달 보름날, 익위사의 좌세마 정치석의 내당 김씨도 함인정으로 들라는 빈궁전의 부름을 받았다. 섣달 초순에 기별을 들은 뒤 김씨는 입궁할 때 입을 옷이 없다며 정치석에게 투덜거리다 친정에 가서 앙앙거려 닷 냥을 얻어왔다. 정치석의 큰집은 부마 정치달이 나온 명문이지만 치석의 부친은 막내아들이었다. 소과에도 급제치 못한 채 치석의 여덟 살 때 세상을 떠났다. 살림을 따로 난 뒤였다. 이래저래 치석의 집은 가세가 넉넉한 편이 못 됐다. 처가가 좀 나았다.

친정에서 닷 냥을 얻어온 김씨가 옷을 새로 해 입고 갖은 치장을 하고 함인정으로 들어올 것이라 계방桂坊에 있던 정치석은 안해가 어떤지 엿보러 갔다. 사실 핑계였다. 김씨는 가무잡잡한 낯빛에 눈은 도토리처럼 작고 동그래했다. 원래 몸피가 큰 데다 아이 셋 낳은 뒤로 절구통처럼 무던해져서 뭘 입어도 맵시가 나지 않았다. 정치석이 정작 궁금한 사람은 김강하의 내당이었다.

정치석은 김강하의 내당이 경국지색, 절세가인이라는 소문을 내온 처지였다. 화완옹주를 약올려 김강하를 골탕 먹이려 시작한 말이었다. 일 년 정도 지나는 동안 소문이 너무 커졌다. 그 소문을 어떤 식으로든 추슬러야 했다. 정말 그렇다든가, 헛소리였노라 눙치든가.

그도 그럴 것이 일 년 전 두동재 별채에서 그런 농을 주고받고 있던 시각에 두동재 본집에서는 도적 떼를 만나 아수라장이 되고 있었다. 털릴 재물이 별로 없었던 그날 밤 두동재에서 도적들이 가지고 나간 것은 몇 대에 걸려 물려온 홍낙춘 집안의 검과 벽장 안에 모셔두었던 신식 총과 총탄 백 개였다. 신식 총 한 자루가 말 한 필 값에 해당하므로 상당히 털린 셈이었거니와 홍낙춘이 크게 다치는 화를 입었다. 부친이 그런 화를 당하는 사이에 그 아들들과 동무들은 별채의 술판에서 농이나 지껄이고 있었으니 면이 서지 않게 되었다. 그 바람에 김강하의 내당이 절세가인이 아니라면 정치석이 우스워질 상황이 되고 말았다. 정치석으로서는 자신이 뱉은 말의 진위를 확인하는 게 급선무였다.

마침내 보게 됐다. 홍화문으로 들어왔던가. 명정전과 행각 사이 중문을 거쳐 함인정 마당으로 들어서던 검정 두루마기의 여인. 그가 김강하의 내당인 걸 즉시 알아보았다. 경춘전 궁인들이 함인정 계단 밑에서 그의 두루마기며 아얌 등을 벗게 하여 받아 챙겼다. 빈궁전 알현을 위한 몸수색 절차였다. 흰 저고리에 분홍 치마를 받치고 분홍 구름무늬의 흰 당의를 걸쳐 입은 김강하의 내당은, 아찔하게 어여뻤다. 그가 절세가인이라 한 건 김강하에 대한 시기심에서 발단한 헛소리였을 뿐인데 실제로 그랬다. 정치석은 송곳에 찔린 것처럼 가슴이 아팠다. 몸이 뒤틀리는 것 같았다. 장사치 집안 놈이 소전의 총애를 받으면서 승승장구하는 것도 모자라 사대부 집안의 규수를 안해로 맞더니 그 안해가 섣달 추위를 물리칠 정도의 미색이기까지 하다니.

헛걸 본 게 아니었을까 싶어 함인정 모임을 끝낸 부인들이 퇴궐할 때도 몰래 지켜봤다. 좌사어 설희평의 부인인 듯한 여인과 함께 홍화문을 나와 각자의 가마 앞에서 인사를 나누던 그이를 보며 후회했다. 본 적도 없는 남의 부인을 두고 절세가인이니 경국지색이니 하는 따위의 헛소리를 하지 않았어야 했던 거라고. 아니 그의 용모를 살피려 나서지 않아야 했던 거라고.

"정말 절세가인이더라고요?"

김문주가 다그쳐 묻는다. 정치석은 오늘 밤 시전거리 뒷골목 주막에서 모인 동무들한테 절세가인 소리는 하지 않았다. 어떻더냐고 묻기에 그저 미색이더라, 했을 뿐인데 김문주를 비롯한 고인호와 김제교 등이 절세가인으로 말을 받았다.

"젊은 여인이 한껏 단장했으니 어여쁜 게 당연하지 않은가?"

"단장한다고 다 예뻐지면 세상에 미인 아닌 여인이 어딨겠습니까? 원래 미색이 단장하면 더 예뻐지는 것이지 타고난 박색은 아무리 꾸며 봐야 돼지 발바닥의 편자일 뿐이죠."

김제교는 처남 김문주가 모처럼 쓸 만한 소리한다 싶다. 박색이 백날 치장해 봐야 우스울 뿐이다. 김제교나 정치석이 김강하를 넘어설 수 없는 것과 다르지 않다. 김강하의 집안은 장사치라고 하시할 수 없을 만치 큰 재력을 가졌다. 김강하는 그런 집안의 적자다. 그 무공과 그 용모에 더하여 내당은 사대부집안 출신의 절세가인이라 한다.

"우리 권전장 가지 말고 김강하의 내당 구경이나 하러 가죠?"

고인호다. 그의 부친은 세자익위사의 종오품 우사어이고 만단사 기린부의 이기사자다. 고인호 스스로는 오기사자다. 현재 연경에 가 있는 기린부령의 서자 연진용과는 적서의 신분차이에도 불구하고 동무이다. 만단사 봉황부 이봉사자인 제교가 송도의 일귀사자인 한 우식의 서자 한부루와 동무로 지내는 것과 같다. 한부루도 사령 보 위대에 있으며 지금은 연경에 가 있다. 오늘 자리에 넷만 있게 된 이 유다.

"남의 내당 구경이라니, 제정신이야?"

시답잖다는 정치석의 말투가 고인호를 나무란다기보다 부추기는 꼴이 되었다. 아니나 다를까 김문주가 나선다.

"나리하고 김강하는, 아, 우리 자형까지 아울러서 입격동기들이 시잖아요? 김강하의 벗이라고, 먼 곳에 가 있는 벗이 생각나 식구들 안부 물으러 왔다는 핑계로 한번 가 보면 어때요? 내당이 얼굴 보여 주러 나오는지 보는 거죠. 안 나오면 하는 수 없는 거고요."

남문 밖 권전장에 가자고 모인 참이었다. 남준과 남선 형제가 올 지 몰라서 기다리는 중인데 도적 떼로부터 집과 식구를 지키지 못한 큰 죄를 범한 이후 그들은 족쇄에 묶인 양 나들이를 못하게 됐다. 오 늘 밤도 못 오기 십상이었다.

"입격 동기니까 더 안 되지. 가장이 없는 걸 뻔히 알면서 찾아왔더 라고 소문이라도 나면 체면이 뭐가 돼? 괜한 소리 그만하고 권전장 으로나 가자고."

"기껏 말이 나왔는데 포기합니까?"

김문주가 질기다. 주워담기엔 늦어 버린 것이다. 정치석은 김강하 의 내당을 보고 왔다는 말을 꺼낸 자신의 주둥이를 갈기고 싶다. 고인호까지 거들고 나선다.

"솔직히 권전장 가서 두들겨 맞는 것보다 재미있지 않을까요?"

"그렇기는 하지. 이기기도 어렵고. 웬 주먹들이 그리 많은지, 제기랄!"

정치석이 짐짓 터트린 한탄에 웃음판이 벌어진다. 한탄은 했을지라도 정치석은 자신의 재능이 권전장 주먹질에 있다는 걸 깨달아 가는 즈음이었다. 첫 시합에서 멧돼지라는 별명을 가진 자한테 실컷 두들겨맞고 난 뒤로는 진 적이 없었다.

"그러니까 김강하의 집에나 한번 가 보자고요."

"그렇더라도 얻어터지는 사람은 나니까 그냥 권전장으로나 가지."

정치석이 한발 더 물러서지만 주워담기에는 이미 늦었다. 김강하의 부인이 얼굴 보여주러 나오는지 보자는 말 때문에 분위기가 달아올라 버렸기 때문이다. 가벼이 마시고 있던 술잔을 쭉쭉 비우면서 삼내미에 있는 김강하의 집으로 가자는 결론이 나 버린다.

제교도 마다할 까닭은 없었다. 김강하가 어찌 살고 있는지 보고 싶기도 했다. 가능하다면 김강하의 삶을 진창으로 만들어놓고 싶었다. 가능하지 않으므로 인내할 수밖에 없었다. 앞이 보이지 않는 나날에 참고 사는 것이 넌더리가 났다. 정치석은 날마다 김강하를 보고 살므로 인내하기가 더 어려울 터였다. 화완을 부추겨 온 것이나 아닌 밤에 김강하의 집으로 가서 그 내당을 보자는 말에 수긍하는 까닭도 인내하며 살기가 어렵기 때문이다.

동령동과의 경계를 나누는 큰길 동쪽의 골목 안에 있는 김강하의 집은 막다른 집이다. 양쪽에 세 채씩의 집을 거느린 골목 끝. 김강하의 집 대문 지붕에는 편액이 없다. 편액이 걸릴 만한 규모도 아니다.

"이리 오너라."

고인호의 큰 소리가 들어가고 난 뒤 한참 만에 안에서 기척이 나더니 대문이 열린다. 대문을 열고 나온 할아범이 느닷없는 손님들에 기겁하여 두 걸음이나 물러선다. 김제교가 짐짓 점잖은 투로 말한다.

"이 댁 주인이 익위사의 김강하 나리렷다? 우린 그의 동무들이네."

"아, 예, 나리님들. 하온데 우리 서방님께선 연경에, 동지사단 수행으로 가시고 아니 계시옵니다."

"우리가 그걸 모르겠는가. 근동을 지나다 동무 생각이 나서, 벗의 식구들 안부나 여쭐까 하여 왔네. 우리를 사랑에 들여놓고 부인께 차 한 잔씩만 내줍시라 청하시게."

김제교가 호기롭게 내뱉긴 하나 정치석은 이 골목에 들어선 순간부터 이건 정말 아니지 싶었다. 바깥이 없는 집에 그 부인을 보기 위해 찾아들다니. 제정신 박힌 자들이 할 짓이 아니지 않는가.

"아씨께서는 장통방의 친정에 가 계시옵고 저희 서방님 아니 계시어 사랑에 불을 들이지 않는 탓에 방이 몹시 찹니다. 아래채로라도 듭시면 소인이 나리님들께 차를 올리겠나이다."

정치석은 김강하의 부인을 이들 앞에 내보이고 싶지 않았는데 그이가 집에 없다니 다행이다. 동무들 앞에서 체면은 세웠고 험한 꼴은 보이지 않아도 되게 생겼지 않은가. 김문주가 나서서 따진다.

"이미 밤인데 부인께서 귀가치 않으셨단 말인가?"

"귀가치 않으신 게 아니오라 친정에 가셨사옵고, 가시면 어마님과 주무시기 일반이옵니다."

"사실인가?"

"쇤네가 거짓을 아뢸 까닭이 무엇이오리까."

"우리가 들어가 확인해도 되나?"

"그건 점잖으신 나리들께오서 하실 일이 아닌 줄 아옵니다."

"허면 부인이 안에 계시다는 뜻이잖아?"

"아니 계시는 게 분명합니다만, 나리님들, 어찌 이리하시는지요? 저희 아씨가 계신들 설마 나리들 앞에 나서시겠나이까? 동무의 집에 오셨다면서 설마 동무의 부인을 희롱하러 오신 것은 아니실 터이고, 어찌 이러시는지, 이 늙은이가 놀라 몸이 떨리옵니다."

우리가 과했다. 제교는 비로소 정신을 차린다. 정치석이 말자 할 때 말 것을 객기 부리다 망신을 샀다. 또 무슨 말인가 하려는 김문주를 밀며 제교가 나선다.

"부인이 계신들 설마 우리가 부인께 차를 얻어 마실 작정이었겠나. 안부나 묻고 간다고 들렀던 건데 우리 농이 과했어. 미안하게 됐네. 부인이랑 어르신들은 잘 계시지?"

"잘 계십지요."

"우린 물러갈 터이니 자넨 들어가시게."

"예, 나리님들. 성함들은 여쭙지 않겠나이다. 살펴 가사이다."

대문이 닫히더니 툭 투둑 턱, 빗장 질리는 소리가 난다. 기세등등 쳐들어왔다가 복병을 만나 왕창 깨진 꼴이다. 김제교는 실소한다. 장사치 집안의 늙은 하속한테 개 취급을 당하지 않았는가. 개처럼 쫓겨날 짓을 하긴 했다. 어쩌다 이런 몰골까지 이르렀는가.

열아홉 살에 무과 취재에 응했을 때 제교는 스스로를 시험하기 위해 그냥 한 번 해보는 것이라고, 다시 문과시험을 치러 문관으로 입격할 거라고 생각했다. 김강하한테 밀려 이등으로 입격하여 군기시 참봉 자리로 들어갈 때도 한두 달만 지내 보다 때려치우고 글공부에 매진할 거라고 다짐했다. 다짐한 대로 되지 않았다. 겨우 열아홉 살인데 문과 취재는 일이 년 뒤에 응시해도 되지 않겠나, 자꾸 미루게되었다. 입격하자마자 세자익위사로 들어간 김강하가 일 년 만에 두품계를 승차하고 두 해가 채 못되어 정칠품까지 올라가는 걸 지켜보고 있자니 문관이 되는 게 무슨 소용일까 싶기도 했다. 문관이든 무관이든 일단 입신한 뒤에는 품계의 높낮이가 문제이지 문관의 녹봉이 무관보다 많은 것도 아니다. 그렇다면 있는 자리에서 공을 세워품계를 높이는 게 빠를 것 같았다.

문제는 군기시에서 공을 세울 일이 없다는 점이었다. 군기시는 병기와 기치, 융장과 집물의 제조를 맡은 관청이라 공장工匠들의 집합소 같았다. 칠장, 마조장, 궁현장, 유칠장, 주장, 생피장, 갑장, 궁인弓人, 시인矢人, 쟁장, 목장, 야장, 연장, 아교장, 고장鼓匠, 연사장鍊絲匠 등. 공장들을 관리하고 그들이 만든 물건들을 병조아문과 각 군영으로 전달하는 게 주된 일인 군기시에서 말단 관헌인 김제교가 무슨 공을 세울 수 있었으랴.

제교는 한숨을 쉬는 대신 어두운 골목을 향해 걸음을 내딛는다. 어디서부터 잘못됐는가. 아무리 생각해도 무과장에서 소전이 김강하를 불러 우승자에 대한 친애를 과시할 때부터였다. 그 무렵부터 김제교 인생이 암굴에 갇힌 호랑이 꼴이 되고 말았다. 정치석도 그런 것 같았다. 고인이 되긴 했으나 부마 정치달이 정치석의 사촌형이었다. 정치석의 집안은 김제교와도 비교할 수 없을만치 지체가 높았다. 그런 그를 소전은 아는 체도 하지 않는 모양이었다. 정치석이 입격한 지 일 년도 넘게 방치하더니 겨우 좌세마로 불러 놓고 할 일다했다는 듯 모르쇠했다. 몇 해째 말단에 박아 놓고 김강하만 가까이 하는 것이다.

골목 양쪽의 사립문들 안에서 불빛이 새어나와 아주 어둡지는 않다. 인기척도 느껴진다. 왼편 사립 안에서 소피를 보던 중이었던지 늙수그레한 남정이 바자울 밖을 내다보고 있고 오른쪽 사립에서는 젊은 사내가 울타리 너머로 고개를 빼고 있다. 다 늦은 저녁에 젊은 놈들이 왈패들처럼 오가는 기척에 살피러 나온 것이다. 얼굴을 알아볼 만치 환한 불빛이 없는 게 다행이다. 지금 한 짓은 국법에는 걸리지 않을지라도 항간의 법도는 심히 어겼다.

춥다. 한겨울 숲에서 길을 잃은 것처럼 앞이 보이지 않는다. 이대로는 집에 못 갈 것 같다. 같은 기분인지 정치석이 김제교의 어깨를 툭 치며 말한다.

"권전장으로 가지."

김문주와 고인호가 그게 좋겠다는 소리를 두런거리며 앞서 골목을 나간다. 오늘 밤 정치석이 이겨 몇 냥 벌면 넷이 각자 쓸 만한 계집들을 끼고 하룻밤을 놀 수 있다. 이처럼 몰려다니며 노는 데는 돈이 많이 든다. 남준과 남선 형제가 돈을 많이 써 줬는데 요즘 그 형제가 꼼짝 못하므로 일행은 쓸 돈이 없었다. 정치석의 주먹질이나 응원하며 논다. 노는 대신 글공부를 한다면 많은 것이 해결되리라는 걸 잘 아는데도 그리하기가 어렵다. 무리에서 떨어져 지내기가 두려운 탓이다.

저쪽 세상이 다가오매

삼로 무진이 고희를 넘길 거라 여겼던 오래 전 반야의 예시는 틀렸다. 지난 시월 초에 단양 실경사에서 화개로 갔을 때 삼로 무진은 운신이 거의 어려워져 있었다. 정신은 아직 말짱했다. 밖에 나가고 싶어했다. 반야는 계수아비에게 무진을 부축하게 하여 하루 한 번씩은 장터를 돌고 나룻가에 나란히 앉아서 강을 건너다보았다. 배를 타고 강 건너 광양에서 형형색색 단풍으로 수려하게 수놓인 화개를 건너다보기도 했다. 이레째 한방에서 지내던 저녁 나절, 삼로 무진이 계수어미에게 목욕물을 준비시켰다. 계수어미의 도움을 받으며 한참을 씻고 나온 무진은 자리옷으로 갈아입었다. 성근 머리채를 땋아 늘인 무진이 곁에 앉은 반야에게 말했다.

"몸이 가볍구나. 꿈속에서 새처럼 너끈히 날 수 있을 것 같다."

만난 이후 처음으로 듣는 반말에 반야의 눈시울이 뜨거웠다. 목도 메었다. 반야가 대답했다.

"알고 있사와요. 어머님의 날갯짓이 얼마나 눈이 부실지요."

그렇게 잠자리에 들었다. 삼로 무진은 곧 잠이 들었고 반야도 잠이 들었다가 파루 무렵에 눈을 떴다. 무진은 눈을 뜨지 않았다. 모로 누운 채 영면에 들어 있었다. 그의 연치가 예순아홉이었다. 삼로 무진의 장례를 치르고 임림재로 돌아온 반야는 한 달여를 앓았다.

반야가 일어나자 황환이 앓기 시작했다. 의원 기붕은 황환의 간이 굳어가고 있다고 진단했다. 반야는 기붕에게 그 사실을 발설치 못하게 하고 탕약은 보약이라 말하라 일렀다. 어쨌든 황환에게도 저쪽 세상이 다가오고 있었다. 반야는 삼로 무진의 별세에 대한 예시가 정확하지 않았듯 황환에 대한 예견도 틀렸으면 했다. 고희를 넘겨 살 거라 여겼던 삼로 무진이 앞당겨진 쪽으로 어긋났으나 황환은 늦춰지는 것으로 어긋났으면 싶은 것이다. 여러 사내를 겪었고 맘속 정인이 따로 있을지라도 황환은 반야가 지아비로 섬긴 유일한 사람이었다.

"어느새 깨셨어요?"

어둠 속에서 반야가 황환의 이마를 짚어 보며 말했다. 함께 사는 동안 황환이 새벽마다 하던 일을 요즘은 반야가 하고 있었다.

"신열은 없으시네요."

"신열 없어요. 당신은 어느새 예참 시각이 되었소?"

"평생 버릇이라 때 되면 저절로 눈이 떠지지 않습니까."

"흰옷 입은 자가 미륵산을 넘어오는 꿈을 꿨어요. 무슨 꿈이리까? 아무래도 뒤숭숭한 때라 저승사자를 본 것일까?"

반야의 가슴이 덜컥 내려앉는다. 급기야 그의 마지막이 다가들고 말지 않는가.

"흰옷 입은 그자의 얼굴을 보시었어요?"

"얼굴까지는 못 봤으나 그가 저승사자인 것만 같았소. 앓고 있는데다 나를 죽이겠다는 자들이 다가들고 있는 때에 그런 꿈을 꾸었으니 아무래도 무슨 일이 생길 모양이오."

"얼굴을 보거나 방문턱을 들어온 게 아니면 저승사자 아닙니다. 이리 멀쩡하시면서 무슨 그런 말씀을 하시어요. 정 마음이 쓰이시면 저와 함께 예불을 올리시어요."

"평생 아니하던 일을 하는 것도 쑥스럽지 않소? 목숨 구걸하는 것도 아니고."

"맘을 맑혀 편해지시라는 거지요. 그리고, 비휴들은 우리가 얼마든지 막을 수 있지 않습니까. 준비 다 해놨고요. 괜한 말씀 마시고 예불은 저 혼자 올릴 테니 당신은 조금 더 누워 계시어요. 눈이 내리시는 것 같아요."

상림에서 한 달 가까이 합동 수련을 했다던 불영사 무극들이 강경으로 들어왔다. 나흘 전이었다. 기어이 황환을 죽이라는 명을 받은 불영사 무극들은 자신들 힘으로 거북부령을 죽일 수 없다는 걸 수앙의 일을 통해서 이미 알고 있었다. 더하여 그들이 강경에 나타나자마자 혜원이 그들을 찾아가 그들이 벽제와 불영사에서 했던 맹세를 상기시켰다. 지난번과 마찬가지로 이번 명도 수행치 못하리라는 걸 알게 된 그들은 투항했다. 혜원은 그들을 천안의 열음 무진에게 보냈다. 그들은 천안 칠성부에서 새로운 삶을 살기 위한 과정을 치른 뒤 다른 사람이 되어 세상 속으로 섞이게 될 것이었다.

상주의 구양견 일귀를 죽이라는 명을 받은 실경사의 젊은 비구니 열 명은 아예 상주로 가지 않았다. 상림에서 나온 그들은 자인과 접촉한 뒤 곧장 실경사로 돌아갔다. 지금쯤 실경사에 도착했을 것이다. 그들은 이 겨울을 실경사에서 지내며 그 근방에다 암자를 마련할 것이고 지금까지 살아온 대로 살아가게 될 터이다.

즈믄을 비롯한 통천 비휴 열세 명은 화개로 갔다가 무녀 중석이 그곳에 없다는 것을 알게 됐다. 그들은 이록의 세작인 인남이 알려 준 대로 이곳으로 왔다. 그들은 사흘 전 익산 땅에 도착해 임림재에서 십여 리 밖 오금산성 아랫골 주막에 진을 쳤다. 간밤에도 그들이 집 뒤 숲까지 다가와 탐찰을 하고 나갔다.

"일어나 앉기는 하겠는데 내가 당신 따라 별당으로 가자면 집안사람들이 사뭇 수선스럽지 않겠소. 다녀오시구려."

"허면 쉬고 계시어요."

비휴와 무극들이 상림을 출발할 즈음 황환은 상주의 구양견에게로 향했다. 혹시 모를 사태를 대비한 것이었다. 구양견은 벼슬살이는 하지 않았을망정 학식 깊은 선비였다. 그는 무사들을 주변에 두지 않은 채 휘하의 만단사자들을 아울렀다. 농사꾼들과 농사를 짓고 선비들과 학문을 논하고 아이들에게 글을 가르치는 게 일귀사자로서의 삶이었다. 실경사의 무극들이 그를 죽이려 들었다면 그는 맥없이 스러질 수밖에 없었다. 연화당이 실경사 무극들을 애초에 돌려세웠던 까닭이었다. 구양견 일귀는 차기 부령 자리에 뜻이 없으며 능력 또한 없노라 정중하고도 단호히 말했다.

"부디 부령께서 오래 사시어 거북부를 이끌고 만단사를 지켜줍시오. 제가 먼 훗날에라도 부령 노릇은 못하겠으나 최선을 다해 보필하겠습니다."

그 집에서 사흘을 묵으며 당분간 아무 일 없으리라는 걸 확인하고 돌아온 황환은 몸살을 시작했다. 며칠간 이불 속을 벗어나지 못할 정도로 심한 몸살이었다. 신열이 내렸고 심한 몸살기도 가셔서 일어나 앉을 만하게 되었지만 황환은 요즘 울적했다. 당장의 위급은 면한다고 하더라도 이록이 연경에서 돌아오면 다시 시작될 일들. 이래서야 사람이 무슨 수로 살아가겠는가 싶고 이록이 벌이는 짓만 생각하면 넌더리가 났다. 이록을 죽일까 하는 생각도 했다. 그 생각을 눈치챈 연화당이 말렸다. 이록 하나를 죽여 봐야 무슨 소용이냐고.

이록이 십여 년에 걸쳐 만단사에 심어 놓은 독초들이 이미 수십 그루의 나무로 자라 있었다. 연화당의 말이 맞았다. 만단사는 변질되었다. 이록을 죽이면 이록을 대신하려는 작자들이 일어날 것이다. 부령들이 그렇고 그들 밑의 일급사자들 중 다수가 그러했다. 그들을 다 죽일 수 없거니와 그리해서 될 일도 아니었다. 무엇보다 황환은 자신이 나이가 들었고 만단사를 쇄신할 만한 의지나 기운이 없음을 느꼈다. 이대로 거북부나 지키며 뜻 맑은 사람을 차기 부령으로 앉힌 뒤 그를 도우며 살다가 세상 뜨면 좋을 성싶었다.

쉬고 있으라고 말한 연화당이 황환의 품에서 빠져나간다. 새벽마다 반복되는 일상임에도 지금은 유난히 품이 허전하다. 늦복 터지듯 연화당을 만나 더할 수 없는 복록을 누렸다. 연화당이 사신계원으로써 목적을 가지고 다가들었다고 해도 그 뜻이 숭엄하므로 섭섭치 않았다. 연화당이 자신의 모든 것을 다 지니고 황환의 품으로 들어왔고 심신을 다하여 지어미로서 살아주는데 섭섭할 까닭이 무엇이랴. 섭섭한 것은 없으나 새벽에 연화당이 품을 빠져나갈 때면, 그가 나가서 향하는 곳이 부처님 앞임에도 황환은 허전했다. 부처님이야 밝은 날에 모셔도 되는 게 아닌가 싶었다. 부처님보다 지아비를 더 생각해 주길 바라는 것이다. 언감생심 부처님보다 높이 떠받들려 지길 바라다니. 처음에 무엇이든 다 해도 신당 차리고 나서지 않기만 바랐던 소망에 비한다면 터무니없는 욕심이었다.

"자인이, 게 있니?"

연화당이 자인을 부르는 소리에 황환은 무거운 몸을 일으킨다. 예, 마님. 자인이 응대하는 소리가 들리더니 방 밖에 갖가지 인기척들이 일기 시작한다. 연화당이 신당으로 쓰는 별당으로 건너가기 위한 움직임들이고 혹시 모를 사태에 대비하는 자세다.

"눈이 오시니?"

"네, 이제 막 내리기 시작합니다만 금세 쌓일 성싶습니다."

"어른께서도 기침하여 계시니 들어와 불을 밝히려무나."

사방등을 든 자인이 들어와 방안의 사등들에다 불을 켠다. 네 개의 등들에 불을 다 켜고 나자 방안의 어둠이 말끔히 걷힌다. 자인이 연화당의 머리를 다듬기 시작하자 침모 예님이 들어와 장롱에서 연화당의 옷을 끄집어낸다. 황환은 아랫방의 요 위에 앉은 채로 웃방의 연화당이 나갈 채비하는 모습을 지켜본다. 화개에 가서 양모의 장례를 치르고 돌아온 연화당도 한 달여간이나 앓았다. 앓은 뒤끝이라 겨우 후원 별당으로 갈 복장이 북풍한설 몰아치는 요동벌판 나갈 듯 복잡하다. 그렇게 싸 놓고도 모자라는지 동읍아비 천우가 들어와 연화당 앞에 등을 대고 앉는다. 연화당이 사양치 않고 그 등에 업혀 안방을 나간다. 자인과 예님이 방안을 정리하고 뒤따라 나간다.

"아버님, 벌써 기침하셨어요?"

막내 동구가 들어와 아침 문안을 한다. 별당으로 향하는 길에 비질을 하고 왔는지 머리며 어깨에 눈 녹은 물이 반짝인다.

"너도 예불에 참석치 않고서?"

동구는 단아를 사모하여 혼인을 청했으나 거절당했다. 단아가 동구한테 분명히 말했던가 보았다. 그대와 나는 어쨌든 같은 어머니의 자식으로 살고 있지 않습니까? 그러니 저 같은 건 못 본 듯이 다른 여인과 혼인하십시오. 사지 멀쩡한 막내아들이 총각으로 나이들어 가고 있는 까닭이었다. 뿐인가. 동보도 아직 짝을 채우지 못했다. 온 갖 혼처를 마다하거니와 억지로 혼인을 시키면 내자를 소박데기로 만들 것이라고 아비를 위협했다. 장가들고 싶으면 청할 터이니 그때 시켜 달라고 했다. 동구부터 장가들이기로 작정했다. 오는 봄에는 동구한테 짝을 채울 것이다. 그렇듯 아직 해야 할 일이 많은데 기운은 어찌 이리 졸아붙기만 하는지.

"저는 아버지 옆에 있으라는 명을 받았습니다. 오늘은 몸이 좀 어떠세요?"

"다 나은 것 같다. 가벼워. 가슴 답답한 기도 없고."

빈말이다. 일어나 앉기는 했지만 기운은 방바닥으로 다 빨려 들어간 듯이 몸이 무겁다. 저쪽 세상이 다가오고 있는 것이다. 사령이 보낸 자들로 인해서 죽지는 않을 터이고 그만한 자신은 있지만 모를 일이다. 환갑이 가깝게 살았어도 사람이 죽는 순간에 자신이 죽는 걸 알고 죽는 것인지, 끝끝내 모르고 죽는 것인지 알지 못한다. 내자 상모당은 몇 달간이나 병상에 누워서 숨쉬기를 어려워했으나 자신이 죽으리라고 일순간도 믿지 않았다. 임종 때조차도 잠깐 잠들었다 다시 깨어나리라 여겼다.

"다행이시네요. 큰형님이 아까 와서 주변 경계를 하고 있습니다."

"몇이나 데리고 왔는데?"

"형님까지 열 분이던데요."

"겨우?"

"혜원께서, 수선 떨 일이 아니라고 거듭 강조하셔서요."

"이리 내려와서 어깨 좀 만져다오. 하는 일 없이 누워만 있는데도 삭신이 어째 이리 쑤시는지 모르겠다."

동구가 건너와 선 무릎으로 등에 바투 다가들더니 양어깨를 살망살망 만진다. 막내아들의 손길이 금세 부서질 노인을 만지듯 조심스럽다. 환갑이 넘어야 노인이 되는 거라 여겼는데 요즘 황환은 자신이 노인이 되고 말았다는 걸 느낀다. 후원에서 연화당이 울리는 정주 소리가 들려온다. 당그랑 당그랑. 예불 시작을 알리는 종소리다. 삼라만상을 일깨우며 하루를 여는 소리. '수리수리 마하수리 수수리 사바하.' 정구업진언을 세 번 반복하며 예불이 시작될 것이다. 정구업진언 다음에는 정삼업진언이 이어지리라. '옴 사바바바 수다살바 달마 사바바바 수도함.' 어제 지은 업을 맑히고 오늘 짓게 될 업을 미리 맑히는 진언들. 사람살이는 그렇듯이 날마다 업을 짓고 업을 닦는 일로 이루어지는 것인지도 몰랐다. 날마다 하루치의 업을 닦을 제 평생의 업은 언제 닦는 것인지, 연화당에게 물으면 가르쳐줄 지도 모르는데 요즘 황환은 그걸 묻기가 두려운 자신을 느끼곤 한다.

즈믄은 화개에서 인남으로부터 무녀 중석이 화개에서 머물다가 익산 땅 임림재로 들어갔다는 설명을 들었다. 그 설명 들을 때 즈믄은 인남이 황환에 대해 모른다는 걸 깨치고는 아연했다. 강경상단 주인 황환이 만단사 거북부령일 제 임림재가 그의 집이라는 사실을 어떻게 모른단 말인가. 사령과 칠성부령은 무녀 중석을 사로잡지 못할 바에는 죽이라고 비휴들에게 명했다. 무극들에게는 거북부령 황환을 기어이 척살하라 했다. 그런데 그 두 사람은 내외지간이다. 인남은 임림재가 황환의 집이라는 사실을 모르므로 중석이 임림재 안주인이라는 의미가 얼마나 심대한지도 몰랐다.

사령 부녀도 황환과 중석이 내외간인 걸 몰랐다고 볼 수밖에 없다. 그런 내용을 알았다면 애초에 명령이 달랐을 터이다. 하지만 어떻게 모를 수가 있는가. 혹시 그런 사실을 알면서도 어차피 둘 다 죽일 것이므로 애초에 상관치 않은 것인가. 즈믄은 차라리 그렇기를 바랐다. 사령 부녀가 그런 사실도 모르고 내린 명령이라면 비휴들이나 무극들이 할 일이란 바닷가 모래 위에 집짓기와 다를 게 없기 때문이다. 즈믄은 인남이 모르는 것을 말하기조차 두려웠다. 대신 무녀 중석이 어찌 생겼는지 물었다.

"얼굴 몰라 걱정할 필요가 없네. 중석을 보면 즉시 그인 줄 알게 되네. 서른 몇 살쯤 된 여인으로 박속처럼 하얀 얼굴이 보름달처럼 빛이 나는데, 거지반 봉사라 거동이 임의롭지 못한 사람이 중석이네."

"거지반 봉사라니요? 장님이란 말입니까? 장님이 그렇게 천지를 돌아다닙니까?"

"그러게 예사 무녀가 아닌 게지. 게다가 중석의 주변 사람들이 하나 같이 예사롭지 않은데, 그런 사람들에 둘러싸여 있으므로 사뭇 조심해야 하네."

즈믄은 아우들을 데리고 화개를 떠나 익산 땅 새룡동 십여 리 밖 오금산성 밑에 도착했다. 오거리 한쪽에 주막이 있었다. 열셋이나 되는 청년들이 한꺼번에 들어서므로 중년의 주막 주인 내외가 화들

짝 반겼다.

꼬박 사흘을 근방에서 소요했다.

새룡동을 다시 살피고 강경포구와 강경상각을 탐찰했다. 근래 황환은 강경상각이 아니라 임림재에서 칩거했다. 임림재에서 나오지 않은 지가 보름이 넘은 성싶었다. 강경포구에는 그가 독한 감기에 걸렸다는 소문이 나 있었다. 강경상각 근방으로 모여들었을 박하의 무극들도 황환이 임림재에서 두문불출하고 있다는 사실을 알아 냈을 것이며, 어쩌면 그들도 새룡동으로 올지 몰랐다. 하지만 그저께나 어저께나 강경포구에서 그들을 일체 보지 못했다. 익숙한 얼굴이 열 명이나 되므로 어디서든 눈에 띌 법한데 포구에 나타난 흔적이 없었다. 아무래도 여인들이라 걸음이 더딘가 싶으면서도 몹시 꺼림칙했다.

섣달 열여드레 새벽. 일어나 뒷문을 여니 눈이 펄펄 날리고 있다. 방 뒤쪽 울타리 밖이 한길이고 한길 옆은 개울이다. 그 너머로 들판인데, 하늘인지 들판인지 개울인지 모조리 한통속이 되어 아득하다.

"새벽댓바람부터 문 열고 뭐하오? 춥다고요."

한 이부자리에서 잔 여섯째 산지니가 볼통스런 소리를 내지르고 이불을 감는다. 주막에 객방이 세 개뿐이라 사흘 밤을 이불뭉치들처럼 엉겨서 잤다. 옆방 아우들은 아직 기척이 없다. 즈믄은 뒷문을 닫고 앞문으로 나와 헛간 앞에 놓인 오줌동이에다 소피를 본다. 어제 초저녁에 빈 동이에다 소피를 봤는데 장정이 열 셋이나 된 탓에 밤 사이에 반이나 찼다. 이런 상태로 더 지체하는 건 근동 사람들의 이목을 끌 위험이 있거니와 일을 치기는 오늘 같은 날이 나을지도 몰랐다. 임림재까지는 십여 리. 날이 다 밝기 전에 일을 끝낼 수 있을

것이다. 동네 사람들이 일어나기 전에 중석은 물론 황환까지 잡을
수 있을지도.

주인 내외는 벌써 일어나 햇불 몇 개를 밝혀 놓고 부엌 안팎에서
움직인다. 쉰 살 안팎일 성싶은 바깥주인은 부엌 문 앞의 눈을 밀어
내고 안주인은 밥솥과 국솥에 불을 때며 연기를 피운다. 밥 끓는 내
음이 눈 내리는 섣달 새벽의 찬 기운을 다 녹일 만큼 다사롭고 구수
하다. 즈믄은 닷새 동안 세 칸 방을 다 쓰겠노라 하고 끼니까지 아울
러 여섯 냥을 냈다. 주막 주인이 황감한 듯 웃으며 돈을 받더니 끼니
때마다 상다리 휘청하게 음식을 차려 주고 방바닥이 절절 끓게 불을
때 주었다.

옆방을 차례로 열어 보니 아우들은 눈이 쌓이는지 도깨비바람이
몰아치는지 모르고 씩씩 불며 잔다. 스물 안팎의 젊음들. 다들 아직
은 사람답게 살아 보거나 자신들의 이름인 새처럼 날아 봤다고 할
것이 없다. 한 달여 뒤 사령이 귀환하면, 모든 비휴들이 만단사와 관
련한 처처에서 자리잡고 살아갈 것이다. 상림에 다니러 온 아씨가
그리 말했다.

"우리는 팔도를 넘어 연경까지 뻗쳐 있는 바, 차후 그대들은 각기
원하는 곳에서 터전을 마련하게 될 것이야."

즈믄은 화개로 향하던 길이나 익산으로 오던 길에 아우들의 생각
을 떠보았다. 아우들 각각의 소망이 뜻밖에도 분명했다.

둘째 갈지개는 항성재의 앵미와 살림을 차려 도성 안에서 약방 일
을 하며 살고 싶은 눈치였다. 셋째 보라매는 통천 우동산으로 돌아
가 중이 되었으면 했다. 넷째 귈매는 영아자와 도성에서 멀지 않은
곳으로 나가 주막을 열어 살면 좋겠노라 말했다. 항성재의 얼레지와

정분을 나누던 다섯째 구지매는 그새 변심하여 보원약방에서 일하는 다심을 마음에 들인 모양이었다. 새로 맘에 들인 다심이 훨씬 좋은지 그와 혼인하여 자식을 많이 낳고 싶다고 했다. 여섯째 산지니는 어딘가에 땅 한 뙈기를 마련해 농사지으며 살고 싶고, 일곱째 날찌니는 포도청 순라군이 되었으면 했다.

이번에 합류한 아우들도 비슷했다. 여덟째 소리개는 통천으로 돌아가 맘에 들인 어부의 딸과 혼인하여 어부가 되었으면 하고, 아홉째 수지니는 목수가 되어 집을 짓고 싶어했다. 열째 초지니는 탱화를 그리는 중이 되고 싶고, 열한째 재지니는 사냥꾼이 되고 싶어했다. 열두째 참수리는 청국을 오가는 장사치가 되고 싶고 막내 도롱태는 석공이 되어 통천 바닷가의 총석에다 무한히 큰 비천녀飛天女 상을 새겼으면 했다.

아우들이 형은 뭘 하며 살고 싶으냐고 묻는 말에 즈믄은 대답을 못했다. 아우들이 원하는 미래는 땀 흘려 일하면서 굶지 않고 살기만 바라는 것이므로 그들에게 합당하고 가당해 보였다. 깎아지른 듯 직립한 해벽에다 비천녀를 새기고 싶은 도롱태의 꿈도 실현치 못할 이유가 없었다. 즈믄은 자신이 원하는 곳이 어딘지, 무얼 하며 살고 싶은지 알기 어려웠다.

"그만들 일어나."

나지막이 말하는데 다들 낌새를 느꼈는지 발딱발딱 몸을 일으킨다.

"정신들 차리고 행장 꾸려."

즈믄의 말에 갈지개가 물었다.

"지, 지금 하오?"

"날 새기 전에 나서자."

아우들이 옷을 입으며 몸을 추스르는 사이에 즈믄은 주막 주인한 테 이른 아침 강경에서 배를 타야 하므로 떠나겠노라고 이른다. 즈 믄 일행은 도성에 사는 주인의 명을 받아 새로운 땅을 물색하고 다 니는 걸로 되어 있었다.

　주막 주인이 말했다.

　"강경까지 오십여 리 길인데 아무리 날랜 젊은이들이라도 새벽 눈 길을 빈속으로 어찌 나서겠소? 다 차려놨는데, 국에 밥 말아 후딱 비우고 출발하시구려."

　그른 말도 아니어서 즈믄은 상을 들이라 한다. 세 방 중 그나마 넓 은 방의 촛대에 불이 켜지고 두레상 세 개가 들어온다. 귀리가 절반 이나 섞인 보리밥과 마른 멸치를 넣고 끓인 우거지국, 노란 계란찜 에 꽁치구이, 생선젓갈, 얌전히 썬 배추김치와 동치미와 도라지김 치, 다래순 장아찌까지 차린 상이다. 막 잠에서 깬 참에 후딱 먹기에 는 푸짐한 상인 듯싶은데 아우들은 수저 들자마자 삽시간에 밥상을 비운다.

　즈믄은 입맛이 당기지 않는다. 보름달 같은 여인을 어찌 사로잡을 까. 황환이 함께 있으므로 필경 양주를 같이 죽이게 될 터였다. 와중 에 그 식구들이 만만히 당하기만 하랴. 결국 그들도 해칠 수밖에 없 을 것이다. 부모들이 그리되면 아이들의 앞날은 어찌될 것인가. 이 모든 게 꿈이었으면 싶다. 이 꿈이 아니라 다른 꿈을 꾸었으면.

　내 맘대로 꿀 수 있는 꿈이라면 즈믄은 수앙과 더불어 살 것이다. 밤에는 수앙에게 글을 배우고 낮에는 그가 향료 만드는 일을 거들고 더불어 장거리에 내다 팔면서 번 돈으로 맛난 것을 사서 먹고, 돈을 더 벌어 수앙에게 어여쁜 옷을 입히고 어여쁜 옷을 입은 수앙을 안아 보고 손잡고 거리도 걸어 볼 것이다. 새벽이면 먼저 일어나 마당을 쓸고 소세물을 가져다가 수앙을 깨우고 그 얼굴을 곱게 씻겨 줄 것이다. 꽃피면 함께 꽃을 따러 다니고 더불어 꽃기름을 짜내고 꽃기름이 유리 그릇 속에서 새로운 향기로 피어나는 과정을 지켜볼 것이다. 수앙이 유리 그릇을 깨지 않도록 눈짓하고 유리 그릇을 깼을 때는 함께 유리점에 나가 흥정도 할 것이다. 유리 그릇 살 돈이 모자라면 권전에 나가 벌면 된다. 하룻밤의 우승이면 석 냥을 벌 수 있다. 내기에 붙은 사람이 많은 날은 열 냥까지도 가능하다. 더 큰 판에서는 서른 냥을 벌 수도 있는 모양이었다. 우승하자고 들면 하룻밤 최소한 열 번의 시합을 해야 하고 그런 날 맞는 주먹은 셀 수도 없지만 수앙의 유리 그릇을 사기 위함인데 좀 맞는 게 대순가. 장차는 스스로 향료를 만들 수 있게 될 것이다. 그때는 수앙으로 하여금 턱짓으로 일을 지시하게 하고 내가 다 할 것이다. 그 손이 베이지 않게, 꽃물조차 들지 않도록.

"형님, 식사 안 하세요?"

즈믄이 고개를 젓자 아우들이 한 수저씩 가져다가 먹어치운다. 김이 풀풀 나는 숭늉이 함지 그득히 들어온다. 즈믄은 빈 그릇으로 숭늉을 떠서 속을 채운 뒤 아우들을 채근해 주막을 나선다.

이제 묘시 초경이나 되었을 것이다. 하늘과 땅이 갈라지는 시각. 눈발은 어둠을 쌓아올리듯 캄캄하게 날린다. 마을 가운데를 거치지 않고 임림재로 들어가는 샛길을 찾아뒀다. 동네 입구에서 동네를 에도는 숲길이었다. 숲길 중간쯤에서 즈믄이 아우들을 모아 말한다.

"이미 말했거니와 혈을 짚어 제압하는 게 우선이야. 무기는 꺼내지 말고. 살생은 어쩔 수 없을 때만 하고. 아이들이나 노인들은 아예 쳐다보지도 마."

"거참, 귀에 딱지 않겠소! 누구는 죽이고 싶어 죽일까? 그들과 우리가 무슨 불구대천의 원수라고? 하고 많은 시절 다 두고 섣달에! 추운데 얼른 가기나 합시다. 술이나 한 사발 달래서 마시고 나올걸."

부대장인 둘째 갈지개가 불퉁거리곤 앞장선다. 아우들이 실실거리며 즈믄을 지나 갈지개를 따른다. 새벽부터 술타령인 갈지개는 술을 좋아한다. 즈믄은 술을 즐기지 못했다. 자신이 술에 약하다는 걸 처음 술을 마신 열일곱 살 적에 느꼈다. 얼굴이 붉어지거나 어지러운 것보다 맘이 우묵히 가라앉았다. 세상 어느 것에도 걸릴 것 없는 마음이 술에 취하면 거미라도 되는 양 줄을 만들어 풀어대는 성싶었다. 풀린 거미줄 같은 게 닿아 이어질 곳이 없으므로 삶이 허방 같았다. 그래서 어쩌다 생기는 술잔을 비우기는 할망정 찾아서 마시는 일은 없었다.

도성을 떠나기 전날 함월당에서는 여러 잔을 마셨다. 보현정사나 허원정에서 마시는 독주가 아니라 국화향기 풍기는 순한 술이라 홀짝거렸다. 수앙과 성아를 처음 만난 이야기부터 그날 유리점 앞에서 소전 행렬을 맞닥뜨리기까지의 과정을 주절대면서 한 잔을 한꺼번에 비우지 않고 야금야금 나눠 마셨다. 시간을 벌기 위함이었다. 수앙을 한 번 더 보고 일어서고 싶고, 혹여 배웅하러 건너와 주지 않을까 해서였다.

그런 맘을 읽기라도 한 듯 함월당이 수앙을 불러 주었다. 할아범에게 업혀 들어온 수앙은 혜정원 일꾼 복색이었다. 회색 저고리와 바지에 자주색으로 깃을 댄 남색 쾌자를 덧입고 연잎 벙치를 머리에 얹고 머리채 끝에는 자주색 긴 댕기가 물려 있었다. 접질렸던 발목에는 행전 대신 약대가 감겨 있었다. 수앙이 앉자 함월당이 입을 열었다.

"어미가 내 자식들 목숨을 구해 주신 서방님한테 감사의 맘을 표시하려는데 서방님이 한사코 거절하시는구나."

함월당의 말에 수앙이 제 어머니를 향해 입을 삐죽이고 나서 즈믄에게 눈을 찡긋해 보였다. 그가 곱고 귀여운데 내 가슴은 어찌 그처럼 저린 건지. 서둘러 일어나며 인사를 치렀다. 함월당이나 함께 술을 마신 병주나 굳이 더 붙들지 않았다. 수앙이 함월당 중문 앞까지 다리를 절룩이며 배웅 나와 주었다. 제 모친과 병주가 중문 밖으로 몇 걸음 앞서 나가고 나자 수앙이 바싹 다가들어 말했다.

"가실 곳이 어딘지 모르지만, 아니 가시면 아니 되세요?"

수앙은 작별을 슬퍼하는 정인 같았다. 즈믄의 마음이 그러했다.

"금세 돌아와 기별하겠습니다. 그때는 꼭 글을 가르쳐 주세요."

"그럴게요. 저한테 세 가지 빚이 남은 걸 잊지 마시고 꼭 돌아오셔야 해요. 그리고 이건, 얼마나 들었는지 모르겠지만 제 마음이라 여기시고 받아 주시어요."

함월당이 즈믄에게 내놓았던 사례금 주머니였다. 즈믄은 돈이 아니라 수앙과 이어질 작은 물건이라도 갖고 싶어 주머니를 받아 품에 넣었다. 그걸 보고 수앙은 환히 웃는데 즈믄은 앞이 캄캄했다. 영영 이별 같아서였다. 잠시 이별이라고 애써 생각했으나 한양을 떠난 이후 내내 수앙을 다시 볼 수 있을지 의심스러웠다.

"날도 다 새 가는데 어째 이리 고요해? 우리 올 걸 알고 다 도망쳤나? 그랬으면 싶네."

넷째 궐매의 속삭임처럼 임림재가 고요한 건 아니다. 눈바람에 묻혀 그렇지 방방마다 불을 켰고 신당으로 쓰이는 성싶은 별당은 특히 밝다. 별당 안에 두어 사람이 있는 듯하고 후원에서 계단으로 이어지는 몸채는 아침을 준비하느라 수선스럽기까지 하다. 경계 태세 같은 건 느껴지지 않는다. 중석만 잡으면 집안사람들이 대항치 않을 터. 즈믄은 아우들에게 흩어져 별당을 에워싸라고 수신호하고 별당 마당 한가운데로 들어선다. 별당 안에서는 웅얼거리는 소리가 난다. 일정한 어조로 보아 책 읽는 소리다. 마루 가까이 다가들자 소리가 들린다.

"그때에 부처께서 정수리 위로부터 백천만 억의 큰 털 모습과 같은 빛을 놓으시니, 이른바 흰빛 털 모습의 빛, 서기 어린 털 모습의 빛, 크게 서기 어린 털 모습의 빛, 옥빛 털 모습의 빛, 큰 옥빛 털 모습의 빛, 자주색 털 모습의 빛, 큰 자주색 털 모습의 빛, 파란 털 모습의 빛, 크게 파란 털 모습의 빛, 붉은 털 모습의 빛, 크게 붉은 털 모습의 빛, 초록 털 모습의 빛……."

온갖 털 모습의 빛깔들에 대해 듣던 즈믄은 온몸에 붙은 털을 털 듯이 진저리를 치고는 날찌니한테 별당 문을 열라고 신호한다. 방 안에 있는 여인은 셋이다. 보름달처럼 알아보게 되리라 하더니 과연 한눈에 알아볼 만한 중석과 서른 중반 됨직한 여인과 스물네댓 살 정도 돼 보이는 여인. 젊은 여인이 두 여인에게 책을 읽어 주는 참인 듯하다. 갑작스레 문이 열렸는데도 세 여인은 놀란 기색이 아니다. 책 읽던 여인이 책을 접어들고 촛대를 옮기며 물러앉을 뿐이다. 천정에 둥그런 수박등이 여러 개 걸려 주황빛 털 같은 빛을 뿌리고 있었다. 거지반 봉사라는 중석이 시선을 맞추려는 듯 가만히 쳐다보다 미소 짓더니 입을 연다.

"날이 추우니 밖에서 떨지 말고 안으로 들어들 와요. 신당이니 신발들은 벗고. 머리며 어깨에 쌓인 눈들도 털고."

황당한 상황에 날찌니가 어찌해야 할 줄 몰라 즈믄을 돌아보았다. 눈 털고 신발 벗고 들어오라는 어처구니없는 사태에 즈믄도 당황했다. 누군가의 목숨을 겨눌 때 겨누는 자가 신발을 벗는 수도 있을까. 이런 기막힌 즈음에 어찌하여 그 따위가 생각나는지 몰랐다.

"들어들 오래도요!"

사뭇 엄한 목소리에 날찌니가 즈믄에게 어찌할 거냐고 눈짓으로 채근 한다. 결정은 즈믄의 몫이다. 어찌할 것인가. 신발 벗고 방으로 들어가 중석과 마주앉은 뒤 그를 죽이기는 어려울 것 같다. 사로잡기는 가능할지도 모른다. 당신을 사로잡거나 죽이러 왔는데 어찌하겠냐고 물으면, 사로잡히는 쪽을 선택할지도.

즈믄은 날찌니와 참수리에게 방 앞에 있으라 신호한 뒤 어깨며 머리의 눈을 털고 신을 벗고 방으로 들어선다. 문을 열어 놓은 채 방문을 등지고 앉으며 중석에게 반절을 한다. 마주 앉은절한 중석이 싱긋 웃었다. 비로소 정면에서 마주보게 된 중석의 얼굴에 즈믄은 놀란다. 수앙과 닮았지 않은가. 혈육간에도 닮는 정도가 다르기 마련인데 중석과 수앙은 많이 닮았다. 하지만 어떻게 수앙이 혜정원의 함월당을 닮지 않고 임림재의 중석을 닮는단 말인가. 즈믄이 입을 열지 못하자 중석이 대신한다.

"이온이 날 잡아오라 하였소? 잡아오지 못할 시엔 죽이라 하였고?"

"어, 어찌 아십니까?"

"즈믄, 그대 앞에 있는 나는 장님과 다름없으나 아는 것은 상당히 많소. 최소한 우리가 마주앉게 된 연유에 대해서는 내가 그대보다 훨씬 많이 알지요. 해서 그대들은 나를 잡을 수도, 나를 죽일 수도 없소."

"제가 당장 마님을 해할 수도 있지 않습니까?"

"그대는 나를 백 번도 죽일 수 있을 것이나 그대한테는 나를 죽일 마음이 없소. 그대 안에 살기가 없기에 내가 불 밝힌 방안에서 태연히 그대를 맞이한 것이오. 더하여 그대가 나를 죽일 수 없는 이유 두 가지쯤이 더 있소."

"무엇, 무엇입니까?"

"그대는 도성에서 만난 계집아이 수앙과 동무가 되었지요?"

"예?"

"그대가 폭주하는 소전의 말 떼 앞에서 구해 냈다는 혜정원의 수앙과 성아 말이오. 동무이지 않소?"

이미 다 알고 하는 말이라 부인할 수 없거니와 수앙을 부정하고 싶지도 않다. 즈믄이 세상을 계속 살아야 할 단 하나의 이유를 즉각 대라 한다면 수앙이다. 유리처럼 영롱한 수앙.

"에헤이, 참 심대한 사고치십니다!"

내기를 걸자 할 때 말리면서 수앙이 웃으며 그리 말했다. 즈믄은 수앙의 에헤이, 소리가 떠오를 때면 환희에 부르르 진저리가 쳐졌다. 아직 그에게 갚아야 할 세 가지 빚이 남았다.

"예, 마님."

"내가 수앙과 닮지 않았소?"

즈믄은 답할 수 없어 입을 열지 않는다.

"즈믄, 그대가 이미 느꼈을 것이듯 나는 그 아이, 수앙을 낳은 어미요. 내가 수앙의 어미인바 그대는, 동무의 어미를 죽일 수는 없을 게요. 그대가 나를 죽일 수 없는 또 한 가지 이유는 지금 문 밖에 있는 그대의 아우들 때문이지."

"어느새, 어찌 아시는지 모르나 예, 소인은 수앙과 동무가 되었습니다. 하지만, 수앙과의 우정은 별개로 아우들과 저는 같은 목적을 가지고 여기 왔습니다. 마님을 사로잡거나 해치는 일이지요. 제가 마님을 직접 해치지 못한다 해도 아우들은 할 수 있습니다. 아우들은 수앙을 전혀 알지 못하니까요."

"이보라, 즈믄. 그대가 내 딸과 동무인 고로 자식인 양 말을 놓겠다. 그대의 아우들은 그대 명을 따르지 않는가? 그대와 그대의 아우들이 옴살 같다는 사실을 우리 둘 다 알지. 어쨌든 그대들이 나와 이 집안에 든 사람들을 해치려 들면 그대들도 무사치 못해. 이미 말했듯이 우리는 그대들을 맞이할 준비를 다 했기 때문이야. 또한 내가 그대 손에 죽은 걸 수앙이 알게 되면 그 아이 심정이 어떻겠어? 나는 어미로서, 그대는 동무로서 못 볼 꼴 아니야?"

제 어머니를 죽인 사람이 즈믄이라는 걸 알게 됐을 때의 수앙을 상상하고 싶지 않다. 수앙이 그 사실을 모른다 하여도 다시는 그 앞에 서지 못할 것이다.

"그대도 수앙의 성정이 어떠한지 느꼈겠지. 그 아이는 천진하고 명랑해. 그 아이한테는 세상이 무지개처럼 곱고 재미있고, 세상 사람은 모두 선해. 세상 모든 사람이 저 같은 줄 알지. 헌데 그 아이는 무녀인 나한테서 태어난 아이야. 그로 인해 그 아이는 제 짧은 삶을 통해 말로는 다 못할 일을, 제 스스로도 모른 채 겪었어. 그 때문인지 아주 몹시 예민하기도 해. 스스로 불과 같거니와 불 앞에 놓인 종잇장과도 같아. 그런 아이한테 또 못 할 일을 겪게 할 수는 없지 않아?"

즈믄은 수앙의 손끝에 꽃물조차 들지 않게 하고 싶었다. 그와 더불어 아무것도 못하게 되었을지라도 그가 더 이상 아무 일도 겪지 않고 살았으면 했다.

"수앙의 어미로서나 수앙의 동무로서나, 또는 스쳐가는 사람으로서도, 서로 상종하지 못할 꼴을 만들지 않기 위해, 그대가 그리 못하게 하려고 우리가 손을 썼어. 그대들이 스스로를 해치게 할 살생을 막기 위해, 나도 살기 위해, 또 내 딸이 제 동무 손에 어미 잃을 위험을 방지하려 궁리한 결과야. 그대들은 이제 곧 정신을 잃게 돼."

"예?"

"우리는 만단사령 이록이 벌이는 짓을 더 이상 간과치 않기로 하였어. 그전에, 오늘 내 집에 들어선 그대들부터 더 이상 이록의 살수 노릇을 할 수 없게 만들기로 했고. 그대들이 주막에서 먹은 새벽밥이 그것이야. 물론 그대 즈믄은 밥을 먹지 않았지. 숭늉만 마셨고. 해서 아우들보다 더 천천히 정신을 놓을 것이야."

"저희들이 먹은 밥에 독을 넣으셨다는 겁니까?"

"그대들을 죽이려는 것이 아닌바, 수면 약을 넣었어. 그대들은 이제부터 이삼 일쯤 시신처럼 자게 될 것이야. 곧 약효가 나타날 것이므로 그대들은 아무데나 쓰러져 잠들게 돼. 해서 따뜻한 방으로 모두 들어오라 한 것이고."

즈믄은 몸을 돌려 밖을 내다본다. 열둘이나 되는 아우들이 죄 사나흘쯤 못 자 졸음을 견딜 수 없다는 듯이 서거나 앉은 채 눈을 뜨려 안간힘을 쓰고 있는 형상이다. 그들 뒤편에는 주막의 주인이라던 자를 비롯해 여덟이나 되는 남정들이 둘러섰다. 가까스로 서 있던 궐매가 무릎을 꺾으며 주저앉으려는 찰나 한 남정이 그를 부축해 떠메더니 안으로 들어온다. 곧이어 아우들이 차례차례 부축되어 들어와 신당 서편 쪽부터 나란히 뉘어진다. 이불과 베개들이 줄줄이 들어와 아우들의 머리를 받치고 몸을 덮는다. 베개 하나와 이불 한 채가 남았다. 즈믄이 누울 자리인 것이다. 아우들을 수발한 남정들이 모두 나갔다. 중석이 다시 입을 열었다.

"즈믄, 그대 맘에 항심이 일고 있구나. 그럴 만도 하지만, 풀려무나. 그대가 우리 앞에, 내 앞에 와 앉기까지의 과정을 생각하면, 이리 할지 저리할지, 그대가 선택할 수 있는 계제가 이미 아니지 않아?"

아무것도 모른 채로 불가항력과 맞닥뜨린 셈이긴 하다. 아니 아무것도 몰랐다고 할 수는 없다. 통천 바닷가 총석 해벽에 머리를 부딪고 죽는 새들이 있었다. 그 해벽 곳곳의 둥지에서 부화하여 날게 되고서도 거기다 머리를 들이받고 낭떠러지로 추락하는 새들. 그 새들처럼 언제나 눈앞에 있는데도, 보이지 않아 못 보는 거대한 무엇이 있음을 느끼곤 했다.

"우리라 하셨는데, 마님께서 말씀하신 우리는 누굴 말씀하시는 건지요."

"그대가 속한 만단사의 거북부령 황환이지. 황 부령을 도와 만단사를 바로 세우려는 사람들이고."

"그들은 누구입니까?"

"앞으로 그대는 많은 것들을 알게 되고, 알아야 할 거야. 그리하기 위해서는 그대들이 살아온 내역들을 풀어 내면서 이전 삶을 갈아엎어야 할 게고. 한 가지 미리 알려줄 것은 보현정사에서 그대들과 더불어 지내고 상림에서도 함께 훈련했던 무극들은 이미 우리한테 투항했다는 사실이야. 그들은 이번에 우리한테 처음 잡힌 게 아니라 그들이 혜정원 뒤에 있는 김강하의 내당을 납치하려 했을 때 벌써 잡혔지. 무극들이 나온 두 절, 불영사와 실경사도 만단사에서 돌아섰고. 그 과정에 무극들이 치른 일을 그대들도 이제부터 겪고 치러야 해."

"제가, 저희들이 끝내 수긍할 수 없다면 어찌됩니까?"

"그건 그대 스스로 잘 알 터이지."

"수, 수앙 낭자가 마님의 따님이라 하셨는데, 하오면 비연재의 안주인이 수앙인 겝니까?"

"그렇지. 그때 무극들이 수앙을 납치하려 할 때 아이를 비연재 앞에 있는 혜정원으로 피신시켜 놓은 게야."

"허면 수앙이 사전에 저를 알고 저한테 다가든 것입니까?"

"수앙이 먼저 그대한테 다가들었는가?"

존재도 모르고 살았을 수앙을 발견하고 첫눈에 반해 다가든 쪽은 즈믄 자신이었다.

"아닙니다."

"그대가 예 온 걸 그 아이가 알 것 같은가?"

내기하자고 나선 것이나 폭주하는 작은 임금의 말 떼 앞에서 남매를 구한 것이나 우연이었다. 우연을 행운으로 여기고 한사코 다가든 사람도 즈믄이었다.

"아닙니다."

"그렇듯 수앙은 아는 게 없어. 그대가 이곳에 이르게 된 과정에 그 아이가 한 일도 전혀 없지. 그럼에도 이 모든 일이 어찌 가능한가, 궁금할 테지만 즈믄, 이제 좀 자도록 해라. 그대와 아우들이 푹 자고 깨어난 뒤에 다시 이야기하자꾸나. 우리가 더불어 살 방법이 무엇인지. 어찌 살아야 사람답게, 이왕이면 아름다이 살 수 있을지. 잠이 들 제 그대한테 가장 아름다운 것, 그리운 것이 무엇인지 떠올리면 좋은 꿈이 펼쳐질 거야."

자라 하니 잠이 오는 것 같다. 머리가 어질어질하며 눈이 감긴다. 어차피 정신을 잃을 거라면 스스로 눕는 게 나을 터이다. 즈믄은 일어나려다 일어나지 못하고 몸을 굴리듯 이부자리를 찾아든다. 베개가 받쳐진다. 감은 눈앞이 아득하다. 내게 아름다운 것이 무엇이던가. 그리운 것은 또 무엇이고. 떠오르지 않는다. 말소리가 들린다.

"즈믄, 그대의 어머니는 무녀이셨다. 어머니의 원래 이름이, 들판의 연못처럼 덕스러운 사람이라는 뜻의 야지였다고 한다. 나중에는 불씨처럼 따뜻한 사람이라는 의미의 화씨로 불렸다고 하고. 지금 그대의 어머니는 도솔천에 가 계시다만, 도솔천에 가시기 전에 어머니 혼령이 나를 찾아와 말씀하셨다. 살아 있는 내내 아들을 잊은 적이 없었노라고. 다사로이 키워 주지 못해 아들한테 미안하다고. 혹여 내생에서 만나게 된다면 이생과 다른 고운 모자지연으로 만날 수 있길 바란다고. 그리고 즈믄, 이제 보니 네게 자식이, 있었구나. 아무래도 이생에서는 너와 인연이 닿지 못할 모양이다. 네 자식이 좋은 세상에서 다시 태어나길 빌어 주면서 잠들렴."

목소리가 즈믄의 어머니에 대해 말하곤 사라졌다. 들판의 연못처럼 덕스럽고, 불씨처럼 따뜻했다는 어머니. 아들을 품어 키우지 못하고 도솔천으로 올라갔다는 어머니가 즈믄에게도 있었다. 즈믄은 어머니를 떠올려보려 애쓰지만 기억에 없는 어머니는 그려지지 않는다. 어머니 대신 본 적 없는 아이가 떠오른다. 이름이 영穎이라고 했다. 인연이 닿지 못했다는 말이, 아이가 좋은 세상에서 다시 태어나길 빌어 주라는 말이 무슨 뜻인가. 즈믄은 목소리가 한 말의 뜻을 생각하며 정신을 놓는다.

돌개바람

사은진주 겸 동지사 사신단이 연경으로 향할 때는 육백여 명의 대행렬이었다. 청국이 연경으로 천도한 이후 백 년 가까이 같은 길을 오가는 장사치들이 심양과 북진, 산해관과 풍윤 등에서 차차 떨어져 나가고 연경 이르러서는 패거리별로 전부 흩어졌다. 연경에 도착하여 삼사三司가 황제를 배알하는 등의 일을 마치기까지 보름을 머물렀다. 청 황제는 지난해 삼백오십 년 묵은 산삼을 가져다 바쳤던 이록을 잘 기억하고 있을 뿐만 아니라 반가워하기까지 했다. 황제가 내린 어주가 석 잔이나 되었다. 작년의 말 아흔아홉 필만큼은 아닐지라도 금년 겨울 조선에서 가져다 올린 방물들에 대한 답례품도 제법 풍성했다.

연경에서의 일정을 마치고 지난 초사흘 아침에 귀환 길에 올랐다. 귀환하는 일행은 갈 때의 삼분지일쯤이다. 삼사와 비장들과 통역관들과 그 직속들, 방물 짐꾼들, 호공관들. 인원이 줄었다고 해도 이백여 수나 되는 행렬이라 한두 마장으로 늘어지기 일쑤였다. 그래도 갈 때보다 짐들이 가볍거니와 움직이지 못한 날이 없는 덕에 행군 속도는 훨씬 빨랐다.

어제 대방신大方身에 이르기 전부터 해성군이 신열을 앓았다. 노구의 원행에 몸살이 난 듯했다. 해성군은 대방신에서 몸조리를 하는 대신 어차피 삼박하기로 예정된 심양에 닿아서 쉬기를 원했다. 귀환 날짜가 못 박인 것은 아니어도 보통 정월 말에 한양에 닿으므로 심양에서 예정보다 하루쯤 더 묵을 수 있을 것이라 생각한 것이다. 간밤을 대방신에서 묵고 오늘 아침 느지막이 심양성을 향해 나섰다. 서장관 이무영이 대방신에서 세 필의 말이 끄는 마차를 주선하여 해성군을 태우고 행군을 시작했다. 사행使行에 동행했던 내의원 의원 박병순과 수역관 김신편이 해성군의 마차에 함께 탔다.

황제가 거하지 않는 심양의 궁전은 숭정전崇政殿, 정대광명전正大光明殿, 비룡각, 상봉각翔鳳閣, 봉황루鳳凰樓 등의 큰 전각들로 이루어져 있는데 낮에는 개방된다. 연경으로 천도하여 임금이 거하지 않게 된 이후 행궁이 된 궁궐을 백성들에게 구경시키고 있는 것이다. 심양 궁의 둘레는 십 리이며 궁담은 흙벽돌로 쌓았다. 팔방에 난 성문은 삼층 처마의 옹성甕城으로 방호했다. 각각의 옹성들 좌우에 두 대문이 있어 성문 앞의 큰길과 통하도록 해놓았다. 심양의 조선관朝鮮館은 심양 행궁 남문 맞은편에 있다.

석양이 아름다이 깊어지는 곳이라는 뜻의 심양은 이록에게도 편한 곳이다. 심양 약방거리에 있는 운진약방과 한양 보원약방이 인연을 맺은 건 칠십 년 전쯤이다. 이록의 조부 이연이 만단사령으로 있을 때. 그 무렵, 현재 심의원의 조부가 운영하던 운진약방은 규모가 작았다. 당시의 만단사령은 심양에다 만단사의 영토를 만들 필요를 느꼈고 운진약방의 심의원을 사사로이 지원하기로 했다. 운진약방이 현재 모습으로 만들어진 게 그 무렵이었다. 이후 보원약방과의 거래를 통해 운진약방을 지속적으로 지원했다. 청인들이 조선의 우황청심환이며 구심환 등을 워낙 좋아하는지라 운진약방은 보원약방을 통해 그것들을 구입했다. 보원약방에서는 운진약방을 통해 청국에서 생산되는 고농축 아편이며 호랑이 기름이나 사향 등, 조선에서 흔치 않은 약재들을 사들였다. 물물교환으로 이루어지는 경우가 태반이었다. 이번 사행 길에도 오천 정의 환약을 가져와 운진약방에 넘겼다. 사신단이 심양을 떠날 때 운진약방에서는 그에 해당하는 약재들을 꾸려줄 터이다.

"영감, 눈이 올 듯합니다. 행군 속도를 조금 높이려 합니다."

행렬 앞에서 선도하던 서장관 이무영이 곁으로 다가와 말했다.

"노상을 걷는 아랫것들을 단속해야지 마상에 앉은 사람이야 무슨 걱정이겠소?"

두툼하게 누빈 솜도포에 털벙거지를 쓰고 목이 긴 겯은신을 신고도 말에 올라앉은 이무영의 몸짓은 날렵하다. 그의 뒤에 비장 김강하와 비장보 백동수가 말을 타고 따랐다. 삼사의 비장들은 호공관들과 똑같이 소매 좁은 솜도포에 벙거지를 쓰고 그 위에 전립을 얹은 탓에 멀리서는 누가 누군지 구별하기가 쉽지 않다. 그래도 이록은 김강하를 언제나 금세 알아보곤 한다. 놈을 죽이라고 보위들에게 아직 명하지 않은 까닭은 마땅한 기회가 없어서다. 타살의 흔적이 남지 않아야 하는데 김강하는 사행길 내내 서장관과 한방을 썼다. 놈스스로 워낙 기민한 데다 반듯한 놈이라 틈이 없었다. 솔직히 놈이 아깝기도 했다. 남은 여정 안에 기어이 그를 제거할 테지만 그와 같은 젊은이가 살아 내 사람이 된다면 얼마나 든든하랴, 몇 번이나 생각했다.

"보행자들을 서둘러 걷게 하겠습니다만, 영감께서는 눈이 쏟아지기 전에 앞서 가시어 객관으로 들어가시기 바랍니다. 마차에 타신 어른들께도 그리 말씀드렸습니다."

박병순이나 김신편은 중인 출신으로 잡과에 입격하여 의원이 되고 역관이 된 사람들인데도 이무영은 사행 길 내내 그들을 어른으로 깍듯이 대접했다. 이무영이 명문반족으로서는 드문 위인이었다. 그 부친 이한신도 그랬다. 선왕 대에 세 차례에 걸쳐 급제한 이한신을 금상이 즉위하자마자부터 총애했다. 이한신은 젊은 날의 금상이 파당을 견제하는 막강한 방패였다. 작금에 삼정승이며 승지들을 노론으로만 채운 늙은 금상은 더 이상 방패를 필요로 하지 않았다.

그러할 제 소전이 이한신을 의지했다. 시전이나 칠패의 저자를 어슬렁거리고 다닐망정 육조거리의 어느 관서도 들여다보지 않은 소전이 어영청에 이따금 들러 보던 게 그 방증이었다. 노론 신료들은 당해내지 못하면서 아들이 하는 짓은 무엇이든 책잡고 보는 대궐의 늙은이는 소전 주변에서 이한신을 떼어 내려는 자들을 묵인했다. 그걸 알아챈 이한신은 스스로 어영대장 직에서 물러나 향리에 묻혀 버렸다. 현명한 처사였다. 그가 스스로 물러나지 않았더라면 어디서 무슨 트집을 잡혔을지 몰랐다. 이제 그 아들이 소전의 측근이 되었으나 이무영이 아직 젊은 데다 대전과는 소통이 없는지라 정치적으로는 도드라지지 않는다.

"알겠소."

평상시 행군의 속도는 짐 실은 말과 짐꾼들의 걸음 속도와 비슷하다. 행군 중 서장관의 주된 일은 호공관들을 독려하여 낙오하는 자들이 없도록 살피는 것이다. 서장관은 그 스스로 젊은지라 종자 하나 데리지 않고 달랑 비장과 비장보만 달고 원행을 나섰다. 밤에 숙소에 들면 호공관들에게 번을 세우고 비번인 호공관들이며 역관들, 짐꾼들까지 어울려 숙소 마당에서 씨름판이며 팔씨름을 벌이기 일쑤였다. 사나흘에 한 번씩은 호공관들이며 방물짐꾼들을 모아 놓고 강학도 했다. 김부식이 지은 『삼국사기』나 일연이 지은 『삼국유사』, 사마천이 지은 『사기』를 옛날이야기처럼 풀어서 들려주는 목소리며, 듣는 놈들의 웃음소리와 질문하는 소리들이 몇 겹의 벽을 돌아 이록의 방까지 건너오곤 했다.

김강하는 새벽마다 호공관들을 모아 놓고 서로 대련케 하며 무술 훈련을 시켰다. 몸 쓰는 자들의 기운을 순화시키기 위한 작업이자 몸을 단련케 하려는 것이었다. 원하는 자들은 누구를 막론하고 강학이며 무술 훈련에 참여했다. 그 덕에 수백의 사내들이 사고 없이 긴긴 동지섣달의 밤들을 무사히 지냈고 정월도 반이나 넘겼다. 지난해 동지사행 가던 길에 정사의 구종 놈과 방물짐꾼 한 놈이 노름하다 싸움판을 벌여 소란을 피웠다. 장사치의 짐꾼 한 놈은 눈보라에 휩쓸려 갔다가 이튿날 동사한 주검으로 발견됐다. 그런 사달이 났던 작년에 비하면 이번 사행은 아주 순조로운 편이었다. 서장관과 그 비장 덕이라 할 만했다.

젊은 그들이 가벼워 보일 때 이록은 자신이 무겁다는 것을 느끼곤 한다. 한양에서 출발해 연경에 닿고 연경에서 돌아서 이곳에 이르는 동안 이록은 사사로운 밤 나들이는 하지 않았다. 하루 일정이 끝나고 나면 해성군, 김 수역, 박 수의와 차를 마시거나 술 몇 잔을 마시거나 바둑을 두었다. 해성군과 김 수역이 공히 청국 통인 데다 학문이 깊고 나이들이 많아 들을 것도 많았다. 그들과 어울리지 않을 때 이록은 자신의 방에서 책을 읽었다. 비장인 홍남수와 비장보인 황동보가 보위들을 잘 꾸리므로 걱정없이 잤다. 보위들을 그렇게 둘러 놓고 지내는 자신이 때로 한 번씩 무거운 것이다.

"태감, 정사대감 일행이 앞서가셨는데 태감께서도 앞으로 나서시지요."

홍남수와 황동보가 저희들의 말머리를 이록의 양쪽에서 맞추며 말했다. 구릉의 모퉁이를 도느라 행렬이 늘어진 참이다. 탑원塔院을 지나는 중이므로 심양성이 십여 리 가까이로 다가섰다. 이록은 행렬의 선두 격으로 나서기는 했으나 내달려 가지는 않은 채 낮은 구릉의 모퉁이를 돈다. 여느 날에 비해 오늘은 행군이 짧고 날씨도 그리 험하지 않다. 보위들을 다 거느리고 앞서갈 수 없으므로 굳이 앞서 갈 필요가 없다. 작년에 이어 동지사단에 끼게 된 까닭이 여전히 석연치 않았다. 분명히 모종의 힘이 작용했는데 그걸 알아내지 못하고 떠나왔지 않은가. 조심하는 수밖에 없었다.

"돌개바람이다! 돌개바람! 돌개바람!"

연이어 부우 부, 하는 호각 소리가 울린다. 호공관 대장 격인 서장관의 비장 김강하가 돌개바람에 대처하라는 신호로 부는 호각이다. 요동벌에서 수시로 일어나는 돌개바람은 하루에 한두 번, 심할 때는 서너 번도 덮쳐온다. 돌개바람에 휩싸이기라도 하면 날아갈 수 있거니와 금세 얼어 버리기 때문에 최대한 몸을 낮추거나 피해야 한다. 돌개바람이 닥치기 전에는 대개 먼지바람이 앞서 분다. 먼지바람이 부는 사이 돌개바람은 빙빙 돌다가 방향을 바꾸기도 한다. 사람들이 몸을 돌리거나 고개를 숙이고 소매 자락으로 얼굴을 가리기에 여념이 없다. 짐꾼들은 몸을 낮춰 웅크린 채 짐바리를 바람막이로 쓴다. 이번 건 그리 큰 바람이 아닌지 호각 소리가 짧다. 이록은 말에서 내리는 대신 바람을 등지고 소매로 얼굴을 가린다. 먼지바람을 가리느라 소매를 덮어쓰고 있자니 불쑥, 이 바람도 만파식령의 조화인가 싶어 헛웃음이 난다. 확인되지 않거니와 확인할 수도 없는 사실이 때로 확신처럼 느껴진다. 중석이 만파식령을 가지고 있을 것이라는 확신도 그러했다.

한바탕 어지러운 바람이 구릉 모퉁이에서 회오리치다가 사라지자 천지가 고요하다. 눈을 뜨자 눈앞이 환해진다. 바람을 쫓아왔는가. 정월 심양에 흔하지 않은 눈발이다. 연경으로 향할 때도 심양에서 눈을 만났는데 손님을 맞이하는 것처럼 눈이 또 소담스레 내린다. 행렬은 정돈되었으며 계속 움직여 나간다. 눈에 쫓긴 걸음들이 훨씬 빨라지긴 했다.

원당願堂에 들어섰다. 심양까지는 고작 사오 리 남았다. 심양 성내에서 조선객관까지는 삼사 리 길이다. 오늘 행군은 오십 리쯤 되는 셈이다.

"서두르자!"

이록은 내처 조선객관까지 가 버리기로 하고 말에 박차를 가한다. 자박자박 걷던 말이 속도를 높이기까지는 몇 걸음이 걸린다. 속도가 나려는 찰나, 말이 느닷없는 장벽이라도 만난 양 앞 다리를 치켜올리며 솟구치다 푹 꼬꾸라진다. 이록은 내동댕이쳐졌다. 엉덩이로 떨어짐과 동시에 머리가 땅에 부딪쳤다. 두터운 솜휘양을 썼음에도 머리에 생긴 충격이 아찔하다. 눈앞이 캄캄하다가 아득해진다.

"태감!"

홍남수가 제 말에서 뛰어내려 이록에게 다가들었다. 정신을 놓치지는 않았는데 골이 띵하고 어리둥절하다. 이록은 머리를 땅에 둔 채로 잠시 있다가 남수한테 손을 내민다. 남수가 이록의 등을 싸안으며 일으켜 앉혔다. 미골尾骨에 못이라도 박힌 양 아찔하고 뜨겁다. 다행히 부상이 큰 것 같지는 않다. 황동보가 뒤에서 달려오는 보위들이며 호공관들을 제지하며 행렬을 정지시킨다. 서장관이 다가들었다.

"영감, 괜찮으십니까?"

"크게 다친 것 같지는 않소."

이록은 여덟 살부터 혼자 말을 탔다. 말에서 떨어지기는 처음이다. 제 주인을 내동댕이 쳐놓은 검정말은 무슨 일이 있었냐는 듯이 일어나 푸르르 진저리를 치는 참이다. 김강하를 비롯한 호공관 몇이 말을 살피는 중이다. 사복시에서 일하다가 차출되어 온 호공관 최선유가 말의 다리를 점검하는가 싶더니 걸려 본다. 말이 약간 저는 듯하다. 최선유가 다가와 이록 앞에서 읍하며 말했다.

"말이 왼쪽 앞발의 무릎을 약간 다친 듯합니다, 영감마님."

"탈 만은 한가?"

"아니오. 안장이며 안장주머니 등을 내리고 천천히 걸려가 마의馬醫한테 보여야겠나이다. 우선 다른 말을 타시지요."

황동보가 제 말을 끌어와 안장을 다독이더니 말 옆에다 제 등을 내놓고 엎드린다. 제 등을 딛고 말을 타라는 것이다.

"고맙구나."

제 아비인 거북부령 황환과 사령 이록이 어떠한 불화를 겪고 있는지 내막을 전혀 모르지는 않을 텐데 놈은 여일하게 공순하다. 이한신이 그렇듯 황환도 아들을 잘 키웠다.

"말에 오르시지요."

욱진 등이 이록을 부축해 동보의 등을 밟게 하고는 말 위로 올려준다. 서장관이 출발을 명하자 다시 행렬이 움직인다. 이록은 어지러운 데다 등허리가 욱신거려 달릴 수 없다. 동보가 말고삐를 잡고 욱진과 원철이 양쪽에서 손을 뻗어올려 이록을 부축했다. 사오 리 길이 몇십 리 길로 멀어졌다. 천지를 덮을 듯이 눈이 내리지만 아직 사나운 기세는 아니다.

수의 영감에 따르면 정사 대감의 고뿔은 심하지 않았다. 코에 난 불이 폐까지 침범치 않았으므로 사나흘이면 나을 거라고 했다. 부사 영감이 낙상으로 입은 부상이 더 문제였다. 운진약방에서 불려온 의원 심양보와 수의 영감이 함께 진단했다. 이록은 가볍지 않은 뇌진탕에 제오륙요추第五六腰椎와 선골扇骨과 미골尾骨에 금이 갔다. 뇌진탕은 며칠 치료하면 나을 터이나 금이 간 뼈들은 한 달여 정도 안정하며 치료해야 할 거라고 했다. 이록은 약을 먹고 침을 맞고 뜸을 뜬 채 누워 서장관 이무영에게 말했다.

"일단 정사 대감의 고뿔이 낫는 것에 맞춰 귀환 일정을 추진하시오. 나는 며칠 지내 보고 일어날 형편이 못 되면 잔류했다가 몸을 대강 추스르고 뒤따라 귀국하리다."

이록을 살피고 나온 무영은 정사 대감과 일정을 의논했다. 오늘부터 엿새간 심양에서 머문 뒤 이십일일 아침에 길을 나서자고 되어 무영은 사행단 전원에 공고했다. 그리고 조선 객관을 벗어나 심양궁 동문 쪽의 동릉 빈관賓館까지 나왔다. 자리를 잡고 나자 양명일이 입을 연다.

"형님이 그 죄 없는 짐승한테 무슨 짓을 한 건 알겠어. 헌데, 대체 어떻게 했기에 겨우 그만큼이야? 이왕 하려면 아예 목이 툭 부러지게 해놓지 않고서? 그랬으면 정말 간단한데."

멀리 나왔지만 명일의 목소리는 낮다. 방 밖에서는 술에 취한 청인들의 말소리가 요란하다. 탁자 수십 개가 놓인 넓은 마루방 둘레에 작은 방들을 두르고 있는 곳인데 마루방의 탁자에 앉은 청인들 대개가 술 마시며 노름판을 벌이고 있었다. 강하 대신 무영이 대답한다.

"그랬더라면 우리가 이렇게 주점에 나와 놀기는커녕 말이 왜 넘어졌는지 따지느라 객관에서 벗어나지도 못했을걸."

이록과 두 달 반을 한솥밥 먹다시피 하는 동안 새삼스레 알게 되었다. 이록은 언행이 정돈된 사람이었다. 자신의 개인 수하들에게 엄하면서도 너그러웠다. 사행단의 여타 하속들한테는 인자했다. 이록의 보위들은 몹시 충성스러웠다. 그들은 이록의 일거수일투족을 수행하며 옹성처럼 상전을 보호했다. 상하간에 허점이라곤 없었다. 남은 여정에서라고 빈틈이 생길 리 없었다.

탑원에서 돌개바람이 불었다. 신시 중경쯤이었다. 바람에 대처하라는 신호로 호각을 불며 바람의 향방을 살피던 강하의 눈에 불현듯 이록의 등과 검은 말의 엉덩이가 들어왔다. 그 양쪽에 말을 탄 홍남수와 황동보가 있었다. 돌개바람에 앞서 온 먼지바람이 그쪽으로 불었다. 바람을 피하느라 세 필의 말이 엉덩이를 내놓은 참이었다. 이록의 허점 없는 일상에 빈틈을 만들 절호 같았다. 강하는 품에서 연기침煙氣針이 들어 있는 피리총을 꺼냈다. 뒤 해 전 정효맹을 잡을 때 사용한 미혼독은 하루 이상 정신을 잃지만 연기독은 두 식경이면 깨어나는 독이었다. 중독의 흔적도 연기처럼 사라져 남지 않는다 했다. 몸피가 상당한 수돼지를 상대로 세 번 실험한 결과 실제로 그러했다.

먼지바람이 불 때 사정거리 안에 이록이 들어 있었다. 바람이 그쪽으로 불므로 충분할 듯했다. 바늘은 박힌 자리에서 저 홀로 움직이는 법이 없어 들통날 것이므로 이록에게 직접 쏠 수는 없었다. 옷이 두터운 탓에 바늘이 제대로 박히기도 어려웠다. 말을 겨냥했다. 문제는 바늘이 말 엉덩이에 깊숙이 박힐 것인가 하는 것이었다. 바늘이 깊이 박히지 않는다면 필경 눈에 띌 것이고 난리가 날 터. 찰나 지간에 갈등했지만 강하는 쏘기로 했다. 이록의 말이 쓰러지면 다가가 바늘을 빼 버리리라 여겼다. 피리관 입구의 불대가 피리총의 잠금쇠였다. 불대를 돌려 잠금쇠를 푼 뒤 소매로 얼굴을 가리는 양 하면서 이록의 말 엉덩이를 향해 피리 총을 불었다. 피리관 속의 용수철이 튕기면서 공이가 바늘을 쏘는 게 느껴졌다. 피리 총을 품속 주머니에 넣어 버리고, 먼지바람이 지나가길 기다렸다. 이록이 속도를 내기 시작하면 연기독의 독성이 작용할 테고 달리던 말은 넘어질 것이다. 아무 일도 일어나지 않았다. 독침이 제대로 날아가 박혔는지 확인할 도리도 없었다. 이쪽과 저쪽의 거리가 오십여 보나 되니 바늘이 바람을 뚫지 못하고 사라져 버린 것 같았다.

몇 리나 더 움직인 뒤 원당에 이르렀을 때 이록의 말이 넘어졌다. 모두가 이록의 안위를 걱정하며 그를 둘러싸고 있는 사이에 왼손의 수갑을 벗은 강하는 자신의 말에서 내려 이록의 말로 다가들었다. 말을 살피는 양 엉덩이를 만지다 보니 미처 다 못 박힌 바늘이 느껴졌다. 아찔했다. 침을 쓱 뽑아 버리고 흙에다 뭉개 버렸다. 말을 쓰다듬으며 잔등을 다독이다 목을 어루만졌더니 말이 일어났다.

호공관 최선유가 다가와 말의 다리만 살피더니 무릎이 접질렸노라 말했다. 그는 이록에게 다가가서도 말이 무릎을 다쳤노라 아뢰었다. 강하가 말 엉덩이에서 독침을 빼 발밑에서 뭉개 버린 동작을 최선유도 눈치챘던 것이다. 사복시에서 온 최선유와 함께 어영청의 박인선, 총융청의 하선묘, 전옥서의 강술선 등이 이번 사행단에 끼어 오게 만든 까닭이었다. 황동보도 스스로 이록을 죽이지는 못할지라도 강하가 요청하면 도우리라 했다. 그들이 있어 자못 든든하지만 강하는 그들까지 동원하여 일을 벌일 수는 없었다. 이록에게 무슨 일이 생기든 사고로 인한 것이어야만 했다.

"그나저나, 나리. 앞으로는 어찌합니까?"

강하의 질문에 무영은 "글쎄." 한다. 이록은 홀로 자지 않는다. 그의 구종 격인 욱진이 이록의 방문 앞에서 가로누워 잔다 했다. 그럴 때 최소한 네 명의 보위가 방 주변에서 번을 갈아 수직한다. 그의 옆방에는 비장인 홍남수와 네댓 명의 보위들이 함께 자며 간접 호위를 한다. 낮에는 구종이나 별배, 시종이며 짐꾼으로 사행단에 끼어든 보위들에 싸여 움직인다. 사대부쯤 되는 이들은 원래 측간을 다니지 않으므로 그런 기회를 찾을 수도 없었다.

"이봐, 양 통문."

무영의 부름에 입이 미어져라 만두를 먹던 명일이 대답을 못하고 쳐다본다.

"운진약방이 여기서 얼마나 되지? 심의원 집은 아나?"

명일이 입안에 든 것을 급히 삼키고 대답한다.

"운진약방은 동문 쪽 약방거리에 있습니다. 심의원 집은 그 근방이라고 들었고요."

"심의원은 술을 자주 마신다나?"

"그건 모르겠는데요?"

"그에 대해 자네가 아는 건 뭔데?"

"심의원이 첩 셋에 아들이 다섯, 딸이 하나인데, 손자 손녀들까지 모조리 한집에서 산다는 것은 들었어요. 집이 어마어마하게 넓겠지요?"

"딸이 하나야?"

"예. 본실한테서 난 딸이라고 하던데, 의원이고요. 이름이 강원이에요. 지엔위엔. 지엔위엔은 여인들 병을 잘 보는 의원으로 호가 난 듯합니다. 운진약방에 여인 환자들이 득시글하더라고요."

"강원이 몇 살이나 됐는데?"

"스물다섯 살? 아니 재작년엔가 그 말을 들었으니까 스물일곱 살쯤 됐겠네요."

"강원을 본 적이 있어?"

"물론입니다. 몇 해 전에 경이가, 아! 경이를 아시지요, 스승님?"

경이, 심경을 어찌 모르랴. 명일은 제 어린 시절에 무영이 소소원의 반야를 찾아다녔다는 걸 모르는 터였다. 반야와 이무영은 내놓고 정을 나눌 수 없는 사이인지라 아이들이 곁에 없을 때만 마주했기 때문이다.

"얼굴은 몰라도 말썽꾸러기라는 건 들어 알지."

경이를 흉본 무영이 강하한테 눈을 찡긋한다. 강하가 듣지 못한 체한다.

"말썽꾸러기 맞아요. 경이가 두어해 전에 동지사단 후행 상단 틈에 끼어 따라나섰을 때, 이온이 함께 나섰다가 의주 역관에서 빠져버리고 그 하속들만 심양까지 따라왔던 때요. 그때 여기 심양에서 행단이 사흘을 묵기로 했는데, 도착한 이튿날 아침에 경이가 호위를 달고 통문관들 숙소로 절 찾아왔습니다. 경이는 그때 금복이라는 이름으로 유상 행수의 시자 노릇을 하고 있었죠."

"그랬어? 그 아이가 어쨌는데?"

"그때 우리 숙소에서는 수역관 주재로 조회 중이었는데, 밖에서 양명일 통문관 좀 보러 왔습니다, 하고 경이가 소리치는 겁니다. 수역관이며 통문관들이 저놈은 어떻게 저리 생긴 물건인가, 사낸가 계집인가 하는 눈으로 내다보고 있는데, 경이가 수역관한테 인사를 하면서 저희 상단에 거래가 생겨서 양 통관을 데리러 왔다고, 내달라고 하더라고요. 수역관이 애가 하는 짓에 얼이 빠진 얼굴로 따라가봐라, 하였죠. 제가 나갔더니 경이가 약방거리에 데려다 달라고 들들 볶기 시작했어요. 안 데려다 주면 나 혼자 간다, 나 혼자 나서면 작은언니 넌 큰언니한테 맞아 죽을 거다, 하면서 볶아대니 어쩝니까."

"데려갔어?"

"그리 협박하는데 안 데려가고 배깁니까? 금복의 호위로 나선 무슬이란 놈과 셋이서 약방거리 구경을 나섰지요. 운진약방에도 들어가게 됐고요. 운진약방에 들어선 아이가 두리번두리번 하데요. 그때 마침 강원이 약방 머리방에 나와 있었는데, 저는 처음에 그이가 주인 딸이라는 것도 몰랐죠. 금복이는 대번에 알았는지 그이한테 쓱 다가들더라고요. 두 손을 합장하듯이 붙여 세우고 상긋상긋 웃으면서 서툰 청국 말을 막 해대고요. 제가 조선에서 온 평양상단 행수의 시자 금복이라면서, 우리 평양상단에서도 약을 만드는 바, 공부하러 왔으니 약방 구경을 시켜 달라고요. 스승님 아시는지 모르겠지만요, 경이는 지위고하, 남녀노소를 불문하고 아무 때 아무하고나 벗을 트는 희한한 재주가 있습니다. 아이가 자기 앞에서 알랑대면 누구든 꼼짝없이 그 아이 말에 귀를 기울이게 되는 겁니다. 아니나 다를까 심강원도 경이한테 홀랑 넘어가더라고요. 그리곤 통문인 저를 제치고 둘이서 조선말로 이야기를 나누었어요."

"그때 그 아이가 심강원과 무슨 이야기를 나누었는데?"

"장님이 눈을 뜰 수 있는 약은 없느냐고 묻더라고요. 심강원이 그런 약이 있다면 세상에 장님이 있겠냐면서, 일시적으로 흐려진 눈이라면 모를까 장님이 개안하는 약은 없다고 난감해했고요. 금복이 눈물을 글썽이면서 향료병 하나를 꺼내 심강원한테 건네요. 평양에서 생산된 용담향료라면서, 응대해 준 데 대한 인사라고, 연경 다녀와서 또 들릴 테니 그동안 장님이 눈뜨는 약을 찾아봐 달라고 했고요. 금복이 말한 장님이 누군지 알기 때문에 저도 울컥했죠. 그 꼬맹이가 그런 생각을 하고 있을 줄 어떻게 알았겠어요? 반성도 좀 했죠. 저는 열네 살 때부터 청국을 그리 다니면서도 그 생각은 한 번도 못했거든요."

강하의 코끝이 매워진다. 수앙 안에는 몇몇의 사람이 들어 있는지 궁금할 때가 있었다. 지금 거론되는 수앙은 장님 엄마를 안쓰러워하는 계집아이였다. 강하를 건너보던 무영이 화제를 돌렸다.

"심강원의 생김새는 어떤데?"

"오 척 반 키나 될까요? 여인으로서는 큰 키에 호리하고 용모도 수더분하니 그럭저럭 봐줄 만했던 것 같던데요. 아, 머리에 큼지막한 종이 모란꽃을 꽂고 있어서 저는 속으로 그랬죠. 이 나라 족속들은 빨간색을 어지간히 좋아하는구나."

"심강원은 혼인했대?"

"열댓 살에 혼인했는데 서방이 병으로 죽은 것 같습니다. 은밀하게는 심강원이 제 서방을 독살했다는 소문이 있는 것 같고요. 청국에서는 여인들 재가가 흔하고 심강원이 모자란 게 없는 여인임에도 재가하지 못하는 이유가 그 소문 때문이라나요. 그런데 헛소문인 것 같더라고요. 그때 사흘째 되던 날 심강원 의원이 조선관으로 와서 금복이를 찾았잖아요."

"장님이 눈뜨는 약을 찾았다고?"

"아니요. 그런 약은 자신이 평생 동안 찾아보고 만들어 볼 것이라고 금복이한테 말해 주러 온 거고요. 한편으로는 평양상단의 용담향료를 사겠다고 온 것이었어요. 일단 백 개를 사면서, 팔아 보고 팔릴 만하면 평양상단과 거래를 트겠다고, 연경 다녀오는 길에 반드시 들러 달라고 했죠. 귀환 길에 다시 들렀더니 용담향료 일천 개를 비롯해서 평양상단이 만드는 다섯 가지 향료를 일천 개씩 주문했죠. 계약금 조로 주문한 물건 값의 일할을 내놨고요. 아마 지금도 향료 거래가 계속되고 있을걸요? 헌데 스승님. 시방 심강원 의원 이야기는 어찌 자꾸 하십니까?"

"달리 할 일이 없잖아. 사내 넷이 앉은 자리에서 여인 이야기보다 재밌는 게 무엇이겠어?"

"점잖으신 선비께서 그 무슨 흉한 언사이십니까?"

"선비이기 전에 사나이지."

명일이 에헤헤, 웃고는 접시에 두 개 남아 있던 만두 중 한 개를 동수 입에 밀어넣고 마지막 것을 제 입에 넣는다. 무영이 강하를 향해 눈을 찡긋하며 짓궂게 웃더니 화주 잔을 비운다. 강하가 물었다.

"나리, 무슨 생각이신 겝니까?"

"눈치챘으면서 뭘 물어?"

"그런 의도시라면 전 찬성하지 않습니다."

"자네가 기껏 시도한 일이 실패했으니 다른 궁리를 해봐야 하지 않겠어? 헌데 부친 심의원은 상림에 대한 충성심이 제법 깊어 보이더라고. 그쪽은 뚫릴 벽이 아닌 것 같다는 말이야. 해서 그 딸 쪽이 어떨까 싶은 거고. 그걸 자네가 타진해 봄이 어떨까?"

"저는 내자가 있고, 제 내자는 눈이 밝고 맘도 밝습니다. 그 사람이 찌푸릴 일은 못합니다."

몇 해 전 강하는 이온을 포섭하여 사신계원으로 만들라는 명을 받았으나 실패했다. 그때 사람의 마음을, 마음에 따른 삶을 타인이 좌지우지할 수 없음을 알았다. 스스로의 마음도 그러했다. 불순한 의도를 지닌 목적이 사랑으로 변하기는 어려웠다. 이온이 수앙을 납치하려는 맘을 먹게 된 연유가 무엇이랴. 이온은 그때 마음에 은결이 들었던 것이다.

"이천 리나 멀리 있는 자네의 자그만 내자가 알 리 없잖아? 뭐 대단한 일을 하라는 것도 아니고. 장부로서도 아니고 그냥 약방 손님 노릇이나 해보라는 거야. 그것도 밝은 날에. 자명고를 찢을 수 있는 여인인지 아닌지, 만나 보면 알 수 있지 않겠어?"

"제 자그만 내자는 이천 리 아니라 이만 리 떨어져 있어도 제가 하는 짓에 관한한 다 압니다. 저는 그래서 사소한 일이라도 내자가 싫어할 일은 못합니다. 그리 말씀하시는 스승님께서도 못하실 일이잖습니까. 스승께서 못하실 일을 제자한테 하라 하심은 부당하십니다."

두 사람을 번갈아 쳐다보던 명일이 빈 만두 소쿠리를 들었다가 턱 소리 나게 내리며 따졌다.

"이보십시오, 나리님들! 저희들 있는 거 아니 보이십니까? 저희를 앞에 놓고 두 분이 대체 무슨 말씀들을 나누시는 건데요?"

무영이 큰소리로 웃고는 말했다.

"어떤 사람이 내자 무서워 못 한다니, 미장가인 자네들은 어때?"

"대체 뭘요?"

"호동왕자 노릇."

"옛날이야기에 나오는 그 호동왕자요? 낙랑공주하고 거시기한 뒤에 북을 찢게 했다는 그 배신자 말씀이십니까?"

"호동이 좀 치사하기는 했지만 배신자라는 건 관점에 따라 다르겠고, 동수 자네 어때? 호동이가 되어서 낙랑을 한번 꼬셔 보려나?"

동수가 손사래치며 모처럼 입을 연다.

"낙랑이든 뭐든 저는 어머니와 누이, 집안사람 이외의 여인들과 말을 섞어 본 적이 한 번도 없습니다. 불가합니다. 더구나 전 낯빛이 검고 곰보자국으로 얽은 데다 눈썹은 너무 사납고, 눈매는 타인을 할퀴듯 날카롭고, 코는 독수리 부리처럼 무섭게 생겨서, 누이 말에 따르면 제가 혼인할 경우, 저는 신방에 들기 전까지 신부한테 얼굴을 보이면 아니 될 거라고 했습니다. 자칫하면 신부가, 어머니 날

살리오, 하면서 달아나 버릴 거라고요."

동수의 어투가 워낙 진지해 웃음판이 벌어진다. 웃음을 추스른 무영이 명일에게 눈을 맞춘다.

"그렇다면 양 통문, 자네가 해보려나?"

입을 삐죽인 명일이 참내, 하며 대답했다.

"동수도 그렇지만 저도 얼굴이 돼야 호동이든 마동이든 해보지요. 제가 우리 높으신 별님께 참 유일하게, 섭섭한 점이 그거 아닙니까. 제가 아무리 업둥이였어도 그렇죠. 업둥이이긴 똑같은데 누군 옥골선풍으로 만드시어 사위로 들이기까지 하시고, 누군 길가 나무인가, 산모퉁이 비럭인가, 어떤 처자도 쳐다보지 않게 지어 놓으셔서 스무 살이 넘도록 장가도 못 들고 있잖습니까. 공정치 못하시게."

명일의 말이 채 끝나기 전에 그의 이마에 강하의 왼손이 튕겨졌다. 불시에 이마를 가격당한 명일이 등받이 없는 의자 뒤로 나가떨어져 벽에 턱 부딪친다.

"사형! 어찌 이러십니까?"

놀란 동수가 강하를 향해 외치고는 명일을 일으킨다. 노기 띤 강하의 눈과 명일의 어리둥절한 눈이 마주친다. 금세 발개진 명일의 눈에서 눈물이 주르륵 흐른다. 별님의 자식으로 더불어 자란 사남매의 맏이인 강하는 어떠한 경우에도 아우들에게 어머니에 대한 불경한 언사를 용납하지 않았다. 사남매가 별님 자식이라는 사실은 입에 올리는 자체가 금기였다. 명일이 별님을 거론하여 두 사람의 태생을 운운한 건 불경을 넘어서 금기까지 어긴 것이었다.

금세 제 잘못을 깨달은 명일이 눈물을 쓱 훔치고 이마를 쓱쓱 문지르며 헤헤, 웃는다. 돌아서 괜히 문을 열고 술 한 병을 더 주문한

다. 쑥스러워서이고 혹시 모를 귀를 살피는 것이기도 하다. 동수가
제자리에 앉고, 명일은 돌아와 가슴에 양손을 포개더니 세 사람을
향해 고개 숙이고 나서 말했다.

"잘못했습니다. 스승님, 형님, 아우님. 용서하십시오, 형님!"

절절한 사죄다. 명일의 눈에 다시 눈물이 맺힌다. 강하가 머리를
끄덕이곤 고개를 약간 숙인다. 아우의 실수에 대한 징치가 심했다고
생각하는 것인지도 모른다. 어떻든 무영은 잠깐 새에 일어났다가 가
라앉는 형제의 소란이 재미나 흐흥, 웃고는 술을 마신다. 형제의 어
머니이자 자신의 정인인 별님. 이태 전 이월에 도솔사에서 만났다.
하룻밤 함께 지냈다. 이후 그 사람이 어디에서 머무르고 있는지도
모른다. 밤하늘의 별처럼 언제나 떠 있으되 그 사람이 보자 하기 전
에는 볼 수 없는 존재. 만나지 못하는 세월만큼 쌓여가는 그리움이
언젠가는 강으로 흘러 그에게 가 닿을지도 모른다. 그때쯤 또 그가
기별을 해올 터였다.

화제를 돌려야겠다 싶은 무영이 잔을 내려놓고 세 사람을 다가들
게 해 입을 연다.

"사실 호동왕자 거시기를 펼치기에 닷새는 너무 짧지. 또 현재 우
리 대장은 김 비장이니까 그가 마다하면 안 되는 거고. 지피지기면
백전불태라 했는데 지기가 안 되고 지피는 더욱 안 되는 바, 호동 거
시기는 버리기로 하고, 며칠 동안 술이나 마시자고. 사신이 되어 나
오니 그 한 가지는 좋잖아? 그 좋은 걸 우리만 하기는 그렇고, 소임
에 임하느라 꼼짝 못하는 사람들도 같이 할 수 있게 만들어 보잔 게
지. 더구나 닷새를 예서 지내기로 했으니 이백여 사나이들한테 소일
거리를 안겨 줘야지. 뭐가 좋겠어?"

명일이 불쑥 나선다.

"상림의 빈틈을 찾자는 의도이신 거지요?"

"그렇지."

"그럼 큰 시합이 어떨까요?"

"가령?"

"짐꾼들이 지난 두 달간 수시로 했던 벅수치기나 씨름이요. 내일 아침에 공고를 하는 거지요. 며칠 뒤에 큰 상금을 놓고 벅수치기와 씨름 대회를 연다고요. 대회 중에 술을 왕창 마실 수 있겠지요."

"그거 참 근사한 발상이네. 벅수치기는 씨름판에 못 나설 위인들도 할 수 있으니 고루 참여할 수 있겠고."

백동수가 거들며 나선다.

"시합에 참가하고 싶은 자들은 연습하느라 며칠 쉬게 보낼 테고요. 상금이 좀 높아야 한다는 문제가 있긴 하겠는데요?"

"누구나 탐낼 만큼?"

"그렇지요."

"상금이 얼마나 되어야 욕심들이 생길까? 이봐, 양 통! 말 꺼낸 자네라면 상금이 얼마만큼 걸리면 씨름이나 벅수치기에 나서 보려나?"

명일이 입을 삐죽이며 대꾸한다.

"제가 나간다는 가정으로 드린 말씀이 아닙니다. 씨름이든, 팔씨름이든, 벅수치기든, 평생 무공을 높여온 위인들이 줄줄 하잖습니까? 애초에 상금 딸 가망이 없는데 제가 나가 뭘 합니까? 약올라서 술이나 마시게 되겠지요."

"시합을 연다할 때 양 통처럼 생각하는 자들이 많으면 곤란한데?"

강하가 끼어든다.

"진짜 대회를 벌인다 치면, 대회를 진행하고 수발하는 사람들이 있어야 하지요. 호공관들, 비장들을 대회 진행요원으로 만들면 명일이 말한 문제는 얼추 해결할 수 있지 않겠습니까?"

"전공이 무술인 자들의 참가자격을 없앤다! 그러면 되겠네. 상금은 어찌 해결하지?"

"그야 서장관께서 조달하셔야죠."

무영이 명일처럼 입을 삐죽해 보이고는 고개를 끄덕인다.

"별 수 없지. 허면 상금을 얼마나 걸지?"

"우승 상금이 커야 하기도 하지만, 두 종목의 우승자만 상금을 가져간다고 치면, 명일처럼 아예 나서지 않을 사람이 많겠지요? 그러니까 한 시합 당 열 명 정도씩은 상금을 받을 수 있게 해야 할 겁니다. 일등은 못해도 십등 안에만 들면 약간의 상금이라도 받을 수 있다! 그리되면 어지간하면 나서 보겠지요. 다들 기운은 남 못지않다고 자신할 테니까요."

"그렇겠네. 좋아. 이제부터 마시면서 그 계획을 세워 보자고. 내일 아침에는 심양 태수를 보러 들어가야 하니 과음은 말기로 하고. 태수한테 대회를 알리고 부조를 좀 받는 것도 좋겠어."

무영이 잔을 든다. 세 사람도 따라 잔을 든다. 본국에서는 대놓고 못 마시는 술을 대놓고 마실 수 있어 좋으므로 다른 사람들도 같이 하자. 무영의 그 말은 이록의 보위들에게도 술을 마시게 하자는 뜻이다. 이록 주변에 옹성처럼 둘린 방어막을 뚫어 보자는 것이다. 그렇게 만들려 여기까지 왔는데, 도무지 방법이 없는 참에 대회라는 수가 나왔다. 며칠간 일은 많을 테지만 호동왕자 전략보다는 백 배

낫다. 그렇지만 술잔을 입에 대는 강하는 한숨을 쉰다. 대회와 더불어 치러야 할 일이 막막해서다.

　이록은 평생 몸을 다치거나 앓아누운 적이 없다. 기억에도 없는 어린 날 홍역과 천행두天行痘를 앓았으나 고뿔처럼 이겨냈다고 들었다. 그랬는데 쉰 살에 이르러 말에서 떨어졌고 그 탓에 방 안에서만 지내길 닷새째다. 지난해 기린부령을 지내던 황해 감찰사 민손택이 달리던 말에서 떨어져 즉사한 것에 비하면 약소한 부상이라 할 것이나 그는 그이고 나는 나. 내 몸을 내 맘대로 못하는 상황은 지리하고 멸렬하다. 몽롱한 상태에서 밥을 먹고 약을 마시고 침을 맞고 부항이나 뜸을 뜨는 틈틈이 잤다. 대소변을 가리고 몸을 닦고 양치를 하고 잠들었다. 정사와 수역과 서장관이 이따금 들여다보고 나가고 보위들이 번갈아 곁을 지키는 걸 느끼며 자다 깨다 했다. 잘수록 잠이 더 왔다. 자면서 몇 번, 평생 이토록 깊은 잠을 오래 자는 게 처음이라는 생각도 했다. 꿈을 무수히 꾸었다. 꿈속에서 숱한 사람들을 보았고 여러 여인들과 방사도 치렀다. 모두 품어 보았던 여인들이었다.
　품고 싶었으되 품지 못했던 단 한 명의 여인이 중석이었던가. 그가 또 꿈에 나타난다. 꿈속의 그는 소경이 아니다. 유수화려 마당가에 늘어진 그네에 앉아서 봄볕에 치마를 나부끼며 웃는 그의 환한 눈동자가 이록을 향해 있다. 바람이 일고 화개동천에 산불처럼 피어난 봄꽃들이 모두 중석과 함께 웃으며 날린다. 중석은 하늘거리듯 일어나 춤추며 노래도 한다.

즐거운 당신, 왼손으로 생황 잡고 君子陽陽 左執簧
오른손으로는 나를 방으로 부르시네요. 아아, 즐거워라 右招我由房 其
樂只且!
기쁜 당신, 왼손으로 일산 깃 잡고 君子陶陶 左執翿
오른손으로는 나를 춤판으로 이끄시네요, 아아, 즐거워라 右招我由敖
其樂只且!

『시경』, 「국풍」 편에 나오는 군자양양이다. 아아, 즐거워라! 중석
이 노래하며 손을 내민다. 그 손을 맞잡기 위해 이록은 손을 뻗는다.
잡히지 않으므로 몸을 움직이는데 무겁다. 아프다. 허리만이 아니라
전신이 수렁처럼 무겁고 가시 옷을 입은 듯 아프다.
"태감마님!"
이록은 눈을 뜬다. 들여다보고 있는 놈은 한부루다. 짐꾼 삼아 데
려온 송도 일귀 한우식의 아들이다. 제 아비나 가형 격인 한태루가
속내 같지 않게 둔하게 생긴 데 비해 부루는 계집처럼 부드러운 인
상을 가졌다. 아비 대신 솔축率蓄인 어미를 닮은 게다.
"몇 시냐? 오늘이 며칠이고?"
"스무날 저녁, 유시 중경입니다."
"내 아까 먹은 밥이 저녁밥이었더냐?"
"예, 태감. 아까 해 질 녘에 저녁을 자시었습니다."
저녁을 먹고 양치하고 다시 잠들었으니 기껏해야 한 시간이나 잤
는데 하룻밤 내리 잔 듯하다.
"밖이 어째 이리 수선스런 게냐?"
"큰마당에서 씨름과 벅수치기 시합을 벌이고 있나이다. 씨름과 벅

수치기 장사한테 상금이 따로 열 냥씩 걸려서 모두 눈에 불을 켠 듯합니다. 이등한 자에는 아홉 냥, 삼등한 자에게는 여덟 냥 식으로, 십등까지 상금이 걸렸습니다."

아까였는지 엊그제였는지 홍남수로부터 시합 이야기를 들은 것 같다.

"그 많은 상금이 어디서 나는데?"

"서장관께서 개인 수행을 단출히 하여 남긴 돈을 푸신다 합니다. 그 비장인 김강하 나리가 오십 냥을 내놓았다 하고요. 술과 고기를 잔뜩 사들였는데 더해서 심양 태수가 술과 고기를 엄청나게 보내왔습니다. 내일 아침 출발하면 행군을 서두를 터라 마지막 놀이라고 하더이다."

사행 길의 당상관에게는 삼천 냥, 당하관에게는 이천 냥에 해당하는 은이나 홍삼 등이 지급된다. 사행단의 당상관은 정사와 부사이고 당하관은 서장관과 수역관과 수의다. 비장은 일천 냥, 비장보와 호공관들과 통문관과 의원보 등은 삼백 냥어치씩이다. 각자의 목숨 값이자 개인 비용인데 쓰고 남는 경우에는 각종 물건들을 사거나 바꿔 들고 입국할 수 있다. 공식적으로는 그렇고 개인 하속이 많을 경우에는 갖가지 방법으로 은자나 물건을 가지고 나와 팔아 쓴다. 서장관 이무영은 종자 하나 없는 단신으로 온 터라 이천 냥이 넘쳐 마구 인심을 쓰는 모양이다. 김강하도 쉰 냥이나 내놨다니, 큰 상단 집의 아들답다.

"해서 모두 거기 나갔는데 너는 수직하느라 내 곁에 앉아 책이나 읽고 있는 게로구나."

놈이 읽는 책이 『시경』이다. 조금 전 꿈속에서 중석이 읊은 노래가 며칠 전 대방신 숙소에서 읽은 부분이었던 것이다.

"밖에 연삼이, 인수, 진용 등이 수직하고 있나이다."

"심의원은?"

"두어 식경 전에 와서 진맥하고 침을 놓고 탕약을 잘 챙기라 당부한 뒤 돌아갔습니다. 내일 아침에 다시 오시겠다고 하면서요. 요강을 대오리까?"

"그리해라."

부루가 요강을 가져와 뚜껑을 열어 놓고는 이록을 부축하여 일으킨다. 전신의 뼈마디에 새로운 균열이 이는 듯 쑤신다. 일어나지 못할 정도는 아니다. 무릎으로 서서 누는 오줌은 힘이 약하고 약내 섞인 지린내가 고약하다. 스스로 괴춤을 추스를 수 있으니 이만하면 다행인 셈이지만, 하루 네 번씩 탕약을 마시고 심의원이 하루 두 번씩 들러 침을 놓고 부황이나 뜸을 가는데 영 차도가 없는 것 같다. 최소한 한 달을 꼼짝 말고 누워 있으라 진단 받고 닷새 만에 차도 없다고 불평할 일은 아닐 터이나 내일 아침에는 길을 나서야 하므로 맘이 바쁘다. 서장관에게는 여의치 않으면 잔류하겠노라 말했지만 심양 땅에 누워 있을 만치 맘이 여유롭지 못했다. 이번에 김강하를 제거하지 않으면 온이 다시 무슨 사고를 칠지 알 수 없다. 또한 소전의 수족으로서의 그도 잘라내야 한다. 돌아가 할 일도 첩첩이다.

"내가 저녁 약을 마셨느냐?"

"아까 저녁 젓수신 뒤에 탕약 드시고 누우셨습니다."

심의원이 아침저녁으로 올 때마다 두 첩씩에 해당하는 약을 달여 온다. 이른 아침에 오며 아침 약과 점심 약을, 저녁에 오며 저녁 약과 밤 약을 가져 오는데 때마다 보위들이 중탕으로 데워 대령한다.

"정사대감이나 김 수역, 박 수의는?"

"대감의 고뿔이 떨어지셔서 세 분이 함께 시합장 구경을 나가 계십니다."

심양 태수의 허락은 물론 술과 고기까지 부조 받은 큰 행사라, 사행단 이백여 명은 물론 객관 하속들까지 더불어 난장을 치고 있다는 것이다. 이록은 나갈 몸이 못되고 나가고 싶은 마음도 아니다. 누우니 다시 기운이 잦아든다.

"너 읽던 책이나 소리 내어 읽어 봐라."

"황송합니다, 태감. 「위나라의 노래」를 들여다보고 있었사온데, 소인이 모르는 글자가 많아 뜻을 알기도 어렵나이다."

"『시경』은 그렇다 치고 네가 글자를 다 읽고 뜻을 해석할 수 있는 책은 무엇이냐?"

"황공합니다. 한자로 쓰인 책 중에는 없사옵고, 정음으로 지어진 책들은 가끔 읽나이다."

"병서도 아니 읽었어?"

"온통으로 본 책은 없습니다."

소전이 세자익위사를 통해 『무예신보』라는 책자를 만들고 있었다. 언해본諺解本을 제외한 책들은 한문으로 쓰여야 판각본이 되어 부중에 퍼진다. 책장수들이 필사본을 만들 때 더러 한글로 풀어 쓴 해석본을 함께 내놓기도 한다. 하지만 무예 책자는 수요가 많지 않으므로 한글본이 드물다. 소전의 『무예신보』는 한글본을 같이 낼 것이라는 말이 있다. 한글만 아는 병졸들도 읽을 수 있도록 만든다던가. 오래지 않아 부루 같은 반거충이들도 수월하게 읽을 병서가 생길 수도 있는 것이다.

"솔직한 점은 마음에 드는구나. 그러면 『손자병법』의 「군쟁」 편에 나오는 풍림화산음뢰風林火山陰雷라는 말의 뜻은 아느냐?"

"군사를 움직일 때는 휘몰이 바람 몰아치듯 빠르게 하고, 나아가지 않을 때는 숲처럼 고요하게 있고, 적을 공격할 때는 불이 번지듯 맹렬하게 하고, 적의 공격을 받을 때는 태산처럼 묵직하게 버티어야 하고, 숨을 때는 검은 구름에 가려 그림자조차 보이지 말아야 하고, 공격할 때는 뇌성벽력이 몰아치듯이 신속하게 해야 한다는 뜻이라 알고 있습니다."

"읽어 안 문장이냐, 들어 왼 풍월이냐?"

"들어 알기를 먼저하고 문장을 찾아 글자를 맞춰 읽었습니다."

"허면, 보위들 중에서 진서를 그런대로 읽을 줄 아는 자가 누구인 것 같으냐?"

"이화헌에 있을 때면 소인이 속한 조의 동보가 한자 책들을 편히 읽는 것 같았고, 홍 대장이 그런 듯하였습니다. 한양 떠나오기 전에 나경언 대신 들어온 연진용도 제법 읽은 내색이었고요. 다른 사람들은 잘 모르겠나이다."

이화헌 책실에다 책을 그득히 채워 놓았다. 그 책들의 문장이 보위들의 머릿속으로 들어가지 않는 걸 모르지는 않았다. 그들이 필요하다 하면 글 선생을 데려다줄 생각도 했다. 하지만 한번 떨어진 꽃은 다시 가지에 오르지 못한다던가. 책 읽는 버릇이 들지 않는 보위들은 글 선생을 청해오지 않았다. 이록은 하릴없는 놈들이라고 내버려두었다. 될성부른 종자들은 저희들의 처지를 스스로 넘어선다. 어디서 태어나 어떻게 살든 스스로 애를 써야 돌아 오르며 빛을 내는 것이다. 돌아 올라 빛을 내야 누군가 눈여겨보는 것이고.

"견이불식見而不食이라더니, 깜깜 문맹도 아닌 터, 책이 있으면 읽어봄직하지 않느냐? 어린 사람들도 아닌데?"

"소인을 비롯하여 저희들 거개가, 군이 글을 읽어야 할 필요를 절감하지 못하여 게으름을 피운 듯합니다."

"익혀 놓으면 쓸 일이 생기는 거 아니겠느냐? 연진용을 제외하고, 너희들이 내게 온 지가 전부 삼 년 이상 되었고, 내가 그런 말한 걸 듣지 못한 사람은 없을 것인데?"

"황공하옵니다."

"특별수비대의 윤홍집이나, 서장관의 비장인 김강하만 해도 너희들 같은 무사로 자랐으나 문장을 갖추고 있었기에 무과를 치러 급제했지 않느냐. 너희는 그들이 반족이나 중인의 적자라는 신분을 갖췄기에 너희들보다 나은 곳에서 태어난 덕이라고 여길지 모르나, 나는 그리 생각지 않는다. 누구나 자신이 선 자리에서 솟구칠 수 있는 힘을 갖추어야만 기회가 왔을 때 잡을 수 있다고 본다. 너희들의 대장 남수만 해도 이번에 훈련원 습독관 직책이라도 얻어 비장으로 온 건 글을 알기 때문이었다. 하늘은 스스로 돕는 자를 돕는다고 하지 않아? 그게 하늘이 돕는 것이겠느냐? 자기가 자신을 돕는 것이지. 내가 무공이 제법된 너희들을 모아 놓고 서실을 따로 만들어 책들을 잔뜩 쌓아 준 까닭에 대해서, 어찌 생각들을 하지 않는지 나는 도시 의문이다."

"황공하여이다, 태감마님."

"돌아가 이화헌에 글 선생을 놓아 주면 작심하고 글공부를 해보겠느냐?"

"예, 태감."

"내 언젠가는 너희들이 서출이거나 천출이라는 생각을 안 해도 될 자리를 만들어 줄 것이다. 내게 그만한 힘이 있다는 것이야 너희들이 알 터. 내게는 너희들을 올려 줄 마음이 항상 있었다. 앞으로도 그럴 게고. 그걸 유념하여 무술을 겸하여 글공부도 부지런히 하거라."

"명심하겠습니다."

"내일 정사와 같이 나서야겠다. 그 채비를 해야겠으니 나가서 홍비장을 불러오너라."

부상의 경과가 어떻든 남은 여정 안에 김강하를 소전 곁에서 떼어 내야 하므로 홍남수에게 명을 내려놓을 때가 됐다. 명을 내려놓아야 놈을 칠 기회를 찾을 수 있을 것이므로.

"무리십니다, 태감. 박의원이나 심의원, 그분들이 말씀하시길 최소한 한 달 정도는 말을 타시면 아니 되시리라 하였습니다. 부상이 더치면 장구한 세월 운신이 여의치 않으실 거라고요."

"일단 나서 보기나 하련다. 가다 힘들면 쉬었다가 움직이면 되겠지. 하는 수 없다면 처져서 가는 게고. 홍비장 불러라. 진용이 들여보내고."

부루가 나가고 이록은 조심스레 모로 눕는다. 가만 누워만 있으면 통증은 무지근하게 가라앉는 대신 몸이 둔해지며 굳는 것 같았다. 진용이 들어오더니 다가들어 이불을 덮어 주고 곁에 앉아 등판을 가만가만 만져 준다. 뻣뻣한 사내 손일망정 손길이 닿는 곳마다 멈췄던 물줄기가 돌 듯이 피가 도는 게 느껴진다. 또 중석이 떠오른다. 그의 손길이랄 것도 없는, 손바닥이 등에 가만히 닿았다가 떨어졌을 때 등판에 손바닥만 한 구멍이 뚫린 듯했다. 허전함을 넘어서는 서

늘함. 그 손이 나의 속내를 다 빼간 듯이 느껴지지 않고, 꽉 막혀 있던 뭔가가 뻥 뚫린 것 같았다. 그런 그를 데려다 노래를 들을 수 있다면 좀 좋으랴.

조선 사나이들

　큰마당에는 양각등羊角燈 오십여 개가 매달렸고 횃불 오십여 기가 꽂혀 대낮처럼 밝다. 곳곳에 놓인 화로에서 불꽃이 화르르 화르르 피어난다. 푸른빛이 돌 만큼 맑은 밤하늘에는 사위어 드는 정월 스무날 달이 걸렸고 총총 열린 별들이 반짝인다.

　씨름이나 벽수치기 시합은 몇 해 전 강하가 무과를 치를 때와 같은 방식을 따랐다. 출전자들이 둘씩 맞붙어 지는 자들이 떨어져 나가는 소전의 방식이다. 떨어져 나가는 자들에게 벌주 겸 위로주 한 잔씩을 마시게 한다. 현재 인원이 이백십육 명이다. 그 인원이 충분히 마실 만한 분량의 술을 계산하여 입이 타는 것처럼 독한 화주를 열다섯 말 사고, 큰 돼지 세 마리를 잡았다. 서장관 이무영과 문장을 나누며 친해진 심양 태수가 화주 열 말과 서른 마리 분의 사슴고기를 보태 주는 바람에 술과 고기로 목욕도 할 수 있을 정도가 되었다.

　씨름시합을 먼저 벌이기로 했다. 정사대감의 허락을 받아 호공관들을 시합감독이며 심판들로 삼았다. 삼사의 비장과 비장보들은 서장관을 돕는 진행요원이 되었다. 씨름 시합에 참가하겠다는 인원이 일백십이 명이다. 넓은 마당이라고 해도 일백십이 명이 동시에 씨름을 할 수는 없으므로 호공관 한 명이 이인일조의 씨름을 지켜보게 해 마흔여덟 명이 첫판 일차 시합에서 승부를 가린다.

세 차례에 걸쳐 이루어진 첫판 시합에서 오십육 명이 떨어져 나갔다. 그 오십육 명이 술을 마시는 걸 떠들썩하게 지켜보며 두 번째 판을 준비한다. 두 번째 판에서 떨어진 자들이 술을 마시는 동안 세 번째 판을 준비한다. 일곱째 판에서 씨름 장사가 나왔다. 방물 짐꾼으로 이십여 년간 사행단을 따라다니며 씨름 좀 해봤다는 서른여섯 살의 박돌쇠다. 정사대감이 박돌쇠를 비롯한 십등까지의 장사들한테 상금을 수여하고 축하주 한 대접씩을 마시게 한다. 씨름판에 참가했던 백열두 명이 모두 술을 마셨다. 시합에 참가치 않은 자들은 응원석에서 연신 술잔을 비워댔다. 유시 초에 시작한 씨름시합이 술시 말에 조선만세 삼창과 함께 끝났다.

서장관 이무영은 평생 글공부만 해온 사람이라고 볼 수 없을 만치 대회를 능란하게 이끌어 나간다. 강하는 스승의 색다른 면에 새삼스레 감탄을 거듭했다. 그에게 배울 게 글만이 아니었던 것이다.

벅수치기는 마주선 두 사람이 양팔을 앞으로 뻗어 닿을 만한 거리로 마주서서 손바닥을 부딪쳐 먼저 넘어지는 자가 지는 시합이다. 손바닥만 닿아야 하는 경기이지만 힘보다 몸을 움직이는 요령이 관건이다. 몸피가 작거나 힘이 약해 씨름판에 아예 나서지 못한 자들이 출전하기에도 너끈하다. 상금받은 자들을 제외하고 씨름판에 나갔던 자들이 벅수치기판에 다시 나설 수도 있기 때문에 신청자가 백육십사 명이나 된다. 이무영의 신호로 정사대감의 비장인 군기시軍

囂寺의 박 봉사奉事가 징을 쳐 장내를 가라앉힌다.

"벅수치기는 씨름만큼 넓은 공간을 차지하지 않으므로 첫 시합을 네 번으로 나누겠습니다. 첫 번 참가자 사십 인은 나와서 이십 인씩 양편으로 마주서십시오. 단판입니다. 요령껏 재미나게 이기시기 바랍니다. 시작합니다."

마흔 명이 나와 스무 명씩 마주서자 박 봉사가 시작 신호로 징을 친다. 덩, 하고 징이 울리자 참가자들이 상대를 밀치고 피하고 다시 밀치느라 팔들을 뻗어대자 군무를 추는 형세가 이루어진다. 응원소리보다 웃음소리들이 크다. 북국의 정월 밤 추위는 아무도 아랑곳하지 않는다. 진 축과 이긴 축이 금세 판명난다. 떨어진 축들은 술을 마시며 자신과 친한 사람들을 응원하고 나선다. 판갈이가 이루어지는 사이에 네 차례의 첫 시합이 끝난다.

두 판째 시합은 두 번으로 나누어 진행한다. 세 판째 시합에는 마흔두 명이 나섰는바 한꺼번에 이루어진다. 짝을 이루지 못하게 한 명이 남을 경우 전 시합의 최후에서 진 자를 끌어올려 새 판에 세운다.

다섯째 판에 열 명이 나서게 되자 응원 소리들이 한층 요란해진다. 다섯째 판부터는 실제로 상금을 타게 되는 순위가 정해지기 때문이다. 이긴 자와 진 자가 갈리고 진 자들끼리의 순서가 정해진다.

여섯 명이 나선 여섯째 판에 이르자 장내에 긴장감이 감돈다. 여섯째 판은 앞선 다섯 판보다 시간이 길게 이어진다. 수십 번의 손짓으로도 승부를 내지 못하는 두 사람은 이록의 보위 중 한 명인 박두석과 수역관 김신편의 시자인 민종기다. 양쪽이 최종판까지 갈 수 있는 고수들인 셈인데 서로한테 불운하게 둘이 만나는 바람에 한 명이 여기서 떨어지게 생겼다. 응원 소리는 양쪽으로 확실하게 갈라졌다.

"종기야, 밀어, 밀어."

그렇게 응원하는 측은 역관들과 친한 사람들이다.

"박두석, 두석아, 몸을 구부려."

그리 외치는 이들은 이록의 보위들과 친한 이들이다. 흡사 결승전 같다. 응원하는 자들 사이에서 내기 판이 만들어지는 것도 결승전과 비슷하다.

"누가 이길 것 같나?"

무영의 물음에 웃은 강하가 상석을 건너다본다. 처마 아래 천막을 둘러 바람을 막고 앞면만 터놓은 상석을 만들었다. 그 안에 정사 대감과 김 수역과 박의원이 담요를 뒤집어쓰고 각자의 화로를 끼고 앉아 장죽을 든 채 내기를 걸고 있다.

"민종기한테 열 닢 걸겠습니다. 나리는요?"

"거 참, 내가 그쪽에 걸려고 했는데. 하는 수 없지, 나는 박두석한테 열 닢."

곁에 있던 동수가 고개를 들이밀며 말했다.

"나리, 민종기한테 거십시오. 제가 박두석한테 열 닢 걸겠습니다."

"뭐야, 자네. 뭘 보고?"

"그냥이요. 그럼, 내기 걸린 겁니다. 어차피 저 두 사람 또 만나게 될 건데, 이따 또 걸어 보지요."

지금 판에서 떨어진 사람이 일곱째 판에 오를 수밖에 없긴 하다. 세 사람의 내기가 확정되니 눈을 부라리며 시합을 쳐다보는데 승부가 싱겁게 나고 만다. 민종기가 기우뚱하더니 털썩 주저앉아 버리지 않는가. 탄성과 탄식이 큰마당 안을 가득히 메운다. 아하! 백동수가 환호작약하고 이무영이 어허이! 탄식하고는 마당으로 나선다. 이 대회를 위해 삼백 냥의 사비를 쓰고서도 동수한테 십 전 앗긴 걸 아쉬워하는 그가 우스워 강하가 웃는다. 무영이 여섯째 판에서 이긴 세 명의 승리를 선언한 뒤 패한 세 사람에게 술을 마시게 하면서 일곱째 판을 준비한다.

민종기가 다시 나와 네 사람이 일곱째 판에 나섰다. 이 판에서 진 자들끼리 붙어 삼사등을 가리게 되고, 이긴 자들끼리 결승에 나서게 된다. 박 봉사가 골패 네 개를 가지고 나와 제비를 뽑게 했다. 박두석이 해성군의 구종 열섭이와 붙고 민종기가 방물꾼인 옥홍이와 붙게 됐다.

서장관 이무영은 둘씩 따로 시합을 치르게 한다. 먼저 박두석과 열섭이 나섰다. 사방에서 편이 갈리면서 내기판이 조장된다. 선수들만의 승부가 아니게 되었다. 자신들이 건 쪽을 응원하느라 목소리가 쉬어 터질 지경이 되어서야 박봉사가 징을 쳤다. 준비에 비해서는 승패가 쉽게 갈린다. 박두석이 이겼다. 작달막하지만 어깨가 떡 벌어져 다부진 박두석은 만단사 봉황부 이봉사자로 홍남수를 이어 사령보위부의 제 일조장을 맡고 있다.

민종기와 옥홍의 판은 길게 이어진다. 민종기가 이겼다.

이무영이 진 자와 이긴 자들에게 고루 술 한 잔씩을 마시게 한 뒤 삼사위전을 먼저 치르게 한다. 열섭과 옥홍이 외투도 벗어부치고 시합에 나선다. 마당 가운데에 두 선수가 마주서자 김 수역의 별배가 무영에게 다가와 말했다.

"수역관께서 이 판에서 이긴 자에게 석 냥, 진 자에게 한 냥을 내리신답니다."

"결승전에는?"

"그에 대한 말씀은 없으셨습니다."

무영은 김 수역을 향해 허리 숙여 뜻을 받든다는 예를 올리고는 좌중을 향해 김 수역의 뜻을 알린다. 놀이판이 막바지에 이른 터인데다 김 수역이 삼사 위를 위로하는 의미로 상금을 따로 내린다는 걸 알게 되자 잠시 주춤하던 장내가 다시 달아오른다. 사방에서 타는 목을 축이느라 술을 마셔댄다. 결승전에 대비해 웅크리고 있던 내기들이 다시 조성된다.

징이 울리고 시합이 시작되었다. 마당에서 비켜나온 이무영 뒤에서 동수가 강하를 건드린다. 손짓으로 누구한테 걸겠느냐 묻는다. 강하는 옥홍에게 열 닢 걸겠노라 손짓하고 동수는 열섭에게 열 닢을 건다. 앞에 서 있던 이무영이 뒤로 손을 뻗어 동수가 건 열섭에게 열 닢 걸겠다고 손짓한다. 열섭이 이기면 동수와 무영은 강하의 돈 열 닢을 다섯 닢씩 나누어갖게 되는데, 다섯 닢 때문에 무영은 동수 편에 서는 것이다.

"나리, 부자 되시겠습니다."

강하가 뒤에서 이죽거리자 앞에서 흐흐흥 웃는 소리가 난다. 승부가 나기까지 한참 걸린다. 옥홍이 이겼다. 동수와 무영의 돈 열 닢씩이 강하에게 건너온다. 강하는 크하하 웃고 싶은 걸 애써 참으며 흐흐흐 낮게 웃는다.

이긴 옥홍에게 원래 준비된 상금 여덟 냥이 수여되고 김 수역이 마련한 상금 석 냥도 내려진다. 시합에 진 열섭도 이래저래 여덟 냥이나 받게 되었지만 원래 제 것이었던 우승을 뺏기기라도 한 듯이 분한 얼굴로 술대접을 비운다.

대미를 장식할 결승전이 준비되는 사이에 부사 이록이 큰마당으로 나왔다. 마냥 누워 있기에는 바깥의 소란이 너무 크고 흥겹게 느껴졌을 터이다. 몸이 그만해 졌다는 뜻이려니와 자신의 보위 박두석이 결승에 나섰다니 좀이 쑤시기도 했을 것이다. 수직하던 보위들에게 부축되어 나온 그가 정사대감 등이 앉아 있는 천막으로 들어간다. 그의 보위들이 좌대를 들고 나와 그 위에 요를 깐 뒤 이록을 앉히고 담요를 들씌운다. 화로 두 개가 더 따라나와 천막으로 들어간다. 이록의 자리가 만들어진 뒤 그의 비장 홍남수가 서장관에게 다가와 말했다.

"부사 영감께서 이 시합에서 이긴 자에게 열 냥, 진 자에게 닷 냥의 상금을 내리시겠답니다."

고개를 끄덕인 무영은 벅수치기 시합의 우승 상금을 이십 냥으로 올려놓은 이록을 향해 허리 수그려 감사를 표시한다. 이록이 흔연한 얼굴로 고개를 끄덕인다. 그에게 웃어 보인 무영은 박 봉사에게 장내를 가라앉히라는 신호를 보낸다. 박 봉사가 징을 세 번 울리자 장내가 우물 속처럼 가라앉는다.

"자아, 이제 오늘 대회의 마지막 판입니다. 이 자리를 허락해 주신 정사대감과 부사영감께 깊이 감사드립니다. 고맙습니다. 그리고 재차 공고합니다. 우리는 성상전하의 신하들이자 조선의 아들들입니다. 우리는 내일 아침 진시 초에 모여, '성상전하 천세! 조선만세!'를 외친 뒤 성상전하와 조선을 향해 출발할 것입니다. 이 시합이 끝나면, 다 같이 움직여 우리가 논 자리를 말끔히 정돈하면서 이 자리의 여흥도 같이 정리합니다. 그렇게 여흥을 끝내고 출발 준비를 마쳐 놓고 편히, 조용히들 주무시기 바랍니다. 아시겠습니까?"

"예에!"

함성으로 지붕이 날아갈 것 같다. 이무영이 양손을 들었다 내리자 조용해진다.

"성상전하와 정사대감께서 제게 허락하신 직권으로 분명히 말씀 드립니다. 이 판이 끝난 뒤에 자그만 소란이라도 일으키는 사람은 끌어내 태장 백 대를 치고, 청국 통부와 아국의 호패를 거둔 뒤 심양 행궁 남문 앞 광장에다 내다버릴 것입니다. 명심하시고, 시합이 진 행되는 동안에는 힘껏들 응원하며 한껏 흥을 내십시오. 그리고, 편 찮으시어 좀 전에야 나오신 부사영감께서 벽수치기 우승자에게 열 냥의 상금을 덧붙여 주셨습니다. 준우승에게는 닷 냥을 덧붙여 주셨 고요. 부사영감, 감사합니다. 여러분 다 같이, 대감과 영감들께 감사 올린다고 소리칩니다! 하나, 둘, 셋!"

고맙다는 말과 너무 커진 상금에 대한 부러움으로 아우성이 인다. 두두두 술잔을 두드리고 타타타 발을 구르고 천세, 만세를 외친다. 상금이야 어디로 가든, 나중에 태장 백 대를 맞고 이역의 광장에 내 버려질 자가 생기든 말든 지금 흥겨우므로 장내가 들들 끓는다. 이 무영이 손을 올렸다가 내리면서 장내를 가라앉히고는 말을 잇는다.

"상금이 워낙 커진 데다 결승전이므로, 오판삼승으로 우승자를 가리도록 하겠습니다. 두 선수는 나오시고, 시작해 봅시다! 조선의 아들 여러분, 다시 한 번, 다같이, 조선만세를 목청껏 삼창합니다. 함성!"

와아아. '조선만세. 조선만세. 조선만만세.' 다 같이 내지른 함성으 로 객관의 지붕들이 들썩이는 성싶다. 결승전의 두 선수, 박두석과 민종기의 입장에 폭우 같은 박수소리가 인다.

마당 건너 처마 밑 상석에 이록이 담요를 감고 기우듬히 앉아 있다. 박두석과 민종기를 바라보며 김 수역과 이야기를 나눈다. 마당 가운데에 나선 두 선수가 그들의 수하들이라 나름 긴장하면서도 재미난 표정이다. 저렇게 예사롭고, 큰 품을 가진 듯 넉넉하고 인자한 그가 만단사령으로서는 아무렇지도 않게 사람을 죽인다. 제 품에 든 자들을 살인귀로 만든다. 백이십여 년 전 임금의 오대손이라는 그가 이제금 임금이 된다면 어떨까. 강하는 두 달 반 전 한양을 떠나오면서부터 그 생각을 여러 번 했다. 그가 임금이 되기 위한 과정을 차치하고, 임금이 된 이록은 어떨까. 상상이 되지 않았다. 그저 현재 대전에 앉아 계시는 그 어른만 연상되었다. 천출 후궁의 소생이라는 열등감에 시달리면서, 이복형인 선왕을 독살했다는 소리 없는 소문에 평생 쫓기면서, 신료 세력을 당해내지 못해 아들을 방패로 내세워 놓고 뒷방에 앉아 아들만 잡아 흔드는 늙은 임금.

기우뚱기우뚱 수십여 합을 겨룬 끝에 민종기가 첫판을 이긴다.

임금이 된 이록이 어떤 모습이든 그가 임금이 되기 위한 과정에 쓸려나갈 사람들이 김강하와 무관하다면 그를 제거하라는 큰 명에 강하도 승복하지 못했을 것이다. 소전이 자신의 눈앞에서 이록을 치워 달라 했어도 불가하다 아뢨을 터이다. 이록이 반야를 죽이러 나서지만 않는다면 그가 소전과 세손을 위협하지 않는다면 조선의 임금이 누가 되든, 조선의 미래가 어떠하든 강하는 상관없으므로 명령에 불복했을지도 모른다. 어떠한 경우에도 사신총령에 따르겠노라. 그리 서원했지만 총령이 내리기 전에 따졌을 것이다.

두 번째 판에 박두석이 이긴다.

여기까지 이르는 동안 강하는 여러 번 별님의 눈을 떠올렸다. 아침 햇살처럼 밝았으나 캄캄하게 닫혀 버렸던 어머니의 눈. 화개에 머물 즈음부터 눈이 열리기 시작한다기에 강하는 사뭇 들떴지만 개안이 이루어진 건 아니었다. 그나마 다시 빛을 잃어가는 게 아닐까, 함월당이 심려하는 말을 듣고 떠나왔다.

'우리 강수 어쩌면 이리 어여쁘니?'

그렇게 속삭이며 일곱 살 강수를 안아 주던 큰언니 반야가 있었다. 태고적인 듯이 먼데도 어제 일인 양 선명한 그 장면. 반야와 동마로를 따라 도고현의 봉수산을 넘던 길이었다. 반야에게서 수로부인 이야기와 헌화가를 들었다. 일곱 살 강수도 자줏빛 각시취꽃을 한웅큼 꺾어다 반야에게 내밀며 노래를 불렀다. '자줏빛 바윗가에 암소 놓아두게 하시고 나를 부끄러이 아니 여기시니 꽃을 꺾어 바치나이다.'

민종기가 세 번째 판을 이긴다.

강하는 이따금 십수 년 전 동마로 언니를 생각해 왔다. 지금도 생각한다. 반야언니를 지키고 아우들을 지킬 수 있을 만큼 강건하게 커라, 강수야. 그리 당부하고 떠난 그를 다시는 보지 못했다. 지금의 김강하는 그들의 염원으로 지어졌다. 반야와 동마로와 같은 무수한 사람들에 의해 여기 있는 것이었다. 그러므로 이 밤에 할 일이 있었다. 사실 총령은 아니었다. 총령은 상황에 따라 움직이라는 것이었다. 그 상황을 이 밤에 만들었다.

네 번째 판에서 박두석이 이긴다. 이대이. 마지막 판에 이르렀다. 장내가 들들 끓다 못하여 넘쳐서 숙연해 진다.

이록은 자정 즈음에 약을 마신다. 그의 보위들은 지미방에서 약을 데운다. 강하는 이록 보위들이 약을 데우는 과정을 며칠에 걸쳐 살폈다. 지미방의 관행도 알아냈다. 지미방 큰 솥에는 밤에도 물이 끓는다. 김이 피고 솥물이 흐르는 큰 솥 아래 아궁이에는 밤새 한두 개비의 장작이 탄다. 이백여 명을 먹이기 위한 지미방은 불이 꺼지면 안 되기 때문이다. 이록의 보위들은 큰 솥에서 더운 물을 덜어내 자그만 솥에 붓고 그 솥 안에 마개 덮인 도자 약병을 담근다. 아궁이의 숯불 몇 개를 꺼내 삼발이를 놓고 약병 담근 솥을 그 위에 얹는다. 약이 중탕으로 데워지는 시간은 삼분지이각三分之二角쯤인 듯했다. 그 삼분지이각쯤의 동안에 이록의 보위는 아궁이 앞에 앉아 졸거나 연초를 피우거나 한다. 물을 마시기도 하고 기지개를 켜며 잠을 쫓기도 한다. 소피를 보기 위해 지미방 측면 문밖으로 나가기도 한다. 지난 두 달 반 동안 아무런 일이 생기지 않았으므로 어떤 경계심도 없었다.

오늘 밤의 놀이판이 마무리 될 즈음. 이 놀이판을 정리하느라 모두가 바쁠 때 강하는 약사발을 가지고 지미방으로 향하는 이록의 보위들을 살필 터이다. 백동수와 함께 지미방으로 갈 것이고 어떤 방법으로든 약사발에다 사진독思盡毒 한 방울을 넣을 것이다. 혜원 무진에 따르면 사진독은 이름 뜻 그대로 생각이 다하게 만들 뿐 치명독은 아니었다. 중독되면 바보가 되는 독일 뿐인 것이다. 반야가 칠요에 오른 뒤 사진독에 의해 바보가 된 자들이 적지 않다 했다. 죽어 마땅한 자이되 목숨은 붙여 놓는 게 주변 사람한테 도움이 되는 자들이었다.

당금의 이록도 최소한 이번 사행 길에 타살되지 않아야 할 이유가 많았다. 소전이 이록을 살려 놓으라 했거니와 그가 이번 사행에서 사고사 이외 다른 모습으로 죽으면 문제가 사태처럼 커질 수밖에 없었다. 이록을 사신으로 보낸 소전과 서장관인 이무영과 호공관들의 대장격인 김강하가 책임을 면하기 어려웠다. 지금 강하의 관건은 단 한 가지다. 무사히 돌아가기. 돌아가서도 아무 일 없이, 수앙의 종알거림을 들으며 살기. 귀환하여 집에 들어서면 수앙이 아아아, 큰언니! 소리치며 불꽃처럼 달려들 것이다. 누가 보든 말든 팔짝 뛰어 안길 것이다. 이번 사행에 나선 이후 잠자리에 들 때마다 세상에 수앙이 하나밖에 없음을 다행으로 여겼다. 수앙이 둘이었다면 그리움에 타서 재가 되고 말았을 것이기 때문에.

최후의 시합에서 박두석이 이겼다. 그가 이록의 보위인바 강하로서는 다행이다. 이록 보위들의 흥분이 클수록 틈은 더 많아질 게 아닌가.

와아아. 한껏 긴장했던 장내가 다시 들들 끓는다. 상석에서는 박두석과 민종기에게 상금을 내리느라 수선이다. 내기에 진 자들이 돈을 잃은 분을 푸느라 남아 있던 술들을 모조리 마셔 치운다. 아직까지는 술주정하며 난동 부리는 자가 없다. 그렇지만 화주 스물다섯 말을 나눠 마셨으니 무슨 일이 일어날지는 모른다. 박 봉사가 지잉지잉, 느리게 징을 치며 장내를 정리한다. 분위기가 차츰 가라앉는다. 장내가 조용해진 뒤 서장관이 정사에게 다가들어 폐회를 선언해 달라 청한다. 정사대감이 마당 가운데로 나서서 한 말씀하시기 시작한다. 밤하늘은 여전히 맑다. 밤은 아름답고 사람들은 더 아름답다.

침묵을 배웠다

　지난 보름날 빈궁전에서 세자익위사의 좌부솔 부인 안인 은씨한테 단독 입궐을 명해 왔다. 정월 그믐날 미시 초에 빈궁전으로 들어오라는 것이었다. 방산은 대조전에서 경춘전으로 옮겨간 칠성부원 권 나인을 통해서 빈궁의 명이 사실인가부터 살폈다. 이번 빈궁전의 입궐 명이 이온의 사주라는 징후는 보이지 않았다. 지난 섣달 이후 온이 입궐하거나 서찰이 들어온 적도 없다는 것이었다.

　근래 대전에서는 원손의 왕세손 책봉을 준비하고 있었다. 원손의 왕세손 책봉은 빈궁전의 경사였다. 그런데 삼 년 전 이월에 돌아간 정성왕후의 탈상이 코앞에 닥친바 예조에서 새 왕후 간택을 계획하는 게 빈궁전에는 재앙과 다를 바 없었다. 대전은 지난겨울 내내 병석에 누워 지낸 셈인데 문안 든 정승 대신들을 대놓고 수시로 근심하는 소리를 하는가 보았다.

　"종묘사직을, 국사를 어찌할꼬!"

　한창 젊어지는 소전을 죽은 셈치는 것으로 모자라 종묘사직을 망칠 자로 만드는 것이었다. 궐 안이 그리 뒤숭숭하므로 빈궁은 그런 것과 무관한 은 안인을 불러 궐 밖 세상에 대한 이야기나 들었으면 했던 것이다.

왕실을 제외하고는 누구를 막론하고 입궐할 때 시자나 호위를 대동하지 못한다. 금위군과 익위군 이외의 자들이 무기를 소지하거나 호위를 거느린 자체가 역심이자 역모가 되는 게 궐내 법이다. 해서 방산은 능연을 수앙의 보모로 삼았다. 수앙을 가마에 태우고 무사 넷을 딸려 창경궁 홍화문 앞까지 호위하게 했다. 가마에서 내린 수앙과 능연이 홍화문 안으로 들어갔다. 한 시진이 지나고 한 시진이 더 지나 신시 말경이 되도록 두 사람이 궁에서 나오지 않았다. 궐문 앞에서 대기하던 호위 둘이 혜정원으로 돌아와 수앙과 능연이 궁에서 나오지 않는다고 알렸다. 빈궁전이 은 안인을 오찬 시간이 지난 미시 초에 들라한 것은 다과나 함께 하겠다는 의미였다. 대낮에 다과나 함께 하자는 것일 제 서너 시간이나 붙들고 있을 턱이 없었다.

방산은 비상을 거는 동시에 순일당과 여진에게 빈궁전 알현을 청하게 했다. 알현을 허락한 빈궁이 오히려 놀란 얼굴로 경상의 서랍을 뒤적이더니 봉서를 들어 보이며 순일당에게 말했다.

"은 안인이 토사곽란이 나서 입궁치 못함을 용서하시라, 하시지 않았습니까? 아침에요. 내 그렇지 않아도 내의라도 보내어 은 안인을 살피라 할까 생각중이거늘, 은 안인이 입궐했다고요? 허면 그 사람이 이 궐 안에서 어디로 증발했다는 겝니까? 대체 어디로요?"

순일당과 여진은 빈궁이 건네 준 편지를 읽었다. 한글로 쓰인 편지는 은씨의 어미인 영인부인 주씨가 올린 것으로 수기되어 있었다. 순일당은 자신은 이런 서신을 올린 적이 없다고, 수태 중인 딸아이는 토사곽란이 난 적이 없으며 미시 직전에 가마에서 내려 홍화문으로 입궐하는 것을 하속들이 확인했노라, 아뢨다. 부디 딸아이 행방을 찾아 주소서, 읍소했다.

빈궁은 즉시 소전에게 알리는 한편으로 가짜 봉서가 들어온 경로를 살폈다. 가짜 봉서는 아침에 한 여인을 통해서 홍화문 수직군에게 건네졌으며 수직군은 경춘전으로 들어와 내인에게 전했고 내인은 박상궁을 통해 빈궁에게 올렸다. 처음에 봉서를 건네받은 홍화문 수직군은 봉서를 건넨 여인이 장통방 은교리 댁에서 왔다고 했고 장옷을 쓰고 있었으며 얼핏 본 얼굴은 수더분하고 서른댓 살쯤이나 되더라 했다.

소전은 오시에서 미시 사이에 홍화문에서 경춘전에 이르는 문들에서 수직했던 수직군들을 죄 모아 은씨와 그 보모의 행방을 물었다. 창경궁과 창덕궁을 감싼 모든 문의 수직군들에게도 알아보게 했다. 은씨와 보모를 보았다는 사람은 홍화문 수직군졸들뿐이었다. 홍화문 수직군졸들은 빈궁전에서 연통 받았으므로 은씨와 그 보모를 들여보냈다고만 했다. 궐에서 나온 순일당과 여진이 한 말들이 그러했다.

"방산, 대체 어찌된 일이리까? 어찌하리까."

순일당의 거듭되는 물음에도 방산은 떨리기만 할 뿐 말이 나오지 않는다. 납치된 게 분명했다. 대궐은 자체로 깊은 숲이다. 십수 개의 문이 팔방으로 나 있으므로 그 문들이 다 출입구다. 홍화문과 경춘전 사이가 멀지 않다고는 하나 들어가자마자 납치되었다면 어느 문으로 나와 어디로 갔을지 어떻게 알아낼 것인가. 문마다 있는 수직군졸 중 누군가 매수되었다면 입을 열 턱이 없다. 이토록 치밀하게 계획하여 아무의 눈에도 띄지 않게 아이를 납치해 갈 줄 어찌 알았으랴.

수앙이 궁에서 나오지 않는다는 말을 들은 즉시 보현정사며 허원정 등에 사람들을 보냈고 도성을 나가는 문마다 지켜보게 했다. 병주가 육조거리 형조 청사에서 일하고 있던 홍집을 동무인 양 불러내어 상황을 알리고 이온의 동태를 물었다. 홍집은 아무 눈치도 못 챘으나 자신도 찾아보겠노라 했다. 이온은 신시 말경에 요즘 달고 다니는 호위들과 보원약방을 나와 보현정사로 갔으며 칠미원에서 벌어지고 있는 홍련회 회합에 참석했다.

근래 이온은 미혼과부들 모임에 참석하여 놀 만치 한가하지 못했다. 두 무리의 무극들과 통천 비휴들을 모조리 잃어버렸으며 이록이 돌아올 날이 임박했다. 사신단의 귀환 행렬이 책문을 넘어 왔다는 파발이 도성에 도착했다. 파발에 따르면 사신단은 이월 초나흘쯤에 도성에 들어올 거라 했다. 그런 판에 홍련회 놀이판에 끼어든다는 것이야말로 오늘 사태를 빚은 장본인이 이온이라는 방증이었다. 전력도 있지 않은가. 하여 이온을 계속 살피게 하고는 있지만 당장은 수앙과 능연을 잡아갔다는 증좌가 없었다. 더구나 날마다 퇴청하여 허원정으로 들어가는 홍집과 보현정사에서 살고 있는 삼딸이 아무 낌새도 느끼지 못했다면 이온의 짓이라고 단정하기도 어려웠다.

"방산! 나 숨 넘어가기 전에 말씀을 좀 하시구려."

"우리 사람들이 죄 움직이고 있습니다. 도성 안 모든 무진들께도 연통했고요. 오늘 안으로 아이를 기필코 찾을 것입니다. 찾을 수 있습니다. 심려 마세요."

수앙이 납치된 시각을 미시로 치면 두 시진 반, 다섯 시간째다. 이미 해가 기운 참이다. 도성 안에서 찾아볼 만한 곳은 다 찾아보는 중이지만 진작 도성을 빠져나갔을 것 같아 아득하다. 도성 밖이라면 방향을 잡는 게 우선이라 여진이 지금 수직방 조장들과 함께 이온의 측근들을 분석하며 방향을 찾고 있었다.

"별님께 기별해야 하지 않으리까?"

"아니오, 아니요. 별님께는 나중에 잠시 아이를 잃은 적이 있으나 금세 찾았다고 말씀드릴 것입니다. 찾을 수 있습니다. 찾을 거예요."

스스로를 진정시키느라 거듭 거듭 다짐하는데 밖에서 여진이 기척하면서 들어온다. 성아의 손을 잡고 들어온 여진이 아이 손을 놓는다. 성아가 방안을 둘러보더니 다박다박 걸어와 방산 앞에 무릎을 꿇고 앉는다. 아이의 동그란 눈이 무슨 말인가를 하는데 방산은 알아듣지 못한다. 저만치 방문 앞에 앉은 여진이 말했다.

"성아가 소리 내어 말을 했습니다. 수앙 언니는 어디 갔어요? 라고요."

"뭐? 그게 참말이야?"

"좀 전에 수직방으로 불쑥 들어온 아이가 똑똑한 어조로 그리 말했습니다. 지금 수앙이 어디 간 줄 몰라 찾고 있다 했더니, 아이가, 수앙 언니는 아파, 말을 못해, 하더이다. 아이한테 말을 시켜 보시지요. 놀라게 하시면 안 될 것 같고요."

방산은 심호흡을 거듭하여 숨결을 다스리고 아이를 쳐다본다. 녀석은 강하가 사행을 떠난 이후 내내 수앙과 함께 함월당 안채 건넌방에서 잤다.

"아가, 성아야. 수열재 선생님이 네가 입을 열었다고 하시는구나. 참말이냐? 내 말을 알아들으면 예, 해보거라."

"네, 스승님."

아이의 귀와 입이 열린 것을 기뻐해야 할 제 방산은 기쁘기보다 기가 턱 막힌다. 하필이면 수앙에게 일이 생겼을 때 아이의 입이 열린 게 상서로운 징조 같지 못한 것이다.

"네가 지금 수앙을 느낄 수 있느냐?"

"네."

"능연 선생님도 느낄 수 있어?"

아이가 고개를 젓는다.

"허면 수앙이 살아 있느냐?"

"네."

"정신을 놓고 있고?"

"언니는 아파요. 괭이똥도 아파요."

성아는 수앙의 몸속에 든 넉 달짜리 태아를 괭이똥이라 부른다고 했다. 수앙이 알려준 바에 따르면 그랬다. 강하가 도성을 떠나기 전에 들어선 것 같은데 수앙이 제 입으로 아기가 생긴 것 같다고 해서야 방산은 알게 됐다. 의원에게 진맥케 했더니 정말이었다. 요즘 날마다 수앙의 배가 불러오길 바라며 강하의 귀환을 기다렸다. 얼마나 좋아하랴, 상상하면서 수앙의 살을 찌우려 애썼다. 살이 오르는 기색은 없어도 수앙은 건강했다. 그런 모체가 아픈 상태라면 태아도 당연히 아플 것이다.

"허면, 수앙이 가까이 있는 것 같으냐, 멀리 있는 것 같으냐?"

"동서남북, 남쪽에 있어요."

"남쪽이라니, 아가! 남쪽 어디쯤이라는 게냐?"

"수앙 언니가 가르쳐 줬어요. 보원약방은 남쪽, 금강약방은 북쪽, 우원약방은 서쪽, 화엄약방은 동쪽. 숭례문은 남쪽, 흥인문은 동쪽, 돈의문은 서쪽, 북쪽에는 문들이 많아요. 수앙 언니는 남쪽에 있어요."

"수앙이 시방 보원약방에 있다는 게냐? 아가, 그러냐?"

"아니, 아니, 아니요. 언니는 남쪽, 배타고 갔어요. 흔들흔들."

아이가 방의 남쪽에 달린 앞창을 향해 손짓까지 하며 강조하는데도 방산은 믿기지가 않는다. 보이지 않은 걸 감지하거나 장차 일어날 일을 느끼는 예지력이라는 건 현실 경험에서 나온다. 별님의 예시들도 그 자신의 상상 가능한 범주 안에서만 이루어지는 것이다. 그럴진대 갓 여덟 살 된 아이의 경험치가 말할 수 있는 게 오죽할 것인가. 하지만 별님에 따르면 아이의 영기가 탁월하다 하였다. 아이가, 수앙이 배타고 갔다고 하면 강을 건너간 것이라고 봐야 한다. 더구나 방안에 앉아서도 동서남북을 가리키는 손짓들이 정확하지 않는가. 문제는 한강을 건너는 남쪽 나루만 해도 열 손가락으로 셀 수 없다는 것이다.

"여진, 수앙과 능연을 납치한 자들이 이온의 주변이라 치고, 한강 이남이면서 도성에서 가까이 사는 이온의 측근은 누구지? 몇 살씩이나 되었고?"

"과천에 마흔댓 살의 공순당이 있고, 판교에 서른일곱 살의 삼오재가 있고, 안성에 쉰 살쯤의 동백당, 청호역에 서른한두 살의 호원당을 들 수 있습니다. 판교역의 삼오재와 청호역의 호원당이 보원약방의 분원을 운영하고 있지요. 삼오재는 이온이 칠성부령이 되기 전에 보원약방에서 일하던 사람이고, 호원당은 온이 부령이 된 이후부터 호위로 지내다 심양을 다녀온 뒤 청호약방을 맡아 나간 박사비입니다.”

“그렇다면 삼오재나 호원당일 가능성이 높은가?”

“남쪽으로 강을 건넜다고 하면 그렇죠. 정신 잃었을 두 사람을 데리고 움직이자면 가마나 궤짝에다 넣어야 할 터라 큰 배가 무시로 닿는 큰 나루여야겠지요. 또 아주 먼 곳은 힘들 것이고요. 두 약방과 보원약방 사이에는 약재며 물재들이 수시로 오고 가는바 유통로가 환해서 강을 건너기도 용이할 것입니다. 억지로 범위를 좁혀 보자면, 삼오재는 지아비며 자식들이 딸린 사람이라 아무래도 임의롭지 않을 테고, 호원당은 홀몸인 데다 그 자신이 무사 출신이라 기동력이 더 높다는 겁니다. 삼오재에 비하면 젊고요.”

“허면 현재 동원 가능한 무절들을 두 패로 나누어 행장을 꾸리게. 아이가 아프다니 의원도 같이 가야겠어. 문성님 쪽에서 누가 왔는가?”

“금선님과 남당님이 들어오셨습니다.”

의녀 금선은 문성 무진의 수제자로 이온의 출산 시 자궁 절개술을 집도했다. 장차 문성 무진을 이어 양덕방의 선원 겸 약방을 이어나갈 의녀다. 남당은 금선의 사제다.

“허면 자넨 여기 남아 상황을 지휘하게. 삼오재 쪽으로는 운희의 사람들을 보내고 호원당 쪽으로는 내가 직접 가야겠네.”

“아니요, 마님. 청호약방을 살핀 적이 있는 제가 가는 게 빠릅니다. 마님께서 예 남아 지휘를 하십시오.”

“그런가? 하면 내가 도성 안팎을 찾아보고 있겠네. 자넨 당장 출발하게.”

순일당이 끼어들었다.

"날이 저물었는데 배가 있으리까?"

"아는 뱃사공들이 있지 않습니까. 태풍이 치지 않는 한 강을 건네줄 이들이지요."

여진이 성아의 어깨를 다독여 놓고는 잽싸게 나간다. 돈만 넉넉히 내면 어둠속에서라도 배를 띄울 사공은 나루마다 널렸다. 차마 상상조차 하고 싶지 않은 일은 수앙을 찾지 못했을 경우다. 수앙을 찾아내도 살아 있지 않을 경우!

수앙이 유릉원에서 사라졌을 때는 아이가 제정신이 아니었다는 핑계라도 댈 수 있었다. 이번에는 아이가 내키지 않아 했다. 빈궁이 아랫사람들 눈치 살살 살피면서 헛웃음이나 웃는 게 맘에 들지 않노라고, 그 눈에 허세와 권력욕이 잔뜩 서렸더라고, 입궐하기 싫다고 하였다. 방산은 네 삶을 네가 가꿔야 한다며, 이제 회임까지 하여 몇 달 후면 어미가 될 사람이 언제까지 아이처럼 굴 거냐며 호통쳤다. 수앙이 위험하지 않으리라는 오판이 부른 불상사다. 요즘 이온이 은재신이나 신경쓰고 있을 때가 아니라 여겨 방심했던 것이다. 이 노릇을 어찌하나. 또 다시 한탄한 방산은 성아를 순일당에게 맡기고 일어선다.

사비 호원당은 매달 초에 한양 보원약방으로 들어와 지난달의 청호약방 운영상황에 대해 보고한다. 이달은 정월이라 설날 사흘을 지내고 난 초나흘에 왔다가 갔다. 홍집은 그날 밤에 청호약방을 찾아갔다. 정초 보름간은 육조거리 사람들이 거의 휴무하는 터라 여유롭게 호원당과 하룻밤을 묵었다. 지난 해 칠석 즈음 호원당과 사사로운 관계를 재개한 이후 네 번째였다. 날짜를 정하지는 않았지만 한 달에 한 번 꼴로나 들린 셈이다. 둘이 지내는 시간에 이온에 관한 이야기는 금기였다. 이온에 관한 말은 하지 않아도 더불어 색정질하는 남녀지간이라 소소한 대화는 하기 마련이었다. 그 소소함 가운데 서로의 사는 모양이며 어지간한 속내는 드러났다.

지난번에 호원당한테서 유다른 기색을 느끼지 못했다. 그때 아무 느낌이 없었음에도 수앙이 백주에 홍화문 안에서 실종되었다는 말을 들었을 때 홍집은 즉각 호원당을 떠올렸다. 그날 호원당이 유난히 잘 웃었다. 홍집이 유의하지 않았을 뿐 그때 호원당의 웃음은 허허로운 것이었다. 이전과 달라질 기로에 선 자들이 스스로를 추스르며 자신을 위로할 때 터트리는 웃음들. 어떤 마지막을 각오한 비장함에서 나온 것 같은. 그때 호원당이 비장할 까닭이 무엇인가.

청사를 찾아와 수앙의 실종에 관해 말하던 혜정원의 병주한테 홍집은 차마 호원당을 거명하지는 못했다. 확실하지 않거니와 호원당이 한 일이라고 믿고 싶지 않았다. 호원당이 한 일은 결국 이온이 한 일이기 때문이다.

온이 아직 모르는 사실이 있었다. 송도의 일귀사자 한우식이 봉황부령 홍낙춘처럼, 죽지는 않았을지라도 반편이가 되어 앓고 있다는 사실이다. 그 일은 홍집이 아니라 사신계에서 했다. 한우식이 임림재의 황환을 위협하므로 그가 부령이 되겠노라 설치지 못하도록 주저앉힌 것이다. 홍집은 함월당으로부터 그 이야기를 전해 듣기만 했다. 혜정원은 사신계의 극히 일부이지만 한중심이기도 하다. 수앙은 혜정원의 보호 속에 있었다. 수앙의 실종이 이온의 짓이라면 흔훤사의 무녀들이나 의녀 백화 때처럼 넘어갈 수는 없다. 홍집은 부디 이온이 한 짓이 아니기를 바랐다.

"나도 찾아보겠소."

병주한테 말하고는 청사에다 할머님이 낙상하셨노라, 기별 받았다는 핑계를 대고 조퇴를 청했다. 형조 검률 윤홍집은 오직 한 분 조모를 봉양하는 것으로 알려져 있는바 어렵잖게 조퇴했다. 서둘러 양연무로 갔다.

양연무에는 출사 외에 임림재에서 건네준 암말 여울과 허원정 아들인 곤의 말 풍사風斯가 있었다. 곤이 제 말을 스승과 사숙들을 위해 양연무 마구간에서 지내게 하는 덕이었다. 출사를 타고 여울과 풍사를 이끈 채 우포청으로 가서 선축을 불러냈다. 아직 퇴청 시각이 되기 전이었으나 선축은 순라를 핑계대고 나왔다. 좌포청으로 가서 자선을 찾았다. 자선은 오늘 밤번이 들었으나 다음에 번을 두 번서 주기로 하고 다른 순검과 번차례를 바꾸었다. 셋이 동작나루로가서 거의 어두워진 강을 건넜다. 과천역과 유천역을 지나 청호역까지 쉬지 않고 달려왔다.

수원도호부 끄트머리에 있는 청호역은 한양에서 남녘으로 뻗은 주요 도로들이 모두 통하는 곳이다. 한양에서 통영까지, 한양에서 제주까지, 한양에서 보령까지 가는 세 방향의 큰길이 청호역의 다음 역인 진위역에서 갈라진다. 진위역보다 청호역이 큰 이유는 수원도호부에 속했기 때문이다. 그런 까닭에 역참이 넓고 역둔이 있는지라 주변 가호가 오십 채도 넘었다. 이경이 다 된 이 밤에도 역관이며 객관은 불이 훤하고 거리를 오가는 사람도 드물지 않다. 그믐날에 쉬는 청호약방의 대문은 문간에 등롱 하나를 걸어 놓은 채 닫혀 있다. 약방 서쪽 담장 옆의 올벗나무에다 말들을 매놓고 선축이 속삭여 묻는다.

"정말 이 담장 안에 그 두 사람이 있을 것 같소?"

"알아보려고 온 거잖아. 일단 월장해 상황을 보자."

홍집이 담장을 넘으려고 흙에 박힌 돌을 딛는데 선축이 참 내, 코웃음을 치더니 훌쩍 뛰어 넘어간다. 자선은 양보해 준다는 듯 턱짓으로 홍집 먼저 넘으라 한다. 수앙과 능연이 납치된 것 같다고 알렸을 때 자선의 얼굴이 누렇게 질렸다. 작년 이즈음 임림재에서 잡혀 여인들에게 밥을 얻어먹을 때 자선을 먹인 사람이 능연이었다. 두 사람이 다시 만난 건 수앙이 납치될 뻔한 사태 때 불영사에서였다. 그때 불영사에서 돌아온 자선이 능연에 대해서 말했다. '신기하고 비범한 사람이네!' 그 말은 자선에게 능연을 향한 유다른 마음이 생겼다는 뜻이었다. 자선이 여인에 대해 말한 건 처음이었다.

서쪽 담장 안은 약재창고 뒤란이다. 약재창고에는 다 만들어져 봉지에 담긴 남령초들이 잔뜩 쌓여 있다. 약재창 앞마당 건너 쪽이 두 명의 의원이 환자를 진맥하는 약방이며 대문채에 달린 행랑방 네 개가 병사病舍다. 약재창이나 약방이나 병사에 인기척이 없다. 마당 안쪽에 난 중문을 들어서면 호원당과 하속들이 사는 집이다. 아래채에는 청지기 식구가 살고 안채에는 호원당이, 행랑채며 별채에는 약방 일꾼들이 산다. 아래채의 방들은 불이 켜졌고 청지기 식구들의 소리가 나는데 안채는 캄캄하다. 약방 일꾼들이 기거하는 행랑이며 별채도 어둡다. 자느라 불이 켜진 게 아니라 아예 사람이 없다. 불 꺼진 방마다 일일이 들여다본다. 방주인들이 돌아올 것을 대비하여 불을 때 놓았는지 호원당의 처소나 일꾼들 방에는 훈기가 있다. 호원당은 약방 일꾼을 겸해 있는 수하들을 데리고 출타한 것이다. 홍집은 두 사람한테 나가자고 수신호한 뒤 들어온 길을 되짚어 밖으로 나온다.

"내가 청지기 식구를 불러내 물어볼 테니 너희들은 잠깐 떨어져 있어."

선축이 물었다.

"이 집 주인과는 무슨 사이요?"

"남녀사이지."

"할일 없어 뵈는 말단 관헌이 만날 혼자 바쁘더니, 예다 살림을 차렸단 게요?"

"더불어 살림 차린 여인을 이런 식으로 살피겠나?"

"그건 그렇네요만."

홍집은 대문으로 돌아가 설렁줄을 잡아당긴다. 한참 만에 대문이 열린다. 열댓 살 남짓한 청지기의 큰아들 종명이다. 반편이에 가까운 놈이지만 다행히 제 상전을 찾아다니는 홍집을 알아보고는 "미생 서방님." 한다. 미생微生은 홍집이 호원당을 찾아다닐 때만 사용하는 별호다.

"나를 알아보는구나?"

"마, 마님은 저어기 가셨어요."

"저어기 어디? 언제 나가셨고?"

"몰라요. 캄캄 새벽에 가셨어요."

"언제 돌아오신다고?"

"몰라요. 나가시면 만날 밤에 늦게 돌아오시고요. 밝은 날 오시기도 하잖아요."

"이미 밤이 깊었는데 아직 아니 오신 건, 오늘 중으로 귀가치 않으실 거라는 뜻이냐?"

"몰라요."

"허면 한 달 만에 너희 마님 찾아온 나는 어찌한다? 아! 너 들어가서 네 아버지한테 미생이 왔다고, 나를 좀 들여놓으라고 말씀드려라."

"아버지 없어요."

"네 아버지는 또 어디 가셨는데?"

"몰라요, 연초밭에 가셨나?"

청호 보원약방이 남령초를 생산하는 연초밭은 가마뫼재에 있다. 호원당으로부터 들어 안 사실이다. 까마귀처럼 어둡고 가마처럼 둥그스럼하여 가마뫼재라 불리는데 고개 자락을 켜켜이 개간해 연초밭을 만들었다. 밭 아래쪽으로는 연초 건조장이며 남령초 공장, 일꾼들의 숙사가 있다. 삼월 초 남령초 씨를 뿌리고 사월 초에 모종 이식을 한다고 들었다. 공장도 밤에 열릴 턱이 없으므로 청호약방 청지기가 이 밤에 갈 데는 아니다. 그곳에서 무슨 일이 벌어지고 있는 것이다.

"알았다. 나는 건너 객관에 가서 자든지 심심한 참에 유천이나 과천까지 가서 자든지 해야겠다. 들어가거라."

"제가 마님 방에 불때 났는데요?"

"방이 암만 따뜻해도 마님이 아니 계시잖니? 마님 오시거든 미생이 나중에 다시 온다더라고 말씀드려라."

등 뒤에서 대문이 닫히고 안에서 빗장 질리는 소리가 난다. 가마뫼는 도성 쪽으로 칠팔 리 거슬러가서 나오는 오거리의 동쪽 방향으로 앉은 나지막한 산일 것이다. 연초밭 입구 오거리 근방에 저수지가 있다고 들었다. 종명과의 대거리를 들었을 선축과 자선은 말들에 올라앉아 있다. 선축이 출사의 고삐를 건네주며 중얼거린다.

"암만해도 정월 하순이 우리하고는 궁합이 맞지 않나 보오. 무슨 살이 끼었든지, 살풀이라도 해야 할까 봐."

작년 정월 하순에 임림재 마당에서 독화살을 맞고 곳집에서 깨어났다. 그로인해 앞선 이십여 년의 삶의 미몽을 깨쳤다. 깨치기는 했으되 두 세계를 다 받들고 살아야 하는 질곡에 빠진 것도 사실이다. 당장 가마뫼에서 무슨 일이 벌어질지 알 수 없다. 수앙과 능연이 그곳에 없다면 그들이 큰일이다. 그들이 거기 있다면 호원당을 비롯한 청호약방 사람들이 큰일이다. 물론 이온도. 선축에게 답할 말이 생각나지 않으므로 홍집은 말만 몬다. 잘 닦인 대로라고 해도 그믐밤의 어둠이 깊어 질주할 수는 없다.

꿈을 꾸었다.

꿈속에 별님이 나타나 환히 웃으며 보듬어 주었다. 별님에게서 나는 은은한 연꽃향내가 아늑했다. 수앙이 좋아하는 엄마냄새였다. 안긴 채 머리를 부비며 '엄마' 하고 불렀더니 별님이 '그래 내 딸' 하며 손을 잡고 이끄셨다. 하늘을 나는가 싶은 순간 유리문 앞이었다. 유리문은 광활했고 유리는 투명한지라 문 안의 세상이 한꺼번에 다 보였다. 문 스스로가 세상이었다. 그곳은 무릉곡 같기도 했다. 밖에서는 보이지 않지만 안에서는 모든 걸 다 볼 수 있고 모든 게 다 있는 그곳.

유리문 안쪽의 세상에는 수앙과 연 맺은 사람들이 모두 있었다. 기억하는 사람들, 기억치 못하는 사람들, 전생과 전전생의 사람들,

후생의 사람들, 이야기 속의 사람들까지. 그곳에는 아름다운 사람들만 있었다. 수앙은 그들을 모두 알아보았다. 미타원의 어머니와 꽃님이라 불렸던 언니와 나무 언니와 끝애 언니, 아버지인 줄 알았던 동마로 언니까지. 그들을 보니 수앙의 전신에 아지랑이가 들어찬 것처럼 가볍고 설렜다. 별님과 잡은 손을 들까불며 춤을 추었다. '아아, 좋아요! 얼른 들어가고 싶어요.'

별님이 말씀하셨다.

'아가, 나는 만령이란다.'

별님 같은 그이가 만령이어도 수앙에게는 별님이었다.

'아아, 좋아요! 기뻐요. 저도 이제부터 여기서 살 거예요.'

별님 만령이 말씀하셨다.

'너는 지금도 여기서 우리와 살고 있는걸.'

'에이, 아니에요. 저는 지금 얼마나 무서운 곳에 있다고요.'

'괜찮아. 다 괜찮단다.'

만령 별님의 다 괜찮다는 말씀에 수앙은 괜찮지 않았다.

'아니에요! 무섭단 말이에요! 얼마나 무서운데요!'

소리치며 울다가 불현듯이 꿈이라는 걸 깨달았다. 꿈이라는 걸 깨닫자 몸이 떨리고 속이 메스껍고 어지럽다. 꿈에서 쫓겨나며 눈을 뜨는데 눈꺼풀이 천근이나 되는 듯 열리지 않는다. 팔다리가 다 잘려나간 것처럼 몸을 움직일 수 없다. 생각을 모아 보려 기를 쓰니 띄엄띄엄 떠오른다.

능연과 함께 홍화문을 들어서서 명정전으로 통하는 문을 건너에 두고 너른 마당을 건너던 차였다. 명정전 중문에서 나온 별감 복색의 남정 넷이 빈궁전으로 들어가는 안인부인 은씨냐고 물었다. 그렇다고 대답하자 별감들이 둘씩 짝지어 호위하듯 수앙과 능연 곁으로 다가섰다. 비명 지를 틈 같은 건 없었다. 삽시에 능연을 붙든 그들이 얼굴에다 흰 헝겊을 대는 것을 본 순간 수앙의 얼굴도 헝겊에 막혔다. 독한 약내를 맡은 동시에 정신을 잃었다.

눈이 뜨인다. 사물이 보이기 시작하더니 눈이 밝아진다. 여기가 어딜까. 판자벽에다 황토를 발라 틈을 메우며 새벽질을 한 방이다. 아래쪽으로 봉창 크기의 통판문들이 일정하게 달려 닫혀 있다. 천정은 사뭇 높은데 종도리 아래쪽에다 철골 시렁들을 가로질렀고 시렁들에는 빈 쇠갈고리들이 잔뜩 달렸다. 무얼 걸어 말리는 갈고리들인 성싶다. 시렁 밑 사방 벽에도 가로로 긴 통판문들이 달렸다. 환기를 필요로 하면서 습기를 방지한 방. 마른 연초 냄새 같은 게 난다. 유릉원의 안방에서 어머님과 아버님이 피우던 연초 냄새와 비슷하다. 가늘게 채썰어 숙성시킨 연초 잎을 곰방대에 꼭꼭 눌러 담을 때 나던 곰삭은 풀잎 내.

그러니까 이 춥고 너르고 기이한 방은 연초 건조장인 것이다. 건너 벽 가까이에 늘어진 갈고리에는 마늘등 두 개가 걸려 양쪽으로 불꽃을 피운다. 그 밑에 연초 잎을 걸 때 딛는 모양인 받침대 몇 개가 놓였다. 등받이만 있다면 좌대로 쓸 수 있겠다. 그 외 방안의 집기는 별로 없다. 마른 연초들을 다 내간 마당만 한 방, 그 가운데 놓인 평상에 수앙 홀로 누워 있다. 두 발이 모아져 무명 동아에 묶였다. 입성은 궁에 들어갈 때 입었던 그대로다. 희고 붉은 꽃들이 수놓인 검정 두루마기는 수앙의 혼인 때 영혜당께서 마련해 주셨다. 두루마기 자락 건너로 보이는 발에는 운혜가 사라지고 버선발이다. 팔은 평상 양쪽으로 벌려져 묶였다. 수앙이 본 적 없는 칠성판에 누운 것 같다. 죽은 다음에 눕게 된다는 그 판자.

죽은 건 아닌 것 같다. 오른팔의 옷소매가 팔굽까지 걷혀 있고 손목은 평상 옆에 놓인 놋대야 속에 잠겨 있지 않은가. 평상보다 약간 낮은 받침대 위에 놓인 놋대야에는 붉은 안료를 푼 것 같은 선홍색 물이 팔할쯤 찼다. 물속에 잠긴 손목에서 피가 빠져나가고 있는 모양이다. 팔을 빼내고 싶지만 결박되어 있으므로 불가능하다. 묶여있지 않더라도 들어올릴 힘이 없을 것 같다. 아픈 건 모르겠는데 손이 물에 잠겨선지 몹시 춥다.

능연 선생님은 어찌되셨을까.

능연을 떠올리다가 수앙은 아아, 속으로 고개를 끄덕인다. 돌아가셨겠구나. 혜정원 무절대장인 능연께서 살아 계셨다면 내가 이런 몰골로 여기 누워 있을 까닭이 없지 않는가.

그러니까 나도 죽을 때가 된 게지.

고개를 끄덕여보는데 움직이는 것 같지 않다. 죽을 때를 알고 사는 사람은 없을 것이므로 죽음은 누구나에게 공평한 것일지도 몰랐다. 그렇더라도 죽이려면 그냥 죽일 것이지 몸속의 피를 빼낼 건 뭐람. 보람 없이. 이 무슨 해괴한 짓이야. 나는 두 사람 몸이라 피를 아껴야 하는데. 두 몫의 피를 넉넉하게 하려 보약까지 먹고 있는데. 보리언니인지 이온인지 참말 못됐다. 수앙은 툴툴거리다 눈을 감는다.

빈궁전에서 안인부인 은씨를 이리할 까닭이 없고, 은재신이 세상 사람 누구와도 척진 일이 없으므로 이건 이온의 행사일 것이다. 지난 섣달 초 빈궁전에서 보았던 이온은 예전의 보리언니 같지 않았다. 기억 속의 보리언니와 인상이 판이해 같은 사람인가 의심스러웠다. 둘의 눈이 마주쳤을 때 수앙은 이온이 보리언니 같지 않음을 다행으로 여겼다. 방산께서 둘 사이에 예전의 다정이 되살아날 수도 있으리라던 염려는 기우였다. 그 자리에서의 이온은 그저 낯설 뿐이었다. 그이가 한 시절 김강하와 정분을 나누었다는 사실도 기이했다. 큰언니가 저리 사늘한 인상의 여인과 어찌 정분을 나누었을까 싶었다. 그러면서도 그때 수앙은 자신이 김강하와 이온의 옛 정분을 시샘하느라 그리 느끼는 것이라 여겼다. 이제 보니 시샘 때문만은 아니었던 모양이다. 사람을 이리 무작스레 잡아다가 손목을 긋고 피를 빼낼 수 있는 여인이라 그리 느꼈던 것이다.

어찌되었건 지금이 이승의 마지막 순간일 것 같다. 그래서 눈물이 나는 모양이다. 가엽고 가여운 별님. 모친과 식구들을 잃고 눈을 잃어버린 엄마! 딸자식의 이 꼴을 아시고 나서 어찌 살아가실까. 안해를 유리 그릇처럼 섬기는 김강하는 또 어찌 살까. 큰언니, 그 불쌍한 사람. 그 가슴이 쩍 갈라질 텐데. 나를 당신의 친생녀처럼 키우셨던 방산께서는 또 어찌 사실까. 회임이 밝혀지자 네가 이제야 밥 값 좀 하는구나, 하시며 와하하 웃다가 좋은 일에 방정 떨면 아니 된다고 당신 입을 톡톡 치시던 분. 내 이 지경이 모조리 당신 탓이라 자책하실 텐데 가여워서 어찌해. 아우라기보다 자식 같던 성아는 어찌 자랄까.

"아기 이름을 괭이똥이라 지으면 어때?"

수앙의 몸속에 아기가 들었다는 걸 알고 나서 성아가 종이에다 쓴 질문이 그랬다. 개똥보다 괭이똥이 귀엽다고 생각해 낸 성아가 귀여워 깔깔대다 아이의 태명을 그리 부르기로 했다. 괭이똥.

손가락 하나 움직이지 못하고 피는 빠져나가는데 아프지는 않고 눈물은 연신 흐르는 게 신기하다. 이미 죽은 것인지도 모른다. 별님

만령의 손을 잡고 날아갔던 그곳이 무릉곡이 아니라 도솔천이었을 것이다. 유리문이 열려 있지 않았는가. 아니 문이 있으되 그 문은 여닫는 문이 아니었다. 보는 순간 그 안에 이미 들어 있는 그런 것이었다. 그러므로 수앙은 이미 죽었고, 지금 느끼는 것은 죽기 전의 내 모습인지도 모른다.

문 열리는 기척이 들린다. 수앙은 순간 눈물을 닦고 싶어 팔을 움직이려다 묶여 있음을 깨치고는 흐흥, 속으로 웃는다. 울다 웃으면 엉덩이에 뿔난다는 말이 생각나 더 웃다가 눈을 뜬다. 등롱을 든 여인이 들어오더니 다가와 수앙의 머리 옆 평상 위로 오른다. 등롱의 끈을 갈고리에 건다. 바로 위에서 내리비치는 빛이 눈부셔 수앙은 눈을 감는다. 감은 눈이 아프다. 눈을 뜨면 별님처럼 눈이 멀지도 모른다. 눈을 뜨고 싶지 않은데 평상에서 내려선 여인이 들여다보는 것 같은 기색에 수앙은 하는 수 없이 조심스레 눈을 뜬다.

밝은 빛에 눈이 익자 여인이 잘 보인다. 나이가 수열재만큼 되었겠다. 솜 두고 누빈 회색 치마저고리에 검정 쾌자를 걸치고 널찍한 가슴띠를 맸다. 회색 가슴띠에 붉은 당초무늬 수가 놓였다. 머리에는 검정 풍차를 썼는데 풍차 갓 둘레에 회색 술이 둘렸다. 보통 생김새인데 불빛이 이쪽을 비추는 탓에 그의 눈빛을 보기는 어렵다. 여인이 수앙의 발치로 가더니 입을 연다.

"재신아씨, 힘은 없어도 말은 하실 수 있지요? 대답해 보세요."

수앙은 입을 열어본다.

"예, 말은 할 수 있는 것 같습니다."

"다행입니다. 여러 차례 들여다보면서 아씨의 정신이 돌아오는 걸 느꼈습니다. 정신이 들었어요?"

"여기가 어디입니까?"

"여기는 아무도 모르는 곳입니다. 아씨를 찾으러 올 사람들은 없다는 뜻이지요. 지금 아씨 손목에서 피가 빠지고 있습니다만, 아씨가 총명하고 박식하시니 금세 죽지 않는다는 걸 아실 테지요. 물론 많은 피를 흘리면 죽는다는 사실도 아실 테고요. 제가 지금부터 아씨한테 몇 가지를 물어볼 겁니다. 첫 번째 대답을 잘 하시면 우선 대야 속에 잠긴 아씨의 손목을 빼낼 겁니다. 두 번째 대답을 잘 하시면 지혈을 해드릴 거고요. 세 번째 대답을 잘 하시면 결박을 풀어 드리고 이 방안에 화로를 가져다놓고, 이불도 덮어 드릴 겁니다. 제 말을 이해하셨습니까?"

수앙은 이해했다. 여기가 장무슬과 홍집 대장을 비롯한 양연무 사람들이 벗어나온 만단사의 어느 곳이라는 사실을. 이온이 만단사 부사령이자 칠성부령이며 앞의 여인이 이온의 명을 받아 은재신을 납치했으며 자신이 지금 고신을 받는 상황임을.

"이해했습니다."

"다행입니다. 그럼 첫 번째 질문하겠습니다."

"아니요!"

"아니라니요?"

"무엇 때문에 저한테 이리하시는지 모르겠지만, 질문 받기 전에 먼저 여쭐게요. 제 보모님은 살아 계십니까?"

"이 마당에 그 사람의 생사 여부가 궁금하십니까?"

"저를 키워 주신 분입니다. 그분을 살려 놓았다면 제 앞에 모셔다 주세요. 제 보모님을 죽이셨다면, 어차피 저도 죽을 터, 어떤 대답도 아니하겠습니다."

"죽는 게 무섭지 않습니까?"

"무섭습니다. 몹시 무섭습니다. 그렇지만 제가 어차피 죽기로 되어 이곳에 와 있을 것인데 몇 시간 더 살기 위해 애쓰고 싶지 않습니다. 제 보모님을 데려다 주시든가 이대로 죽이시든가 하십시오."

"그 사람을 그리 깊이 생각하실 제, 그 사람이 살아 아씨 앞에 있다면, 서로한테 볼모가 될 수도 있을 터인데요? 제가 그 사람 목에 칼을 대는 걸 본다든지, 아씨 목에 댄 칼을 그 사람이 본다든지."

"그럴 수도 있겠지요. 하지만, 선후가 있을 뿐 어차피 저와 제 보모님은 여기서 살아 나갈 수 없지 않습니까? 죽는 것보다 더 끔찍한 과정을 우리 서로한테 보여주면서 둘 다를 위협할지라도, 끝은 어차피 죽음인 걸 아는데, 무슨 궁리를 하겠습니까? 그건 제 보모님도 마찬가지이실 겁니다. 저를 이리 키우셨으니까요."

"대답을 잘 하면 살려 드릴 수 있다고 말씀드렸습니다."

"아니요, 그쪽 분은 저를, 우리를 못 살려 주실 겁니다."

"어찌 그리 생각하십니까?"

"아시겠지만, 제 바깥사람은 임금께서 인정하신 일등 무관입니다. 그이를 키운 제 시가는 팔도를 통틀어 다섯 손가락 안에 꼽히는 상단의 주인입니다. 집안에 속한 사람들 중에는 가지각색의 재주를 가진 사람이 많지요. 그쪽 분은, 아무도 여기를 모른다고, 찾지 못할 거라 하시지만 제 바깥사람은 집안사람들과 함께, 아니, 혼자서라도 이곳을 기어이 찾아낼 것입니다. 저를 찾기 전까지는 먹지도 자지도 않을 사람이고요."

"그런데요?"

"그쪽 분도 살기 위해 이처럼 무서운 일을 할 터인데, 저를 어떤

몰골로라도 살려 놓으면 그쪽이 살 수 없지 않습니까? 제 바깥사람
이 연경에서 돌아올 날이 다 되었는바 그이가 저를 찾아내기 전에,
그쪽 분은 저를 죽여서 흔적 없이 묻어 버리고 이곳에서 달아나야 살
수 있음을 아실 겁니다. 그쪽 분이 저를 살려 두실 까닭이 없지요. 암
튼 이만 해야겠습니다. 힘이 부쳐요. 피가 묽어진 모양입니다."

　수앙이 눈을 감는데 여인이 허, 실소하고는 몸을 돌려 나가는 기
척이 인다. 자박자박 걸어가더니 문이 열렸다가 닫힌다. 너무 세게
나갔는가. 뭘 묻겠다는 것인지 말이나 들어 볼걸 그랬지. 수앙은 후
회한다. 수많은 스승들이 원망스럽기도 하다. 글과 그림을 가르치
고, 장사를 가르치고, 약재들의 성분을 가르치고, 꽃을 기르고 꽃을
따는 법을 가르치고, 향료 만들 때의 부향율을 가르치고, 사람을 사
랑하는 일을 가르치고, 칠품 벼슬아치의 안인부인 노릇까지 가르쳤
으면서 수태한 몸으로 납치됐을 때 어찌해야 하는지에 대해서는 일
언반구도 아니하셨지 않은가.

　"아니, 아니지. 아니야!"

　수앙은 소리 내어 내뱉으며 고개를 젓는다. 가르치셨고, 배웠다.
몇 생의 전처럼 까마득하지만 아홉 살 때 입계 서원을 했지 않은가.
'불문여하경우당절대침묵어사신계不問如何境遇當絕對沈黙於四神界.' 어
떤 경우를 당하여도 사신계에 대해 침묵하라는 그 말이 이럴 때를
대비한 것이었다. 몸이 수백 개의 뼈와 수십 근의 살과 십수 되의 피
로 이루어졌고 그것들을 사람답게 움직이게 하는 건 생각일 제, 생
각을 배웠다. 나는 나 혼자 지어진 게 아니며 나 홀로 이루어져 여기
있는 게 아니라는 사실을 하루에도 수십, 수백 번씩 익혔다. 수백 개
의 뼈와 수십 근의 살과 십수 되의 피가 낱낱이, 내가 아는 사신계

원들의 그것들과 연결되었다. 내 입에 그들의 생이 걸렸다. 해서 입계 후에 사십구 일간의 묵언을 치렀다. 입을 다물어야 할 때 입을 다무는 방법을 배웠다. 매번 피가 나도록 종아리를 치시던 스승들께선 그걸 가르치신 거였다.

밖에서 기척이 생기더니 문이 열린다. 수앙은 눈을 뜨고 문 쪽을 바라본다. 남정 넷이 들것을 들고 들어온다. 함께 입궐할 때 능연이 입었던 것과 같은 차림새의 여인이 다리 네 개가 달린 들것에 실려 있다. 들것을 따라 들어온 좀 전의 여인이 말한다.

"아씨한테 잘 보이도록 대야 옆에다 놓게."

남정들이 들것을 대야 옆에다 놓았다. 과연 잘 보인다. 능연은 묶여 있지도 않다. 살아 있으므로 데려왔을 터인데 살아 있는 것 같지 않다. 수앙은 주검을 본 적이 없지만 지금 눈앞에 있는 능연의 파리한 얼굴이 죽은 자의 모습일 성싶다.

남정들이 나가고 평상의 발치에 선 여인이 말했다.

"주검처럼 보이겠지만 아씨의 보모는 분명히 살아 있습니다. 이리 데려온 직후 약기운에서 깨어나려는 기색이기에, 약을 한 번 더 썼던 터라 정신을 잃고 있을 뿐입니다. 아씨 원하시는 대로 보모를 데려왔으니 아까 하던 이야기를 다시 하지요. 질문에 답을 하시겠습니까?"

수앙은 숨을 내뱉고 답한다.

"하십시오."

"아씨는 장통방 은교리 댁의 따님이고, 세자익위사의 좌부솔 김강하의 내당입니다. 그 사실을 전제로 첫 번째 질문입니다. 오래전 도성 가마골 웃실에서 살다가 경상도 땅 화개로 내려가 살던 소경 무녀 중석과 재신아씨는 흡사하리 만큼 용모가 닮았습니다. 중석과 아씨는 어떤 관계입니까?"

아아, 결국 그 때문이구나! 수앙은 스스로를 한탄한다. 이 지경에 이른 게 오로지 이온 때문만이 아니라 자신의 철없는 교만 때문이기도 한 것이다. 몇 달 전 방산 앞에서 이온이 가여운 사람이라 할 때 그이를 하시하는 마음이 없지 않았다. 김강하는 원래 내 사람이므로 이온이 사랑받지 못한 것이라고. 김강하는 태생부터 제 사람이었던 나를 두고 다른 여인을 사랑할 사람이 아니라고. 그리 여기던 그때 수앙은 자신이 별님과 닮은 것을 염려하는 방산의 말을 귓등을 스쳐가는 바람쯤으로 여겼다. 어여쁜 별님을 닮았다면 나도 어여쁜 게 아니냐고 으스대기까지 했다.

"무녀 중석이 누군지 저는 모릅니다."

별님께서 화개에서 지내실 때 중석이라는 이름을 쓰신 모양이지만 수앙이 그 이름을 모르는 건 사실이다. 별님이 소소원에서 떠난 이후 임림재에 거하기까지 어떻게 지냈는지 수앙은 아는 바가 거의 없다. 성아를 화개나루의 물속에서 건졌다는 것이나 알까.

"두 번째 질문 하겠습니다. 무녀 중석이 사신계 칠성부령입니까?"

"중석이 누구인지 모르는데 다른 걸 어찌 알겠어요."

"세 번째 질문입니다. 중석은 현재 어디에 있습니까?"

"세 질문이 한 가지네요."

간단한 질문과 질문보다 간단한 대답이 끝났다. 수앙을 내려다보던 여인이 주변을 두리번거리더니 구석으로 사박사박 걸어간다. 이제 보니 거기 뚜껑 없는 큼지막한 궤짝이 있다. 연장통인 모양이다. 돌아선 그의 손에 까뀌가 들렸다. 까뀌를 든 여인이 평상의 왼쪽으로 온다. 묶여 있는 수앙의 손가락을 평상 바닥에 펴놓고 손등을 누른 여인이 까뀌를 쳐들고 묻는다.

"저는 아씨를 죽일 생각이 없고, 죽이고 싶지도 않습니다. 죽이라는 명을 받지도 않았고요. 해서 먼저 이 손의 새끼손가락을 자를 겁니다. 이제부터 제 질문에 모른다고 답하실 때마다 하나씩 잘라 나갈 거고요. 열 손가락을 다 잘라도 바른 답이 나오지 않으면 발가락들을 하나씩 끊어내고, 손목과 발목을 자르고 코와 귀를 베어 낼 겁니다. 연후에는 그 어여쁜 두 눈을 인두로 지질 거고요. 방금 하신 대답을 바꾸실 생각이 있습니까?"

찰나간에 수앙은 무녀 중석이 내 엄마라고, 내 엄마가 사신계 칠성부령이라고 말하고 싶어 눈을 감는다. 나는 아기를 가졌으니 내 몸에 못된 짓을 하지 말라고 말하고 싶어 감은 눈을 더 질끈 감고는 엄마! 속으로 외친다.

'엄마, 나 어떡해. 어떡하지? 어떡할까요?'

수앙이 속으로 거듭 소리치는데 왼손 끝에서 끔찍한 충격이 인다. 아프다는 말로는 형용되지 않는 날카로운 찍힘이다. 자신도 모르게 입술을 깨물며 비명을 삼키는데 눈물샘을 찍힌 듯이 왈칵 눈물이 난다. 새끼손가락을 자른다더니 정말 잘랐다. 남은 손가락들도 잘라 나갈 거라고 했으니 다 자를 것이다. 수앙은 손가락을 살려 달라고 말하고 싶어 이를 악물고 눈을 뜨지 않는다. 아니 잘려나간 새끼손가락을 찾고 싶을까 봐 눈을 뜨기 싫다. 기를 쓰고 눈을 감고 있노라니 눈뜰 기운도 사라지는 것 같다. 남은 손가락들을 구하기 위해, 내가 별님의 딸이라고 토설하기 전에 부디 이대로 연기처럼, 물처럼 스러졌으면 좋겠다.

가마뫼 아래 저수지 앞에 닿은 홍집과 자선과 선축은 말을 한길 바깥의 숲에다 매어놓는다. 행장을 점검하고는 가마뫼길을 따라 급히 걷는다. 수레가 다니게끔 길이 닦여서 산속을 헤매지 않아도 됐다. 두세 마장쯤 오르니 검은 형체의 집 몇 채가 보인다. 보통 집보다 처마가 훨씬 높은 두 동이 건조장일 것이고 옆으로 넓은 건물이 공장일 터이다.

"불빛이 두 군데서 나는데?"

선축 말대로 건조장 한 곳과 숙사일 법한 곳에서 불빛이 비친다. 건조장 밖에다 피운 화롯불도 어른거린다. 복면을 꺼내 쓴 세 사람은 손짓으로 숙사 건물 먼저 살피자고 신호한 뒤 다가든다. 여염집과 달리 지붕이며 문들이 판자로 되어 있다. 웅얼거리는 소리가 들리기는 해도 내용을 알아듣기 어렵다. 판문이라 열어 보지 않는 한 안의 상황을 알기가 여의치 않다. 집을 한 바퀴 돌다 보니 숙사의 가운데 방쯤 될 법한 곳에 덧창이 버틈이 열려 있다. 남정 여덟이 큰 화로를 가운데 두고 때 아닌 밤을 먹는다. 반주도 곁들였다. 청호약방 청지기가 그 안에 끼어 있는 걸 확인한 홍집은 두 사람에게 물러나자 신호한다.

건조장은 맨 위쪽이다. 마당인지 밭인지 구분이 안 되는 건조장 앞에 남정 둘이 화톳불을 가운데 두고 불을 쬔다. 건조장 건물은 위아래로 판자 창문들이 줄줄이 달렸지만 한 바퀴 둘러보아도 열린 창문이 없다. 벽이 높아 창문 틈을 엿보기도 어렵다. 안에서 새어나오는 소리도 없다. 홍집은 하는 수 없이 두 사람한테 화톳불 옆의 남정들을 기절시키라고 신호한다. 알아들은 선축이 왼쪽의 남정 쪽으로 비호처럼 달려든다. 자선도 동시에 오른쪽 사내한테 다가든다. 기습당한 두 남정이 맥없이 쓰러진다.

쓰러진 두 남정을 자선과 선축이 건물 옆의 짙은 그늘로 옮기는 사이에 홍집은 건조장 앞문을 당겨본다. 아귀가 꽉 맞아 있어 소리 내지 않고는 열기 어려운 문이다. 홍집이 소리없이 문을 열기 위해 애쓰는데 자선이 다가와 문을 벌컥 잡아당긴다. 홍집이 먼저 들어선다. 천정에 빈 갈고리들이 수백 개 늘어진 연초 건조장이 맞다.

"뭐야?"

문 안쪽에서 수직하고 있었던가. 두 남정이 돌아보다가 복면한 얼굴들을 보고는 검을 빼어 들고 뒷걸음질하며 외친다.

"침입자다, 침입자!"

그새 들어온 선축이 왼쪽에게, 자선이 오른쪽에게 달려들어 제압한다. 숙사 쪽에서 침입자 소리를 들었을 것이므로 몰려오겠지만 어차피 소리 없이 움직일 단계는 지났다. 이 안에서 무슨 일인가 벌어지는 게 분명하므로 그걸 멈추게 하기 위해서라도 주의를 끄는 게 낫다. 자선과 선축이 뒤에 있으므로 홍집은 안쪽에 있는 또 다른 문으로 향한다. 문 앞에 다가들었을 때 저쪽에서 밀린 문이 발칵 열리며 사람이 나타난다. 양손에 쌍검을 나누어 잡은 호원당, 사비다. 설마, 설마했던 홍집의 가슴이 장맛비 먹은 흙벽처럼 와르르 무너진다.

"누구냐?"

호원당이 뒷걸음질을 치며 뒷발질로 문을 닫더니 묻는다. 복면을 썼지만 입을 여는 순간 호원당은 이쪽이 누군지 알아챌 터이다. 홍집이 대답 없이 다가들자 호원당이 문을 등지며 쌍검을 겨눈다. 복면 속의 홍집의 눈과 호원당의 눈이 마주친다. 호원당의 두 눈이 화등잔마냥 커진다. 홍집이 눈만 내놓았어도 호원당은 침입자가 누군지 알아챈 것이다. 선축이 먼저 들어왔다. 홍집은 선축에게 호원당을 잡으라 신호하고는 호흡을 다스린다. 선축이 등에 매고 있던 칼집을 통째 빼더니 호원당을 찌르고 들어간다. 호원당이 선축의 칼집에 응수하며 문에서 비켜선다. 홍집은 다시금 심호흡을 하고는 부디, 제발 아무도 없기를 빌며 문을 열고 안으로 들어선다.

앞방과 비슷한 구조인데 불이 훨씬 밝다. 방 가운데 고리에 걸린 환한 등불 아래 수앙이 누워 있다. 옆의 들것에 누운 능연은 주검과 흡사하다. 두 사람 가운데 핏물 가득한 대야가 있고 수앙의 손목이 그 안에 잠겨 있다. 달려들어 그 손을 건져내던 홍집은 건너편에 묶여 있는 수앙의 왼손을 발견한다. 아찔해 눈을 감고는 심호흡을 거듭하고서야 눈을 뜬다. 엄지만 남은 네 손가락의 중간마디들이 잘려나간 채 피 칠갑이 되어 있다. 검지는 이제 막 잘렸는지 아직 피를 흘리고 있다.

"아기씨, 수앙 아기씨!"

불러 보지만 수앙은 답이 없다. 홍집은 복면과 바랑을 벗고 행전에서 단검을 빼 수앙의 양손을 묶은 무명 동아를 둑둑 끊어낸다. 퉁퉁 불어 붉게 물든 수앙의 오른손을 건져내 무명천으로 닦는다. 바랑 속에서 소독제 병을 꺼내 상처에 붓고 소독 천으로 닦는다. 수앙이 납치된 것 같다는 말을 듣고 양연무로 갔을 때 혹시나 싶어 소독약 병이며 응급 약제를 챙긴 터였다. 이렇게 쓰게 되리라고는 상상 못했다. 수앙의 손목에 소독천을 감아 매듭을 짓는다.

지금까지 홍집은 열 명 넘은 사람을 죽였다. 죽이기는 쉬웠다. 사람을 살리려니 손가락 하나가 목숨 하나인 듯 어렵다. 잘려나간 손가락들에다 소독제를 부어 닦아내고는 소독천으로 꽁꽁 싸맨다. 수앙의 두 손이 얼음처럼 차 어루만지는데 수앙이 눈을 뜨지 않은 채 힘없이 중얼거린다.

"손가락이 백 개라도, 모르는 걸 어찌 말하오. 원망치 않으리다. 적선하는 셈치고, 내 몸을 더 훼손치 말고, 부디, 지금 죽여 주오. 간청하리다."

홍집은 기가 막혀 대답을 못하고 수앙의 손을 놓고는 발목의 결박을 끊어낸다. 묶였던 발목과 버선발을 주무른다. 수앙이 눈을 뜨려고 애쓰는 듯이 몇 번을 깜박이더니 눈을 뜬다. 발치에 있는 사람이 잘 보이지 않는지 묻는다.

"장무슬? 너, 무슬이지? 내가 예 있는 건 어찌 알았어? 아! 나 있지, 비단섬에서 아곱 할배랑 선신을 만났어. 선신이 나한테 나침반을 주었어. 저는 나침반이 두 개나 된다면서 나한테 하나 가지래. 그거 너 줄게. 선신도 아마 너 주라는 뜻이었을 거야. 원래 네 것이었다면서?"

넋을 놓아 딴 사람이 된 듯한 수앙의 목소리는 명랑하다. 구심환을 꺼내 종이를 벗긴 홍집은 수앙 옆으로 다가가 잘 보이게 서서 입을 연다.

"수앙 아기씨, 저는 윤홍집입니다. 무슬의 큰형이지요. 선신이 큰형이기도 하고요."

수앙이 눈을 감았다가 힘겹게 다시 뜨더니 미소를 짓는다.

"홍집 대장님! 무슬인 줄 알았어요."

손가락 잘리는 통증이 깨어 있게 했는가. 거지반 저세상에 걸쳐 있는 듯 얼굴이 푸른데 정신을 아주 놓지는 않았다.

"예, 임림재에서 만났던 홍집 대장입니다. 너무 늦게 와 죄송합니다, 아기씨. 우선 구심환을 입에 넣어 드릴 테니 녹여서 삼키십시오. 아기씨가 약을 드시는 동안 저는 제 도포로 아기씨 몸을 쌀 겁니다. 우선 저쪽, 좀 따뜻한 곳으로 옮겨갈 거고요."

"대장님, 우리 능연 선생님은요? 살아 계시어요?"

온은 아마 며칠 뒤쯤 이곳으로 올 것이다. 사비에게 무슨 짓을 해서라도 수앙의 입을 열게 하라고 명했을 것이므로 확인하러 올 터이다. 그전에 귀환한 이록에게 중석의 딸을 잡아 뒀노라 말하려 했을지도 모른다. 사비로서는 온이 올 때까지는 두 사람을 살려 둬야 했을 것이다. 화개 무녀 중석을 죽이라고 보낸 통천 비휴들이 사라져 버렸으므로. 같은 시기에 두 패거리의 무극들도 종무소식이 되어 버렸으므로 온은 그 모든 일들에 대한 혐의를 화개 무녀 중석에게 씌우고 그와 닮은 은재신을 납치한 것이다. 그런 짓은 절대 아니 된다, 그토록 말렸건만 귀신같이 준비하여 감쪽같이 저질렀다.

"능연께서는 숨을 쉬고 계시긴 합니다. 아기씨가 워낙 많은 피를 흘렸기 때문에 더 시급합니다. 자, 구심환 두 알을 입에 넣어 드릴 테니 우물우물 해서 삼키십시오. 아, 하시고요."

수앙이 아이처럼 아, 입을 벌린다. 홍집은 납작하게 누른 구심환 두 알을 잘게 쪼개 수앙의 입에다 넣어 준다. 두 알의 구심환을 받아 문 수앙이 눈을 감은 채 우물우물 한다.

"삼키셔야 합니다, 아기씨. 꼭꼭 씹어 삼키십시오. 반드시 삼키셔야 합니다. 그리고 이제부터 제가 아기씨를 만지고, 움직일 겁니다."

홍집은 도포를 벗어 바닥에다 펴 놓고 지혈해 놓은 수앙의 두 손을 제 가슴팍에다 올려놓는다. 홍집 자신의 목도리로 수앙의 손을 감싸 놓고 조심스레 안아낸다. 도포에다 누이다 보니 엉덩이에 닿은 손에 축축한 습기가 느껴진다. 두려움과 공포에 질려 지린 오줌이 아니라, 맙소사, 흥건한 피다. 양손으로 흘린 피를 더해 몇 겹의 겨울옷을 적시고 나올 만큼 많은 하혈을 했다. 얼굴만 내놓고 도포자락으로 감싸서 소매로 느슨하게 얽는데 약을 우물거리던 수앙이 스륵 정신을 놓는다. 홍집은 자신의 저고리 섶을 풀고 주검처럼 늘어진 몸을 품어 감싸안는다. 온몸으로 피를 흘린 가늘고 얇은 몸피가 사늘하다. 현재로선 잘린 손가락들보다 피를 너무 흘리면서 체온이 떨어진 게 더 큰일이다.

윤홍집의 여인 둘이 작당하여 김강하의 내자를 이 꼴로 만들었다. 김강하를 차치하고라도 수앙은 연화당의 딸이다. 연화당은 사신계 칠성부령일 터이다. 수앙은 칠성부령의 딸인 데다 제 스스로 어여쁘다. 하는 짓짓이 아름다워 수앙을 보는 모든 이들이 사랑한다. 수앙이 사신계 중심 여인들의 금지옥엽인 까닭이다. 미연제가 태어나게 하고, 가없는 죄를 지은 어미아비를 살려둔 여인들. 그들이 수앙이 당하고야 만 이 지경을 목도했을 때 어찌 나올까.

"수앙 아기씨. 부디, 제발, 살아 주시오."

수십 번 읊조리고 있을 때 자선과 선축이 들어왔다. 도포에 싸여 안겨 있는 수앙과 핏물 대야와 피 범벅인 평상 왼쪽을 보고는 아! 맙소사! 둘이 동시에 탄식한다. 자선이 능연 곁으로 다가가 무릎을 꿇고 들여다보더니 능연의 이마를 짚는다.

"정말 능연이 맞네. 설마, 설마했더니! 맨손으로 나는 새도 잡을 법한 사람이 대체 어떻게 이런 꼴이 될 수 있지?"

"궐 안에서 당한 일이라 이리되었겠지. 방심했을 테니까. 그건 나중에 물어보기로 하고, 이 사람들을 당장 따뜻한 곳으로 데려가야겠는데, 어떻게 됐어?"

"전부 옆방에 뉘어 놓았소. 피를 흘린 자들은 있지만 죽은 자나 죽을 자는 없고."

"허면 우선 이 사람들을 숙사로 옮겨야겠다. 자선, 능연을 안아라. 선축은 수앙을 안아가고. 수앙의 양손을 지혈해서 가슴께에 모아뒀으니 주의해야 해. 두 사람 다 최대한 빨리 체온을 올려줘야 할 거야."

홍집에게서 수앙을 받아 감싸안은 선축이 물었다.

"이 아기씨 얼굴이 시퍼런데, 살아 있긴 해?"

"수앙의 오른 손목 동맥이 그인 채로 물에 담겨 있었고, 왼손가락 네 개가 잘렸다."

"뭐, 뭐라고?"

"하혈까지 해서 출혈이 심했고 체온이 많이 떨어졌어. 능연은 중독되어 체온이 떨어진 것 같고. 무슨 독을 썼는지는 내가 알아볼 테니, 너희들은 그 두 사람이 계속 숨쉬게 하려면 서둘러. 숙사의 불을 한껏 피우고 두 사람의 체온을 올려 보라고."

능연을 안은 자선이 앞서 나가고 선축이 수앙을 안고 나간다. 혼자 남은 홍집은 한숨을 쉬고는 평상을 한 바퀴 돈다. 무엇 때문에 도는지 몰랐다. 핏자국 밟지 않게 한 바퀴 더 돌며 평상 밑을 들여다보면서 거기서 수앙의 운혜를 발견하고서야 깨닫는다. 수앙의 손가락들을 찾는 것이었다. 평상 밑 중간까지 굴러간 손가락 두 개를 발견한다. 검지와 약지다. 한 개는 대야를 올려놓은 받침대의 다리 사이에 떨어져 있다. 중지다. 새끼손가락은 벽 가까이에 있다. 처음에 잘렸는지 피가 제일 말랐다. 어제쯤 손톱을 손질한 모양이다. 손톱이 손가락 끝에서 곱게 다듬어졌다. 피와 흙먼지를 뒤집어썼을망정 가늘고 긴, 고운 마디들이다.

제 곳에서 영영 떨려 버린 손가락 마디들은 이 밤이 지나면 파래졌다가 며칠 뒤엔 검어지며 바싹 마를 것이다. 홍집은 손가락 마디들을 수앙의 피가 섞인 대야에다 담가 흙먼지와 마른 피를 씻어낸다. 씻은 손마디들을 소독제로 다시 씻어 닦은 뒤 깨끗한 무명자락을 찾아 싼다. 네 마디를 나란히 놓고 꼭꼭 싸서 저고리 안주머니에다 넣고 수앙의 운혜에 묻은 먼지를 터는데 억장이 미어지며 눈물이 난다. 누군가 미연제의 손목을 긋고 손가락을 잘랐다면 어떨까. 손가락을 하나하나 자르면서 헤아릴 수 없는 공포를 아이한테 느끼게 했다면! 상상하기 싫다.

이웃 건조실에 양편으로 북쪽에 일곱 사람, 남쪽에 여섯 사람이 나란히 엎드려 있다. 호원당은 일곱 사람 쪽의 끝에 있다. 순검들인 자선과 선축이 늘 지니고 다니는 오랏줄이 등 뒤로 나온 그들의 손목을 굴비두름처럼 엮어 놓았다. 수앙과 능연은 살아날지도 모르지만, 이들은 어찌해야 할까. 홍집은 청호약방 청지기의 뺨을 쳐 깨우면서 생각한다.

연화당이라면 이들을 살려 주라 할까. 자신을 죽이려던 자들을 몇 번이고 살려 준 여인이니 자기 딸을 죽이려던 자들도 살려 주라 할까. 손가락 네 개를 자르며 딸에게 가없는 공포를 안겨 준 그들조차도. 혜정원 사람들도 이쪽으로 오고 있을 터이다. 온갖 추측과 분석을 하다가 결국은 청호약방을 떠올렸을 테니까. 한밤중이라도 기어이 강을 건너고야 말 그들이므로 오고 있을 터, 수앙과 능연을 살리자면 그들을 데리러 청호약방으로 가야한다. 청호약방 청지기가 눈을 뜬다.

슬픔의 인과관계

사비는 복면 쓴 사내한테 칼도 아닌 칼집에 머리를 가격당했다.
세 복면 중 한 사람이 윤홍집인 걸 알아본 탓에 맥없이 당하고 말았
다. 그 몸피에 그런 눈을 가진 사람을 어떻게 몰라보랴. 자신을 치고
들어온 사람이 다른 누구도 아닌 윤홍집이라니. 평생 유일하게 사랑
한, 더불어 자식을 낳고 싶었던 그 사람이라니. 정신을 잃으며, 차라
리 그의 칼에 심장을 찔리는 게 나을 것이라 생각했던 것 같다.

정신을 잃고 얼마나 지났을까. 누군가의 거친 손길에 몸이 함부로
굴려진다 싶었을 때 깼다. 은재신을 눕혀 결박했던 그 평상이 벽에
붙여져 세로로 서고 사비도 선 채로 평상의 네 귀에 사지가 꽁꽁 묶
인 상태다. 나를 묶은 사람들이 누군지 확인하려는 찰라 정수리에서
머리통이 쪼개지는 충격이 인다. 사비는 정신을 잃는다.

다시 눈을 떴다. 시간이 얼마나 지났는지는 알 수 없다. 밖은 밝은
듯 판자벽의 틈새로 가느다란 빛들이 비쳐든다. 빛이 동쪽에서 비치
는 걸 보니 아침인가 보다. 네 명의 무사 복색 여인이 평상 양쪽으로

갈라섰다. 그들 가운데 서른을 약간 넘겼을 법한 여인이 몇 걸음 떨어진 정면에 받침대를 두고 걸터앉아 있다. 자줏빛 말군바지와 저고리에 검정 누비 쾌자를 입고 하나로 묶은 머리타래를 그냥 늘어뜨렸다. 어디선가 봤던 사람인 듯 무던하게 생겼다.

사비와 눈이 마주치자 여인이 일어나 두 걸음 앞으로 나선다. 여인으로는 키가 약간 큰 폭인 사비와 비슷한 눈높이다. 바싹 다가온 그가 대뜸 사비의 뺨을 갈긴다. 사비의 고개가 휙 돌아가자 반대편 뺨을 또 갈긴다. 마구 갈기고 때리고 짓밟고 싶은 걸 가까스로 참는지 악악, 소리지르곤 양손으로 제 뺨을 다다다 치며 돌아선다. 받침대로 가 다시 앉는다. 벌게진 얼굴로 몇 번이나 숨을 몰아쉬고 잠시 가만하다 사비를 건너보며 입을 연다.

"나는 은재신의 스승인 구여진이다. 당신은 박간난, 사비, 호원당이지. 박사비! 한 가지 물어볼게. 당신은, 천한 사람, 천한 것, 천한 짓거리라 할 때 천하다는 게 무엇이라 여겨?"

누가 시켜서 은재신을 납치했는가 물을 줄 알았더니 느닷없는 소리를 한다. 그러고 보면 은재신도 자신을 무엇 때문에 납치했는지는 묻지 않았다.

"응?"

구여진이 채근한다. 어릴 때 이름이 간난이었던 사비는 양민의 딸로 태어나긴 했으나 사람 아랫것인 천민과 다를 게 없었다. 만단사와 이온 덕에 거기서 벗어나 호원당이 되었다. 현재 호원당은 하속과 수하를 서른한 명이나 거느린 마님이자 만단사 일성사자이므로 답할 말이 없다.

"대화 좀 하렸더니 침묵으로 나가시겠다? 어떠한 경우에도 만단사에 대해서 침묵하기로 맹세했기 때문에?"

사비가 입사한 이후 입에 걸어본 적이 없는 만단사를 구여진은 아무렇지도 않게 내뱉었다.

"맹세를 지키겠다니, 맹세란 지키자고 하는 거니까, 그 점은 존중하지. 그렇지만 내가 당신들의 만단사에 대해 참말 이해 못할 대목이 그 점이야. 어떠한 경우에도 만단사에 대해 침묵하라 맹세케 하여 만단사자를 만들어 놓고는, 정작 사령 이록이나 부사령 이온, 각부 부령들은 팔방에다 만단사를 떠들고 다닌다는 거. 함양 땅 함화루 풀밭에서 사령 이하 오 부령, 팔도 일급사자들을 죄 모아 회합하는 거나. 보현정사에서 일성사자들을 모두 불러 도성 사람이 다 알게 요란하게 노는 거나. 그런 게 비밀조직이 할 짓들인지 나는 당최 이해 못하겠다는 거지."

구여진이 이해 못한다 하니 사비도 그런 일들이 여상한 게 아니었던 것 같다. 그런 일들을 당연하게 여긴 건 물론이고 그 자리에 있을 때마다 뼈가 자라는 것 같은 뿌듯함을 느꼈는데, 지금 듣고 보니 이상했던 것 같다. 구여진이 낱낱이 알고 있으므로.

"지금 그 얘기를 하자고 꺼낸 말이 아니니까 하던 말 계속 하지. 사비, 호원당! 내가 생각하기에 천하다는 건 말이지, 어여쁜 게 어여쁜 줄 모르고, 아름다운 게 아름다운 줄 몰라보는 거야. 아름다운 걸 인식하는 눈과 맘이 없으므로 무식하고, 아름다움을 몰라 지키기는 커녕 깨뜨려 부수면 무도한 짓이 되고, 무도한 짓을 하면 천한 자가 되는 게지. 그래서 내가 지금 하려는 말은, 간난이로 태어나 사비로 자라고, 호원당으로 살고 있는 당신이 이 세상에서 가장 무식하고 천한 족속이라는 거야. 일평생 아름다운 적이 없어 아름다운 걸 몰라 무식한 당신은 나의 이 말도 못 알아듣겠지?"

사비도 알아들었다. 구여진이 말한 아름다움과 그의 말투에 서린 경멸과 멸시. 자신이 만단사의 모든 걸 알고 있다는 자신감과 당당함까지.

안인부인 은씨, 재신.

온이 불러 주고 사비가 받아 쓴 서찰을 아침에 홍화문 수직군한테 전한 사람은 사비였다. 홍화문 안쪽 마당에서 정신을 잃은 재신과 보모는 부축되어 마당 오른쪽의 주랑 구석에 준비해 두었던 피롱皮籠에 담겼다. 두 피롱은 월근문月覲門을 통해 궐에서 나왔다. 사비는 월근문 앞에서 피롱들을 넘겨받았다. 피롱들을 소가 끄는 수레에 실었고 곧장 동작나루로 옮겼다. 강을 건넌 뒤에는 피롱들을 두 필의 말에 매인 가교駕轎에 실었다. 이 연초밭 건조장 앞에 닿은 게 유시 중경이었다. 두 사람을 피롱에서 꺼내고 나서야 사비는 안인부인 은씨를 처음 봤다. 은씨로 하여 온이 어떤 일을 해왔는지, 잘 알고 있던 차였다. 은재신을 보고 온이 난리를 치는 까닭을 즉각 이해했다. 사신계 칠성부령의 딸일 것이므로 그 사실을 토설하게 하라는 게 납치의 목적이었지만 여지없이 온의 사심, 질투 때문인 걸 깨달았다.

사비도 은재신을 본 순간 질투했다. 이온에 따르면 은재신은 금년에 스물한 살이라 했는데 사비의 눈에는 열댓 살쯤으로나 보였다. 아직 솜털도 덜 벗은 소녀였다. 첫 순간에 은재신의 운혜부터 벗겨 팽개쳤다. 구여진 말대로 사비는 일평생 어여쁘다는 소리를 들은 적 없고 자신이 아름답다 느껴보지 못했다. 그런데 정신을 잃고 있음에도 아름다운 계집이라니. 반족가문에서 태어나 금지옥엽처럼 자란 뒤 도성 제일의 선량이라 소문난 젊은 벼슬아치와 혼인한 계집이라니.

그렇더라도 은재신이 제 보모의 안부 먼저 묻지 않았더라면, 제 바깥이 저를 찾으러 올 것이라 자신하지 않았더라면, 첫마디부터 모른다고 나오지 않았더라면, 까뀌 쳐들고 손가락, 발가락을 다 자르겠다고, 두 눈을 인두로 지지겠다고 위협하는데도 눈을 감지 않았더라면 손가락부터 자르지는 않았을 것이다.

은재신이 눈을 감는 순간 사비의 눈앞이 캄캄했다. 이 아이는 입을 열지 않을 거고, 살려 달라고 애걸하지도 않겠구나 싶었다. 아이는 손톱 하나 움직일 힘이 없으면서도 당당하기가 태산 같았다. 그게 눈 시리게 아름다웠다. 여기가 나의 끝이구나 싶었다. 그건 절망이었다. 은재신의 손가락을 까뀌로 내리칠 때 아름다운 것에 대한 맹렬한 적의가 작동했다. 아름다운 걸 깨뜨리는 희열이 극렬했다. 사신계고 뭐고 계집아이의 온몸을 단숨에 절단하고 싶었다. 낱낱이 해체해 늦겨울 연초밭에 뿌리고 싶었다. 겨우내 배곯은 산짐승들로 하여금 계집아이 조각들을 주워먹게 만들고 싶었다. 그리 못한 건 온의 명 때문이었다.

"내가 갈 때까지 은재신 자신이 사신계 칠성부령인 중석의 딸인 걸 토설케 해야 해. 살아 있어야 하고. 명심해. 죽이면 안 돼. 말을 못하게 되어도 안 되고."

아씨로부터 그렇게 단단히 주의를 들었으나 그 밤이 새기 전에 어쩌면 은재신의 신체를 조각내어 연초밭에 뿌리고 말았을 것이다. 네 개의 손가락을 끊는 동안 인내심이 바닥나 버렸기 때문이었다. 다섯 번째 손가락을 자르려던 순간 윤홍집 때문에 막혔다. 은재신을 죽였건 덜 죽였건 이제 결과는 같았다. 사비 호원당의 생이 끝났다는 것. 잠잠히 사비의 대답을 기다리던 구여진이 입을 연다.

"역시나 침묵이시로군. 상관없어. 어차피 당신한테 물어볼 것도 없었거든. 여하튼 호원당 잘 들어. 우린 여기서 나가면서 여길 전부 태울 거야. 해서 당신 수하들한테 물었어. 건물 속에서 마른 연초들과 함께 타 죽을지, 당신과 이온과 만단사에서 떨어져 살아갈지. 당신 수하들은 전부, 살기를 원하더군. 그 과정에 호원당 당신과 이온이 우리 아이를 납치하며 어떤 자들을 매수하였는지, 제들이 아는 대로 다 불었어. 당신들한테 매수되어 공조한 창경궁 별감 네 놈! 그 놈들은 손목을 잘라놓든지, 혀를 뽑아내든지, 목을 자르든지, 그냥 두지는 않을 거야. 첨엔 우리도 이온을 비롯한 당신들 전부를 의금부에 발고할까도 생각했어. 빈궁전의 명을 가로채 궐을 어지럽힌 죄만 해도 참수형감이니까. 허나 나는, 우리는, 이 나라의 법을 믿지 않아. 더구나 이온이 작금에 빈궁전과 사사로운 관계를 트고 지내는 터, 이번과 같은 일도 그래서 가능했을 터인데, 임금과 왕실을 위해 존재하는 국법이 올바르게 행사될 거라고 못 믿는다는 거지. 사실 우리는 국법이라는 것을 믿어본 적이 없어. 해서 우리 손으로 해결하는 거고. 당신이 의금부로 들어간다고 해도 당신은 이온이 시킨 일이라고 토설하는 대신 죽기를 선택하겠지?"

어떨까. 살려 준다고 하면 이온이 시켜 한 일이라고 토설하게 될까. 살려 준다면 그럴지도 모른다. 하지만 이미 죽어 마땅한 죄를 지었다. 어찌하여도 죽을 걸 아는데 입을 벌릴 필요도 없지 않을까. 알 수 없다. 자신이 은재신에게 그랬던 것처럼 저들이 내 손가락을 하나씩 자르고 들어온다면.

"당신한테 따로 물어볼 게 없는데도 내가 이처럼 주저리주저리 떠들고 있는 건 순전히, 내 분을 다스리지 못해서야. 당신을 그냥 죽여 주기 싫을 만큼 화가 나 있기 때문이지. 우리 아이, 재신은 현재 간신히 숨만 붙어 있어. 몸속에 담고 있던 넉 달짜리 아기도 피로 흘려 버렸지. 우리들이 죄 손을 그어 피를 흘려 먹였지만 당신이 우리 애한테서 빼 버린 피가 워낙 많아 혼수에서 깨어나질 못해. 화타나 편작이 나타난다고 해도 우리 아이가 살아날 것 같지 않단 말야."

받침대에서 발딱 일어선 구여진이 사비한테 다가오더니 다시 뺨을 친다. 연속하여 세 번을 치고 나서 악악, 소리를 지른다.

"수태한 건 몰랐다 치자! 수태한 걸 알았어도 넌 똑같이 했겠지. 아니, 아니 넌 더했을 거야. 그 아이 손목을 긋고 싶디? 그 손가락을 자르고 싶었어? 얼마나 많은 일을 하는 손인데! 얼마나 많은 일을 할 손인데. 그 아이는 손가락으로 노래도 하는데! 그 손이 너무 귀하고 아까워서 난 한 번 흘겨보지도 못했다. 그런데 네가, 네까짓게 감히, 감히 그 짓을 해? 애 손가락 열 개를 다 자르면, 발가락 열 개도 다 자르고 나면, 세상에 대한 네 복수심이 풀릴 것 같디? 네가 듣고 싶은 말을 애가 할 것 같았어? 엉? 겨우 그 정도 안목으로 감히 우리 애를, 우리를 건드려? 이온, 그년이 시킨 일이라고 말할래? 이온이 시켜 어쩔 수 없이 한 일이라고, 네 죄가 덜할 것 같아? 그년이 실패한 걸 지켜봤으면, 알아야 하는 거 아니야? 똥인지 된장인지, 고추장인지 선지피인지 먹어 봐야 구분해? 이 멍청하고 천박한 족속아. 이 썩을 족속아. 널 태워 죽이기 전에 네 손목을 그어 줄까? 손가락을 낱낱이 잘라 줘? 오장육부를 찢어발겨서 갈고리에다 걸어 줄까?"

미친 듯이 날뛰던 구여진이 다시 사비의 뺨을 후려치고는 휙 돌아섰다. 미친 듯이 두리번거리더니 사비가 애초에 놓은 대로 놓여 있던 핏물 담긴 대야를 들어다 사비한테 와락 끼얹는다. 빈 대야를 등롱을 향해 던진다. 등롱이 대야에 맞아 제 속에 든 초를 떨어뜨리는 순간 대야가 바닥에 떨어져 챙 소리를 낸다. 완전히 미친년의 난동이다. 미친 거 맞네. 사비가 생각하는데 구여진이 대야를 걷어차고는 악악거리며 나가 버린다. 소리 없이 시립하던 무사들이 따라 나가고 문이 닫힌다.

은재신이 수태 중이라는 건 몰랐다. 알았어도 별 수 없었을 것이다. 오히려 태중의 아기를 인질로 삼아 은재신을 고신했을 터이다. 하여 은재신은 태아에 대해 입도 벙긋하지 않았던 것이다. 은재신이 뭘 위해 그렇게까지 입을 다물었는지는 모른다. 어쨌든 박사비, 호원당은 끝났다. 여기가 끝이다. 이온으로부터 이번 일을 명받던 순간에 어쩌면 결과를 예감했는지도 모른다. 이온이 그 많은 칠성사자들을 두고, 측근의 난수조차도 놔둔 채 박사비로 하여금 은재신을 납치하라 했다. 그 까닭을 실상 처음부터 알았다. 이온은 박사비가 윤홍집과 사통하는 것을 알고 징벌한 것이었다.

"김강하의 처를 잡아."

그렇게 지시할 때 이온의 안중에 박사비의 목숨에 대한 고려는 없었다. 이온은 자신의 목숨에 대해서도 아랑곳하지 않았다. 박사비가 잘 해낼 것이라 믿어서가 아니라 통천 비휴들과 무극들을 잃어버리면서 눈에 뵈는 게 없어진 것이었다. 징벌이든 맹목이든 다급함에서 비롯된 것이든. 그때 사비는 앞뒤 잊은 상전이 가여웠다. 아무 것도 아니하며 살아도 될 사람이 되지 않을 일을 수시로 저지르는 까닭이 무엇이랴. 그이는 외로운 것이었다. 외로운 자가 벌이는 일의 결과는 더한 외로움뿐이리라. 그리 여기면서도 사비는 이온의 명을 기꺼이 따랐다. 어쨌든 끝났다. 다 끝나서인지 편하다. 졸리기까지 한다. 이대로 잠들어 다시 깨어나지 않을 수 있다면 좋으리라.

  금세 깬 것 같은데 왼쪽 마늘등이 꺼진다. 지켜보는 사이에 오른쪽 마늘등의 불꽃이 흔들리다가 스러진다. 벽 틈새로 가느다란 빛이 들므로 아주 어둡지는 않다. 핏물을 뒤집어 쓴 탓인지 추울 뿐이다. 잠이나 잤으면 싶은데 추워 잠은 오지 않는다. 할 일이란 생각뿐이다.
  홍집이 어떻게 이곳을 알고 찾아왔을까. 그전에 만단사 일봉사자인 그가 어찌하여 이곳에 왔을까. 이온의 정인이자 박사비의 유일한 사내인 그가, 이온의 명을 수행하고 있는 장소에 어떻게 나타났을까. 나타났다손 어떻게 상황을 이렇게 만든단 말인가. 오히려 감춰 줘야 하지 않은가? 구여진을 비롯한 패거리는 사신계일 텐데, 저와 살 섞으며 지내는 계집을 사신계에 넘겨주고 나서 들어와 보지도 않는 까닭이 뭔가. 그도 사신계란 말인가? 하지만 어떻게?
  아는 것들을 모조리 동원하여 조합해 보아도 답이 나오지 않는다. 이온이 올 때는 아직 멀었다. 이온이 와도 박사비를 구할 수 없을 것이다. 무극들이 사라졌지 않은가. 즈믄과 그 수하들도 돌아오지 않았다. 그들이 모조리 사라졌는데 이온은 그 까닭을 모른다. 이온도 끝났다고 봐야 한다. 아니, 홍집이 이온은 구해 줄지도 모른다. 온을 사랑하노라 말한 적 없는 그이지만 그 맘에 담긴 유일한 여인이니 살려 낼지도 모른다. 아니, 그렇지 않을 수도 있다. 박사비를 잡은 이들이 누구인지 홍집이 안다면, 그 또한 그들과 같은 무엇으로 여기 온 것이라면!

　다시 졸았던가. 눈을 뜨니 캄캄하고 다시 눈을 뜨니 판자벽의 벌어진 틈으로 날이 밝아오는 것 같다. 밤새 떤 몸이 또 떨린다. 하루인지 이틀인지 지나는 동안이 사비 일생을 다 합친 것보다 길었다.

　추위를 잊을 성싶게 둔해졌다 싶으니 오줌이 마렵다. 누가 요강을 가져다 오줌만 누게 해준다면 구여진이건 누구건 원하는 대로 다 해주겠다 싶어도 들어오는 사람은 없다. 사비는 선 채로 오줌을 눴다. 한번 누니 몇 번이고 눴다. 똥도 마려웠다. 똥을 싸는데 눈물이 치솟았다. 똥을 싸며 컥컥 울었다.

　옷을 입은 채 똥을 싸고 나서 은재신을 생각한다. 손가락이 잘리기 전의 은재신이다. 그때 은재신은 꿈을 꾸는 것 같았다. 꿈속의 누군가와 주고받는 이야기를 잠꼬대로 뱉는 성싶었다.

　'여기가 어디예요? 어머나, 어머나. 아아, 좋아요. 아아, 기뻐요. 저도 이제부터 여기서 살 거예요. 에이! 아니에요. 저는 지금 얼마나 무서운 곳에 있다고요. 괜찮지 않아요. 가기 싫어요. 엄마, 엄마!'

　잠꼬대처럼 어머나, 어머나 소리치고, 좋아요, 기뻐요, 할 때 은재신의 얼굴이 만월처럼 환했다. 무섭고 싫다 할 때 표정이 그믐밤의 구름처럼 어두웠다. 그럼에도 어여뻤다. 아름다웠다. 하여 재신의 스승 구여진이 말한 천한 것, 천한 족속의 뜻을 금세 알아들었다. 구여진 스스로 당당하고 자신만만하며 아름다웠다. 제자의 손가락 잘린 것에 분노하며 길길이 날뛸 때조차도. 정녕 부러웠다. 완전히 졌다, 싶었다. 구여진에게 졌다기보다, 무한하고 불가사의한 그 뭔가에 진 것 같았다. 그 뭔가는 사신계임이 분명했다. 은재신이 아아 좋아요, 라고 한 그 꿈속의 세상에 박사비는 닿지 못할 것이므로 그걸로 끝이라 여겼다. 끝이었다.

다 끝났을지라도 누가 들어와 주었으면 싶다. 뺨을 치건 손가락을 자르건 우선 아무나 화로를 들고 와 발치에 놓아 주었으면 좋겠다. 그리해 주면 그가 누구든 원하는 대로 모조리 말할 수 있을 것 같다. 잘못했다고, 다시는 이런 짓 아니하겠노라 열 번이고 백 번이고 맹세할 수도 있을 것 같다. 저들이 원하는 건 무엇이나 다 할 수 있을 것 같은데, 아무도 오지 않는다. 사비 호원당이 이곳에 묶여 있는 걸아예 잊어버린 것인지, 들어오는 사람이 없다.

아름다운 걸 알아보고도 깨뜨리고 부순 지금의 사비는 천할 뿐만아니라 추해졌다. 옷을 입은 채 똥오줌을 싸지르지 않았어도 원래부터 추했을지도 모른다. 홍집이 나를 잡아 구여진에게 떠넘긴 까닭이무엇이랴. 원래 추하여 사랑하지 못했기 때문이 아니겠는가. 이제정말 완전히 끝났다. 살려 달라, 살고 싶다 소리칠 까닭이 없다.

판자벽 사이로 새어들던 빛이 사라졌다. 시간이 어떻게 흘러가는지 알 수 없게 흘러가는 동안 사비는 단 하나, 소리쳐 사람을 부르지 않겠다는 고집만 피운다. 목이 타는 것 같은 갈증이 일어도, 뱃구레가 겨울 강변 모래밭처럼 허기가 져도 살려 달라, 살고 싶다고 소리치지는 않는다. 이 연초 건조실에서 은재신이 어차피 죽으리라는걸 알았듯이, 사비도 자신이 여기서 죽게 되리라는 걸 안다. 맞아 죽든 굶어 죽든, 낱낱이 해제되어 갈고리에 걸리든, 대들보에 목이 매달리든, 심장이 갈리고 허파를 찔리든, 목이 떼이든, 사지가 찢기든, 불에 타 죽든. 어쨌든 죽겠지만 죽기 전에 똥오줌 질러놓은 옷은 갈아입고 싶다. 죽을 때의 모습이 구천을 떠도는 귀신 형상이라 했거니와 이생에 태어나는 모습을 결정한다고 하지 않는가.

무슨 일이 됐건 내 손으로 직접 하는 게 가장 빠르고도 확실하다. 내 몸이 하나뿐이므로 숱한 일들을 직접 일일이 다 할 수 없고 내 손이나 발처럼 쓰기 위해 돈 쓰고 맘 쓰며 보위들이며 하속들을 거느린다. 그러므로 상하의 존재 위치며 각기 할 일들이 달라진다. 각기의 위치에서 각자 맡은 일을 하다 보면, 사람이 하는 일이라, 실패할 수도 있다. 실패하면 몇 번이고 다시 시도하거나 미련 없이 포기하면 된다. 내 몸처럼 부리기 위해 키워서 내 몸처럼 일하라고 보낸 자들이 실패도 성공도 없이 깡그리 사라져 버리는 건 말이 안 된다. 그렇게 말도 안 되는 일이 이온의 주변에서 거듭거듭 발생했다. 돌아오지 않는 무극들과 통천 비휴들. 대체 그들이 왜 돌아오지 않는가.

그걸 알아보라 보낸 난수가 돌아와서 비휴들과 무극들이 상림을 나선 이후의 종적이 묘연하더라 했다. 강경이나 상주에는 무극들이 나타난 흔적이 아예 없고, 화개의 인남은 즈믄이 누군지도 모르는 바보가 되어 있더라 했다. 인남의 처에 따르면 제 서방이 주막에 든 손님들과 한바탕 싸우다 넘어져 머리를 다쳤는데 사람이 맹해져 버렸다던가. 난수의 말을 다 믿기 어려워 온은 불영사와 실경사와 통천 국사암으로 직접 갔다. 그들은 불영사와 실경사와 국사암으로 돌아온 흔적도 없었다. 그들은 연기처럼 증발해 버렸다.

내 일인데 나 모르게 발생하는 일들에 넌더리가 나 직접 하기로 했다. 은재신을 잡을 적소가 궐 안이라는 생각을 한 뒤였다. 빈궁전이 은재신을 다시 부를 걸 예상하고 병희로 하여금 빈궁의 움직임을 살피게 했다. 빈궁은 정성왕후 탈상 뒤 시작될 새 왕후 간택 때문에 심란할 때였다. 지난 삼 년간 누려온 내명부 권력이 끝나게 되었지 않은가. 병희가 은밀할 필요도 없었다. 빈궁전의 움직임은 목욕하는 시각까지 내명부에 알려지기 마련이었다. 예상대로 빈궁전이 움직였으므로 면밀히 계획하고 준비해 사비한테 은재신을 잡으라고 명했다. 은재신과 그 시녀가 피롱에 담겨 나와 수레에 실려가는 것을 월근문 건너편 담장 밑에서 지켜보았다.

그날로부터 아흐레째다. 주시하며 뒤따르는 눈들 때문에 금세 못 와 보았다. 몸을 드러내지 않은 채 밤낮으로 살피던 그 눈들. 은재신 측 사람들일 터였다. 저녁마다 허원정으로 들어오는 홍집의 눈치도 봤다. 은재신을 잡아 사신계를 캐겠다는 이온의 계획을 기어이 막겠노라 대서던 그이므로 그가 무슨 낌새라도 채는 날에는 영영 남이 되고 말 것이었다. 천지간에 사내라곤 그가 유일했다. 이온 곁으로 온 이후 변함없이 곁에 있어 주는 사내. 사람살이의 정도를 따질 때의 그는 얼음처럼 차갑지만 이온을 품을 때의 그는 불처럼 뜨겁다. 그는 재물에 대한 욕심이 없고 신분 상승에 대한 욕망도 없다. 온이 그를 어려워하는 까닭이기도 했다. 그런 그가 한사코 하지 말라는 일을 하자니 몰래 할 수밖에 없었다.

사령께서 귀환하시기도 했다. 초나흘 날이었다. 거듭된 실패와 실종 사태들을 사령께 어찌 말씀드리나 온이 몹시 근심하던 차인데 그보다 큰일을 당신께서 안고 들어오셨다. 보위들에게 업혀 들어온 사령께서 중병이 들어 있지 않은가.

"어, 오냐, 어, 오냐!"

자리보전한 상태에서 어, 오냐 소리만 되풀이 하는 게 중병이 아니면 무엇이랴. 보위대장 홍남수에 따르면 사령께선 귀환 길의 심양에서 낙마했다. 심양에서 며칠 지내며 몸이 약간 나아지는 성싶었다. 심양을 출발하기 전날 밤에 서장관이 씨름과 벅수치기 시합 판을 벌였다. 사령께서는 이불을 몸에 감고 시합 구경을 나섰다. 그때 몸에 한기가 침범했는지 밤새 앓으셨노라 했다. 그래도 이튿날 아침에는 열이 내렸고 운신할 만했다. 사행단과 더불어 출발한다는 명을 미리 받은 터라 홍남수는 사령께 다시 확인했다. 지금 함께 출발하실 거냐 물으니 사령께서 오냐, 하더라 했다. 마차로 움직여 책문까지 오는 동안, 사령께서는 내내 주무시기만 했다. 그러는 사이 병이 점점 커졌던가. 도성에 당도한 뒤 입궐하여 대전 알현도 못할 지경이었다.

온이 무극들과 통천 비휴들을 잃은 사태에 대해 아뢸 수 있는 상황이 아니었다. 아기 영이를 잃은 것도 자신의 탓은 아니지만 부친께 면목 없던 차였다. 환후를 떨치고 일어나시면 그때 말씀드리자고 여기는 한편으로 온은 당장 말씀드리지 않아도 되는 걸 다행으로 여겼다. 약간 여유가 생기니 부친의 보위들에게 수유를 주고 서른 냥씩의 행하를 내릴 수도 있었다. 각자 집으로 돌아가 원행의 피로를 풀고 한 달 뒤 이화헌으로 돌아오라. 그리 명했다.

청호약방에 들르니 의원들이 환자들을 진찰하고 있다. 보원약방 봉초와 남령초를 잔뜩 사가지고 나가는 장사치들도 보인다. 석 돈짜리 봉초를 넉 돈이나 닷 돈에 팔고, 열 돈짜리 남령초를 열두 돈이나 열닷 돈에 팔아 이문을 남겨 먹는 박물 장사치들이다. 청호약방은 보원약방 봉초와 남령초를 사려는 박물 장사꾼들이 흔히 들리는 곳이라 청지기는 없어도 풍경은 여상했다. 청지기 댁이 변명하듯 말한다.

"호원당께서 열흘 전에 하속들을 거느리고 나가셨사온데 내내 소식이 없으시옵니다."

"어디 간다고 나갔는데?"

"대방께옵서 중한 약재를 구하라 명하시어 먼 길 다녀오신다 하였나이다."

"그리하고 나가서 내내 소식이 없다고?"

"예, 아씨. 며칠 걸릴 거라 하여 사나흘쯤 늦기는 예사로운 성싶어 이제 기다리고 있나이다. 오늘 낼쯤엔 돌아오리라 여기고요."

아무리 그리 핑계댔다손 열흘간이나? 연초장이 멀지도 않은데 어찌된 일일까. 혹시 사비도 사라진 건가? 설마 그럴 리야, 하면서도 온의 등골에 찌릿한 한기가 끼친다. 불길한 생각을 애써 떨쳐내고 가마뙤재로 향한다.

양지바른 연초밭 주변 산야에는 진달래가 피어나는 참이다. 냉이며 풀솜대, 윤판나물, 머위며 취 등의 나무새들이 순을 틔우기 시작했고 작년에 씨가 떨어진 연초 새순도 밭에서 아무렇게 싹을 틔우고 있다. 새들도 난다. 아직 농사철이 이르고 남령초 공장도 쉬는 때라 일꾼들이 보이지 않는 건 당연했다. 그렇지만 지금 인기척이 전혀 없는 건 예삿일이 아니다.

"호원당! 호원당, 어디 있어?"

돌아오는 소리가 없다. 사비는 당말 대마밭 쪽에 있는지도 모른다. 당말은 청호역이 있는 역말의 위쪽 마을로 오래 전부터 당집이 있어 붙은 이름이라 했다. 집은 몇 채 아니 되지만 골짜기에다 청호 약방의 넓은 대마밭을 품고 있었다. 거기도 창고가 있으므로 사비는 그곳으로 갔는지도 모른다. 애초에 사비가 가마뫼에 있을 거라 여긴 까닭은 당말이 역말과 너무 가까워 이목을 조심했으리라 여겼기 때문이다. 그렇더라도 사비가 당말에 있다면 그처럼 가까운 역말의 집에 한 번도 들르지 않았다는 건 이상하다. 밥이야 창고에서 해 먹는다 쳐도 몸을 씻고 옷은 갈아입어야 하지 않은가. 여인들이란 지체의 고하, 나이에 상관없이 난리통이 아닌 한은 하루 한 번씩은 뒷물을 하고 속속곳을 갈아입지 않은가 말이다.

온은 호위 높메, 노서미와 더불어 아래쪽 건물들부터 샅샅이 살피며 맨 위 건조장에 이른다. 노서미가 문을 열고 높뫼가 먼저 들어갔다. 온이 들어서고 노서미가 따라 들어왔다. 건조실 세 칸이 중간 문으로 연결되어 있지만 생 연초잎을 들이고 마른 연초를 낼 때는 각 방의 옆으로 난 큰 문으로 수레가 드나들 수 있게 된 건조실이다. 첫 방은 디딤대 몇 개 놓여 있을 뿐 텅 비었다. 두 번째 방도 비었을 터이지만 온은 높메를 따라 안으로 들어선다. 디딤대 몇 개와 평상이 놓였다.

"여기도 아무 흔적이 없는데요, 아씨."

아니 흔적이 있다. 바닥에 붉은 얼룩이 넓게 나 있지 않은가. 붉은 물감 풀물을 쏟은 듯한 연한 자국이다. 띄엄띄엄 짙은 핏자국도 보인다. 짙은 연초냄새와 어우러진 불순한 냄새도 남았다.

"이 방에 있었나 봐. 바닥에 핏자국이 있잖아."

"그렇네요. 그렇다면."

노서미의 중얼거림이 채 끝나기 전에 방금 지나온 방에서 복면들이 들어선다. 동시에 이제 들어가 볼 참인 건너 방문이 열리면서 회색 복면들이 나온다. 노서미가 외친다.

"뭐야, 당신들."

대꾸가 없다. 똑같이 회색 무복을 입고 같은 복면을 썼지만 몸피로 볼 때 남정이 셋이고 여인이 셋이다. 올 것이 왔다. 온이 아찔히 생각하는데 두 남정이 노서미와 높메에게 칼을 겨누며 다가든다. 한 여인이 왼손에 쥔 칼집에서 대검을 빼어들며 온을 찌르고 들어온다. 온은 몸을 피하며 쌍검을 빼든다. 몸이 약간 둔해졌다고 느낄망정 평생 수련을 해왔다. 일대일로 겨루면 남 못지않을 자신이 있다. 전혀 움직이지 않은 채, 마치 대련을 구경하듯 한가로운 세 사람이 거슬릴 뿐이다. 자신들까지 나서지 않아도 되리라고 믿고 있는 게 아닌가.

치고, 되치고, 찌르고, 피하고. 남정들을 상대한 노서미와 높메는 대여섯 합에서 거꾸러진다. 온도 열 합을 겨루기 전에 검 두 자루를 떨어뜨리고 만다. 맨손인 온이 품새를 잡기 전에 건너편의 대검이 찌르고 들어온다. 온이 피하는 순간 대검이 아닌 칼집이 온의 머리를 내리친다. 온은 머리통이 부서지는 듯한 충격으로 널브러지며 정신을 잃는다.

칼집에 맞고 쓰러졌던 그 자리, 건조장의 중간 방인 것 같다. 중간 방의 바닥 가운데쯤에 놓여 있던 평상이 북쪽 벽으로 붙어 세로로 섰고 온은 평상의 네 모서리 쪽으로 사지가 결박되었다. 칼집에 맞으며 머리가 터졌던지 머리통에 부기가 느껴지고 머리카락에는 피가 엉긴 것 같다. 핏방울이 맺힌 가슴팍과 아랫배 쪽이 옴짝달싹 못하게 묶였다. 사지와 몸을 묶은 끈은 삼줄과 무명노끈을 엮어 꼬고 거기다 사금파리 가루를 입힌 동아줄이다. 손목과 발목을 움직이려 시도할 때마다 사금파리 가루가 살을 파고들게 될 잔혹한 동아줄. 천정 가로대에 매달린 갈고리들에는 그것의 원래 용도가 등불 걸이용이었던 듯 마늘등이며 등롱들이 매달렸다. 대여섯 걸음이나 떨어졌을까 싶은 곳에 디딤대 두 개가 붙여 놓여 의자가 되었다.

의자에 담요를 접어 깔고 홀로 앉은 중년 여인이 책을 읽고 있다가 고개를 든다. 분명히 처음 보는 얼굴인데 낯이 익다. 누굴 닮았는지는 알기 어렵다. 여인이 책을 접는데 표지에『옥추보경』이라 쓰여 있다. 눈길이 마주치자 여인이 싱긋 웃더니 입을 연다.

"이온, 네가 이 책을 자주 읽는다기에, 대체 이 책 안에 무슨 말씀이 쓰였기에, 이 책을 즐겨 읽는다는 네가 그리 생겨 먹었나 싶어, 나도 읽고 있었다. 이온, 이 책 안에서 네가 가장 좋아하는 대목이 어디니?"

『옥추보경』에서 온이 가장 즐겨 있는 곳은 천황신주天皇神呪라고도 불리는「개경현온주開經玄蘊呪」다. 천황께서 널리 시방에 화현하시나니 기도하지 않으면 응감하지 않고 간구하지 않으면 재앙을 물리치지 못하느니라, 하고 시작되는 주문. 이제 생각해 보니 근 몇 달『옥추보경』읽기를 등한시했다.

"이야기 좀 나누렸더니, 싫으니?"

서른댓 살이나 됐을 성싶다. 무사 복색을 하고 귀밑머리에 조바위를 써서 신분을 알기 어렵다. 말투며 책을 읽는 틀수로 미루어 하층은 아니다.

"대화를 하려거든 자신이 누군지 정도는 알리고 시작해야 하지 않소?"

허허허. 여인이 웃고 나서 말한다.

"원칙이나 인지상정 따위를 모르는 네가 그런 범절을 따질 줄 몰랐다만, 뭐 그리 할 일도 없으니 말해 주마. 나는 겸곡재라 한다. 내가 무슨 까닭으로 네 앞에 앉아 있는지도 궁금하겠지? 나는 은재신의 고모다. 내가 시방 여기 앉아 있는 까닭이 설명되었지?"

어쩐지 낯익다 했더니 은재신과 닮아 그리 느껴진 모양이다. 그렇게 보면 홍집의 말이 맞았다. 닮았다고 보면 누구나 닮고, 닮지 않았다고 보면 부자지간에도 닮은 데를 찾기 어렵다는 말. 결국 은재신이 중석을 빼닮았다고 여긴 게 착각이었는지도 모른다. 조급함이 부른 또 한 번의 큰 실책인지도. 결국 이 꼴이 되고 말았지 않은가.

"알겠습니다. 허나 하대는 마십시오. 내 당신한테 하대 당할 까닭은 없습니다."

낯을 찌푸린 겸곡재가 책을 덮는다.

"너, 이온! 슬픔에 대해 아니?"

슬픔을 모르는 사람이 있으랴. 이온이 현재와 같은 몰골이 된 것이야말로 말로 슬픈 일이다. 일생 한 번 상상조차 해본 적 없는 이 어처구니없는 상황이야말로.

"질문의 의도를 모르겠소."

겸곡재가 허어, 장탄식을 터트리더니 고개를 젓고 나서 입을 연다.

"의도를 가진 질문이 아니었다. 비애니 연민이니 하는 말로 표현하기도 하는 슬픔에 대해 그저 물었을 뿐이다. 외롭거나 쓸쓸하거나 막막하거나 아득하거나 할 때. 내 사람을 잃었거나, 내가 좋아하는 이로부터 배신을 당했거나. 붉은 아침놀을 보거나 푸른 저녁놀을 맞닥뜨렸을 때. 꽃이 피거나 지는 꽃을 보거나. 간절히 기다리는 사람이 오지 않을 때나. 아무 일도 없는데 그저 눈물이 나거나. 그렇듯 아무 때나 한 번씩 홀로 잠기게 되는 정서에 대해 생각해 보라고 한 말이었을 뿐인데, 너는 의도에 대해 묻는구나."

온에게 슬픔은 치오르는 분기와 비슷하다. 홀로도 다소 울적할 때가 없지는 않아도 겸곡재가 읊은 상황들을 슬픔으로 여기지는 않는다. 기억하는 한 늘 할 일이 너무나 많았고 다스려야 할 사람도 그처럼 많아 슬픔을 느낄 겨를이 없었다.

"나는 겸곡재가 말씀하시는 경우들에서 슬픔이라는 느낌을 가져 본 적이 없소. 말씀하신 것과 같은 경우들, 가령 배신을 당했을 때, 기다리는 사람이 오지 않을 때 나는 슬픔이 아니라 분노를 느끼기 때문이오. 그러니 하실 말씀 하시오."

"네가 가마골에서부터 우리 김 서방을 어여삐 여긴 마음, 그를 다시 만나서도 어여삐 여긴 그 마음에 대해 말하고 싶었다. 한 사람이 다른 한 사람을 고와할 때 피어나는 그 일렁임. 너와 강하가 인연이 닿지 못하여 헤어졌는데도 네가 강하를 놓지 못한 그 맘! 우리는 너의 그 맘을 가엽게 여겼다. 사람살이, 남녀지정의 슬픔에서 기인한 것이려니. 강하가 분명히 네게 맘을 준 적이 있으므로 그 맘 또한 살피느라 우리는, 작년 가을 우리 아이를 납치하려던 너와 네 수하들을 그냥 두었다. 네가 얼마나 악독한 종자인 걸 몰랐던 우리의 오판이었다. 어쨌든 너로 하여 우리 아이는 세상을 떠났다. 우리 아이가 태중에 품고 있던 아기도 제 어미와 같이 스러졌다. 그들을 그리 만든 너는 어떻게 될 것 같으냐?"

온이 이번에 일을 친 건 김강하 때문이 아니었다. 비휴와 무극들을 잃어버린 상황에서 태감께 내놓을 게 있어야 했다. 무슨 수를 쓰든 중석에 관한 말을 들어야 하므로 사비에게 신신당부했다. 은재신을 죽이지 말라고. 명을 거스르지 않는 사비가 은재신을 죽였을 리는 없다. 고신 중에 이들이 들이닥쳤고 은재신은 고신의 여파로 죽은 모양이다. 온은 사비가 재신에게 어떤 고신을 했는지 모른다. 은재신이 숨을 거둔 것이나 수태 중인 것을 몰랐다. 아는 것이 없었을지라도 답할 말은 없다. 이온의 삶이 이 정도에서 끝나지는 않으리라는 믿음은 있다. 이곳으로 향할 때 약방에 등청하듯 가벼이 노서미와 높메만 데리고 나섰지만, 그 전에 홍집에게 언질을 했다.

"내 청호약방을 잠시 다녀와야겠으니 이념이 아버님 곁을 좀 지켜요. 그리고 앞으로는 아예 외별당으로 들어와서 살아요."

잠시 다녀온다 했는데 하루이틀이 지나도 돌아가지 않으면 홍집이 찾아 나설 것이다. 이온이 하는 일마다 트집잡고 불복하고 항명하는 그이지만 그는 언감생심 이온을 제 계집으로, 심지어 제 처로 여기는 터수였다. 둘 사이에 미연제가 있기 때문이다. 세상에 내놓지는 못할망정 온 스스로도 그가 지아비 같기는 했다. 저를 향한 이온의 맘이 그와 같다는 걸 홍집도 알고 있을 터이므로 지금쯤 그는 이온을 찾으러 나섰을 테고, 난수도 물론 찾아올 것이었다. 온은 그때까지 살아 있으면 되었다.

"어차피 죽게 된 마당인 것 같지만, 여쭙고 싶은 게 많습니다. 답해 주시렵니까?"

온의 요청에 겸곡재가 낯을 찌푸리더니 대꾸한다.

"내 너한테 궁금한 게 없으므로 네 질문에 답할 까닭도 없다만 한 가지, 아니 적선하는 셈치고, 세 가지 질문을 받겠다. 딱 세 가지만 답할 테니 정작 궁금한 것을 요령 있게 물어라."

"무녀 중석이 사신계입니까? 사신계 칠성부령?"

"이 지경에 이르러 네가 궁금한 게 고작 그 따위 이상한 것이야?"

"그 질문에 내가 그동안 느낀 숱한 의혹이 들어 있기 때문입니다. 죽음을 앞둔 자의 질문이니 솔직하게 말씀해 주십시오."

"허면 안됐구나. 나는 무녀 중석이 누군지, 사신계라는 게 뭔지 모른다. 사신계가 뭔데 지금 네 처지에 그걸 묻는 게냐?"

사신계가 뭔가! 반문을 받으니 무어라고 해야 할지 막막하다. 그들이 만파식령을 가졌다손 만파식령 자체가 허황한 것일진대 실체도 없는 그것에 한사코 매달려 살았는지. 어쩌면 사신계나 만파식령에 매달린 게 아니라 일조광해를 복원하겠다는 부친의 뜻, 그 꿈이 허황함을 알기에 사신계의 실체를 찾고자 했는지도 모른다. 사신계가 현존한다면, 중석이 그 칠성부령이라면 일조광해를 복원하리라는 부친의 꿈이 실현 가능한 것일 수도 있으리라 여겨서이다. 부친께서도 그 때문에 사신계에 매달려 오셨는지도.

"내 질문에는 답하기 싫은 모양이지? 그렇다면 다음 질문해라."

"내가 보현정사에서 거느렸던 수십 명의 하속들이 전부 사라졌습니다. 겸곡재께서 속한 세상이 그들을 빼돌린 것입니까?"

"내가 속한 세상이라! 나는 장통방에서 은 교리의 누이로 태어나 평양 유릉원이라 불리는 집으로 시집갔다. 이온, 네가 하시하여 마다한 중인집안에 나와 재신은 대를 이어 들어간 셈이다. 내가 속해 사는 유릉원은 다 같이 잘 살아 보자는 마음을 견지하므로 누굴 빼돌리고 말 게 없다. 다음 질문!"

"겸곡재께서 저한테 원하는 것이 무엇입니까?"

한참이나 온을 건너보며 묵묵하던 겸곡재가 입을 연다.

"여기 올 때 네 목을 댕강 잘라 네 연초밭에 묻어 버리는 게 내 소원이었다. 너처럼 사악한 계집한테 뭘 묻고 자시고 할 생각 따위가 없었다는 게다. 헌데 네 앞에 앉아 『옥추보경』을 읽자니, 네가 타인의 목숨과 삶과 몸에 대해 전혀 모른다는 생각이 들더구나. 너를 위해 일하는 숱한 사람들의 삶에 대해, 그들의 몸에 대해, 그들의 즐거움과 그들의 고통에 대해 네가 아무 것도 모른다는 생각이 들었다는 것이지. 대체 너 같은 괴물이 어떻게 생겨났을까? 네가 폐조廢朝 광해군의 후손인 건 안다만 그게 너의 괴물성에 대한 근거일 수는 없을 테니 말이다. 임금을 지냈던 네 조상이 설마 너 같은 괴물 후손을 바라셨을까? 너는 네가 낳은 딸이 너와 같기를 바라니?"

생각해 본 적이 없으므로 응수할 말도 없다. 미연제. 세상을 밝히는 불꽃처럼 환한 존재가 되라고 제 아비가 지어준 이름. 온은 그 아이의 생사도 모른다. 겸곡재가 그 아이에 대해 어찌 알고 있는지도 모른다.

"대꾸가 없는 걸 보니 최소한 너도 네 자식이 너와 같기를 바라지는 않는 모양이구나."

자식이 있다는 걸 알고 하는 말인지 그냥 하는 말인지 가늠하기 어렵다. 아니 미연제의 존재를 알 리 없다. 겸곡재가 그것까지 안다면 이온의 평생은 헛것이 되고 말지 않는가.

"어쨌든 너 이온은, 타인의 목숨과 삶에 대한 인식 자체가 결여되어 있어. 네 자신의 삶과 목숨에 대한 인식도 없겠지. 자신의 삶에 대해 생각할 줄 안다면 타인에 대해서도 그럴 테니까. 그런 너를 아무것도 모르는 채, 고통이 뭔지도 모르게 죽일 수는 없겠다는 생각이 들었다는 게다, 나는. 물론 너를 그냥 살려 둘 수도 없다. 너를 살려 두면 우리 김강하가 이후 평생 미쳐 날뛸 테니까."

겸곡재가 말을 멈추고 후우, 한숨을 쉰다. 김강하. 이온 평생 유일하게 맘에 들였던 그였다. 그의 불복을 견딜 수 없었다. 내가 저를 사랑하든지 사랑하지 않든지, 내가 다른 사내와 더불어 무슨 짓을 벌이든지 말든지 저는 그 자리에 그대로 있어야 하며, 내가 부르면 와야 한다고 여겼다. 어리석었다, 이온은. 김강하는 훨씬 어리석었다. 저는 더 기다렸어야 했다. 이온이 저를 완전히 버릴 때까지.

똑같이 어리석은 짓을 하고 난 작금의 이 상황에서 그는 어찌하고 있을까.

"네가 혹시 김강하가 어떤 꼴인지 알고 싶을지도 몰라 말한다. 너 때문에 제 처와 태중의 아기를 잃은 김강하는 미쳐서 펄펄 날뛰었고, 우리는 미쳐 버린 그놈을 흠씬 두들겨 패 기절시킨 뒤, 약을 먹여 지금 네 형상처럼 옴짝달싹 못하게 묶어 두었다. 그리고 내가 여기 왔고. 그놈을 대신하여 내가 너를 죽일 것인데, 도저히 그냥, 곱게 죽여 줄 수는 없겠다. 나는 이제부터 네 열 손가락과 발가락 열 개를 낱낱이 자른 뒤에 양손목을 끊어낼 것이고, 양무릎도 쳐서 으깰 것이다. 너의 혀를 자를 것이고 너의 코와 두 귀와 입술을 차근차근 도릴 것이다. 횃불로 네 눈썹을 지질 것이고, 인두로 너의 두 눈도 지질 것이다. 그리하였음에도 네가 살아난다면 살려 둘 터이다. 손도 발도 없이, 혀도, 코도, 귀도, 입술도 눈썹도 없이, 그렇게라도 네가 연명코자 한다면 살게 둘 것이야."

"그, 그리해서 그쪽이 얻는 게 무엇이오?"

"얻는 것? 전혀 없지. 너 같은 악독한 종자를 죽여서 내가 뭘 얻겠니? 아, 너는 네가 육대 전 임금의 직계 후손이라고 특별하다 여길 수도 있겠지. 개코다. 네가 현재 임금의 딸이라 해도 네가 해온 짓이 정당화 될 수는 없다. 광해가 네 꿈에 나타나서 그리 가르치더냐? 한때 좋아 지낸 사내의 내자를 데려다 손발가락을 다 자르고 사지를 찢어 놓으라고?"

"내 조상까지 욕되게 하지는 마세요. 함부로 거론될 어른이 아니십니다."

"네 조상 광해? 네 조상이 너한테나 대단하지, 다른 사람들한테도 그리 크게 보일 줄 아느냐? 천만에, 시전에 나가서 열 사람, 백 사람한테 물어보면 그중 몇이나 광해군을 알 것 같으냐. 어쨌든 광해군의 그 후손인 너는 그저 돈 좀 버는 장사치일 뿐이다. 나도 너와 마찬가지로 장사치로 산다. 장사치로 세상 속에 뒤섞여 악다구니 써가며 살지. 그렇더라도 내가 사람을 함부로 다룰 수 있으리란 상상을 못해 보았다. 네가 나한테, 또 우리한테 가르친 것이다. 너를 그리 만들어서 내가 얻는 것? 너한테 얻고 싶은 거 따위 없다. 그렇지만 내가 널 어찌할 수 있는지, 정말 할 수 있는지는 이제부터 알아봐야겠다."

겸곡재가 소리친다.

"들어들 오시게."

옆 방 문이 열리면서 복면 쓴 무사 복색의 여인 둘이 들어온다. 그들이 겸곡재가 가리킨 구석의 연장통으로 가더니 손잡이가 짧고 머리가 큰 메 하나씩 집어 든다. 마른 연초를 가만가만 다듬을 때 쓰는 박달나무 메다. 겸곡재가 말했다.

"네 수하 사비는 까뀌로 우리 아이를 찍었다고 하더구나. 그전에 아이 손목을 그어 몇 시간이나 물에 담가 피를 흘리게 했다고 하고.

나는 너한테 그렇게 복잡한 짓 할 생각 없다. 간결하게, 우선 양 팔목의 중동부터 으깨주마."

말을 마친 겸곡재가 고개를 끄덕인다. 메 하나씩을 잡은 두 복면이 나뭇가지처럼 벌리고 선 온의 양팔로 다가들더니 동시에 휘둘렀다. 온이 설마하면서도 눈을 질끈 감는 순간 두 팔의 중동 관절이 동시에 울린다. 정확히 타격당한 관절의 충격은 울림이라고 표현할 수밖에 없다. 온이 아아악 비명을 지르며 몸을 뒤튼다. 몸은 뒤틀리지 않고 온몸이 으깨지는 것 같은 극렬한 통증이 이는 순간 다시 한 번 같은 자리가 타격된다. 너무 극렬한 통증에 온은 정신을 놓아 버린다.

홍집은 온과 사비의 팔다리를 다 잘라도 좋으니 부디 그들의 목숨은 남겨두어 달라고 방산에게 간청했다. 홍집이 가마뫼재에 다녀온 나흘 뒤였다. 능연과 수앙이 아직 혼수에 들어 있을 때였다. 가마뫼재에서 수앙이 밑으로 흘린 피는 태중의 생명이 꺼진 흔적이었다. 그런 사실을 방산에게 들었지만 홍집은 그 자리에서 온과 사비의 목숨만 살려 달라고 무릎 꿇고 애원했다. 언제나 찬찬하던 방산이 소리쳤다.

"이제 보니 윤홍집 그대, 참말 염치를 모르는 사람이구려. 우리 아이 꼴을 두 눈으로 보고도 그런 말이 나오오? 세상에! 세상에나! 손가락 하나 끊고 또 하나 끊어 내고, 또 하나 끊고. 또 끊고. 어떻게, 어찌! 어찌!"

홍집은 이마를 방바닥에 댔다. 그대로 방바닥 밑으로 꺼졌으면 했다. 꺼지지 못하므로 눈물이 났다. 고신을 당하고 태중의 아이를 잃고 사경을 헤매는 사람을 두고 그 사람을 그리 만든 사람들을 살려 달라 청하는 자신이 기가 막혀 퍽퍽 울었다. 그 정수리 건너에서 함월당이 비탄을 쏟아냈다.

"내 일생 만난 가장 어여쁜 사람이 그 아이요. 세상 모든 걸 어여쁘한 그 성정! 하늘 아래 모든 걸 아름다이 여기는 그 눈길! 그 아이가 손가락 몇 개만 잘린 것 같소? 그리 생각해요? 아이가 살아나긴 하겠소? 살아난다 한들 좋이 살아가리까? 그런 일을 겪고 무슨 수로? 그 아이의 지아비는 어떨 것 같소? 그 아이 모친은? 그런데 그 계집들을 살려 달라?"

분기탱천하여 고함치던 방산이 기어코 통곡했다. 한참을 울고 난 뒤에야 방산은 연화당이 상경했노라 말했다. 수앙이 납치되어 생사의 기로에 선 순간 연화당이 느끼고 급하게 왔다고, 그러면서 연화당이 누구도 죽이지 말라는 명을 내렸노라 했다. 방산은 연화당께서 아무도 죽이지 말라 명하셨으므로 박사비와 이온을 죽이지는 않을 것이라 했다. 윤홍집이 수앙과 능연을 찾아냈으므로, 그 덕에 그 두 사람이 아직 숨은 쉬고 있으므로 그에 보답하는 뜻으로 방산 스스로도 두 사람을 살려 놓는 것에 수긍하였노라 했다.

"하지만, 내 단언컨대 그 계집들을 멀쩡하게, 이전처럼 살게 둘 수는 없소."

그렇게 못 박았다. 홍집도 각오한 바였다. 두 사람을 살려만 주신다면 나머지는 처분에 따르겠다고 했다. 그러자 방산이 뜻밖의 말을 했다. 가마뙤재에 갇혀 있던 사비가 회임을 한 것 같아 의원이 진맥했더니 정말이더라는 것이었다. 사비에게 누구 씨냐고 물었더니 윤홍집의 씨라 하였다던가. 하여 이후 사비에 대한 처분은 홍집에게 맡기겠노라 했다. 수앙의 몸에 든 넉 달짜리 생명을 꺼뜨리고도 제 태중에 든 두 달짜리 생명 덕분에 목숨은 물론 몸도 건지게 된 사비는 일단 청호약방으로 돌아가게 되었다.

그날, 홍집은 이온을 어찌하려는지에 대해서는 차마 묻지 못했다. 방산이 대신 말했다.

"이온이 가마뫼재로 향한 이튿날 해 질 녘에 양연도 그쪽으로 가세요. 가서 이온의 목숨을 구하세요. 그러나 이후 내내, 연화당께서 이온을 살려 두는 까닭을 잊지 않아야 할 겝니다."

어제 이른 아침 온이 외별당에 들러 청호약방에 간다고 말했다. 수앙을 납치한 지 아흐레 만이었다. 홍집은 온에게 가지 말라고, 청호약방에 가는 대신 청국 건너 서역 땅으로나 달아나라고 말하고 싶었다. 왜국으로 건너가 사람이 살지 않는 숲속으로 들어가 숨으라고도 말하고 싶었다. 같이 달아나자 하고도 싶었다. 그리 못했다. 달아나라는 건 진정이었으나 같이 달아나자는 건 진심이 아닌 것 같아서였다. 사실 진정이 무엇인지, 어찌해야 하는지 몰랐다. 어지럽고 어지러웠다. 결국 청호약방에 간다는 이온을 말리지 못했다. 전후좌우에 얽힌 숱한 일들 중에 털어놓을 수 있는 게 없으므로 말릴 방법도 없었다.

온이 떠난 뒤 홍집은 등청했다. 종일 일하고 퇴청할 때 있지도 않은 할머님 중환을 빙자해 사흘의 수유를 냈다. 간밤에 온은 돌아오지 않았다. 한숨도 못 잔 홍집의 밤이 몹시도 길었다. 오늘 낮에 다시 함월당에 가서 수앙과 능연의 안부를 물었다.

"능연은 깨어났소. 수앙은 아직 혼수상태이고. 억지로 입을 벌리고 목구멍에 대롱을 꽂아 약물을 흘려 넣어 연명시키고는 있는데, 의원들은 오늘 내일 사이를 고비로 보고 있소. 오늘 낼 새에 깨어나든가 그대로 숨을 거두던가 하겠지."

그렇게 말하며 방산이 또 눈물을 흘렸다. 평생 헛살았다고 한탄했다. 홍집은 면목이 없었다. 연화당은 어떠한지, 김강하가 어찌하고 있는지는 아예 묻지도 못했다. 자신의 내자를 사랑한다던 한 마디로 수백 마디 말을 대신하던 김강하의 표정과 그 수줍음. 그를 다시 볼 수 있을지, 다시 보게 될 제 어떤 얼굴이어야 할지 알 수 없어 그에 대해 물을 수 없었다. 그간 경황이 없어 건네주지 못했던 수앙의 손가락들을 함월당에게 건네주고 통곡을 들으며 물러나왔다.

이월 십일 해 질 녘의 가마뫼재에는 비가 내린다. 만물이 기쁘게 피어나게 하는 봄비인데 홍집의 마음은 아득하다. 지금까지 살아오는 동안 앞날에 대해 무슨 기대를 가져본 적이 없다. 내게 다가든 것들에 대응을 했을 뿐이다. 사람을 죽여댄 것이나 온을 마음에 품고 몸에 담은 것이나 딸아이를 낳은 것이나 신분이 바뀐 것이나 내 의지로서 된 일은 없었다. 그리 여겼는데 지금 이토록 앞날이 막막한 까닭은 무엇인가. 건물들이 저만치 눈에 들어온다. 함월당은 이 시각에 이곳에서 온을 구하라 했는데 일대에 인기척이라곤 느껴지지 않는다. 모두 철수한 모양이다. 온을 그냥 두지는 않았을 것이다.

홍집은 출사를 몰아 맨 위 건조동 앞에 닿는다. 사비가 수앙을 고신한 그곳에 온이 있을 것 같아서다. 건조동 첫 번째 방에는 어스름이 스며들고 있을 뿐 아무도 없다. 어둠이 짙은 두 번째 방에 온이 있다. 북쪽 벽에 세워진 평상에 능지처참 당하는 죄인처럼 큰대자로 사지가 묶여 있다. 머리통이 하나 더 달린 듯이 머리 왼쪽이 퉁퉁 부었다. 고개를 까닥까닥 하는 걸 보니 정신을 잃지는 않았으나 제정신은 아니다. 띠처럼 둘러진 동아줄에 가슴이 단단히 결박되어 있고 역시나 동아줄에 묶인 두 팔과 두 다리가 줄에 달린 헝겊인형처럼 나달댄다. 두 팔과 두 다리의 관절이 다 뭉개진 것이다.

사지가 나달나달한 환자이므로 함부로 결박부터 끊으면 안 될 것 같아 홍집은 어스레한 실내를 두리번거린다. 구석에 능연을 눕혔던 들것이 놓여 있다. 들것을 들어다 놓고 온을 부른다.

"아씨!"

단검을 빼어 다가들어 온의 몸을 받쳐 안은 채로 결박을 끊는다. 눈을 뜬 온이 비명처럼 날카롭게 외친다.

"왜 이제 와? 얼마나 무서웠는데! 얼마나 아팠는데! 온몸을 솥 안에 넣고 끓이는 것 같았단 말야!"

"죄송합니다. 우선 들것에다 눕히겠습니다."

"빨리 나가. 저들이 여기다 화약을 묻었다고 했어. 불을 지를 거라고 했단 말야. 연기가 아까부터 났어. 금세 폭발할 거야."

"아무도 없습니다. 화약 냄새도 나지 않고요. 불도 나지 않습니다."

온을 양팔로 안아들고 들것에 뉘는데 새삼 뼈마디가 부서지는 통증을 느끼는지 온이 아악 비명을 지르곤 정신을 놓는다. 수앙의 잘린 손가락을 발견할 때처럼 홍집의 억장이 미어진다. 처음 만났을 때 온이 얼마나 아름다웠는지. 더불어 대련을 하노라면, 대련하다 온이 지친 기색이면 부러 검을 쳐 떨어뜨렸다. 검을 놓치면서 넘어지는 사람을 받쳐 안고 뒹구노라면 그가 귀엽고 아름다워 가슴이 터질 것 같았다. 겨우 너덧 해 지났을 뿐인데 그 사람은 간곳이 없다. 그 아름답던 사람은 어디가고 흉측한 짓을 자행하다 널브러진 괴물이 남았다. 제가 얼마나 아름다운 사람이었는지 모르는 괴물. 홍집은 온을 들것에다 눕혀 놓고 곁에 주저앉아 자신의 가슴팍을 퍽퍽 쳐댄다.

– 반야3부 7권에 계속

사신계(四神界)

사신총(四神總)

사신경(四神卿)

칠요(七曜)

靑龍部(令)	白虎部(令)	七星部(令)	朱雀部(令)	玄武部(令)
청룡선원	백호선원	칠성선원	주작선원	현무선원
각(角)	삼(參)	광(光)	진(軫)	벽(壁)
항(亢)	자(觜)	양(陽)	익(翼)	실(室)
저(氐)	필(畢)	형(衡)	장(張)	위(危)
방(房)	묘(昴)	권(權)	성(星)	허(虛)
심(心)	위(胃)	기(璣)	유(柳)	여(女)
미(尾)	누(婁)	선(璇)	귀(鬼)	우(牛)
긴(箕)	규(奎)	추(樞)	정(井)	두(斗)

사신계 강령(四神界 綱領)

凡人은 有同等自由而以己志로 享生底權利라.
모든 인간은 동등하고 자유로우며 스스로의 의지로
자신의 삶을 가꿀 권리가 있다.

誓願語

不問如何境遇 當絶對沈默於四神界 不問如何境遇 當絶對順從於 四神總令.
어떠한 경우에도 사신계에 대해 침묵하고, 어떠한 경우에도 사신총령을 따른다.

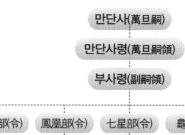

麒麟部(令)	鳳凰部(令)	七星部(令)	龜部(令)	龍部(令)
기린부	봉황부	칠성부	거북부	용부
一麒嗣子	一鳳嗣子	一星嗣子	一龜嗣子	一龍嗣子
二麒嗣子	二鳳嗣子	二星嗣子	二龜嗣子	二龍嗣子
三麒嗣子	三鳳嗣子	三星嗣子	三龜嗣子	三龍嗣子
四麒嗣子	四鳳嗣子	四星嗣子	四龜嗣子	四龍嗣子
五麒嗣子	五鳳嗣子	五星嗣子	五龜嗣子	五龍嗣子

만단사 강령(萬旦嗣 綱領)

人自有其願 須活如其相 有權獲其生.
모든 인간은 스스로 간절히 원하는 바 그 모습으로 살아야 하며
그런 삶을 얻을 권리가 있다.

願乎? 有汝在. 去之!
그대 원하는가. 거기 그대가 있느니. 그곳으로 가라.

誓願語

不問如何境愚 當絶對沈默於萬旦嗣. 不問如何境遇 當絶對順從於 萬旦嗣領令.
어떠한 경우에도 만단사에 대해 침묵하고, 어떠한 경우에도 만단사령의 명을 따른다.

반야 6

초판 1쇄 인쇄일 • 2017년 12월 10일
초판 1쇄 발행일 • 2017년 12월 15일

지은이 • 송은일
펴낸이 • 임성규
펴낸곳 • 문이당

등록 • 1988. 11. 5. 제 1–832호
주소 • 서울시 성북구 동소문로 65–2 삼송빌딩 5층
전화 • 928–8741~3(영) 927–4990~2(편)
팩스 • 925–5406
ⓒ송은일, 2017

전자우편 munidang88@naver.com

ISBN 978-89-7456-504-6 04810
978-89-7456-509-1 04810 (전10권)